파리대왕

Lord of the Flies

Lord of the Flies
by William Golding

세계문학전집 19

파리대왕

Lord of the Flies

윌리엄 골딩

유종호 옮김

민음사

일러두기

1 본문의 각주는 모두 옮긴이 주이다.

2 원문에서 이탤릭체로 강조한 부분은 고딕체로 구분했다.

차례

1

소라의 소리

금발의 소년은 몸을 굽히듯이 해서 이제 마지막 바위를 내려와 환초호[1] 쪽으로 길을 잡아 조심스레 나아가기 시작했다. 제복이었던 스웨터는 벗어 한 손으로 질질 끌고 있었고 회색 셔츠는 몸에 착 달라붙어 있었으며, 머리카락은 풀칠이라도 한 듯 이마에 다닥다닥 붙어 있었다. 정글을 후려친 소년 둘레의 긴 흉터 자국[2]은 온통 한증막처럼 무더웠다. 소년이 덤불과 부러진 나무줄기 속을 힘에 겨운 듯 육중하게 기고 있을 때 붉고 노란 환영(幻影)인 듯한 새 한 마리가 확 날면서 마귀

1) 축적된 모래벌로 말미암아 바다와 분리되어 있는 소금물의 호수. 초호는 그 줄임말. 영미 독자들에게 이 말은 곧 밸런타인의 『산호섬』을 연상시킨다.
2) 첫머리부터 되풀이되어 나오는 '흉터 자국'은 비행기의 분리 가능한 객실 동체가 섬에 떨어져 미끄러질 때 생긴 긴 상채기나 흉터 자국을 가리킨다.

할멈 같은 외마디 울음소리를 내었다. 이어 다른 고함소리가 이것을 받았다.

"어이! 잠깐만 기다려!" 하는 고함소리였다.

흉터 자국가의 잔 나무덤불이 흔들리며 숱한 빗방울이 후둑 후둑 떨어졌다.

"잠깐만 기다려." 하고 그 목소리는 말했다. "난 온통 걸려 있어."

금발의 소년은 움직이기를 멈추고 무의식적으로 스타킹을 홱 잡아당겼다. 그 동작이 아주 익숙해서 마치 거기가 정글 속이 아니고 런던 주변의 주(州)이거나 한 것 같은 착각을 일으키게 했다.

아까의 목소리가 다시 말했다.

"이놈의 덩굴 때문에 꼼짝을 못 하겠어."

그 목소리의 주인은 뒷걸음질쳐서 잔 나무덤불을 빠져나왔다. 나뭇가지들이 기름때 묻은 재킷을 할퀴었다. 맨살이 드러난 무릎은 살이 통통했는데 가시에 찔려 상처투성이가 되어 있었다. 그는 허리를 굽혀 조심스레 가시를 빼내고 몸을 돌렸다. 그는 금발의 소년보다 키가 작고 몹시 뚱뚱했다. 그는 발디딜 안전한 발판을 찾으며 전진하다가 두꺼운 안경 너머로 올려다보았다.

"메가폰을 들고 있던 분은 어디 있냐?"

금발의 소년은 고개를 저었다.

"여긴 섬이야. 적어도 난 그렇게 생각해. 저기 바다에 산호초(珊瑚礁)가 보이잖아? 아마 어른들은 한 사람도 없을 거야."

뚱뚱한 소년은 놀란 표정이었다.

"조종사가 있었는데. 그러나 승객실에 타질 않고 승무원석에 타고 있었어."

금발의 소년은 눈을 가늘게 뜨고 산호초를 바라다보았다.

"딴 아이들 말이야." 하고 뚱뚱한 소년은 말을 계속했다. "그들 기 ○데도 빠져나온 아이들이 있을 텐데. 분명히 빠져나왔을 거야. 그렇지 않니?"

금발의 소년은 되도록 예사롭게 행동하면서 물가 쪽으로 걸어가기 시작했다. 그는 무뚝뚝하게 굴려고 했으나 그렇다고 눈에 띄게 무관심한 듯이 보이려 하지는 않았다. 그러나 뚱뚱한 소년은 급히 그의 뒤를 쫓아갔다.

"어른들은 아무도 없는 거지?"

"내 생각엔 아무도 없는 것 같아."

금발의 소년은 엄숙하게 말했다. 그러나 순간 야심을 달성했다는 희열이 그를 엄습했다. 흉터 자국 한복판에서 그는 물구나무를 서서 거꾸로 보이는 뚱뚱보 소년의 얼굴에다 대고 싱긋이 웃어 보였다.

"어른이라고는 없어!"

뚱뚱한 소년은 잠시 생각에 잠겼다.

"조종사도 말이지."

금발의 소년은 물구나무 섰던 다리를 거두고 김이 나는 땅바닥에 주저앉았다.

"우리를 내려놓은 후에 그 조종사는 날아가 버렸음에 틀림없어. 여기엔 착륙할 수가 없었던 거야. 바퀴 달린 비행기를 타곤 말이지."

"우린 공격당한 거야."

"조종사는 틀림없이 돌아올 거야."

뚱뚱한 소년은 고개를 저었다.

"우리가 내려올 때 나는 유리창 너머를 보았어. 비행기의 다른 부분을 보았던 거야. 불길이 터져나오고 있었어."

그는 흉터 자국을 위아래로 훑어보았다.

"이건 비행기 동체(胴體) 때문에 이렇게 된 거야."

금발의 소년은 손을 뻗쳐 나무줄기의 톱날처럼 깔쭉깔쭉한 모서리를 만져보았다. 순간 그는 궁금하다는 표정이 되었다.

"비행기는 어떻게 되었을까?" 하고 그는 물었다. "지금 어디 있단 말이야?"

"그때 분 폭풍이 바다로 몰고 갔어. 이렇게 나무가 넘어져 있는데 내리는 건 정말 위험한 일이었어. 내려오지 못하고 그 속에 있었던 아이들이 얼마쯤 있을 거야."

그는 잠시 동안 멈칫거리다가 다시 말했다.

"네 이름은 뭐지?"

"랠프."

뚱뚱한 소년은 상대방도 자기 이름을 물어오길 기다렸으나 알고 지내자는 이 제의를 상대방은 받아들이지 않았다. 랠프라는 금발 소년은 모호하게 미소를 짓더니 일어서서 다시 환초호 쪽으로 나아가기 시작했다. 뚱뚱한 소년은 그에게서 떨어지지 않으려고 끈덕지게 따라갔다.

"우리 일행 중 많은 아이들이 여기에 흩어져 있을 거야. 누구 딴 아이들 못 보았니?"

랠프는 고개를 젓고 걸음을 재촉했다. 그러자 그는 나뭇가지에 걸려 소리를 내며 넘어졌다.

뚱뚱한 소년은 숨을 할딱이며 그의 곁으로 다가갔다.

"우리 아주머니는 내게 뜀박질을 말라고 하셨어." 하고 그는 설명했다. "천식 때문에 말이야."

"처―언식?"

"그래. 숨을 마음대로 쉴 수가 없어. 우리 학교에서 천식이 있는 학생은 나뿐이었어." 뚱뚱한 소년은 얼마쯤 자랑스럽게 말했다. "그리고 난 세 살 때부터 안경을 썼어."

그는 안경을 벗어서 랠프에게 내보이고 눈을 껌벅이며 미소 지어 보였다. 그러고는 그의 지저분한 재킷에다 대고 안경알을 닦기 시작했다. 고통과 정신 집중의 표정이 그의 얼굴에 나타나 파리한 윤곽이 딴 사람처럼 보였다. 그는 볼의 땀을 문지르고 재빨리 안경을 코 위에 맞추었다.

"저 열매 좀 봐."

그는 흉터 자국 둘레를 힐끗 쳐다보았다.

"저 열매. 나는……." 하고 그는 말했다.

그는 안경을 끼고 랠프에게서 떠나 헝클어진 나뭇잎 사이로 몸을 구부렸다.

"곧 다시 나갈게……."

랠프는 몸에 걸려드는 걸 조심스레 젖히며 나뭇가지 사이를 헤쳐나갔다. 잠시 후 뚱뚱한 소년의 투덜거리는 소리가 뒤에서 났으나 그는 환초호와 자기를 가로막고 있는 장막 쪽으로 급히 걸음을 재촉했다. 그는 부러진 나무줄기를 타넘어 정글 밖으로 나섰다.

바닷가에는 깃털로 덮은 듯이 야자수가 서 있었다. 햇살을 배경으로 하고 야자수는 똑바로 서 있기도 하고 비스듬히 기울어져 있기도 하고 금세 쓰러질 듯이 서 있기도 했는데, 초록빛 잎사귀는 백 피트쯤 되는 공중에 달려 있었다. 야자수 바로 아래는 잡초가 무성한 평평한 뚝으로, 쓰러진 나무의 요동으로 온통 할퀴어져 있었고, 또 썩어가는 야자열매와 어린 야자수가 흩어져 있었다. 그 뒤는 캄캄한 무성한 숲과 흉터 자국이 허허한 공터였다. 랠프는 한 손을 잿빛 나무줄기에 대고 선 채 눈을 가늘게 뜨고 아른아른하는 바닷물을 지켜보았다. 저 멀리, 약 1마일쯤 떨어진 곳에는 흰 물결이 산호초를 씻고 있었고 그 너머로 곤색 바다가 보였다. 불규칙한 활모양의 산호 안에 갇힌 환초호는 산속의 호수처럼 잔잔하고 가지각색 하늘빛과 연두빛과 자줏빛을 보여주고 있었다. 야자수가 서 있는 뚝과 해면 사이의 모래사장은 폭이 좁은 가느다란 활모양 같았는데, 언뜻 보아 끝이 없는 듯했다. 왜냐하면 랠프의 왼편으로 야자수와 모래사장과 해면의 조망이 무한대 거리의 한 점에서 맞닿아 있었기 때문이다. 게다가 무더위가 거의 눈에도 보일 지경이었다.

그는 야자수 뚝에서 뛰어내렸다. 모래가 검은 구두 위로 밀어닥치며 열기가 그를 쳤다. 그는 옷이 무겁다는 것을 깨닫고 구두를 홱 차 벗어버리고 팽팽한 가터가 달려 있는 스타킹을 단숨에 낚아채었다. 다시 야자수 뚝으로 뛰쳐 돌아온 그는 셔츠를 벗고 해골 같은 야자열매 사이에 서 있었다. 야자수와 수풀의 푸른 그림자가 그의 살갗 위를 스쳐갔다. 그는 지그재그형의 혁대 버클을 풀고 반바지와 팬츠를 벗어 힘껏 던지고 나서 발가벗고 선 채 눈부신 모래사장과 바닷물을 바라보았다.

만 열두 살에 몇 달이 더 된 그는 어린이에게 흔히 볼 수 있는 불룩한 배는 청산했을 만큼 성숙했다. 그렇지만 아직 사춘기에는 이르지 않았다. 딱 벌어진 육중한 어깨로 미무어 보면 권투 선수가 될지도 모른다는 인상을 주었다. 그러나 입가에는 온순한 기가 있었고 눈에는 고약한 빛이 전혀 없었다. 그는 야자수 나무 줄기를 부드럽게 두드려보았다. 그리고 자기가 섬에 와 있다는 사실을 확신하고는 다시 즐거운 듯 웃고 물구나무를 섰다. 그는 맵시 있게 다리를 거두고 모래사장으로 뛰어내려 무릎을 꿇었다. 그리고 두 아름쯤 되는 모래를 쓸어 가슴께에 쌓아 올렸다. 그러고 나서 편한 자세를 하고 신나는 눈빛으로 바다표면을 바라보았다.

"랠프."

뚱뚱한 소년은 뚝에서 내려 그 끝에 조심스럽게 자리잡고 앉았다.

"너무 오래 있어서 미안해. 그 열매 때문에……."

그는 안경알을 닦고 단추 같은 코 위에다 맞추어 놓았다. 안경이 콧날 위에 분홍색의 V자형을 그렸다. 그는 랠프의 금빛으로 빛나는 몸집을 꼼꼼히 바라보고는 자기 옷을 훑어보았다. 그는 가슴께로 뻗쳐 있는 지퍼 끝을 손에 쥐었다.

"우리 아주머니는……."

이어 그는 단호하게 지퍼를 열고 재킷을 머리로 해서 벗어 붙였다.

"저런!"

랠프는 곁눈질로 그를 보고는 아무 말도 없었다.

"아이들의 이름을 전부 알아내." 하고 뚱뚱한 소년은 말했다. "명단을 만들어야 할 거야. 그리고 모임을 가져야지."

랠프가 자기 뜻을 터득하지 못하는 것 같아 뚱뚱한 소년은 다시 얘기를 계속하지 않으면 안 되었다.

"나를 뭐라고 부르든 난 괜찮아." 하고 그는 비밀이라도 털어 놓듯이 말했다. "학교에서 부르던 식으로 부르지만 않는다면."

랠프는 약간 호기심이 생겼다.

"학교에서 뭐라고 했길래?"

뚱뚱한 소년은 어깨너머로 흘끗 쳐다보더니 랠프 쪽으로 몸을 굽혔다.

그는 소곤거렸다.

"날 피기[3]라고 불렀어."

랠프는 깔깔 웃었다. 그는 벌떡 일어났다.

"피기! 피기!"

"랠프…… 제발!"

피기는 불안해서 두 손을 쥐었다.

"그게 싫다고 했잖았니?"

"피기! 피기!"

---

3) 돼지.

랠프는 모래사장의 뜨거운 대기 속으로 춤추듯 뛰쳐나가더니 날개를 뒤로 젖힌 전투기처럼 돌아와서 피기에게 대고 기관총 쏘는 시늉을 했다.

"따따따따 땅!"

그는 피기가 서 있는 발밑의 모래 속으로 급강하하고 누워서 웃어댔다.

"피기!"

피기는 마지못해 하는 듯 씽끗 웃었다. 이렇게라도 자기를 알아준다는 것이 자기도 모르게 기뻤던 것이다.

"네가 딴 아이들에게 털어놓지만 않는다면⋯⋯."

랠프는 낄낄거리며 모래 속으로 파고들었다. 아픔과 골똘함의 표정이 피기의 얼굴에 되살아났다.

"잠깐만."

그는 서둘러 숲속으로 되돌아갔다. 랠프는 일어나서 오른쪽으로 총총히 걸어갔다.

이곳에선 모래사장의 모양이 일변하고 주위의 풍경은 갑자기 네모져 있었다. 거대한 분홍색 화강암의 고대(高臺)가 수풀과 대지와 모래사장과 환초호 사이로 완강하게 빠져나와 4피트 높이의 천연 둑을 이루고 있었다. 이 화강암 고대의 윗부분은 얄팍한 토양과 잡초로 덮여 있고 어린 야자수 때문에 그늘이 져 있었다. 흙이 흡족하지 못해서 이 야자수들은 한껏 자라지를 못하고 20피트쯤 자라 올라가서는 쓰러지고 시들어 버렸는데, 나무줄기가 온통 십자가 모양을 이루고 있어 그 위에 앉기가 편하게 되어 있었다. 아직 제대로 서 있는 야자수는 초록빛 지붕을 이루고, 그 지붕의 안쪽엔 환초호에서 비치는 반사광이 어지럽게 흔들리고 있었다. 랠프는 이 고대로 올라가자 서늘한 웅달임을 알아차리고 눈을 감았다. 그리고 자기 몸에 진 그림자가 초록색이라고 단정했다. 그는 화강암 고대의 바다쪽 변두리로 나아가 바다표면을 내려다보았다. 바닥까지 환히 들여다보였고 열대식물과 산호가 휘황했다. 반짝반짝하는 작은 고기떼가 이리 번쩍 저리 번쩍했다. 랠프는 즐거운 나머지 마음속으로부터 기쁨의 탄성을 올렸다.

"멋있다!"

고대 저편이 훨씬 멋있었다. 신의 조화가——아마 태풍이거나 그렇지 않으면 그를 여기로 데려다준 그 태풍이——환초호 안에 모래둔덕을 쌓아올려 모래사장 안에 길고 깊은 웅덩이를 이뤘는데, 가장 먼 끝에는 분홍색 화강암이 시렁처럼 높다랗게 빠져나와 있었다. 랠프는 그때까지 바닷가 모래사장에 있는 웅덩이의 꽤 깊어 보이는 듯한 외양에 속아본 적이 있었기 때문에 이번에도 실망하려니 하고 이 웅덩이에 접근했다. 그러나 이 섬은 겉모양과 실제가 똑같았고 분명 밀물 때나 바닷물이 밀어닥칠 이 오묘한 웅덩이는 한쪽 변두리가 너무나 깊어서 암청색이었다. 랠프는 길이가 30야드쯤 되는 웅덩이를 조심스레 살펴보고 나서 뛰어 들어갔다. 웅덩이 물은 그의 혈액 온도보다 뜨거워 그는 거대한 목욕통 속에서 헤엄치는 거나 진배없었다.

피기가 다시 나타나 바위시렁에 앉아 푸르고 흰 랠프의 몸을 부러운 듯이 지켜보았다.

"너, 헤엄 잘 치는구나."

"피기."

피기는 구두와 양말을 벗어 바위시렁 위에 조심스레 개어 놓고 발가락 하나를 물속에 넣어보았다.

"아이 뜨거!"

"그럼, 어떻다고 생각했니?"

"난 아무 생각도 하지 않았어. 우리 아주머니는……."

"또 아주머니야!"

랠프는 물속에 뛰어들어 눈을 뜬 채 물에서 헤엄을 쳤다. 웅덩이가 끝난 곳의 모래사장이 산허리처럼 어렴풋하게 보였다. 그는 코를 쥔 채로 벌렁 누웠다. 바로 머리 위에서 황금빛 햇살이 춤을 추고 산산이 부서졌다. 피기는 굳게 결심한 듯한 표정을 하고 반바지를 벗기 시작했다. 이내 그는 파리하고 뚱뚱한 알몸을 드러내었다. 그는 까치발로 모래톱을 내려가 물 위로 목만 내놓고 앉아서는 랠프를 보고 자랑스러운 듯 미소를 지었다.

"넌 헤엄치지 않으련?"

피기는 고개를 저었다.

"난 헤엄 못 쳐. 헤엄이 허용되지 않았어. 천식……."

"또 그놈의 천식."

랠프는 고개를 돌린 채 깊은 곳으로 조용히 헤엄쳐 가더니 입을 물에 담갔다간 물줄기를 공중으로 내뿜었다. 이어 턱을 쳐들고 말했다.

"난 다섯 살에 헤엄을 쳤다. 아빠가 가르쳐주셨어. 아빠는 해군 중령이야. 아빠가 휴가를 얻으면 이리 오셔서 우릴 구해 주실 거야. 너의 아버지는 뭐 하시냐?"

피기는 갑자기 얼굴을 붉혔다.

"우리 아빠는 돌아가셨어." 하고 피기는 급히 말했다. "그리고 우리 엄만……."

그는 안경을 벗고는, 안경알 닦을 것을 찾았으나 헛일이었다.

"난 우리 아주머니와 같이 살았어. 아주머니는 과자점을 했어. 나는 과자를 참 많이 먹었지. 마음껏 말야. 너의 아빠가 언제 우릴 구해 주실까?"

"아빠가 하실 수 있는 대로 곧."

피기는 물방울을 떨어뜨리며 물속에서 일어나 알몸으로 서서 양말짝으로 안경을 닦았다. 타는 듯한 아침의 대기를 뚫고 들려오는 소리라고는 산호초에 부딪치는 긴 파도소리뿐이었다.

"우리가 여기 있다는 걸 너의 아버지가 어떻게 아시니?"

랠프는 물속에서 힘없이 앉았다. 또렷한 환초호와 겨루고 있는 흐릿한 신기루처럼 졸음이 그를 에워쌌다.

"우리가 여기 있다는 걸 너의 아버지가 어떻게 아시니?"

왜냐하면, 하고 랠프는 생각했다. 왜냐하면, 왜냐하면.

산호초의 파도소리가 아주 멀어졌다.

"공항에서 아마 알려줄 거야."

피기는 고개를 젓고 번뜩이는 안경을 걸치고는 랠프를 내려다보았다.

"그렇지 않을 거야. 조종사가 한 말을 못 들었니? 원자 폭탄에 관한 얘기 말이야. 모두들 다 죽었어."

랠프는 물에서 몸을 일으켜 피기와 마주 선 채 이 심상찮은 문제를 생각해 보았다.

피기는 자기 주장을 굽히지 않았다.

"여긴 섬이야. 그렇지?"

"나는 바위 위에 올라가 보았어." 하고 랠프는 서서히 말했다. "여기가 섬이라고 난 생각해."

"사람들은 모두 죽었어." 하고 피기는 말했다. "그리고 여긴 섬이야. 우리가 여기 있다는 걸 아무도 몰라. 너의 아버지도 모르시고 아무도 몰라."

그의 입술은 떨리고 안경이 뿌옇게 흐려졌다.

"죽을 때까지 여기 있게 될지도 몰라."

이 말이 떨어지자 더위가 한결 극성스러워지는 것 같았다. 마침내 더위가 험악하게 무거워지고 환초호는 눈을 못 뜨게 하는 광채로 그들을 공격하는 것 같았다.

"옷을 입어야지." 하고 랠프는 중얼거렸다. "저리 가자."

그는 살이 데는 듯한 뜨거움을 참으면서 모래톱을 종종걸음을 쳐서 고대를 질러가서 흩어져 있는 옷을 찾았다. 회색 셔츠를 다시 한번 입어보니 희한하게 기분이 좋았다. 그는 고대 모서리로 올라가 푸른 그늘 밑에 있는 편리한 나무줄기 위에 걸터앉았다. 피기는 옷가지를 겨드랑이에 끼고 올라왔다. 이어 그는 환초호를 마주 바라보고 있는 조그만 벼랑 가까이의 쓰러진 나무줄기 위에 조심스레 앉았다. 어지러운 반사광이 머리 위에서 어른거렸다.

얼마 있다가 그는 입을 열었다.

"우리는 딴 아이들을 찾아야 해. 가만히 있어선 안 돼."

랠프는 잠자코 있었다. 여기는 산호섬이었다. 폭양이 닿지 않는 곳에 앉아 피기의 불길한 얘기를 무시해 버리고 그는 즐거운 꿈을 꾸었다.

피기는 굽히지 않았다.

"우리 일행이 모두 몇 명이었지?"

랠프가 다가와서 피기 곁에 섰다.

"난 모르겠어."

여기저기 아지랑이가 아른거리는 미끈한 수면 위로 가벼운 미풍이 불어왔다. 이 미풍이 화강암 고대에 이르면 야자수 잎사귀가 수런거리고, 흐릿한 햇볕의 얼룩이 그들의 몸을 스쳐 가며 마치 그늘에 있는 선명한 새처럼 움직이곤 했다.

피기는 랠프를 올려다보았다. 랠프의 얼굴에 비친 그림자는 모두 거꾸로 비쳐 있었다. 위쪽은 초록빛이요, 환초호의 환한 그림자는 아래편에 와 있었다.

흐릿한 햇볕의 얼룩이 머리 위를 기어가고 있었다.

"우린 가만히 있어선 안 돼."

랠프는 그를 꼼꼼히 쳐다보았다. 상상 속에서나 있었을 뿐 흡족하게 실현되어 본 적이 없었던 외딴 섬이 마침내 여기서 불쑥 실제로 나타난 것이다. 즐거운 미소로 랠프의 입이 벌어졌다. 이 미소를 자기를 알아준다는 뜻으로 받아들인 피기도 즐거워 싱글벙글했다.

"만약 여기가 정말로 섬이라면……."

"저게 뭐야?"

랠프는 미소를 거두고 환초호 속을 가리켰다. 크림 빛의 무엇인가 매끈한 것이 고사릿과 잡초 사이에 놓여 있었다.

"돌이야."

"아냐, 조가비야."

갑작스레 피기는 단정하게 신명을 내며 지껄여댔다.

"맞았어. 조가비야. 전에도 똑같은 것을 본 적이 있어. 누구넨가의 뒷벽에서 말이야. 그는 그걸 소라라고 했어. 그 애가 그걸 불면 그 애 엄마가 오곤 했어. 아주 비싼 거야……."

랠프 바로 곁에 어린 야자수가 환초호 쪽으로 비스듬하게 서 있었다. 나무의 무게 때문에 얼마 안 되는 토양에서 흙덩이가 들리고 나무는 곧 쓰러질 것 같았다. 그는 나무줄기를 뽑아내어 물속을 쿡쿡 찔렀다. 그러는 사이 번쩍번쩍하는 고기가 이쪽 저쪽에서 획획 지나갔다. 피기는 위태롭게 몸을 내밀었다.

"조심해! 부서질지도 몰라……."

"닥쳐."

랠프는 멍하니 말했다. 소라껍질은 흥미롭고 보기 좋고 그럴듯한 노리개였다. 그렇지만 그의 백일몽의 생생한 환상이 그와 피기 사이를 가로막고 있었다. 그리고 그의 백일몽 속에서 피기는 전혀 인연 없는 존재였다. 어린 야자수를 굽혀서 그 조가비를 해초 사이에서 밀어붙일 수가 있었다. 랠프가 한 손을 버팀기둥 삼아 다른 손으로 누르자 마침내 소라가 떠올라 피기가 손으로 잡을 수 있었다.

이제 소라는, 볼 수는 있으나 만져볼 수는 없는 것이 이미 아니었기 때문에 랠프도 신이 났다. 피기가 지껄였다.

"—소라야. 굉장히 비싼 거야. 이걸 사려면 굉장히 많은 돈을 치러야 돼—그 아이는 그것을 정원 담에 놓고 있었어. 그리고 우리 아주머니……."

랠프는 피기가 들고 있던 소라를 집어 들었다. 그의 팔에 물이 흘러내렸다. 소라의 빛깔은 짙은 담황색인데 곳곳에 흐릿한 분홍색이 돌고 있었다. 조그만 구멍이 나 있는 꼬리 끝에서 분홍색 아가리까지가 18인치쯤 되며 나선형으로 약간 꼬여 있는 소라로, 섬세한 볼록 무늬로 덮여 있었다. 랠프는 그것을 흔들어서 속에 깊이 들어 있는 모래를 빼냈다.

"—암소 같은 소리를 내었어." 하고 그는 말했다. "그 애는 또 흰 돌과 초록빛 앵무새가 들어 있는 새장을 가지고 있었어. 물론 그 애는 흰 돌을 불지는 않았지. 그리고 말하기를……."

피기는 숨을 돌리기 위해 얘기를 멈추고 랠프의 손아귀에 있는 반짝반짝 빛나는 물건을 어루만졌다.

"랠프!"

랠프는 고개를 들었다.

"우린 이것을 불어서 딴 아이들을 부를 수가 있어. 모임을 갖는 거야. 이 소릴 들으면 이리로 올 거야……."

그는 랠프에게 해맑은 웃음을 보냈다.

"너도 그러려고 하지 않았어? 그래서 소라를 물에서 건져 낸 것 아냐?"

랠프는 금발의 머리카락을 쓸어넘겼다.

"네 친구는 어떻게 그 소라껍질을 불었니?"

"그는 침을 내뱉듯이 했어." 하고 피기가 받았다. "우리 아주머니는 천식 때문에 내게 불지 못하게 했어. 그 애는 여기서부터 불어야 한다고 했어." 그러면서 피기는 툭 튀어나온 자기 배에다 손을 얹었다. "랠프, 한번 불어봐. 딴 아이들이 모여들 거야."

곧이 들리지 않는다는 듯이 랠프는 소라의 가느다란 끝을 입에 대고 불었다. 그 끝에서 섯 하는 소리가 났으나 그뿐이었다. 랠프는 입술의 소금물을 닦아내고 다시 불어보았으나 아무 소리도 나지 않았다.

"그 애는 침을 뱉듯이 했어."

랠프는 입을 오므리고 소라껍질 속에 바람을 불어넣었다. 방귀소리 같은 것이 나지막하게 났다. 이것이 두 소년에겐 아주 재미있었다. 랠프는 연방 웃음보를 터뜨리면서 바람을 불어넣었다.

"그 애는 여기서부터 불었어."

랠프는 그 뜻을 알아차리고 가로막으로부터 낸 바람으로 소라를 세게 불었다. 곧 소리가 났다. 굵직하고 귀에 거슬리는 소리가 야자수 아래에서 울리고 뒤얽힌 숲속을 지나 산에 있는 분홍색 화강암에 메아리쳐 돌아왔다. 새떼가 구름처럼 나무 꼭대기에서 날아오르고 잔 나무덤불 속에서 무엇인가가 비명을 지르며 달아났다.

랠프는 소라를 입에서 떼었다.

"이런!"

소라의 거친 소리가 울린 뒤에 들으니 그의 여느 때 목소리는 속삭이는 것 같았다. 그는 소라를 입에 대고 심호흡을 한 뒤에 다시 한번 불어보았다. 다시 소리가 울렸다. 이어 더욱 세게 불어보니 한 옥타브가 올라서 아까보다 훨씬 날카롭게 귀따가운 소리가 울렸다. 기쁜 표정을 하고 안경을 번뜩이며 피기가 뭐라 소리쳤다. 새들이 울고 작은 짐승들이 허둥지둥 달아났다. 랠프는 숨이 가빴다. 그 소리는 한 옥타브 낮아져서 나지막한 바람소리로 변했다.

반짝거리는 상아 같은 소라는 잠잠해졌다. 숨이 차서 랠프의 얼굴은 까매졌고 섬 위의 상공은 요란한 새 소리와 메아리 소리로 온통 가득했다.

"틀림없이 몇 마일 밖에서도 들을 수 있을 거야."

랠프는 숨을 돌리고 짤막짤막하게 연거푸 불어댔다.

피기가 외쳤다. "저기 하나 있다!"

모래사장을 따라 백 야드쯤 되는 야자수 사이에 어린이가 하나 나타났다. 여섯 살쯤 되어 보이는 꼬마로, 금발이고 튼튼해 보였다. 옷은 다 찢기고 얼굴엔 온통 끈끈한 열매칠을 하고 있었다. 바지는 아마 뒤를 보느라고 내렸다가 반쯤밖에 올리질 않은 모양이었다. 그는 야자수 둑에서 모래사장으로 뛰어내렸다. 바지가 발목께로 내려졌다. 그는 바지에서 발을 빼고 화강암 고대께로 종종걸음을 쳤다. 피기가 그를 거들어 올려주었다. 그동안에도 랠프는 계속 불어대었다. 마침내 숲속에서 고함소리가 들려왔다. 꼬마는 랠프 앞에 쪼그리고 앉아 화색이 도는 얼굴로 똑바로 쳐다보았다. 어떤 목적 아래 소라를 분다는 것을 다시 확인했기 때문에 그는 만족스러운 표정이 되었다. 더러운 손가락 가운데서 유독 깨끗한 엄지손가락만이 그의 입 속으로 미끄러져 들어갔다.

피기는 그에게로 몸을 굽혔다.

"네 이름은 뭐야?"

"조니."

피기는 그 이름을 혼자 중얼거려보더니 큰 소리로 랠프에게 일러주었다. 그러나 여전히 소라를 불고 있기만 한 채 랠프는 아랑곳하지도 않았다. 이렇게 굉장한 소리를 내고 있다는 즐거움으로 랠프의 얼굴은 시꺼멓게 변해 있었고 심장의 고동이 잡아늘인 셔츠를 흔들고 있었다. 숲속의 고함소리가 더 가까워졌다.

이제 모래사장에서도 사람의 기미가 보였다. 아지랑이 아래로 가물가물 몇십 리 뻗쳐 있는 모래사장도 많은 아이들을 숨기고 있었다. 굉장히 뜨거운 모래를 헤치며 사내아이들은 고대 쪽으로 다가오고 있었다. 조니 또래의 세 꼬마가 숲속에서 열매를 걸귀처럼 따먹다가 아주 가까이에서 나타났다. 피기 또래는 되어 보이는 검은 얼굴의 소년이 엉클어진 잔 나무덤불을 헤치고 고대로 걸어오더니 모두에게 상냥스럽게 웃어 보였다. 사내아이들은 점점 더 여럿이 왔다. 그들은 천진한 조니의 본을 떠, 쓰러져 있는 야자수 줄기에 걸터앉아서 기다렸다. 랠프는 계속 짤막하고 날카롭게 불어댔다. 피기는 여러 아이들 사이를 돌아다니며 이름을 외우기 위해 상을 찡그리곤 했다. 어린이들은 메가폰을 들고 있던 어른들에게 그랬듯이 그에게 순순히 순종했다. 어떤 아이들은 옷을 벗어 든 채 벌거숭이로 있었다. 회색, 청색, 황갈색의 재킷이나 메리야스 스웨터 등속의 교복을 반만 입고 있는 반벌거숭이 아이들도 있었다. 배지가 보이고 표어까지 보였으며 스타킹과 풀오버[4]의 빛깔진 줄무늬도 보였다. 갈색, 황금색, 흑색, 밤색, 담갈색, 쥐색 등 갖가지 머리가 푸른 그늘 속 나무줄기 위에 옹기종기 떼지어 있었다. 중얼거리며 소곤거리는 머리. 랠프를 지켜보며, 곰곰이 생각에 잠긴 눈으로 가득 찬 머리. 무슨 일인가가 이루어지고 있었다.

혼자서 혹은 짝을 지어 모래사장을 따라 걸어오던 아이들은 아른아른하는 아지랑이로부터 가까운 모래사장으로 이르는 경계를 넘어서자 그 모습이 드러났다. 그쪽을 지켜보던 눈길은 모래사장 위에서 춤추는 박쥐같이 시꺼먼 것에 우선 눈길이 쏠렸다가 나중에야 그 윗몸뚱이를 알아볼 수가 있었다. 박쥐 같은 것은 태양의 직사(直射) 때문에 오그라들어, 종종걸음을 치는 발 사이로 검은 반점으로 화한 그림자였다. 일변 소라를 불면서도 랠프는 허둥거리는 검은 반점을 거느리고 고대에 꼴지로 당도한 한 쌍의 몸뚱이에 눈길이 갔다. 머리가 둥글고 머리카락이 삼실(麻絲) 같은 두 소년은 몸을 내동댕이쳐 나뒹군 채 랠프를 보고 싱긋 웃으며 개처럼 헐떡거렸다. 그들은 쌍둥이였다. 그렇듯 신기한 한 쌍을 보는 눈은 휘둥그레지고 믿을 수 없다는 듯했다. 그들은 똑같이 숨을 쉬고 함께 싱긋이 웃었다. 둘 다 자그마하니 통통했고 또 생기가 있었다.

---

4) 머리부터 넣어 입는 스웨터.

그들은 랠프에게 젖은 입술을 들어올렸다. 입술의 피부가 흡족하지 못한 것 같아 그 옆모습은 흐릿해 보였고 입은 벌려져 있었던 것이다. 피기는 그들에게 번쩍이는 안경을 들이댔다. 소라 소리 사이로 그들의 이름을 되풀이하는 게 들렸다

"샘, 에릭, 샘, 에릭."

그러다가 그는 혼동을 했다. 쌍둥이들은 고개를 저으며 서로 상대방을 가리켰다. 모두들 웃음을 터뜨렸다.

마침내 랠프는 불기를 그치고 소라를 든 한 손을 늘어뜨린 채 얼굴을 무릎에 묻으며 앉았다. 소라의 메아리 소리가 사라지자 웃음소리도 사라졌다. 정적이 흘렀다.

모래사장의 금강석처럼 어른거리는 열기의 아지랑이 속에서 시꺼먼 것이 다가오고 있었다. 랠프가 제일 먼저 그것을 보고 골똘히 지켜보았기 때문에 모두들 그쪽으로 눈길을 돌렸다. 그러자 그 움직이는 것은 신기루를 벗어나 뚜렷한 모래사장 쪽으로 걸음을 옮겼다. 새까만 것이 그림자만은 아니고 대개 옷이라는 걸 알 수 있었다. 그것은 이상야릇한 옷을 입고 두 줄로 나란히 서서 대충 보조를 맞추어 행진하고 있는 한 무리의 소년들이었다. 그들은 반바지나 셔츠나 다른 옷가지를 손에 들고 있었다.

그러나 저마다 은빛 배지가 달려 있는 검정 사각모자를 쓰고 있었다. 그들의 몸뚱이는 목에서 발목까지 왼편 가슴에 은십자가가 달려 있는 검은 망토로 가려져 있었고 목께는 '햄'의 종이장식 같은 술이 달려 있었다. 열대의 무더위, 산에서 내려오기, 먹을 것 찾기, 그리고 작열하는 모래사장에서의 땀

나는 행진 때문에 그들의 얼굴은 갓 씻어놓은 오얏같이 짙은 자줏빛이 되었다. 그들을 지휘하는 소년도 같은 복장이었으나 배지만은 황금빛이었다. 일행이 고대를 10야드쯤 남겨놓았을 때, 그가 구령을 불러 일행은 행진을 멈췄다. 그리고 땡볕 속에서 헐떡거리고 땀을 뻘뻘 흘리며 동요했다. 소년 자신이 다가와 망토를 날리며 화강암 고대로 뛰어 올라와 찬찬히 응시했으나 그에게는 거의 칠흑 같은 어둠뿐이었다.

"나팔을 불던 분은 어디 계세요?"

그가 햇볕에 눈이 부셔 보이지 않음을 깨닫고 랠프가 대답해 주었다.

"나팔 불던 어른은 없어. 내가 분 거야."

소년은 가까이 다가와 온통 상을 찡그리고서 랠프를 빤히 내려다보았다. 무릎에 담황색 소라를 받쳐놓고 있는 금발의 소년만을 보고서는 미진한 모양이었다. 그는 휙 몸을 돌렸다. 검은 망토가 빙 돌았다.

"그럼 배는 없단 말이냐?"

펄럭이는 망토 속으로 드러난 그의 몸집은 키가 크고 깡마른 것이 뼈대가 굵었다. 검은 모자 밑으로 보이는 머리카락은 붉은빛이었다. 주름지고 주근깨가 있는 못생긴 얼굴이었으나 어수룩한 구석은 없었다. 이 얼굴에서 엷은 푸른색의 두 눈이 쏘아보았다. 그 눈은 실망하여 막 노여운 기색을 보이려 하고 있었다.

"여기 어른은 한 사람도 없냐?"

랠프는 그의 등에다 대고 말했다.

"없어. 우리는 모임을 갖고 있는 중이야. 와서 한몫 끼도록 해."

망토를 걸친 일행은 밀집대형(密集隊形)에서 뿔뿔이 흩어지기 시작했다. 키가 큰 소년이 그들을 보고 외쳤다.

"성가대원! 가만히 서 있어."

진력이 나면서도 고분고분히 성가대는 다시 대오를 짓고 폭양 속에 동요하며 서 있었다. 그럼에도 몇몇 아이들이 가냘픈 항의를 했다.

"그러나 메리듀. 제발, 메리듀, 우리는 이 이상……."

그러자 한 소년이 모래 위에 얼굴을 박고 쓰러져서 대오는 흩어졌다. 그들은 쓰러진 소년을 화강암 고대 위로 들어다가 뉘였다. 눈을 동그랗게 뜬 메리듀는 일을 그르친 중에서나마 할 일을 했다.

"그럼 좋아. 앉아. 그애는 내버려두고."

"그렇지만 메리듀."

"저 녀석은 언제나 졸도를 잘해." 하고 메리듀는 말했다. "지브롤터에서도 그랬고 아디스[5]에서도 그랬어. 아침 기도 때는 선창을 할 때 넘어지기도 하고."

마지막으로 자기들 성가대 얘기가 나오자 성가대원들이 킬킬거렸다. 그들은 십자가 모양의 나무줄기 위에 검은 새처럼 내려앉아 흥미 있게 랠프를 지켜보고 있었던 것이다. 피기는 아무에게도 이름을 묻지 않았다. 제복의 우월성과 메리듀의

_____

5) 에티오피아의 수도.

음성에 준비 없이 담겨 있는 권위에 기가 죽은 것이다. 그는 랠프의 그림자 쪽으로 비실비실 물러가서 부지런히 안경을 닦았다.

메리듀는 랠프에게 몸을 돌렸다.

"어른들은 아무도 없니?"

"없어."

메리듀는 나무줄기 위에 걸터앉아 사방을 둘러보았다.

"그러면 우리가 우리 스스로를 돌봐야지."

랠프의 그림자 쪽에 가서 안심이 된 피기가 소심하게 말했다.

"그래서 랠프가 모임을 연 거야. 우리가 할 일을 결정할 수 있도록 말이야. 우린 이름을 알아두었어. 저 애는 조니고, 저기 둘은 쌍둥이로 샘과 에릭이야. 누가 에릭이지? 너냐? 아냐? 네가 샘……."

"내가 샘이야."

"그리고 난 에릭."

"모두 자기 이름을 대는 게 좋겠어." 하고 랠프가 말했다. "내 이름은 랠프야."

"우린 대개 이름을 대었어." 피기가 말했다. "방금 말이야."

"어린애 이름을 말이지?" 하고 메리듀가 말했다. "잭이라고 어린애 이름을 댈 게 뭐야? 내 이름은 메리듀야."

랠프는 잽싸게 그에게로 고개를 돌렸다. 자기 결심이 서 있는 녀석이구나 싶었던 것이다.

"그럼." 하고 피기가 말을 이었다. "저기 저 애는 내가 잊어버렸는데……."

"너는 말이 너무 많아." 하고 잭 메리듀가 말했다. "입 좀 닥쳐, 뚱뚱보야."

웃음소리가 터졌다.

"뚱뚱보가 아냐!" 하고 랠프가 소리쳤다. "저 애 본 이름은 피기야!"

"피기!"

"피기!"

"야, 피기!"

요란한 웃음보가 터지고 아주 어린 꼬마들까지도 배꼽을 쥐었다. 순간 소년들은 피기를 따돌린 채 합심이 되었다. 그는 얼굴이 상기된 채로 고개를 숙이고 다시 안경을 닦았다.

마침내 웃음소리가 그치고 이름 대기가 계속되었다. 성가대원 가운데서 몸집은 잭 다음이지만 털털하고 언제나 싱글거리고 있는 소년은 모리스였다. 속으로 몹시 사람을 피하고 비밀을 간직한 듯 남과 어울리지 않으며 아무도 알지 못하는 호리호리하고 새침한 소년이 있었다. 그는 자기 이름이 로저라고 중얼거리고는 다시 말이 없었다. 그 밖에 빌, 로버트, 해럴드, 헨리. 기절했던 성가대원이 야자수 줄기에 기대어 앉아서는 랠프를 보고 보일 듯 말 듯이 미소짓더니 자기 이름은 사이먼이라고 말했다.

잭이 입을 열었다.

"우리는 어떻게 하면 구조될 것인가 하는 문제를 결정해야 돼."

수군수군하는 소리가 났다. 꼬마 중의 하나인 헨리는 집에 돌아가고 싶다는 말을 했다.

"닥쳐." 하고 랠프가 멍하니 말했다. 그는 소라를 집어들었다. "내 생각 같아선 일을 결정할 대장을 정해야 할 것 같아."

"대장! 대장!"

"내가 대장이 돼야 해." 하고 으스대며 잭이 말했다. 대성당 소년 성가대의 고참 대원이니까 말이야. 나는 샤프 C조(調)도 노래할 수 있어."

다시 수군수군하는 소리가 났다.

"자, 그럼." 하고 잭이 말했다. "내가……."

그는 머뭇거렸다. 얼굴이 검은 로저가 마침내 몸을 뒤척이더니 서슴지 않고 말했다.

"우리 선거를 하자."

"옳소!"

"대장을 선출하기 위한 선거!"

"선거를 하자ㅡ."

이 장난감 선거는 소라만큼이나 모두의 마음에 들었다. 잭은 항의를 하기 시작했으나 좌중의 고함소리는 대장을 골라내자는 일치된 의견에서 박수갈채로 랠프를 선출하자는 것으로 변했다. 그 이유는 아무도 설명할 수 없었을 것이다. 지성(知性)이라고 할 만한 것을 보여준 것은 피기였고, 한편 누가 보아도 지도자다운 소년은 잭이었다. 그러나 앉아 있는 랠프에게는 그를 두드러지게 하는 조용함이 있었다. 몸집이 크고 매력 있는 풍채였다. 뿐만 아니라 은연 중 가장 효과적인 것은 소라였다. 그것을 불고 그 정교한 물건을 무릎 위에 올려놓고 화강암 고대에서 그들을 기다리고 있는 존재——그런 존재는 별난 존재였던 것이다.

"소라를 가진 애가 좋아."

"랠프! 랠프!"

"나팔 같은 것을 가진 애를 대장으로 삼자."

랠프는 손을 들어 조용히 하라고 했다.

"자, 그럼 잭이 대장이 되길 바라는 사람은?"

따분한 듯 순종하면서 성가대원들이 손을 들었다.

"내가 되길 바라는 사람은?"

성가대원 이외엔 피기만 빼고 모두 단박에 손을 들었다. 그러자 피기도 마지못해 손을 위로 들었다.

랠프는 세어보았다.

"그럼 내가 대장이야."

소년의 일단이 박수를 쳤다. 성가대원들도 박수를 쳤다. 분해서 얼굴이 빨개져 가지고 잭 얼굴의 주근깨가 보이지 않게 되었다. 박수소리가 울리는 동안 그는 벌떡 일어섰다가 마음을 고쳐먹고 다시 주저앉았다. 랠프는 무엇인가를 제공해야겠다 생각을 하면서 잭을 건너다보았다.

"물론 성가대는 네 소속이야."

"성가대는 군대로 삼을 수가……."

"혹은 사냥 부대로……."

"그들은……."

잭의 얼굴에서 홍조가 가셨다. 랠프는 조용히 하라고 다시 손을 저었다.

"잭은 성가대를 맡아보는 거야. 성가대는…… 네 생각엔 뭐가 되었으면 싶어?"

"사냥 부대."

잭과 랠프는 좋아하는 빛을 감추며 마주 보고 빙그레 웃었다. 다른 아이들도 신나게 떠들어댔다.

잭이 일어섰다.

"성가대원, 망토를 벗어놔."

수업이 끝났을 때처럼 성가대원들은 일어나서 재재거리며 풀밭 위에 검은 망토를 쌓아놓았다. 잭은 자기 것을 랠프 곁에 있는 나무줄기 위에 놓았다. 그의 회색 반바지는 땀에 젖어 찰싹 몸에 늘어붙었다. 랠프는 탄복하듯 반바지를 힐끗 쳐다보았다. 랠프의 눈길을 보고 잭은 설명했다.

"나는 사방이 바다인가를 알아보기 위해서 저 언덕을 넘어가려고 했어. 그러나 네 소라 소리를 듣고 이리 온 거야."

랠프는 미소를 짓고 조용히 하라고 소라를 쳐들었다.

"자, 다들 들어. 이것저것 생각해 내자면 시간이 좀 있어야겠어. 곧장 무얼 해야 할지 당장 정할 수는 없어. 만약 여기가 섬이 아니라면 우리는 곧 구조될 수 있을 거야. 그래서 우선 여기가 섬인지 아닌지를 알아내야겠어. 각자 여기 남아서 기다려야 해. 다른 데로 가버려선 안 돼. 셋이서—많이 가면 혼란이 생겨 서로 잃어버릴지도 모르니까—탐험을 해서 알아낼 테야. 내가 가고, 잭과 그리고……."

그는 골똘한 얼굴들을 둘러보았다. 골라낼 머릿수는 얼마든지 있었다.

"그리고 사이먼."

사이먼 둘레의 소년들이 킬킬거렸다. 그도 웃음을 띠면서 일어섰다. 기절했을 적의 핼쑥함이 가셨기 때문에 이제 그는 깡마르고 생기 있는 소년이었다. 아무렇게나 시꺼멓게 내려뜨린 더벅머리 밑에서 눈길을 올려다보았다.

그는 랠프에게 고개를 끄덕여 보였다.

"나도 가겠어."

"그리고 나도……."

잭은 꽤 큰 칼집이 달린 창칼을 뒷전에서 홱 빼내더니 나무줄기에 찍어넣었다. 웅성거리는 소리가 나더니 스러졌다.

피기가 몸을 움직였다.

"나도 가겠어."

랠프가 그에게로 향했다.

"넌 이런 일엔 어울리지 않아."

"그래도……."

"넌 필요하지 않아." 하고 잭이 퉁명스럽게 말했다.

"셋이면 넉넉해."

피기의 안경이 번뜩 빛났다.

"그가 소라를 찾아냈을 때에도 나는 그와 함께 있었어. 아무도 없었을 때도 나는 그와 함께 있었다구."

잭도 다른 누구도 모두 거들떠보지 않았다. 모두들 흩어졌다. 랠프와 잭과 사이먼은 고대를 뛰어내려 모래사장을 따라서 웅덩이를 지나 걸어갔다. 피기는 툴툴거리면서 그들 뒤에서 얼씬거렸다.

"사이먼이 가운데로 걸어가면 그의 머리 너머로 얘기를 건 넬 수가 있지." 하고 랠프가 말했다.

세 소년은 보조를 맞추었다. 이 때문에 다른 아이들을 따라 가기 위해서 사이먼은 이따금씩 다리를 질질 끌고 걷지 않을 수가 없었다. 한참 만에 랠프는 걸음을 멈추고 피기를 돌아보 았다.

"이봐."

잭과 사이먼은 못 본 체했다. 그들은 계속 걸어갔다.

"너는 오면 안 돼."

피기의 안경이 다시 흐려졌다——이번엔 굴욕감으로.

"너는 딴 애들에게 얘길 했어. 내가 그렇게 일렀는데도."

그의 얼굴은 상기되었고 그의 입술은 떨리고 있었다.

"대체 무슨 얘기야?"

"피기라고 부르는 것 말이야. 딴 아이들이 나를 피기라고 부 르지만 않는다면 상관없다고 했어. 그래서 입 밖에 내지 말라 고 했는데 너는 곧장 떠벌렸지─."

침묵이 흘렀다. 보다 이해성을 가지고 피기를 바라보던 랠 프는 피기의 기분이 상하고 기가 꺾였음을 알았다. 사과를 할 까 더 창피를 줄까 하고 랠프는 망설였다.

"뚱뚱보보다는 피기가 나아." 마침내 진정한 지도자답게 랠 프는 서슴지 않고 말했다. "어쨌든 네 기분이 언짢다면 미안하 게 됐어. 피기, 넌 돌아가서 이름이나 알아두어. 그게 네가 할 일이야. 자, 그럼."

그는 돌아서서 두 소년 뒤를 달음박질쳐 갔다. 피기는 서 있었다. 분노의 홍조가 그의 얼굴에서 사라졌다. 그는 화강암 고대로 돌아갔다.

세 소년은 모래사장을 기운차게 걸어갔다. 썰물 때여서 해초가 흩어진 모래사장에는 흡사 길처럼 단단한 가닥이 한 줄기 뻗쳐 있었다. 그들의 머리와 풍경 위로는 일종의 매력이 떠돌고 있었다. 그들은 그 매력을 의식했고 그 때문에 행복했다. 그들은 서로 마주 보면서 신나게 웃었다. 그리고 남의 얘기엔 귀를 기울이지 않은 채 떠들어댔다. 햇살이 눈부셨다. 이 모든 것을 설명할 필요성을 느낀 랠프는 물구나무를 섰다가 내려왔다. 모두 웃기를 그치자 사이먼은 수줍은 듯이 랠프의 팔을 쓰다듬었다. 그러자 그들은 다시 웃음보를 터뜨리지 않을 수가 없었다.

"자, 가자." 하고 곧 잭이 말했다. "우린 탐험가야."

"우리는 섬 끝까지 가자." 하고 랠프가 말했다. "그리고 그 구부러진 구석을 조사해 보는 거야."

"여기가 섬이라면 말이지……."

이제 오후도 기울 무렵이어서 신기루도 얼마간 가라앉았다. 섬의 맨 끝은 이제 선연하게 드러나서 요술에 걸려 있는 듯이 흐릿해 보이지는 않았다. 예의 네모진 바윗덩어리가 솟아 있고 그 거대한 바윗덩어리는 환초호 한가운데까지 툭 삐져나와 있었다. 바다새들이 그 위에 집을 짓고 떼지어 있었다.

"분홍색 과자 위에 설탕을 입힌 것 같군." 하고 랠프가 말했다.

"맞닿아 있는 모퉁이는 못 보겠는데." 하고 잭이 말했다. "그런 게 없으니까 말이야. 그저 완만한 곡선으로 되어 있어. 바위가 더 험해지고……."

랠프는 눈 위에다 손을 대고 산 쪽으로 난 가파른 벼랑의 톱날 모양의 윤곽을 쳐다보았다. 이쪽 모래사장은 그들이 보았던 딴 어떤 곳보다도 산과 인접해 있었다.

"여기서 산엘 올라가 보자." 하고 그는 말했다. "아마 여기가 제일 오르기 쉬운 코스일 거야. 분홍색 바위는 많지만 수풀이나 덤불은 적어. 자, 가자."

세 소년은 기어오르기 시작했다. 어떤 알지 못할 힘이 이들 네모난 바위들을 비틀고 때려부숴 그들은 비스듬히 놓여 있었고 간혹 아래쪽으로 줄어들면서 겹겹이 쌓여져 있었다. 이곳 바위의 일반적인 특색은 비스듬한 바윗덩어리가 포개어져 있는 분홍색 벼랑이었다. 그 위에 다시 몇 겹이 포개어져 있어 분홍색이 고리 모양으로 얽혀 있는 숲속이 덤불 사이로 삐져나온 아슬아슬한 바윗더미가 되어 있었다. 분홍색 벼랑이 땅바닥에서 솟아 있는 곳엔 이따금 꼭대기 쪽으로 꾸불꾸불 난 좁다랗고 밟혀 다져진 길들이 있었다. 그들은 얼굴을 바위 쪽으로 돌리고 덤불에 반은 묻힌 채 그 길들을 따라 가까스로 나아갔다.

"이 길이 어떻게 생겨났을까?"

잭은 걸음을 멈추고 얼굴의 땀을 닦았다. 랠프는 숨을 헐떡이며 그의 곁에 섰다.

"사람 때문에?"

잭은 고개를 저었다.

"짐승 때문이야."

랠프는 나무 밑의 캄캄한 곳을 골똘히 살펴보았다. 수풀이 희미하게 흔들렸다.

"자, 가자."

바위 등성이의 가파른 곳을 올라가기는 그다지 어렵지 않았지만 다음 길을 잡기 위해서 때때로 잔 나무덤불 사이로 뛰어드는 것은 힘들었다. 이곳은 덩굴의 뿌리와 줄기가 굉장히 뒤얽혀 있었기 때문에 소년들은 휘기 쉬운 바늘처럼 그 사이를 뚫고 가지 않으면 안 되었다. 그들이 의지할 수 있는 길잡이는 갈색의 땅바닥과 나뭇잎 사이로 간간이 비치는 햇살을 제외하면 경사의 추세뿐이었다. 즉 덩굴로 장식된 이 구석이저 구석보다 더 높은가 낮은가를 판별하는 것이었다.

그러나 어쨌든 그들은 올라갔다.

이 덤불 속에 갇힌, 아마도 가장 몹다는 순간에 랠프는 반짝이는 시선을 다른 소년들에게 보냈다.

"신난다!"

"멋있다!"

"최고다!"

그들이 즐거워한 까닭은 분명치가 않았다. 세 소년은 모두 땀을 뻘뻘 흘렸고 외양은 말이 아니었으며, 기진맥진해 있었다. 랠프는 몹시 생채기가 나 있었다. 덩굴은 그들의 넓적다리만큼이나 굵직굵직했고, 간신히 빠져 들어갈 굴밖에 없었다. 랠프는 시험삼아 소리를 쳐보았으나 귀를 기울여도 메아리는 돌아오지 않았다.

소라의 소리

"이건 진짜 탐험이야. 여기 와본 사람은 아무도 없을 거야." 하고 잭이 말했다. "지도를 그려야 하는 건데 종이가 있어야지." 하고 랠프가 말했다.

"나무껍질을 벗겨서 검은 칠을 해놓을 수 있다면 십상인데." 하고 사이먼이 말했다.

짙은 그늘 속에서 다시 반짝이는 눈들이 엄숙하게 마주쳤다.

"신난다!"

"멋있다!"

물구나무를 설 만한 장소가 없었다. 그래서 랠프는 사이먼을 때려눕히는 시늉을 해서 신나는 감정을 표시했다. 곧 그들은 어둠침침한 속에서 덮쳐 가지고 즐거운 듯 일렁였다.

따로따로 떨어지자 랠프가 먼저 입을 열었다.

"또 올라가야지."

다음 벼랑을 이루고 있는 분홍색 화강암은 덩굴이나 나무에서 멀찌감치 떨어져 있었기 때문에 그들은 종종걸음으로 길을 올라갔다. 다시금 이 길은 좀더 트인 수풀 속으로 들어갔기 때문에 그들은 바다가 펼쳐진 것을 엿볼 수가 있었다. 수풀이 틔어 햇볕도 비쳤다. 햇볕은 어둡고 축축한 무더위 속에서 그들의 옷을 함빡 적셨던 땀을 말려주었다. 더 어둠 속으로 빠져들지 않아도 분홍색 화강암을 기어오르기만 하면 꼭대기에 당도할 것 같았다. 좁다란 오솔길 사이의 뾰족뾰족한 바위 부스러기 위로 해서 소년들은 길을 잡아갔다.

"저것 봐! 저것 봐!"

이 섬 끝 위로 부서진 바위들이 높다랗게 굴뚝처럼 드러나 보이고 있었다. 잭이 기대어 있던 굴뚝 같은 바위 하나는 그들이 밀자 삐걱거리는 소리를 내며 움직였다.

"자, 가자―."

그러나 그건 꼭대기로 가자는 소리가 아니었다. 정상을 공격하기 전에 세 소년들은 이 바위의 도전을 받아들였던 것이다. 그 바위는 크기가 소형 지동차만 했다.

"영차!"

앞뒤로 흔들어, 가락에 맞추어서.

"영차!"

시계추처럼 세게 흔들면 되는 것이다. 세게, 세게, 세게. 최후의 균형을 주고 있는 저 끝을 돌파하는 것이다. 세게, 더 세게―

"영차!"

큰 바위는 꾸물거리더니 한 발가락에 균형을 잡고 있다가 다시는 주저앉지 않을 것을 작정하고 공중에 떠올랐다가 떨어져 부딪치고는 굴렀다. 그리고 우르릉 소리를 내며 공중에서 뛰고 수풀 위에 떨어져 깊은 구멍을 내었다. 메아리가 치고 새들이 날았다. 흰색, 분홍색의 먼지가 떠돌고 저 아래쪽의 수풀이 노한 맹수가 지나갈 때처럼 떨었다. 이어 섬은 조용해졌다.

"신난다!"

"폭탄 같다!"

"야―호!"

5분 동안 그들은 이 승리감에서 헤어나질 못했다. 그러나 마침내 그들은 떠났다.

그다음부터 꼭대기까지의 길은 아주 편했다. 마지막 고비에 이르렀을 때 랠프는 걸음을 멈췄다.

"이런!"

그들은 산허리에 나 있는 권곡(圈谷)[6] 변두리에 와 있었다. 이곳은 바위 틈에 피는 푸른 꽃으로 가득 차 있었다. 차서 넘칠 듯이 핀 꽃은 물이 빠지는 골에도 늘어져 있고 천장 같은 숲 위로 풍성하게 넘쳐 흐르고 있었다. 공중은 온통 나비들이 혹은 날아오르고 혹은 날개를 퍼덕이고 혹은 내려앉느라고 부산했다.

그 권곡 너머는 네모진 산꼭대기였고, 이내 그들은 그 위에 서 있게 되었다.

전에도 그들은 여기가 섬이려니 짐작했었다. 양편으로 바다를 끼고 있고 공기가 투명한 분홍색 화강암을 오를 때 그들은 본능적으로 사방이 바다라는 것을 알았던 것이다. 그러나 산꼭대기에 서서 둥글게 사방으로 뻗친 수평선을 목격할 때까지 섬이란 말은 보류하는 것이 더 좋을 것 같았다.

랠프는 두 소년을 향했다.

"이건 우리 거야."

그 섬은 대체로 배 형국이었다. 지금 서 있는 변두리 쪽은 이를테면 혹처럼 되어 있고 뒤쪽에는 해안으로 내려가는 어수선한 내리막이 돼 있었다. 좌우 양편으론 바위와 벼랑과 나

---

6) 빙식 작용에 의해서 산꼭대기 근처에 생긴 움푹 들어간 둥근 지형을 가리키는 지질학 용어.

무 끝과 가파른 경사면이 있었다. 앞쪽을 바라보면 이를테면 이 배의 길이를 따르듯 숲이 울창하고 완만한 고개가 뻗쳐 있고 간간이 분홍색이 드러나 보였다. 다시 그 앞쪽은 섬의 나지막한 정글 지대로 무성한 초록빛이었고 다시 그 앞쪽엔 분홍색의 꼬리가 삐져나와 있었다. 섬의 끝이 바닷속으로 들어간 곳에는 섬이 또 하나 있었다. 그것은 요새(要塞)처럼 거의 외따로 떠 있는 큰 바위로, 오만한 분홍색 능보(陵堡)[7]를 내세우고 세 소년을 마주 보고 있었다.

소년들은 이러한 지형을 훑어보고 나서 바다를 내다보았다. 높은 곳에 서 있는 데다가 정오를 훨씬 지난 뒤여서 신기루의 장난도 없고 조망의 윤곽도 뚜렷했다.

"저게 산호초야. 저런 사진을 본 적이 있어."

산호초는 섬의 한쪽뿐만 아니라 그 이상의 부분을 에워싸고 있었다. 1마일은 실히 뻗쳐 있었고 지금 그들이 자기들의 것이라고 생각하고 있는 모래사장과 거의 평행이 되어 있었다. 분방한 필치로 이 섬의 형태를 재생해 보려고 어떤 거인(巨人)이 선을 그어보았으나 중도에 지쳐버리고 만 것처럼 그 산호초는 바닷속에 수놓여져 있었다. 산호초의 안쪽은 공작색이라고 할 수 있을 정도로 다채로운 빛깔을 한 바닷물과 바위와 해초가 마치 수족관의 내부처럼 또렷하게 보였다. 산호초 바깥 쪽은 암청색의 바다였다. 조수가 흐르고 있었기 때문에 물거품의 긴 꼬리가 멀리까지 뻗쳐 있었고 그 때문에 그들

7) 요새의 돌출부를 말하는 축성 용어.

에겐 그 배 형국의 섬이 뒤쪽으로 항해하고 있는 듯한 느낌이 들었다.

잭이 아래쪽을 가리켰다.

"저기가 우리가 내린 곳이야."

가파른 낭떠러지와 절벽 너머로 수풀에는 흉터 자국이 역력히 보였다. 나무줄기가 함부로 찍혀져 있었고 무언가가 끌려간 자국이 나 있었으나 흉터 자국과 해안의 중간에 줄지어 있는 야자수는 다치지 않고 그대로 있었다. 또한 고대가 환초호 속으로 삐져나온 것이 보였고 벌레 같은 사람의 모습이 근처에서 어른거리는 것도 보였다.

랠프는 지금 자기네가 서 있는 대머리 벗겨진 산정에서 경사를 내려가고 협곡을 내려가 꽃밭을 거쳐 삥삥 돌아서 마지막으로 흉터 자국이 시작되는 바위에 이르는 도정(道程)을 대충 그려보았다.

"그렇게 돌아가는 게 제일 빠른 길이야."

눈을 반짝이고 입을 벌린 채 의기양양하게 그들은 손에 넣은 지배권을 음미했다. 그들은 기고만장이었고 또 이제 모두 친구였다.

"인가의 연기도 없고 배도 없어." 하고 랠프는 아는 바가 있다는 듯이 말했다. "나중에 또 확인을 해봐야겠지만, 아무래도 무인도인 것 같아."

"식량을 확보해야 해." 하고 잭이 소리쳤다. "사냥을 해야지. 막 때려 잡고…… 어른들이 우리를 데리러 올 때까진 말이야."

사이먼은 두 소년을 보았다. 아무 말도 하지 않은 채 고개만을 끄덕이고 있었지만 검은 머리채가 앞뒤로 펄럭였다. 얼굴은 뻘겋게 달아오르고 있었다.

랠프는 딴 쪽, 즉 산호초가 없는 쪽을 내려다보았다.

"훨씬 더 가파른걸." 하고 잭이 말했다. 랠프는 두 팔을 벌리고 조금 올리는 시늉을 했다.

"저 아래쪽의 수풀은…… 마치 산이 들어올리고 있는 깃 같아……."

산의 외각(外角)에는 도처에 꽃과 나무가 무성했다. 어쩐 셈인지 수풀이 뒤척이고 포효하고 요동했다. 가까이 펼쳐져 있는 바위살이 식물의 꽃이 펄럭이고, 잠시 동안이었지만 서늘한 미풍이 그들의 얼굴을 스쳐갔다.

랠프는 두 팔을 벌렸다.

"모두 우리 거야."

그들은 산 위에서 웃고 뒹굴고 외쳤다.

"난 배가 고파."

사이먼이 시장기를 입 밖에 내자 두 소년도 시장기를 느꼈다.

"자, 가자." 하고 랠프가 말했다. "우리가 알고 싶었던 것은 다 알아냈으니까."

그들은 경사진 바위를 기어 내려가 꽃밭으로 빠지고 나무 밑을 헤쳐 갔다. 이곳에서 걸음을 멈추고 주위의 관목을 호기심에 찬 눈으로 살펴보았다.

사이먼이 먼저 입을 열었다.

"꼭 양초 같다. 양초 같은 관목. 양초 같은 봉오리."

관목은 진한 상록색으로 향기가 자욱했다. 많은 꽃봉오리는 연둣빛으로 태양을 향한 채 꽃잎을 꽉 봉하고 있었다. 잭이 창칼로 봉오리 하나를 베니 향기가 온통 그득해졌다.

"양초 같은 봉오리야."

"그러나 불을 켤 수는 없는 거야." 하고 랠프가 말했다. "그래도 꼭 양초같이 생겼는걸."

"초록색 양초라고나 할까." 하고 잭은 경멸조로 말했다. "먹을 수가 없는 물건이야. 자, 가자."

울창한 수풀의 초입에 당도해서 지친 다리로 타박타박 헤쳐 가고 있을 때 그들은 소음 — 짐승이 끽끽거리는 소리 — 을 들었다. 이어 땅바닥을 차는 거친 발굽 소리가 났다. 소년들이 돌진해 가니 그 비명은 점점 날카로워지고 마침내 광기마저 띠어갔다. 그물처럼 얽힌 덩굴에 새끼돼지가 걸려 있고 겁에 질린 돼지는 탄력성이 있는 덩굴을 향해 미친 듯이 제 몸을 내던지는 것이었다. 그 비명은 가늘고 날카롭고 집요했다. 세 소년은 더 돌진해 갔다. 잭은 멋있게 창칼을 빼들었다. 그는 칼을 든 손을 높이 쳐들었다. 그러나 순간 그 손을 그대로 정지하고 말았다. 돼지는 계속 비명을 지르고 덩굴은 여전히 격렬하게 움직이고 칼날은 뼈대 굵은 팔 끝에서 번뜩였다. 잭이 정지하고 있던 시간은 만약 칼날을 내려쳤을 때 그것이 어떤 끔찍한 사태를 야기시킬 것인가 하는 것을 그들이 이해하기에 족할 정도로 긴 시간이었다. 그러자 새끼돼지는 덩굴을 벗어나 관목의 덤불 속으로 도망쳤다. 그들은 얼굴을 마주 보고 또 끔찍한 일이 벌어졌을지도 모를 장소를 바라보았다. 잭의 얼굴은 핼쑥해져서 주근깨가 돋보였다. 정신을 차리고 보니 아직도 창칼을 쳐들고 있었다. 그는 팔을 내리고 칼집에 칼을 꽂았다. 이어 세 소년은 창피한 듯이 웃고 길을 내려가기 시작했다.

"나는 겨냥을 하고 있었어." 하고 잭은 말했다. "어디를 찍을까 하고 잠시 기다리고 있었을 뿐이야."

"돼진 찔러 죽여야 해." 랠프의 사나운 밀두였다. "돼지 찔러 죽이는 얘기들을 하잖아."

"돼지는 목을 따서 피를 내는 거야." 하고 잭이 말했다. "그렇지 않으면 고기를 먹지 못하는 거야."

"그러면 아까는 왜……."

세 소년은 모두 잭이 어째서 죽이지 않았는가를 알고 있었다. 칼을 내리쳐서 산 짐승의 살을 베는 것이 끔찍했기 때문이었다. 용솟음칠 피가 견디기 어려운 것이었기 때문이다.

"막 죽이려는 참이었는데." 하고 잭은 말했다. 그는 맨 앞에서 걸어가고 있었기 때문에 두 소년은 그의 얼굴을 볼 수 없었다. "나는 겨냥을 하고 있었어. 다음번엔……!"

그는 칼집에서 창칼을 빼서 그것을 나무줄기에 휙 꽂았다. 이 다음엔 인정사정 보지 않으리라. 수틀리면 덤벼보라는 듯이 사나운 기세로 그는 주위를 둘러보았다. 이내 그들은 햇살이 닿는 곳으로 빠져나왔다. 한동안 부산하게 과일을 찾아 걸귀처럼 먹으면서 흉터 자국을 내려 모두가 모여 있는 화강암 고대 쪽으로 향했다.

2

산정의 봉화

랠프가 소라 불기를 그쳤을 즈음 화강암 고대엔 모두가 모여 있었다. 이번 모임과 오전 중에 열렸던 모임 사이에는 몇 가지 차이점이 있었다. 오후의 태양광선이 화강암 고대의 맞은편에서 비스듬히 비치고 있었고 대부분의 소년들은 햇볕에 탄 몸이 쑤시는 것을 견디지 못해 뒤늦게나마 옷을 걸치고 있었다. 눈에 띄게 단체 행동에서 벗어난 성가대원들은 망토를 벗어붙이고 있었다.

랠프는 몸의 왼편을 태양 쪽으로 향한 채 쓰러진 나무줄기에 앉아 있었다. 오른편으로는 성가대의 대부분이 있었고 왼편으로는 피난하기 이전부터 서로 아는 사이였던 비교적 숙성한 소년들이 있었으며 정면으로는 꼬마들이 풀밭에 앉아 있었다.

모두들 조용히 하고 있었다. 랠프는 담황색과 분홍색의 소라를 무릎께로 들어올렸다. 갑자기 미풍이 불어닥쳐 와 고대 위로 햇발이 번뜩번뜩했다. 일어설까, 그대로 앉아 있을까, 그는 망설였다. 왼편, 즉 예의 웅덩이 쪽을 그는 흘끗 쳐다보았다. 피기가 곁에 앉아 있었으나 별 도움이 될 것 같지는 않았다.

랠프는 목청을 가다듬었다.

"자, 그럼."

이렇게 말하고 보니 자기가 얘기해야 될 것을 유창하게 얘기할 수 있고 설명할 수 있을 것 같은 느낌이었다. 그는 손으로 금발의 머리를 쓸고 얘기를 시작했다.

"우리는 섬에 와 있어. 우리 세 사람은 산꼭대기에 올라가 사방이 바다로 되어 있는 것을 보았어. 집도, 연기도, 사람 발자국도, 배도, 사람도 못 보았어. 우리는 사람들이 살고 있지 않는 무인도에 와 있는 거야."

잭이 말참견을 했다.

"그래도 군대는 필요해──사냥을 위한. 돼지 사냥──."

"그래. 이 섬에는 돼지가 있어."

세 소년은 덩굴에 걸려 허우적거리던 분홍색의 짐승을 어떻게든지 설명해 보려고 애썼다.

"우린 보았어─."

"비명을 지르고 있었어─."

"그건 도망쳤어─."

"조금만 있었더라면 죽이고 마는 건데…… 그러나…… 이 다음엔!"

잭은 창칼을 나무줄기에 처박고 덤빌 테면 덤벼 보라는 듯이 주위를 둘러보았다.

모임은 다시 냉정을 회복했다.

"그래서." 하고 랠프는 말했다. "고기를 구하기 위해서는 사냥 부대가 필요해. 그리고 또 한 가지."

그는 소라를 무릎에 들어올리고 비스듬히 비치는 햇살을 받고 있는 소년들의 얼굴을 둘러보았다.

"여기엔 어른이 한 사람도 없어. 우리들 자신이 스스로를 돌봐야 돼."

모두들 웅성거리다가 다시 조용해졌다.

"그리고 또 한 가지. 모두가 한꺼번에 얘기를 할 수는 없어. 그러니까 학교에서처럼 '거수'를 해야 할 거야."

그는 소라를 얼굴에 갖다 대고 그 아가리를 훑어보았다.

"그러면 그 사람에게 소라를 주겠어."

"소라?"

"이 조가비가 소라야. 나 다음으로 얘기하는 사람에게 이 소라를 주는 거야. 얘기를 하는 동안 그 사람은 이 소라를 들고 있는 거야."

"하지만……."

"그래도……."

"이 소라를 들고 있는 사람을 훼방해서는 안 돼. 나만 빼놓고 말야."

잭이 일어섰다.

"규칙을 만들자!" 하고 그는 열을 내어 말했다. "여러 가지

50

규칙을 말이야! 그리고 이 규칙을 위반하는 자는—."

"야—호!"

"까짓것!"

"붕!"

"꽝!"

랠프는 무릎 위의 소라를 누군가가 들어올리는 것을 감지했다. 다음 순간 피기가 거대한 담황색의 소라를 안고 일어섰다. 함성이 가라앉았다. 아까부터 서 있던 잭은 모호한 표정으로 랠프를 바라보았으나, 랠프는 미소를 짓고 나무줄기를 가볍게 두드렸다. 잭은 주저앉았다. 피기는 안경을 벗어 셔츠로 닦으면서 눈을 껌벅이며 모여 있는 사람들을 바라보았다.

"모두들 랠프를 훼방하고 있어. 제일 중요한 얘기를 못 하도록 하고 있는 거야."

여기서 그는 얘기를 그쳤는데, 그것이 아주 효과가 있었다.

"우리가 여기 와 있다는 것을 누가 알고 있으리라 생각해? 응?"

"공항에서 알고들 있어."

"나팔 같은 것을 가지고 있던 분도 알고 있을 거야."

"우리 아빠도."

피기는 안경을 썼다.

"우리가 여기 와 있다는 것은 아무도 몰라." 하고 피기는 말했다. 얼굴은 전보다도 더 파리해지고 숨을 헐떡이고 있었다.

"우리가 어디로 향해 가고 있었나 하는 것은 그 사람들이 알고 있었을지도 몰라. 혹은 그것마저 몰랐을지도 모르고. 그러나 우리가 목적지에 당도하지 못했기 때문에 지금 우리가 어디에 와 있는지를 그 사람들은 모르고 있어."

그는 잠시 동안 모임 또래들을 향해서 입을 크게 벌리더니 몸을 흔들고 앉아버렸다. 랠프가 소라를 그의 손에서 뺏어 들었다.

"내가 아까 얘기하려던 것이 바로 그거야." 하고 그는 말을 이었다. "얘기를 하려는데 모두들……." 그는 긴장한 얼굴들을 꼼꼼히 지켜보았다. "비행기는 불꽃에 휩싸여 떨어졌어. 우리가 있는 곳을 아무도 몰라. 우리는 이곳에 오랫동안 있게 될지도 몰라."

물을 끼얹은 듯한 정적이 흘러 피기의 숨소리까지 들을 수가 있었다. 태양광선이 비스듬히 비쳐서 화강암층의 태반은 황금색으로 빛났다. 제 꼬리를 쫓는 고양이새끼처럼 환초호에서 희롱하던 미풍이 이젠 화강암층 쪽으로 불어오더니 숲 쪽으로 몰려갔다. 랠프는 이마에 흘러내린 금발을 위로 밀어붙였다.

"그러니까, 우리는 이곳에 오랫동안 있게 될지도 모르는 거야."

아무도 입을 열지 않았다. 그는 느닷없이 씽끗 웃었다.

"하지만 여기는 좋은 섬이야. 우리들 세 사람──잭과 사이먼과 나는 산을 올라가 보았어. 멋있어. 먹을 것도 있고 물도 있고……."

"바위도 있고……."

"푸른 꽃도 있고……."

어지간히 기운을 회복한 피기는 랠프의 손에 들려 있는 소라를 가리켰다. 잭과 사이먼은 입을 다물었다. 랠프는 말을 이었다.

"구조를 기다리고 있는 동안 우리는 이 섬에서 재미를 볼수 있어."

그는 크게 몸짓을 했다.

"마치 동화 속에 나오는 얘기 같아."

이내 소란해졌다.

"『보물섬』[8] 같아ㅡ."

"『제비와 아마존』[9] 같아ㅡ."

"『산호섬』[10] 같아ㅡ."

랠프는 소라를 휘둘렀다.

"이 섬은 우리 거야. 좋은 섬이야. 어른들이 우리를 데리러올 때까지 재미나게 놀자."

잭이 손을 뻗쳐 소라를 잡았다.

"돼지도 있어." 하고 그는 말했다. "먹을 것도 있고. 저기 조그만 냇가에는 헤엄칠 데도 있어. 없는 게 없어. 그 밖에 또 딴것을 발견한 사람은 없냐?"

---

8) *Treasure Island.* 1883년에 발표된 로버트 루이스 스티븐슨(Robert Louis Stevenson, 1850~1894)의 모험 소설.

9) *Swallows and Amazons series.* 1930년에 발표된 아서 랜섬(Arthur Ransome, 1884~1967)의 청소년 소설.

10) *The Coral Island.* 1858년에 발표된 로버트 밸런타인(Robert Michael Ballantyne, 1825~1894)의 청소년 소설.

그는 소라를 랠프에게 돌려주고 앉았다. 달리 무얼 발견한 사람은 없는 것 같았다.

보다 숙성한 소년들이 그 아이를 처음으로 주목하게 된 것은 아이가 남의 말을 듣지 않았기 때문이다. 일단의 꼬마들이 나가보라고 재촉했으나 아이는 영 나가고 싶어 하질 않았던 것이다. 아주 꼬마아이로, 여섯 살은 되었을까, 얼굴 한쪽엔 배 속에서부터 가지고 나온 자줏빛 반점이 있었다. 그는 몸을 일으켰으나 이목이 쏠렸기 때문에 똑바로 서지도 못한 채 몸을 움츠리고 부지 중에 한 발을 잡초 속에 들이민 정도였다. 그는 무엇인가 중얼거리며 금방 울음이라도 터뜨릴 것 같았다.

딴 꼬마들이 귓속말을 하면서 그러나 정중하게 아이를 랠프 쪽으로 떠다밀었다.

"알았어." 하고 랠프는 말했다. "자, 무슨 얘긴지 말을 해봐."

꼬마아이는 무서워 떨면서 주위를 둘러보았다.

"얘기를 해봐!"

아이는 소라를 잡으려고 두 손을 벌렸다. 모두들 웃음보를 터뜨렸다. 그는 갑자기 두 손을 거두더니 울기 시작했다.

"그에게 소라를 줘!" 하고 피기가 소리쳤다. "그에게 소라를 주어!"

마침내 랠프는 아이 손에 소라를 쥐도록 시켰으나, 다시 웃음소리가 터져나와 아이는 소리를 내지 못하고 말았다. 피기는 아이 곁에 무릎을 꿇고 한 손을 소라에 댄 채 귀를 기울이며 아이의 말을 모두에게 전해 주었다.

"이 아이는 뱀 같은 것을 어떻게들 할 작정인지 알고 싶어

하는 거야."

랠프가 웃었다. 딴 소년들도 따라 웃었다. 꼬마아이는 점점 더 기가 죽었다.

"뱀 같은 게 뭔지, 얘기를 해봐."

"이 아인 이제 짐승 같은 것이라고 말하고 있어."

"짐승 같은 거라고?"

"뱀같이 생겼는데 굉장히 크대. 그런 걸 보았다는 거야."

"어디서?"

"숲속에서."

근처를 지나가는 미풍 탓인지 혹은 해가 기울어진 탓인지 나무 밑이 얼마간 서늘해졌다. 소년들은 그것을 감지하고 불안스레 몸을 뒤척였다.

"이만한 크기의 섬에는 짐승이라든가 뱀 같은 것이 있을 리 없어." 하고 랠프는 친절하게 설명해 주었다. "그런 것은 아프리카나 인도 같은 큰 나라에나 있을 거야."

나지막한 소리가 나고 이어 심각하게 고개를 끄덕이는 얼굴들.

"이 아이가 그러는데, 그 짐승 같은 것은 어둠을 타고 왔다는 거야."

"그러면 그걸 어떻게 보았어?"

웃음소리와 갈채.

"들어보았니? 어둠 속에서 그걸 보았다는 걸—."

"그래도 그 짐승 같은 것을 보았다는 거야. 처음에 왔다가 가더니 다시 와서 이 아이를 잡아먹으려고 했다는 거야."

"꿈을 꾸었던 게지."

랠프는 웃으면서 일동을 향해 동의를 구하는 표정이었다. 나이가 많은 축의 소년들은 고개를 끄덕였으나 꼬마들 사이에는 이치만 가지고는 안 된다는 반신반의의 표정이 엿보였다.

"틀림없이 악몽을 꾸었던 거야. 덩굴 사이에서 헤매고 했으니까."

전보다 훨씬 심각하게 고개를 끄덕이는 얼굴들. 그들은 악몽에 관해서 아는 바가 있었던 것이다.

"짐승 같은 것, 뱀 같은 것을 보았는데, 오늘 밤에도 또 오느냐고 이 아이는 묻고 있어."

"하지만 짐승 같은 것은 없어!"

"그것이 아침에는 밧줄 같은 것이 되어 가지고는 나무에 올라가 매달려 있었다는 거야. 오늘 밤에도 또 오느냐고 묻고 있어."

이번에는 아무도 웃지를 않았다. 훨씬 심각한 표정으로 지켜볼 뿐이었다. 랠프는 두 손을 머리칼 속으로 쑤셔 밀고 재미와 노여움이 뒤섞인 표정으로 꼬마아이를 바라다보았다.

잭이 소라를 잡았다.

"물론 랠프 얘기가 옳아. 뱀 같은 것은 여기에 없어. 그러나 만약 뱀이 있다면 그것을 잡아서 죽여버릴 테야. 모두들 고기 맛을 보도록 돼지 사냥을 할 참이야. 그리고 뱀도 찾아낼 테야ー."

"그렇지만 뱀은 없어!"

"사냥을 나가서 그걸 확인하자."

랠프는 발끈했다. 그리고 순간 어떤 패배감을 느꼈다. 알 수 없는 어떤 것에 직면하고 있다는 느낌이 들었다. 자기를 골똘히 지켜보고 있는 상대방의 눈에서는 유머를 찾아볼 수 없었다.

"그러나 짐승은 없어!"

자기도 알지 못하는 어떤 감정이 솟구치면서 그로 하여금 문제를 큰 소리로 외치고 또다시 한번 분명하게 규정을 짓도록 명령했다.

"짐승은 없다고 했잖아!"

모두들 잠자코 있었다.

랠프는 다시 소라를 집어 들었다. 다음엔 무엇을 얘기할까 하고 생각하니 불쾌함이 사라졌다.

"이제부터의 얘기가 가장 중요한 얘기야. 아까부터 생각하고 있었던 거야. 산엘 올라가는 동안에도 죽 생각하고 있었지." 그는 함께 갔던 두 소년을 보고 씽끗 웃었다. "그리고 지금 이 모래사장 위에서도. 내가 생각한 것은 이거야. 우리가 재미있게 지내자는 것. 그리고 우리는 구조되기를 바란다는 것."

격렬한 찬성의 소음이 모두에게서 일어나 파도처럼 그를 엄습하여 그는 무슨 얘기를 했는지 그 맥락을 잊어버리고 말았다. 그는 다시 생각에 잠겼다.

"우리는 구조되기를 바라고 있어. 그리고 물론 구조될 거야."

대중없이 종알거리는 소리가 났다. 랠프의 새로운 권위가 지닌 무게 이외에는 달리 어떤 근거가 있는 것도 아니었지만 이 간단한 선언이 광명과 행복을 불어넣어 준 것이다. 그는 소라를 흔들어 조용히 하게 하고는 말을 이었다.

"우리 아버지는 해군이야. 미지의 섬은 하나도 남아 있지 않다고 말씀하신 적이 있어. 여왕님은 지도로 가득 찬 방을 가지고 계신데, 전 세계의 모든 섬은 그 지도 속에 다 들어 있다는 거야. 따라서 여왕님은 이 섬의 지도도 가지고 계신 거야."

다시 기쁨과 안도의 소음이 일어났다.

"따라서 미구에 배 한 척이 이리로 찾아들 거야. 그건 우리 아버지가 탄 배일지도 몰라. 그러니까 얼마 안 있어 우리는 구조될 거야."

요점을 분명히 했기 때문에 그는 얘기를 멈췄다. 모두들 그의 얘기를 듣고 자못 안심이 된 듯했다. 그들은 랠프를 좋아했고 이제 거의 존경했다. 자연스럽게 그들은 손뼉을 치기 시작했고 이어 화강암 고대는 환호성으로 요란했다. 피기가 터놓고 자기를 탄복해 마지않는 것을 흘끗 곁눈질해 보고 랠프는 얼굴이 상기가 되었다. 피기 건너편의 잭을 쳐다보니 어색하게 웃으면서 자기도 박수치는 것쯤은 안다는 투로 손뼉을 치고 있었다.

랠프는 소라를 흔들어 보였다.

"자, 조용히 해. 잠깐만. 내 얘길 들어!"

조용한 가운데 의기양양해 가지고 그는 말을 이었다.

"또 한 가지 얘기할 것이 있어. 그건 어른들이 우리를 구해 주는 데 협력을 할 수가 있다는 거야. 배가 섬 가까이로 온다 하더라도 우리가 여기 있다는 것을 알아차리지 못할지도 몰라. 그래서 우리는 산꼭대기에 연기를 올려야 해. 봉화를 올려야 한단 말이야."

"봉화! 봉화를 올리자!"

곧 소년들의 절반쯤이 일어섰다. 소라의 건도 잊어버리고 잭이 그 가운데서 외쳤다.

"자, 가자! 나를 따라와!"

야자수 그늘의 일대는 소음과 동작으로 어수선했다. 랠프도 일어서서 조용히들 하라고 외쳤으나 귀를 기울이는 아이는 없었다. 이내 소년의 무리는 산 쪽으로 몰려가고 사쳐를 감추었다. 잭의 뒤를 따른 것이었다. 꼬마들까지 몰려가서 나뭇잎과 부러진 가지 사이에서 기를 쓰고 허위적거렸다. 랠프는 소라를 든 채 피기와 단둘이 남아 있었다.

피기의 호흡은 정상으로 회복되어 있었다.

"흡사 어린애들 같아!" 하고 피기는 경멸조로 말했다. "꼭 어린애들처럼 행동한단 말이야!"

랠프는 그를 수상쩍게 바라보더니 소라를 나무줄기 위에 내려놓았다.

"이제 차 마시는 시간은 훨씬 지났겠지." 하고 나서 피기는 말했다. "대체 저 산 위에서 뭣들을 할 작정이란 말인가."

그는 소라를 조심스럽게 어루만지더니 갑자기 멈추고 올려다 보았다.

"랠프! 이봐! 어딜 가는 거야?"

랠프는 이미 흉터 자국의 첫머리를 오르고 있었다. 멀리 그 앞으로는 부딪치는 소리, 웃음소리가 나고 있었다.

피기는 혐오감을 느끼면서 그를 지켜보았다.

"꼭 어린애들 같군!"

그는 한숨을 내쉬고 몸을 굽혀 구두끈을 매었다. 모험을 찾아나선 아이들의 소음이 산꼭대기로 사라졌다. 그러자 어린이들의 부질없는 흥분을 참아주어야 하는 부모처럼 순교자 같은 표정을 하고 그는 소라를 집어 들고 숲 쪽으로 향했다. 그리고 엉클어진 흉터 자국을 올라가기 시작했다.

산꼭대기의 반대쪽 아래로는 수풀이 무성한 고대(高臺)가 있었다. 다시 한번 랠프는 자기도 모르는 사이에 팔을 벌리고 그곳이 얼마나 험한가를 나타내는 손짓을 했다.

"저 아래선 나무를 얼마든지 할 수가 있겠군."

잭은 고개를 끄덕이고 아랫입술을 빨았다. 산의 보다 험한 쪽, 둘이 서 있는 곳에서 백 피트쯤 되는 아래쪽에는 나무 저장소라고 할 수 있음 직한 장소가 있었다. 그곳에선 고온다습 때문에 쭉쭉 자라는 나무들이 토양이 적어서 제대로 자라지를 못하고 일찌감치 쓰러져서는 썩어가고 있었다. 덩굴이 나무둥치를 휘감고 새 유목이 그 사이에서 가까스로 뾰족뾰족 솟구치고 있었다.

잭은 옆에 대령하고 있는 성가대 쪽으로 향했다. 그들의 검은 관모(官帽)는 베레모처럼 한쪽 귀 위로 비스듬히 씌워져 있었다.

"지금부터 나무를 쌓아 올린다. 자, 시작!"

그들은 적당한 길을 골라잡고 내려가서 고목을 잡아당기기 시작했다. 산꼭대기에 막 도착한 꼬마들도 미끄러지듯 내려와서 이젠 피기만 빼놓고는 모두 분주하게 일했다. 고목은 거의 썩었기 때문에 조금 잡아당기기만 해도 폭싹 무너지고 쥐

며느리가 기어나오는 판이었다. 그러나 개중에는 온전한 나무 줄기도 있었다. 쌍둥이인 샘과 에릭이 제일 먼저 그럴듯한 통나무를 찾아냈으나 랠프, 잭, 사이먼, 로저, 모리스 등이 몰려와 거들어주기까지는 전혀 손을 못 대고 쩔쩔매고 있었다. 그들은 그 괴상망측한 고목을 바위 위로 간신히 끌어올리고 꼭대기에서 내동댕이쳤다. 소년들이 그룹별로 크든 작든 자기네 몫을 보탰기 때문에 나무더미는 점점 커졌다. 몇 번짼가 다시 내려왔을 때 랠프는 우연히 잭과 단둘이서 큰 가지를 떠메고 있었다. 그들은 같은 짐을 들고 있음을 알고 얼굴을 맞대고 씽긋 웃었다. 미풍이 불어오고 외침소리가 나고 높은 산에 태양광선이 비스듬히 비치는 속에 다시 한번 그 신비스러운 마력이, 우정과 모험과 만족에 찬 불가사의한 보이지 않는 빛이 떠돌고 있었다.

"너무 무거운걸."

잭은 웃음으로 대답했다.

"우리 둘이서 지지 못할 게 있을라구."

같은 짐을 둘이서 처리하자는 협력 태세를 취하고 그들은 산의 가장 가파른 고비를 휘청거리면서 올라갔다. 하나, 둘, 셋, 하고 소리를 맞추어서 통나무를 나무더미 위에 내동댕이쳤다. 그리고 물러서 승리의 도취감을 맛보며 웃어젖혔다. 곧 랠프는 물구나무를 섰다. 아래쪽에선 소년들이 아직도 열심히 일을 하고 있었다. 몇몇 꼬마들은 흥미를 잃어버리고 먹을 것을 찾아 새 숲속을 헤매기도 했다. 쌍둥이 형제는 의심할 바 없이 총명했지만 마른 잎사귀를 한 아름씩 안고 올라와서 나무더미에 내동댕이쳤다. 나무더미가 웬만큼 다 되었다는 것을 알고 차례로 소년들은 더 나무를 구하러 가는 것을 멈추고 분홍색 바윗등을 드러낸 산꼭대기에 서 있었다. 이제는 숨도 가쁘지 않고 땀도 걷혔다.

모두들 쉬고 있을 동안 랠프와 잭은 얼굴을 마주 보았다. 내심으로는 둘이 모두 부끄러움을 깨달았지만 어떻게 실토해야 할지를 몰랐다.

얼굴을 시뻘겋게 해가지고 랠프가 먼저 입을 떼었다.

"네가 하겠니?"

그는 목청을 가다듬고 말을 이었다.

"네가 불을 피우겠니?"

난처한 판국이 되자 잭도 얼굴을 붉혔다. 그는 무언가를 알 듯 모를 듯이 중얼거렸다.

"막대기 두 개를 비벼대는 거야. 네가 비비면……."

그는 랠프를 흘끗 쳐다보았다. 랠프는 어찌할 바 모르겠다는 무능을 실토했다.

"누가 성냥 가지고 있냐?"

"활을 만들어서 화살을 비비면 돼." 하고 로저가 말했다. 그는 두 손으로 그 흉내를 내었다. '삭, 삭.'

가벼운 바람이 산정을 스쳐갔다. 바람과 함께 피기가 셔츠와 반바지를 걸치고 올라왔다. 조심스럽게 숲을 빠져나오는 그에게 저녁 햇살이 비쳐 안경이 번뜩였다. 겨드랑이에는 소라를 끼고 있었다.

랠프가 그에게 소리쳤다.

"피기야! 너 성냥 가지고 있니?"

다른 소년들도 거기에 호응하여 고함을 질렀기 때문에 온통 산이 다 울렸다. 피기는 고개를 젓고 나무더미께로 다가갔다.

"야! 정말 굉장히 쌓아올렸는데!"

잭이 갑자기 손가락질했다.

"저 애 안경! 그걸 렌즈로 쓰면 돼!"

도망칠 사이도 없이 피기는 둘러싸였다.

"이봐―날 붙잡지 마!" 잭이 억지로 안경을 빼앗았을 때 그의 목소리는 공포의 비명이 되었다. "조심해! 안경을 돌려줘! 난 보이지가 않아! 이러다간 소라를 깨뜨리잖아!"

랠프는 그를 팔꿈치로 밀어붙이고 나무더미 곁에 무릎을 꿇고 앉았다.

"그늘이 지지 않도록 해 줘."

밀고 당기고 하다가 참견하는 고함소리가 나기도 했다. 랠프는 안경알을 전후좌우로 움직이곤 했는데, 마침내 기우는 저녁 해의 번쩍이는 흰 그림자[像]가 한 조각의 썩은 나무 위에 정착했다. 이내 엷은 연기가 피어 올라와 그 때문에 랠프는 기침을 했다. 잭도 무릎을 꿇고 조용히 불었다. 연기가 점점 짙게 흩어지더니 조그만 불꽃이 나타났다. 환한 햇발 속에서 처음엔 거의 보일 듯 말 듯하던 불꽃이 조그마한 나뭇가지를 휩싸더니 기운을 내어 빛깔이 또렷해지고 큰 나뭇가지로 옮아갔다. 나뭇가지는 날카로운 소리를 내며 튀었다. 불꽃은 높다랗게 피어오르고 소년들은 기쁨의 환성을 질렀다.

"내 안경!" 하고 피기는 아우성이었다. "내 안경을 내놔!"

랠프는 나뭇더미에서 떨어져 서 있다가 안경을 피기의 더
듬는 손에 놓아주었다. 그는 가라앉은 목소리로 중얼거렸다.

"그저 뿌옇기만 해. 내 손도 안 보여."

소년들은 춤을 추었다. 나뭇더미는 썩어 있어서 불쏘시개처
럼 메말라 있었고 나뭇가지들은 온통 기운차게 누런 불꽃에
휩싸였다. 불꽃은 위로 위로 뻗어올라 높이가 20피트쯤은 실
히 되는 불기둥이 되어 공중에 솟구쳤다. 불 주변에서 몇 야드
되는 지점에선 용광로의 열풍 같은 열기가 서렸고 한 줄기의
미풍은 그대로 꽃불의 강물 같았다. 통나무들은 흰 재가 되어
주저앉았다.

랠프가 소리쳤다.

"나무를 더 넣어야 해! 모두 나무를 더 가지고 와!"

불길과의 경쟁이 시작되었다. 소년들은 위편 숲속으로 흩어
졌다. 산꼭대기에 깔끔한 불꽃의 깃발을 퍼덕이게 하는 것만
이 당장의 목표요, 아무도 그 이상의 것은 생각지도 않았다.
제일 작은 꼬마들까지도 과일의 유혹을 받지 않는 한 작은 나
무토막을 열심히 날라다가 불 속에 내던졌다. 대기가 훨씬 빨
리 움직여서 가벼운 바람으로 변했다. 그래서 바람이 불어오
는 쪽과 바람이 몰려가는 쪽은 현저하게 차이가 났다. 한쪽은
공기가 서늘했지만 다른 한쪽은 열기가 맹렬하여 머리카락이
단박에 오그라들 지경이었다. 땀에 젖어 축축한 볼따구니에
저녁바람을 맞은 소년들은 일하기를 그치고 서늘한 감촉을
즐겼다. 그리고 문득 자기들이 기진맥진해 있음을 깨달았다.
그들은 바스라진 바윗돌 사이에 놓여 있는 그늘에 몸을 내동

댕이치듯 뉘였다. 불꽃은 단박에 오그라들었다. 순간 나무더미도 다 탄 숯덩이 소리를 내며 안쪽으로 무너져내렸다. 불꽃에 싸인 커다란 나무가 펄쩍 솟구쳐 오르더니 옆으로 기울다가 바람 불어가는 쪽으로 불려갔다. 소년들은 수캐처럼 헐떡이며 누워 있었다.

랠프는 팔에 대고 있던 머리를 들었다.

"이래가지곤 안 되겠는데."

로저는 뜨거운 재 속에 용하게도 들어맞도록 침을 뱉었다.

"뭐라구?"

"연기가 나지 않았어. 그저 불꽃뿐이었어."

피기는 바위와 바위 사이로 툭 삐져나온 곳에 자리잡고 있었는데, 무릎에 소라를 받치고 앉아 있었다.

"저런 불은 아무 소용이 없어." 하고 그는 말했다. "아무리 애를 써도 저런 불을 계속 피워놓을 수는 없어."

"너는 아무 일도 하지 않았어." 하고 잭은 경멸조로 말했다. "너는 그저 가만히 앉아 있기만 했어."

"그의 안경을 활용했잖아?" 하고 검정 묻은 볼을 팔로 씻으면서 사이먼이 말했다. "그는 그걸로 도움이 되어준 거야."

"내가 소라를 가지고 있어." 하고 발끈 성을 내면서 피기가 말했다. "내게 발언권을 줘!"

"소라는 이 산꼭대기에선 효력이 없어." 하고 잭이 말했다. "그러니 넌 입 닥쳐."

"난 내 손에 소라를 쥐고 있어."

"생나무 가지를 올려놓아." 하고 모리스가 말했다. "그게 연기를 내는 제일 좋은 방법이야."

"난 소라를 가지고 있어ー."

잭은 표독스럽게 몸을 돌렸다.

"넌 아무 소리 마!"

피기는 기가 죽었다. 랠프는 피기가 들고 있던 소라를 뺏어 들고 주위의 소년들을 둘러보았다.

"우리는 봉화를 지킬 특별 당번을 두어야 해. 언제 배가 다가올지 모르니까 말이야." 이렇게 말하면서 랠프는 철사처럼 팽팽한 수평선을 향해 한 팔을 저었다. "그리고 우리가 봉화를 올리면 어른들이 와서 우리를 구해 줄 거야. 그리고 또 한 가지. 우리는 규칙을 더 만들어야 해. 소라가 있는 곳에선 우리 모임이 열리고 있다고 생각해야 돼. 저 아래 바닷가에서나, 여기 산꼭대기에서나 마찬가지야."

소년들은 찬성했다. 피기는 얘기를 하려고 입을 벌렸다가 잭과 눈길을 맞부딪치고는 입을 다물었다. 잭은 소라를 잡으려고 두 손을 내밀고 일어서서는 검정 묻은 두 손으로 그 소중한 물건을 고이 받쳐들었다.

"나는 랠프의 의견에 찬성이야. 우리는 규칙을 만들고 또 거기에 복종해야 해. 즉 우리는 야만인이 아닌 거야. 우리는 영국 국민이야. 영국 국민은 무슨 일이라도 척척 잘해. 그러니 우리는 온당한 일을 해야 해."

그는 랠프 쪽으로 향했다.

"랠프, 나는 성가대ー즉 사냥 부대ー를 몇 개 그룹으로 나눌 테야. 그리고 봉화를 계속 올리는 것은 우리가 책임질 테야."

이 너그러운 제안은 소년들의 박수갈채를 받았다. 그래서 잭은 소년들을 향해 씽긋 웃고는 조용히 하라고 소라를 저었다.

"이젠 봉화를 꺼두기로 하지. 밤에 연기를 볼 사람이 있어야 말이지. 불은 언제든지 다시 피울 수 있는 거고. 알토 반, 너희들은 이번 주에 봉화를 지키도록 해. 그리고 소프라노 반은 다음 주야."

모두들 정중하게 동의를 표했다.

"그리고 망보는 것도 우리가 책임을 질 테야. 만약 배가 저쪽에 보이면." 하고 말하자 모두들 잭의 뼈대 굵은 팔이 가리키는 쪽으로 눈길을 모았다. "우리는 생가지를 올려놓겠어. 그러면 연기가 오를 것 아냐?"

이제라도 곧 조그만 배의 모습이 나타나기나 할 것처럼 그들은 짙은 청색의 수평선을 골똘히 응시했다.

서쪽에서 져가는 태양은 세계의 끝으로 시시각각 미끄러져 내려가는 한 방울의 불타는 황금이었다. 그들은 저녁나절이 햇빛과 온기의 마지막을 의미한다는 것을 홀연 깨달았다.

로저는 소라를 잡고 그늘진 표정으로 모두를 둘러보았다.

"나는 줄곧 바다를 지켜보고 있었어. 배는커녕 그림자도 보이지 않았어. 아마 우리는 구조되지 못할 거야."

소곤거리는 소리가 나다가 조용해졌다. 랠프가 소라를 돌려받았다.

"아까도 말했지만 언젠가는 구조될 거야. 그저 기다려보아야 해. 그뿐이야."

발끈 성을 내며 대담하게 피기가 소라를 잡았다.

"내가 얘기했던 게 바로 그거야. 모임에 관한 얘기도 했고 딴 여러 가지도 내가 얘기했어. 그런데 너는 나보고 입을 닥치라고 했어."

그의 목청이 높아지더니 점잖게 상대방을 꾸짖는 애처로운 투덜거림으로 변했다. 모두들 몸을 뒤척이며 그의 말을 막으려고 고함쳤다.

"너는 조그마한 봉화를 올리자고 해놓고서는 건초더미같이 큼직하게 나무를 쌓아놓았어. 내가 무슨 말을 하면." 하고 피기는 통렬히 현실을 직시하고 소리쳤다. "넌 입을 닥치라고만 해. 그러나 잭이나 모리스나 사이먼이……."

와자지껄하는 가운데 그는 얘기를 멈추더니 선 채로 소년들의 뒤쪽, 즉 가파른 쪽 산허리에 있는 고목이 수북했던 일대를 내려다보았다. 그러더니 이내 야릇하게 웃어대어 모두들 입을 다물고 놀란 채 그의 번쩍이는 안경을 바라보았다. 그가 응시하고 있는 쪽을 살펴 가지고 왜 그가 이런 심술궂은 농담기를 나타내는가를 그들은 알아내려고 했다.

"조그만 불을 피운다더니 참 잘했다."

이미 말라 죽었거나 죽어가고 있는 고목을 꽃줄 모양으로 휘어감고 있는 덩굴 사이에서 여기저기 연기가 올랐다. 지켜보고 있노라니, 한 덩어리의 나무밑께서 불꽃이 일어나고 연기도 시꺼메졌다. 조그만 불꽃이 나무줄기 하나를 휘어잡더니 나뭇잎과 가시덤불 사이를 헤쳐나가면서 일변 갈라지고 일변 기세를 돋구었다. 어떤 불꽃은 나무줄기에 가 닿았는가 했더니 이내 빨간 다람쥐 모양으로 기어 올라갔다. 연기가 뭉게 뭉게 진하게 피어오르더니 일변 파들어 가고 일변 바깥으로 번졌다. 다람쥐는 바람의 날개를 타고 곁에 서 있는 나무로 달라붙다가 아래쪽으로 달려 내려갔다. 나뭇잎과 검은 연기가 이루어놓은 캄캄한 천개(天蓋) 밑으로 불길은 수풀의 멱살을 잡고 파먹어 들어가기 시작했다. 몇 마장이나 되는 검고 누런 연기가 늠름하게 바다 쪽으로 소용돌이쳐 갔다. 불꽃과 거역할 수 없는 불길의 방향을 보고 소년들은 날카롭게 신나는 환성을 질러댔다. 불꽃은 마치 일종의 야생동물이기나 한 것처럼 아메리카 표범이 배때기로 땅 위를 기어가듯이 분홍색 바위의 노출부 주변에 한 줄로 서 있는 자작나무 비슷한 유목 쪽으로 기어갔다. 맨 앞의 유목을 가볍게 두드렸는가 했더니 이내 그 나뭇가지는 불길에 싸였다. 불길의 심지는 나무와 나무 사이의 틈바귀를 날렵하게 뛰어넘고 줄지어 있는 나무 전체를 따라서 요동하며 혓바닥을 날름거렸다. 깡충깡충 뛰고 있는 소년들의 저 밑으로 1평방마일의 숲은 연기와 불길의 난장판이 되어 있었다. 제가끔 여기저기서 터져나온 불길의 소음은 합세를 해서 온 산을 진동시키는 폭음으로 변했다.

"조그만 불을 피운다더니 참 잘들 했다."

깜짝 놀란 랠프는 아래쪽에서 미쳐 날뛰고 있는 불길의 기운에 외경(畏敬)을 느끼기 시작한 소년들이 말없이 조용해졌다는 것을 깨달았다. 그것을 눈치챘고 또 자신도 두려움을 느꼈기 때문에 그는 사나워졌다.

"입 닥쳐!"

"난 소라를 들고 있어." 하고 기분이 상한 목소리로 피기가 말했다. "난 얘기할 권리가 있어."

모두들 피기를 쳐다보았으나 눈길에는 피기에 대한 관심이 전혀 나타나 있지 않았다. 불길의 폭음에 귀를 곤두세우고 있을 뿐이다. 피기는 불안스레 지옥의 겁화(劫火) 같은 불길에 눈을 주고 소라를 끌어안았다.

"저 불길은 제물에 타 없어지기를 기다릴 수밖에 없어. 우리가 장작으로 쓸 수가 있는 것이었는데 말이야."

그는 입술을 빨았다.

"이제는 속수무책이야. 우리는 매사에 더 조심을 해야 해. 나는 무서워 죽겠어."

잭이 불길에서 눈을 떼면서 말했다.

"넌 언제나 무서움을 잘 타. 야, 이 뚱뚱보야!"

"난 소라를 들고 있어." 하고 피기는 무연(憮然)히 말했다. 그는 랠프에게도 몸을 돌렸다. "내가 소라를 들고 있어. 그렇지, 랠프?"

마지못해 랠프는 멋있고도 처참한 광경에서 눈길을 돌렸다.

"그래서 어쨌다는 거야?"

"소라를 들고 있으니 발언권은 내가 가지고 있다는 말이야."

쌍둥이도 함께 킥킥거렸다.

"우린 연기를 올리려고 했었어ㅡ."

"자, 봐ㅡ."

연기의 장막이 섬에서 몇 마일 밖에까지 퍼져 있었다. 피기만 빼놓고 소년들은 모두 깔깔대기 시작했다. 이내 그들은 째지는 소리로 웃어댔다.

피기는 화가 치밀었다.

"난 소라를 들고 있어. 내 말을 들어봐! 제일 먼저 우리가 했어야 할 일은 바닷가에 오두막을 짓는 거였어. 밤엔 바닷가가 굉장히 추웠어. 그런데도 랠프가 '봉화'라고 하자마자 고함을 치면서 이 산으로 몰려들 왔어. 마치 어린애들처럼 말이야!"

어느 사이에 소년들은 그의 연설에 귀를 기울이고 있었다.

"순서를 가려서 중요한 일도 하지 않고, 또 온당한 행동도 하지 않으면서 어떻게 구조받기를 기대할 수가 있겠어?"

그는 안경을 벗고 소라를 내려놓는 듯한 기색을 보였다. 그러나 나이 먹은 소년들 가운데서 가장 나이 먹은 소년이 그것을 홱 낚아채려는 눈치였기 때문에 그는 마음을 고쳐먹었다. 그는 겨드랑이에 소라를 끼고 바위 위에 웅크렸다.

"그리고 여기 당도해 가지고는 아무 소용도 없는 봉화만을 올렸어. 자칫하면 섬 전체를 불바다로 만들 뻔했어. 섬이 모두 타버린다면 우리 꼴이 우습게 되잖아? 불에 구워진 과일이 우리 양식이고 또 그을은 돼지나 먹고. 웃을 일이 아니야! 너희들은 랠프를 대장으로 삼았어. 그러면서도 그에게 생각할 여유를 주지 않았어. 그리고 그가 무슨 얘기를 하면 곧 몰려나가고. 마치……"

그는 숨을 쉬기 위해서 입을 다물었다. 타고 있던 불길이 노성을 질렀다.

"그뿐이 아니야. 꼬마들 말이야, 꼬마들을 누가 돌보기나 했어? 꼬마들이 몇 명이나 되는지 아는 사람이나 있느냐 말이야?"

랠프가 갑자기 한 발짝을 내디뎠다.

"내가 너에게 말하지 않았어? 명단을 알아두라고 말이야!"

"대체 어떻게 그것을 나 혼자 할 수 있느냐 말이야." 하고 피기는 분노의 고함을 질렀다. "꼬마들은 한 2분 동안은 가만히 있었어. 그러나 곧 바다로 들어가는가 하면 또 숲속으로 들어가곤 했어. 아무 데로나 흩어지고, 누가 누구인지 내가 어떻게 알 수 있어?"

랠프는 파리한 입술을 빨았다.

"그러면 우리가 모두 몇 명인지 네가 모른단 말이야?"

"벌레처럼 쫓아다니는 꼬마들을 두고 어떻게 내가 알 수 있겠어. 너희들 셋이 돌아와서 네가 봉화를 올리자고 하자 모두들 뛰쳐나갔어. 난 전혀 기회가 없었어ー."

"그러면 관둬!" 하고 랠프는 퉁명스럽게 말하고 소라를 뺏어 들었다. "못 했으면 못 한 거지."

"ー 그리고 너희들은 이리 와서 내 안경을 막 채갔어ー."

잭이 피기 쪽을 향했다.

"그만 입 닥쳐!"

"ー 그리고 꼬마들은 불길이 번지고 있는 데서 헤매고 있었어. 꼬마들이 아직도 그곳에 있지 않다고 누가 보증할 수 있어?"

피기는 몸을 일으키고 연기와 불꽃 쪽을 손가락질했다. 소곤거리는 소리가 소년들 사이에서 일어나더니 가라앉았다.

이상한 일이 피기에게 일어나고 있었다. 그는 숨을 쉬려고 헉헉거리고 있었던 것이다.

"그 꼬마 말이야." 하고 피기는 헉헉거리며 말했다. "얼굴에 반점이 있던 그 꼬마가 보이지 않아. 지금 어디 있는 거야?"

모두들 죽은 듯이 고요했다.

"뱀 얘기를 하던 애 말이야. 그 애는 아까 저 아래에 있었어—."

불에 타고 있던 나무 하나가 폭탄처럼 터졌다. 높다랗게 뻗어 덩굴이 불쑥 눈에 띄더니 몸을 온통 비틀다가 쓰러졌다. 꼬마들이 그걸 보고 비명을 질렀다.

"뱀이야! 뱀이야! 저 뱀 좀 봐!"

서쪽에서 태양이 아무도 모르는 사이에 수평선 바로 위로 지고 있었다. 소년들의 얼굴은 아래편의 햇살을 받고 빨갛게 타고 있었다.

"얼굴에 반점이 있던 그 꼬마는——지금——대체 어디 있는 거야? 그 꼬마가 보이지 않아. 볼 수가 없어."

소년들은 겁에 질린 채 곧이 들리지 않는다는 듯 서로의 얼굴을 바라보았다.

"—그 애는 지금 어디 있느냐 말이야?"

랠프는 부끄러워서인지 중얼거리며 대답했다.

"아마 그 애는 돌아간 거야. 저—."

저 아래쪽 가파른 산허리에선 불길의 폭음이 계속되고 있었다.

3

바닷가의 오두막

잭은 허리를 굽히고 있었다. 축축한 땅 위에 거의 코가 닿을 지경으로 단거리선수처럼 앞으로 구부리고 있었다. 나무줄기와 그 나무줄기를 휘감고 있는 덩굴은 30피트 높이에서 초록색 어둠 속으로 파묻혀 있었다. 주위엔 온통 잔 나무덩굴이 무성했다. 오솔길이라고 꼬집어서 얘기할 수는 없는 희미한 길자국이 나 있을 뿐이었다. 즉 쪼개진 잔가지와 발굽의 한쪽이 흐릿하게 찍혀 있었을 뿐이었다. 그는 턱을 낮추고 마치 발자국에게 얘기라도 강요하듯이 발자국을 골똘히 노려보았다. 이어 개처럼 손발을 함께 디디고 불편을 무릅쓰고 5야드쯤 살금살금 기어가서는 멈추었다. 그곳엔 덩굴이 동그라미를 그리고 있고 그 줄기의 마디에선 덩굴수염이 드리워져 있었다. 덩굴수염의 아래쪽은 매끄러웠다. 덩굴의 동그라미를 돼지들이 지나갈 때 빳빳한 털이 그것을 비벼댄 것이었다.

이 단서가 되는 덩굴수염에 거의 얼굴을 대다시피 하고 쪼그린 채 잭은 어둠침침한 덩굴 속을 응시했다. 연한 갈색의 머리칼은 비행기에서 떨어졌을 때보다 훨씬 길었지만 빛깔은 더 옅었다. 벌거벗은 등은 검은 주근깨투성이였고 햇볕에 타서 허물이 벗겨지고 있었다. 끝이 뾰족한 5피트쯤 되는 막대기를 오른손으로 끌고 있었다. 나이프 벨트로 동이고 있는 너덜너덜한 반바지 외엔 몸에 걸친 것이라곤 없었다. 그는 눈을 감고 머리를 들어 크게 벌린 콧구멍으로 서서히 숨을 들이마셨다. 따뜻한 공기의 흐름으로부터 무엇인가 낌새를 얻으려는 것이었다. 숲도, 잭도 꼼짝 않았다.

이윽고 그는 긴 한숨을 내쉬고 눈을 떴다. 그의 눈은 밝은 청색이었다. 좌절감에 직면한 지금은 거의 광기마저 띠고 있는 눈이었다. 그는 마른 입술을 혓바닥으로 빨고 아무 낌새도 주지 않는 수풀을 빤히 지켜보았다. 이내 그는 살금살금 전진하면서 지면을 이리저리 훑어보았다.

수풀의 정적은 무더위보다도 더욱 숨막혔다. 한낮인 지금도 벌레 소리 하나 나지 않았다. 얼룩덜룩한 새가 나무 부스러기로 지은 원시적인 보금자리에서 잭의 모습을 보고 놀라서 날 때에 그 정적은 깨어졌다. 그리고 까마득한 태고 속에서 튕겨나온 듯한 날카로운 울음소리에 이어 그것이 메아리칠 뿐이었다. 잭도 이 울음소리에는 숨을 들이마시는 소리를 내면서 찔끔했다. 순간 그는 사냥을 나선 소년이라기보다도 울창한 나무 사이를 살금살금 기어다니는 원숭이 비슷한 생물 같았다.

이내 그는 분통이 터지는 발자국을 생각하고 탐하듯 지면을 살폈다. 회색 나무둥치에 파리한 꽃을 피운 거목(巨木)께서 그는 멈춰 선 채 눈을 감고 다시 한번 따뜻한 공기를 들이마셨다. 이번엔 숨결이 가빴고 얼굴이 잠시 핼쑥해졌으나 이내 혈색이 돌아왔다. 어두운 나무 밑을 그림자처럼 지나가서 웅크린 채 밟은 자국이 있는 발밑의 지면을 내려다보았다.

짐승의 똥은 아직 따뜻했다. 그건 파헤쳐진 지면에 소복히 쌓여 있었다. 주황색이 도는 초록색으로 매끄럽고, 게다가 김도 조금 났다. 잭은 머리를 들고 오솔길 위에 함부로 얽혀 있는 헤아릴 수 없는 덩굴더미를 쳐다보았다. 이어 그는 창을 치켜들고 살그머니 다가갔다. 덩굴 너머에서 오솔길은 돼지들이 다니는 길과 하나가 되었다. 그것은 꽤 넓고 숱하게 밟혀서 세법 길이라고 할 만했다. 지면은 늘 밟힌 듯이 몹시 굳어 있었다. 잭이 똑바로 일어섰을 때 그는 무엇인가가 움직이는 소리를 들었다. 그는 오른팔을 뒤로 홱 젖히고 창을 힘껏 던졌다. 돼지 통로에서 빠르고 딱딱한 발굽소리가 캐스터네츠 소리처럼 들렸다. 군침 흘리게 하며 사람을 환장하게 하는 고기를 약속하는 소리였다. 그는 덤불에서 뛰쳐나와 창을 집어들었다. 돼지 달리는 소리가 타닥타닥 멀리 사라졌다.

땀을 뻘뻘 흘리며 그는 서 있었다. 몸은 온통 흙투성이였고 하룻동안의 사냥중에 겪은 우여곡절로 엉망이 되어 있었다. 욕지거리를 내뱉으며 오솔길을 벗어나 덤불을 헤치며 나아갔다. 수풀이 트이고 새까만 지붕 같은 잔가지를 받치고 있는 매끈한 나무줄기 대신에 엷은 회색의 줄기와 깃털 같은 잎사귀

를 거느린 야자수가 보였다. 야자수 너머로는 번뜩이는 바다
가 보였고 소년들의 목소리가 들려왔다. 랠프는 야자수 줄기
와 잎사귀로 만든 묘한 물건 옆에 서 있었다. 그것은 환초호를
향해 세워놓은 엉성한 오두막으로 금방 내려앉을 것 같았다.
잭이 말을 걸어도 그는 알아보지 못했다.

"물 좀 있냐?"

랠프는 나뭇잎을 얽어놓은 것에서 눈을 떼고 찡그린 얼굴로
올려다보았다. 잭을 보고서도 랠프는 그를 알아보지 못했다.

"물 좀 있느냐고 물어본 거야. 목이 말라 죽겠는데."

랠프는 오두막에만 정신이 팔려 있다가 잭임을 알고 깜짝
놀랐다.

"아, 난 누구라고. 물 말이야? 나무 옆에 있어. 조금 남아 있
을걸."

나무 그늘에 놓여 있던 한 무더기의 야자열매 바가지 가운
데서 담수(淡水)가 가득 담긴 것을 잭은 집어들고 물을 마셨
다. 물이 턱에서 목과 가슴께로 튀었다. 물을 다 마시자 그는
몹시 씨근거렸다.

"그게 역시 필요해."

오두막 안에서 사이먼이 말했다.

"조금 더 위로."

랠프는 오두막 쪽으로 돌아서서 잎이 잔뜩 달린 나뭇가지
를 들어 올렸다.

잎이 떨어져내렸다. 사이먼의 미안쩍어하는 얼굴이 틈서리
로 보였다.

"미안해."

랠프는 넌더리를 내며 내려앉은 가지를 보았다.

"마무리가 절대 안 되겠는걸."

그는 잭이 서 있는 데로 몸을 내던졌다. 사이먼은 여전히 오두막 틈서리로 밖을 내다보고 있었다. 땅바닥에 눕자 랠프는 설명했다.

"며칠째 계속 일을 했는데 이 꼴을 좀 봐!"

오두막이 두 개 이리저리 서기는 했으나 흔들흔들했다. 이번 것은 폐옥이었다.

"그런데도 모두들 뛰어다니고만 있단 말이야. 모임 때 일을 기억하겠지? 오두막을 완성시킬 때까지 열심히 일하겠다고 한 것을 말이야."

"나와 나의 사냥 부대는 예외였지ㅡ."

"물론 사냥 부대는 별도였지. 그런데 꼬마들이……."

그는 손짓 몸짓을 하며 적당한 말을 찾으려고 하는 모양이었다.

"꼬마들은 아주 가망이 없어. 그보다 큰 애들도 나을 게 없고. 알겠어? 진종일 나는 사이먼과 함께 일을 했어. 우리 둘뿐이었어. 나머지는 모두 헤엄을 치거나 과일을 따 먹거나 놀거나 하고 있었을 뿐이야."

사이먼이 조심스럽게 머리를 내밀었다.

"넌 대장이야. 직접 그들에게 호령을 해."

랠프는 돌아누운 채 야자수와 하늘을 바라보았다.

"모임뿐이야. 모임만은 좋아하지. 매일같이. 그것도 하루에 두 번씩이나. 그저 말뿐이야." 그는 한쪽 팔꿈치에 몸을 기대었다. "내가 소라를 불기만 하면 당장 모두들 달려올 거야. 그리곤 정색을 하고 의논하겠지. 제트기를 만들자거니 잠수함을 만들자거니 TV 세트를 만들자거니 하며 누군가가 떠벌리겠지. 모임이 끝나면 5분 간은 일하겠지만 곧 슬금슬금 빠져나가거나 사냥질을 갈 판이지."

잭은 얼굴을 붉혔다.

"우리에겐 고기가 필요해."

"하지만 아직껏 손에 넣어보질 못했어. 그건 그렇고, 우리에겐 오두막이 필요해. 뿐만 아니라 너만 빼놓고 다른 사냥 부대는 몇 시간 전에 돌아왔어. 그리고 계속 헤엄만 쳤어."

"나는 계속했어." 하고 잭은 말했다. "나머지는 내가 돌려보낸 거야. 그러나 나는 사냥을 계속해야 한다고 생각했어. 나는……."

그는 짐승을 쫓아가서 죽이지 않고는 못 배길 것 같은 자기 심정을 전달하려고 했다.

"나는 계속했어. 나는 생각했어. 혼자서 —."

그의 눈에 다시 광기가 나타났다.

"나는 생각했어. 죽일 수가 있다고 —."

"그러나 못 죽였잖아?"

"죽일 수 있다고 생각했어."

어떤 숨겨진 격정이 랠프의 목소리 속에서 떨고 있었다.

"그러나 아직 못 죽였어."

목소리 속에 숨겨진 어떤 감정만 없었더라면 협력을 구하는 그의 말은 그저 예사로운 것으로 통했을지도 몰랐다.

"오두막 짓기를 도울 의사는 없는지?"

"우리에겐 고기가 필요해."

"그러나 그건 손에 넣을 수가 없어."

이제 주고받는 말 속에 적대 관계가 역력히 나타났다.

"그러나 난 손에 넣을 거야! 다음번엔 꼭! 나는 이 창에 미늘을 달아야겠어. 돼지 한 마리를 맞혔지만 창이 미끄러져버렸어. 미늘을 붙일 수만 있다면……."

"우리에겐 오두막이 필요해."

갑자기 잭이 분노의 고함을 질렀다.

"나를 탓하려는 거냐?"

"내가 말하고 있는 것은 우리들이 죽도록 일했다는 거야. 그뿐이야."

두 소년의 얼굴은 시뻘겋게 달아올랐고, 서로 얼굴을 마주 볼 수가 없었다. 랠프는 배를 깔고 뒹굴며 손으로 풀을 만지작거렸다.

"만약 우리가 떨어져내렸을 때처럼 비가 온다면 틀림없이 우리에겐 오두막이 필요해. 그리고 또 한 가지, 우리에게 오두막이 필요한 까닭은 ―."

그는 잠시 이야기를 끊었다. 둘이 모두 분노의 감정을 누를 수가 있었다. 랠프는 안전한 화제로 말머리를 돌렸다.

"너도 눈치를 챘겠지?"

잭은 창을 내려놓고 쪼그리고 앉았다.

"무얼?"

"저, 모두들 무서움을 탄다는 걸 말이야."

그는 몸을 돌려 잭의 사납고 더러운 얼굴을 들여다보았다.

"지금의 사정 말이야. 모두들 꿈을 꾸는 모양이야. 밤에 들리잖아? 밤중에 깨어본 적이 없니?"

잭은 고개를 저었다.

"밤중에 지껄이고 소리를 지르고 해. 꼬마들이 말이야. 큰애들 중에도 그런 애가 있고. 마치 ─."

"마치 여기가 고약한 섬이거나 한 것처럼."

말참견에 놀란 두 소년은 사이먼의 정색한 얼굴을 쳐다보았다.

"마치 짐승 같은 거나 뱀같이 생긴 것이 진짜이거나 한 것처럼 말이야. 그것은 잊어버리지 않았겠지?"

뱀이라는 그 오싹해지는 말을 들었을 때 나이 든 축인 두 소년은 찔끔했다. 이 말은 직접 언급되지 않았고, 또 입 밖에 내서는 안 되는 말이었다.

잭은 다리를 뻗고 앉았다.

"그 애들은 머리가 돌았어."

"그래, 머리가 돌았어. 우리가 탐험 갔을 때 일이 생각나니?"

첫날의 매혹적인 행복감을 생각해 내고 그들은 얼굴을 마주대고 씽긋 웃었다. 랠프는 말을 이었다.

"그러니 우리에겐 오두막이 필요해. 일종의 ─."

"집 말이지."

"그래."

잭은 다리를 끌어당겨 두 무릎을 모으고 무엇인가를 분명히 말하려고 상을 찡그렸다.

"그래도 여전히 – 수풀 속에선 말이야, 사냥을 하고 있을 때 – 물론 과일을 따 먹을 때 얘기가 아니고 – 짐승을 쫓고 있을 땐 –."

그는 랠프가 자기 얘기를 정색하며 받아들이는 것인지 자신이 없어 잠시 말을 끊었다.

"얘기를 계속해 봐."

"사냥을 하고 있으면, 때때로 마치 –." 그는 갑자기 얼굴을 붉혔다. "물론 아무것도 아니긴 해. 그저 그런 느낌이 드는 것뿐이야. 즉 자기가 사냥을 하고 있는 게 아니라 자기가 몰리며 쫓기고 있다는 느낌이 말이야. 마치 정글 속에서 시종 무엇인가에 뒤쫓기고 있다는 느낌이 든단 말이야."

세 사람은 다시 말이 없었다. 사이먼은 골똘한 표정이었고 랠프는 곧이들리지 않는다는 표정에다 약간 화가 난다는 투였다. 그는 고쳐 앉아 더러운 손으로 한쪽 어깨를 문질렀다.

"글쎄, 난 모르겠는걸."

잭은 벌떡 일어서서 빠른 말씨로 지껄였다.

"어쨌든 숲속에선 그런 느낌이 들어. 물론 아무것도 아니긴 해. 그저……."

그는 모래사장 쪽으로 몇 발짝 뛰어가더니 돌아왔다.

"모두가 가지고 있는 느낌이 어떤 것인지를 나도 그저 알고 있다는 것뿐이야. 알겠어? 그뿐이야."

"우리가 할 수 있는 제일 좋은 일은 구조받을 수 있도록 노력하는 거야."

잭은 잠시 생각을 한 뒤에야 비로소 구조가 무엇인지를 상기해 낼 수가 있었다.

"구조라고? 물론이야. 그러나 여전히 난 돼지를 먼저 잡고 싶어."

그는 창을 얼른 쳐들어 땅에다 콱 박았다. 불투명한 광기가 다시 그의 눈에 서렸다. 랠프는 앞으로 늘어진 금발의 머리카락 사이로 흠잡을 듯이 그를 바라보았다.

"그건 상관없어. 너희 사냥 부대가 봉화만 저버리지 않는다면……."

"또 그놈의 봉화군!"

두 소년은 모래사장 쪽으로 내려가 물가에서 분홍색 산을 돌아보았다. 가느다란 연기가 짙푸른 하늘에 흰 선을 긋고 있었다. 연기는 하늘 높이에서 흔들리다가 사라져갔다. 랠프는 상을 찡그렸다.

"얼마만큼 멀리에서 저 연기가 보일까?"

"몇 마일 밖에선 보이겠지."

"우리는 연기를 더 내야 해."

가느다란 연기의 꼬리께가 마치 그들이 지켜보고 있는 것을 의식한 것처럼 갑자기 담황색으로 짙어지더니 연한 기둥이 되어 올라갔다.

"생가지를 올려놓았나?" 하고 랠프가 중얼거렸다. 그는 눈을 가늘게 뜨더니 몸을 홱 돌려서 수평선을 찾았다.

"저기 있다!"

잭이 크게 고함을 지르자 랠프는 펄쩍 뛰었다.

"무엇이? 어디? 배야?"

그러나 잭은 산에서 아래쪽 평탄한 지대 쪽으로 뻗어 있는 높은 경사 쪽을 가리켰다.

"그렇군! 저기 있군―햇볕이 너무 뜨거우니까 그렇겠구―."

랠프는 넋을 잃은 듯한 잭의 얼굴을 곤혹스러움을 느끼며 응시했다.

"―저렇게 높이 가 있군. 한참 더울 때엔 저렇게 높은 곳에 있는 그늘에서 쉬고 있군그래. 우리 고향의 암소처럼……."

"나는 네가 배를 본 줄 알았어!"

"살금살금 다가가서…… 돼지들이 못 보도록 얼굴에 색칠을 하고…… 포위를 해가지고……."

분노의 감정은 랠프를 더 참지 못하게 했다.

"나는 연기 얘기를 하고 있었던 거야! 너는 구조받고 싶지가 않아? 너는 돼지, 돼지 하고 돼지 얘기밖에 못 해!"

"하지만 우리에겐 고기가 필요해."

"나는 진종일 사이먼하고만 일을 했어. 그런데 너는 돌아와서도 오두막 같은 것은 염두에도 없잖아!"

"일은 나도 했어."

"그러나 그건 네가 좋아하는 일이야!" 하고 랠프가 소리쳤다. "사냥이 하고 싶은 거야. 그러나 나는……."

햇볕이 쨍쨍한 모래사장에서 두 소년은 감정의 마찰에 스스로 놀라며 얼굴을 맞대고 있었다. 모래사장에 흩어져 있는 꼬마들에게 관심이 있는 체하며 랠프가 먼저 눈길을 돌렸다. 고대 너머에서는 웅덩이 속에 있는 사냥 부대의 함성이 들려왔다. 고대의 가장자리엔 피기가 돌아누운 채 반짝이는 해면을 내려다보고 있었다.

"모두들 별 도움이 안 돼."

생각했던 바와는 소년들이 딴판이었다는 것을 그는 설명하고 싶었다.

"그러나 사이먼은 도움이 돼." 그는 오두막을 손가락질했다.

"딴 아이들은 모두 달아나버렸어. 그러나 사이먼은 나만큼 일을 했어. 그저……."

"사이먼은 언제나 무슨 일에 매달려 있어."

랠프는 잭과 나란히 오두막 쪽으로 돌아가기 시작했다.

"조금 도와줄게." 하고 잭이 중얼거렸다. "헤엄을 치기 전에."

"걱정 말아."

그러나 그들이 오두막에 당도해 보니 사이먼의 모습은 보이지 않았다. 랠프는 틈서리로 머리를 박았다가 이내 머리를 빼고 잭 쪽으로 향했다.

"그도 튀어버렸어."

"싫증이 난 거야." 하고 잭이 말했다. "그래서 헤엄치러 간 게지."

랠프는 상을 찡그렸다.

"그는 괴짜야. 좀 우스워."

잭은 무슨 말에나 동의한다는 듯 고개를 끄덕여 보였다. 이심전심으로 말없이 그들은 오두막을 떠나 웅덩이 쪽으로 갔다.

"그리고." 하며 잭은 말했다. "헤엄을 치고 무얼 좀 먹고 나서 산 건너편으로 가볼 작정이야. 무슨 발자국 같은 것이 나 있을지 몰라. 따라오겠어?"

"하지만 해가 거의 다 진걸!"

"그래도 시간이 있을지 몰라."

두 소년은 함께 걸어갔다. 그러나 그들은 경험도 감정도 판이하게 다르고 의사소통도 잘되지 않는 동떨어진 존재였다.

"돼지만 손에 넣게 되면!"

"난 돌아가 오두막 일을 계속해야겠어."

두 소년은 사랑과 증오를 동시에 느끼며 어리둥절한 표정으로 서로 쳐다보았다. 웅덩이의 소금기 머금은 따뜻한 물과 고함소리와 물 첨벙거리는 소리와 웃음소리에 파묻히자 이내 두 소년은 원상으로 되돌아갔다.

의당 그곳에 있으리라고 생각했던 사이먼의 모습은 웅덩이에서도 보이지 않았다.

아까 랠프와 잭이 모래사장으로 내려가 산을 돌아다보려고 했을 때, 사이먼은 두 소년을 얼마쯤 따라가다가 도중에서 걸음을 멈췄던 것이다. 누군가가 조그만 집이나 오두막을 지으려고 했던 모래사장의 모래성을 그는 상을 찡그리고 서서 내려다보았다. 그러자 그는 모래성에 등을 돌리고 뚜렷한 볼일이 있는 것처럼 수풀 속으로 걸어 들어갔다. 그는 몸집이 작고 수척한 소년으로 턱이 뾰족했다. 눈빛이 형형하여 랠프는 그가 몹시 명랑하고 고약한 구석까지 있을 것이라고 생각한 터였다. 검은 머리카락이 길게 자라서 널찍한 이마를 거의 가리고 있었다. 다 해진 반바지를 입고 있었으며 발은 잭처럼 맨

발이었다. 까무잡잡한 얼굴이었지만 이제 새까맣게 탔고 거기 땀이 배어 반짝반짝했다.

그는 흉터 자국을 넘어가 첫날 아침에 랠프가 올라갔던 거대한 바위를 지나 오른쪽으로 꼬부라져 나무 숲속으로 들어 갔다. 과일나무가 들어선 일대를 여느 때 같은 걸음걸이로 걸었다. 그곳에선 아무리 기운이 없는 사람이라도 흡족하지는 못할망정 쉽사리 먹을 것을 찾을 수가 있었다. 꽃과 과일이 한 나무 위에 엉클어져 있었고 도처에 잘 익은 과일의 향기가 자욱했다. 꽃에 앉아 있는 무수한 꿀벌들의 잉잉거리는 소리도 가득 차 있었다. 그의 뒤를 따라오던 꼬마들이 여기서 그를 따라 먹었다. 꼬마들은 수다를 떨고 알 수 없는 소리를 지르고 그를 나무 있는 곳으로 끌고 갔다. 오후의 햇발을 받고 잉 잉거리는 벌들 속에서 사이먼은 꼬마들의 손이 미치지 않는 곳의 과일을 따주었다. 제일 맛있어 보이는 놈을 높다란 잎 속에서 따가지곤 헤아릴 수 없을 만큼 내뻗쳐져 있는 꼬마들의 손에 건네주었다. 꼬마들의 소원을 대부분 풀어준 후에 그는 멈춰 서서 주위를 둘러보았다. 꼬마들은 잘 익은 과일을 잔뜩 껴안고 먹으면서 불가사의하다는 듯이 그를 지켜보았다.

사이먼은 꼬마들 있는 곳을 떠나 가까스로 분간이 가는 길을 찾아내고 그 길을 따라갔다. 이내 키 큰 나무가 울창한 정글 속으로 들어갔다. 높다란 나무줄기에는 생각도 못한 푸른 꽃이 캄캄한 천장 같은 꼭대기에까지 피어 있었고 그 꼭대기에선 요란한 새 소리 같은 것이 들려왔다. 사방은 역시 캄캄했고 덩굴들이 마치 가라앉은 배의 밧줄 모양으로 늘어져 있었다. 부드러운 흙의 표면에는 그의 발자국이 났고, 덩굴에 발이 부딪칠 때면 언제나 덩굴이 끝에서 끝까지 온통 흔들렸다.

마침내 그는 햇볕이 더 비치는 장소에 이르렀다. 덩굴은 햇볕을 찾아 멀리까지 뻗어갈 필요가 없었기 때문인지 정글 속의 트인 공터 한구석에 커다란 거적처럼 얽혀 있었다. 그 공터란 것은 바위가 지면에 노출되어 있어서 조그만 관목이나 고사리따위밖에 자라질 못해 생긴 것이었다. 사방은 향기 자욱한 캄캄한 덤불로 에워싸였고 열기와 햇볕이 굉장했다. 한구석을 가로질러 한 거목이 쓰러져서는 아직도 서 있는 나무에 기대고 있었다. 새인지 짐승인지 재빠른 놈이 하나 빨갛고 노란 가지들을 흔들며 꼭대기로 기어 올라갔다.

사이먼은 걸음을 멈췄다. 잭이 그랬듯이 그도 어깨너머로 돌아보고 뒤가 막혔다는 것을 알고, 주위를 흘끗 둘러보아 자기가 완전히 혼자라는 걸 확인했다. 순간 그의 동작은 거의 남의 이목을 가리는 것 같았다. 이어 그는 몸을 구부리고 덩굴 거적 속으로 기어 들어갔다. 덩굴과 덤불은 바짝 죄어 있어서 그의 땀방울이 그 위로 흘러내렸고, 그가 기어 들어감에 따라 다시 맞부딪쳤다. 한가운데 안전하게 들어앉으니 그는 몇 개의 잎사귀로 해서 외부와 차단이 된 오두막 속에 들어앉은 거나 다름없었다. 그는 쪼그리고 앉아 나뭇잎을 헤치고 바깥 공기를 내다보았다. 무더위 속을 짝을 지어 나는 한 쌍의 화려한 나비를 제하고는 움직이는 것이라곤 없었다. 그는 숨을 죽이고 귀에 손을 댄 채 섬에서 들려오는 소리에 귀를 기울였다. 어둠이 섬 쪽으로 다가오고 있었다. 얼룩덜룩한 괴상한 새의 지저귐 소리, 잉잉거리는 벌 소리, 네모진 바위 사이에 있는 보금자리로 돌아가는 갈매기 소리조차도 이젠 아주 아득했다. 십 리 밖 산호초에 부딪히는 난바다의 나지막한 파도소리도 혈액의 속삭임 소리보다 희미했다.

사이먼은 휘장 같은 나뭇잎을 먼저대로 해놓았다. 비스듬히 비치는 벌꿀빛 저녁 햇살도 심점 흐려졌다. 저녁 햇살은 관목을 넘고 초록색 양초 같은 꽃봉오리를 지나 나뭇잎의 전장으로 옮아갔다. 나무 밑 쪽으로 어둠이 짙어갔다. 햇살이 스러지면서 현란한 색조도 죽어가고 무더위도, 숨막힐 듯한 기운도 식어갔다. 양초 같은 봉오리가 흔들렸다. 꽃봉오리를 에워싼 초록빛 부위가 조금 오므라들고 꽃의 흰 끝이 대기를 맞으려고 점점 벌어져갔다.

이제 햇살은 그 공터를 완전히 떠나갔고 하늘에서도 자취를 감추었다. 어둠이 밀려와 나무 사이의 길을 잠기게 하고 사방은 마치 바다밑처럼 괴괴했다. 양초 같은 꽃봉오리가 활짝 벌어져 흰 꽃이 되고 그 꽃들은 초저녁 별빛을 받고 은은히 빛났다. 꽃의 향기가 대기 속으로 번져나가 섬 전체를 휩쓸었다.

4

색칠한 얼굴과 긴 머리키락

새벽이 서서히 짤막한 황혼으로 옮아가는 것이 소년들이 익숙하게 된 최초의 리듬이었다. 노는 것이 재미있고 삶이 더 없이 가득하여 희망을 품을 필요도 없고 따라서 희망 자체도 잊혀지고 마는 때처럼 그들은 아침의 즐거움, 찬란한 태양, 압도적인 바다, 감미로운 대기 등을 즐겁게 받아들였다. 한낮이 가까워서 햇살의 홍수가 거의 수직으로 쏟아짐에 따라 오전 중의 선명한 색채는 바래져 진줏빛과 젖빛으로 되었다. 그리고 더위는 바로 머리 위에 걸려 있는 태양이 활기를 주기나 한 것처럼 난타하듯 따가워서 소년들은 도망쳐서 그늘로 달려가 누워 있거나 낮잠을 자거나 했다.

한낮이면 이상한 일이 생겼다. 반짝거리는 바다가 솟구쳐오르고, 전혀 있을 수 없는 일이겠지만 몇 층으로 갈라져 따로따로 놀았다. 산호초와 약간 높은 지대에 매달리듯이 해서 자라고 있는 몇 개의 키가 작은 야자수가 공중으로 떠오르고, 흔들리고, 뽑혔다. 때로는 빨랫줄 위를 미끄러져 가는 빗방울처럼 달리기도 하고 혹은 야릇하게 줄지어 놓은 거울에 그림자가 비치듯이 똑같은 모양이 되풀이되기도 했다. 때로는 육지가 없는 곳에 육지가 아련히 나타나기도 하고 아이들이 지켜보고 있는 사이에 비누거품처럼 사라지기도 했다. 피기는 이것을 신기루(蜃氣樓)라고 하면서 유식하게 문제 삼지 않았다. 사람을 무는 상어들이 빈둥거리고 있는 바다 저편의 산호초까지도 소년들은 가보지 못했기 때문에 그들은 이러한 신비로운 현상에도 익숙해져 버리고 이내 무시하고 말았다. 그것은 마치 심장의 고동처럼 떨고 있는 신비로운 별들을 무시하게 된 것과 같았다. 한낮에 이들 환영은 하늘 속으로 빨려 들어가고 태양은 분노한 눈처럼 아래를 노려보았다. 그러다가 오후도 기울 무렵이면 신기루도 가라앉고 태양이 기울어짐에 따라 수평선은 팽팽한 청색의 직선으로 고정되었다. 다시 비교적 서늘한 때가 되는 것이지만 이번에는 다가오는 어둠의 위협을 받기 마련이었다. 태양이 지고 나면 어둠이 소화기(消火器)처럼 섬을 온통 내려덮었다. 머나먼 별빛을 받는 오두막 속은 이내 불안으로 가득 차게 된다.

그러나 일하고 놀고 먹는다는 북유럽의 전통 때문에 그들이 이 새로운 리듬에 전적으로 적응한다는 것은 불가능했다. 꼬마인 퍼시벌은 일찌감치 오두막 속에 기어 들어와서는 이틀 동안이나 떠들고, 노래하고, 울고 하며 꼼짝을 않았다. 모두들 그가 돌았다고 생각하고 약간 재미있어 했다. 그 뒤부터 그는 내내 수척해지고 눈이 충혈이 되어 몰골이 처참했다. 노는 법도 거의 없이 자꾸 울기만 했다.

비교적 작은 소년들은 이제 '꼬마들'이라는 포괄적인 명칭으로 불려지고 있었다. 랠프를 선두로 해서 키의 크기는 차례차례 순서가 있었다. 사이먼과 로버트와 모리스 등 세 소년이 속해 있는 부분은 모호했지만, 키가 큰 축과 꼬마들을 분간하기는 어렵지 않았다. 누가 보아도 틀림없는 꼬마들인 여섯 살쯤 된 축들은 뚜렷하게 독립된, 그러면서도 동시에 충실한, 자기들만의 생활을 보냈다. 그들은 거의 진종일 손이 닿는 곳에 있는 과일을 따가지고는 먹기만 했다. 잘 익었나 덜 익었나, 맛이 있나, 없나 하는 것은 가리지를 않았다. 이제는 배앓이나 일종의 만성 설사에도 익숙해져 있었다. 어두워지면 이루 말할 수 없는 공포감에 휩싸였고 서로 의지하려고 떼지어 있었다. 먹는 것과 잠자는 것 외에는 노는 것으로 시간을 보냈다. 목적도 없이 하찮은 놀이를 눈부신 바닷가의 흰 모래사장에서 벌이는 것이었다. 어머니를 그리며 우는 것은 예상외로 드물었다. 햇볕에 타서 까맣게 된 몸은 아주 더러웠다. 꼬마들은 소라의 소리에는 순종했다. 랠프가 소라를 불었다는 것도 그 이유의 하나였다. 랠프는 키가 컸고 따라서 권위를 가지고 있는 어른들의 세계와 유대를 가지고 있었기 때문이다. 꼬마들이 모임의 재미를 즐겼다는 것도 또 한 가지 이유였다. 그러나 그 일을 빼놓고선 꼬마들은 큰 소년들과 어울리는 법이 거의 없었다. 꼬마들은 그들 나름의 극히 감정적인 단체 생활을 꾸려가고 있었던 것이다.

그들은 조그만 강가의 모래톱에 모래성을 쌓아놓았다. 이 모래성은 높이가 1피트쯤 되고 조개껍데기와 시든 꽃과 묘하게 생긴 돌로 장식되어 있었다. 모래성 주위에는 여러 가지 표지(標識)와 길과 성벽과 철로 따위가 복잡하게 얽혀 있었는데, 그것은 모래사장에다 눈을 대고 그 높이에서 바라보아야만 비로소 분간이 갔다. 행복하다고 할 수는 없을망정 꼬마들은 여기에 열중하여 놀았다. 때로는 세 꼬마가 모래성 하나를 쌓는 데 어울리기도 했다.

세 꼬마가 이곳에서 놀고 있었다. 헨리가 그중 제일 큰 아이였다. 그는 큰 불이 났던 날 저녁 후로는 볼 수가 없게 된 다갈색의 반점이 있던 아이의 먼 친척뻘이 되었으나 아직도 어려서 그의 행방불명이 뜻하는 바를 이해하지 못했다. 그 아이는 비행기를 타고 고국으로 돌아갔다는 얘기를 들었더라도 태연하게 곧이들었을 것이다.

헨리는 이날 오후에는 제법 대장 행세를 했다. 함께 놀고 있던 다른 두 꼬마는 섬에서 제일 작은 퍼시벌과 조니였기 때문이다. 퍼시벌은 얼굴빛이 쥐색으로, 자기 어머니에게조차 그리 귀염을 받지 못했던 것이다. 조니는 몸매가 좋은 금발의 꼬마로 천성이 싸움을 즐겼다. 당장은 놀이에 재미를 붙이고 있었기 때문에 다소곳하게 굴었다. 세 꼬마들은 모래바닥에 무릎을 꿇고 사이좋게 놀고 있었다.

로저와 모리스가 수풀 속에서 나왔다. 봉화 당번이 교대가 되어서 헤엄을 한바탕 치려고 내려온 것이었다. 로저가 앞장 서서 모래성을 곧바로 지나가며 성을 발길질하고 꽃을 파묻고 골라놓은 돌을 마구 흐트러놓았다. 모리스가 웃으며 뒤따라가 더욱 형편없이 북새질을 했다. 세 꼬마는 놀이를 그치고 쳐다보았다. 우연히도 그들이 특히 열중하고 있었던 특정한 표지가 다치지 않았기 때문에 꼬마들은 항의조차 하지 않았다. 그저 퍼시벌의 눈속에 모래가 들어가 훌쩍이기 시작했을 뿐이었고 모리스는 급히 그곳을 떠나갔다. 그전에 고향에서 모리스는 어린 아이의 눈에 모래를 처넣었다고 벌을 받은 일이 있었다. 이제 여기엔 자기에게 징계의 채찍질을 할 부모가 있는 것은 아니었지만 그는 여전히 나쁜 짓을 했다는 불안감을 느꼈다. 마음속으로 변명 비슷한 것을 생각해 보았다. 그는 수영에 관해서 뭐라 중얼거리더니 달음박질쳐 갔다.

로저는 뒤에 남아서 꼬마들을 지켜보았다. 그는 추락했을 때보다도 눈에 띄게 검어지진 않았으나 목덜미와 앞이마로 늘어진 검은 머리채는 그의 찌푸린 얼굴에 제격이었다. 뿐만 아니라 처음 보기에 사귐성이 없고 뚱했던 인상이 험상궂게 보이기까지 했다. 퍼시벌은 훌쩍이기를 그치고 놀이를 계속했다. 눈물이 모래를 씻어낸 것이었다. 조니는 푸른 눈으로 그를 지켜보았다. 그러더니 모래를 그의 머리께로 소나기처럼 퍼붓기 시작했다. 퍼시벌은 이내 다시 울어대었다.

놀이에 지친 헨리가 모래사장을 따라 빈들빈들 걸어나가자 로저도 야자수 그늘을 따라 딴 뜻 없이 같은 방향으로 간다는 듯이 그의 뒤를 따랐다. 헨리는 너무 어려서 그늘의 묘미를 몰랐기 때문에 야자수와 야자수 그늘에서 얼마쯤 떨어져 걸어갔다. 그는 모래사장을 내려가 물가에서 부지런히 바쁘게 굴었다. 풍요한 태평양의 밀물이 불고 있어서 비교적 고요한 환초호의 수면이 각각 1인치씩 높아졌다. 바다에서 밀려오는 물결 속에는 많은 생물이 있었다. 지극히 작은 투명체로, 건조하고 뜨거운 모래 위로 밀려드는 물결과 더불어 무엇인가를 찾으러 온 것이었다. 사람이 분간할 수 없는 감각 기관으로 그들은 이 새로운 장소를 탐사했다. 지난번 습격했을 때는 없었던 먹이가 아마 나타났나 보다. 새똥이라든가 곤충이라든가 혹은 육지의 생물의 찌꺼기라든가⋯⋯ 무수한 톱니처럼 이들 투명한 미물(微物)들은 모래사장 위의 찌꺼기를 깨끗이 먹어치우는 것이었다.

헨리에게는 이것이 황홀했다. 그는 조그만 막대기로 마구 쑤셨다. 그 막대기도 파도에 씻겨 표백된 표류물이었다. 헨리는 이 막대기로 미물의 동작을 지배하려고 했다. 조그만 굴을 팠더니 밀물이 가득 찼다. 그는 그 굴을 미물로 채우려고 했다. 자기가 생물을 지배하고 있다고 생각하니 단순한 행복감 이상의 황홀한 심정이 되었다. 그는 그 미물에게 얘기를 하고 격려하고 명령했다. 밀어닥치는 조수에 쫓겨 그의 발자국은 조그만 함정이 되고 그 속에 미물들은 빠졌다. 자기가 지배자가 된 것 같은 착각이 들었다. 그는 물가에 엉덩이를 대고 웅크렸다. 앞이마에서 눈께까지 머리칼을 늘어뜨린 채 고개를 숙였다. 오후의 태양이 눈에 보이지 않는 화살 같은 햇살을 내려뿜었다.

로저도 기다렸다. 처음엔 큰 야자수 줄기 뒤에 숨어 있었다.

그러나 헨리가 투명한 미물에 정신이 팔려 있는 것이 뚜렷했기 때문에 일어나서 제 몸을 드러내었다. 그는 모래사장을 따라 눈을 주었다. 퍼시벌은 울면서 어디론가 가버렸다. 따라서 조니만이 남아서 의기양양하게 모래성을 독차지하고 있었다. 그는 앉아서 혼자 입 속으로 노래를 부르며 퍼시벌에게 던지는 셈치고 모래를 던지고 있었다. 조니 건너편에는 화강암 고대가 보였다. 랠프와 사이먼과 피기와 모리스가 물속에 뛰어들고 있는 언저리에는 햇빛 머금은 물거품이 보였다. 그는 주의 깊게 귀를 기울였으나 들려오는 것이라고는 그들의 목소리뿐이었다.

갑자기 미풍이 불어와서 바깥쪽의 야자수를 흔들고 이에 따라 야자수 잎이 펄럭였다. 로저의 머리 위 60피트쯤 되는 높이에서 럭비볼만 한 섬유질의 덩어리인 야자열매가 떼지어 매달려 있다가 줄기에서 떨어져나갔다. 야자열매는 쿵쿵 소리를 내며 떨어졌으나 로저에게 맞지는 않았다. 로저는 피할 생각은 않고 야자열매에서 헨리 쪽으로, 그리고 다시 야자열매 쪽으로 시선을 돌렸다.

야자수 바로 아래의 하층토(下層土)는 이를테면 봉긋 올라간 모래사장으로 몇 세대에 걸친 야자수의 작용으로 딴 해안의 모래 속에선 그대로 묻혀 있던 자갈을 헤쳐놓았다. 로저는 허리를 굽혀서 자갈을 집어들어 겨냥을 한 뒤에 헨리에게 던졌다. 일부러 빗나가도록 던진 것이다. 태곳적부터 있어 와서 우리의 시간이 터무니없는 것임을 말해 주는 그 돌은 헨리의 오른편 5야드쯤 되는 곳에 맞았다가 튀어선 물속으로 떨어졌다. 로저는 돌을 한 주먹 모아 가지고 던지기 시작했다. 그러나 헨리 주변의 직경 6야드쯤 되는 공간에는 감히 팔매질을 하지 않았다. 보이지는 않지만 강력한 이전의 생활의 터부가 존재하고 있었던 셈이었다. 웅크리고 앉은 어린이의 주위에는 부모와 학교와 경찰관과 법률의 보호가 있었다. 팔매질하는 로저의 팔은 로저를 전혀 알지도 못하고 이제는 파멸한 문명 세계에 의해서 규제되고 있었던 것이다.

물속에 풍덩풍덩 무엇이 떨어지는 소리를 듣고 헨리는 깜짝놀랐다. 아무 소리도 내지 않는 투명한 미물을 버리고 그는 세터종(種)의 사냥개처럼 번져가는 파문의 한가운데를 지켜보았다. 이쪽 저쪽으로 돌은 떨어지고, 그때마다 헨리는 다소 곳이 눈길을 돌렸으나 때를 맞추지 못해 날아오는 돌을 보지는 못했다. 마침내 그는 돌 하나를 보고 웃으며 자기를 놀리고 있는 동무를 찾아보았다. 그러나 로저는 다시 야자수 줄기 위로 잽싸게 몸을 숨기고 숨을 가쁘게 몰아쉬며 기대어 있었다. 검은 눈의 눈꺼풀이 파닥였다. 그러자 헨리는 돌에 흥미를 잃어버리고 어슬렁어슬렁 어디론가 가버렸다.

"로저."

잭은 10야드쯤 떨어져 있는 나무 밑에 서 있었다. 로저가 눈을 뜨고 그를 보았을 때 까무잡잡한 피부 밑으로 검은 그림자가 후딱 지나갔다. 그러나 잭은 아무것도 눈치채지 못했다. 그는 몹시 열을 내어 성급하게 손짓하고 있었다. 할 수 없이 로저는 그에게로 갔다.

강 끝에는 웅덩이가 있었다. 모래로 막혀진 조그만 못으로 수련(睡蓮)과 바늘같이 가느다란 갈대가 무성했다. 이곳에서 쌍둥이인 샘과 에릭이 기다리고 있었다. 빌도 기다리고 있었다. 햇볕을 피한 채 잭은 못가에 무릎을 꿇고 있었고 가지고 있던 두 개의 널찍한 나뭇잎을 벌렸다. 한 잎에는 흰 찰흙이, 딴 잎에는 붉은 찰흙이 들어 있었다. 그 옆으로는 봉화터에서 가지고 온 숯막대가 놓여 있었다.

그런 것을 펼치면서 잭은 로저에게 설명했다.

"돼지가 내 냄새를 알아차리진 못해. 그저 내 모습을 알아볼 뿐일 거야. 나무 밑에 무엇인가 분홍색이 보인다는 투로 말이야."

그는 찰흙을 발랐다.

"초록 찰흙이 있다면 참 제격인데!"

그는 찰흙을 발라 거의 못 알아보게 된 얼굴을 무슨 영문인지를 모르겠다는 눈초리를 하고 있는 로저에게로 돌렸다.

"사냥을 하기 위해서야. 전쟁 때와 마찬가지야. 미채(迷彩)라는 속임수 색칠이 있잖아? 딴 것처럼 보이려고 하는 거야."

얘기를 강조하느라고 그는 몸을 뒤틀었다.

"─나무줄기 위에 앉은 나방이처럼─."

로저는 말귀를 알아듣고 심각한 얼굴로 고개를 끄덕였다. 쌍둥이 형제는 잭 쪽으로 자리를 옮기고 주저주저하며 무엇인가 항의를 했다. 잭은 손을 저어 그들을 막았다.

"듣기 싫어!"

그는 얼굴에 칠한 붉은색, 흰색 사이에 숯막대를 문질렀다.

"안 돼. 너희들 둘은 나를 따라와."

그는 못에 비친 자기 얼굴을 들여다보았으나 마음에 들지 않았다. 그는 몸을 굽혀 미지근한 물을 두어 번 손으로 떠서 얼굴에 칠한 것을 지웠다. 주근깨와 다갈색의 눈썹이 드러났다.

로저는 억지로 미소를 지었다.

"얼굴이 아주 엉망인데."

잭은 얼굴을 다시 칠할 궁리를 했다. 그는 한쪽 볼과 눈가를 희게 칠하고 다른 한쪽엔 붉은 찰흙을 발랐다. 그리고 오른쪽 귀에서 왼쪽 턱까지는 숯으로 검은 선을 그려넣었다. 그는 얼굴 모양을 보려고 못을 들여다보았으나 숨결 때문에 수면이 어지러워졌다.

"샘, 에릭, 내게 야자열매를 갖다 줘. 빈 걸로."

그는 물이 들어 있는 열매 껍질을 들고는 무릎을 꿇었다. 동그란 햇볕의 반사점이 얼굴에 맞아 그 반사로 물속에 밝은 그림자가 나타났다. 그는 놀라며 그 속을 들여다보았다. 거기 보이는 것은 이미 자기의 모습이 아니었고 무시무시한 남이었다. 그는 물을 내버리고 신명나게 웃으며 일어섰다. 못가에서 그의 건장한 육체가 하나의 마스크를 쓰고 있는 모습에는 남의 이목을 끌고 그들을 위압하는 서슬이 있었다. 그는 덩실덩실 춤을 추기 시작했고 그의 웃음소리는 피에 주린 으르렁 소리로 변했다. 그는 빌 쪽으로 깡총깡총 뛰어갔다. 마스크는 이제 하나의 독립한 물체였다. 그 배후로 수치감과 자의식에서 해방된 잭이 숨어버린 것이었다. 적색, 흑색, 백색으로 채색된 얼굴이 공중에서 요동치며 빌 쪽으로 다가갔다. 빌은 웃으면서 펄쩍 뛰어올랐다. 그러나 이내 입을 다물고 슬금슬금 덤불 속으로 사라져 갔다.

잭은 쌍둥이에게로 달려갔다.

"딴 아이들은 열을 짓고 있어. 자, 따라와!"

"그러나―."

"―우리는―."

"따라와! 난 살금살금 기어가서 찌를 테야―."

마스크를 거역할 아이들은 그들에겐 없었다.

랠프는 수영장이 된 웅덩이에서 올라와 모래사장을 종종걸음으로 올라가 야자수 그늘에 앉았다. 금발이 눈썹 위에 달라붙어 그는 머리를 뒤로 젖혔다. 사이먼은 물 위에 둥둥 떠서 발을 놀려 대고, 모리스는 다이빙 연습을 하고 있었다. 피기는 망연히 뭔가를 집었다 던졌다 하며 할 일 없이 빈둥거리고 있었다. 그의 마음을 사로잡았던 바위 사이의 웅덩이는 이제 밀물로 덮여 있었기 때문에 조수가 빠질 때까지는 아무 흥미도 있을 수 없었다. 이내 랠프가 야자수 그늘에 있는 걸 보고 그의 곁에 가 앉았다.

피기는 누더기가 된 반바지를 걸치고 있었고 뚱뚱한 몸은 황금색을 띤 갈색이었다. 그의 안경은 무엇을 볼 때마다 여전히 번뜩이고 있었다. 그는 이 섬에서 머리가 자라지 않는 것같이 보이는 유일한 소년이었다. 딴 아이들은 모두 봉두난발의 행색이었지만 피기의 머리만은 대머리를 타고나기나 한 듯이 한 묶음이 단정하게 놓여 있을 뿐이었다. 그리고 이 빈약한 머리나마 어린 숫사슴의 가지진 뿔의 녹용처럼 곧 없어질 것같이 보였다.

"나는 사뭇 시계 생각을 해왔어." 하고 피기는 말했다. "해시계라면 만들 수가 있어. 모래 속에 막대기를 박아놓고……."

해시계에 관한 수학적인 조작을 설명하는 것은 무척 힘든 일이었다. 그는 그 대신 손놀림으로 약간의 설명을 해보였다.

"그리고 비행기와 TV 세트." 하며 랠프는 기분이 언짢은 듯이 말했다. "또 증기 기관도 만들지."

피기는 고개를 저었다.

"그런 걸 만들자면 많은 쇠붙이가 필요해." 하고 그는 말했다. "그리고 우리에겐 쇠붙이가 없어. 그러나 막대기라면 있거든."

랠프는 그를 향해 자기도 모르게 웃고 말았다. 피기는 답답한 녀석이었다. 그의 뚱뚱한 모습이라든지 천식이라든지 실제적인 생각이라든지 모두가 따분했다. 그러나 그를 조롱하는 것은 언제나 재미있었다. 우연히 조롱하게 되는 경우에조차도 그랬다.

피기는 랠프의 미소를 보고 그것을 우정의 표시라고 잘못 짚었다. 어느새 숙성한 또래 사이에선 피기가 이단자라는 의견이 형성되어 있었다. 그의 악센트 탓도 있었지만 그건 대수로운 게 아니고 뚱뚱한 모습, 천식, 안경 그리고 손일을 싫어하는 듯한 성벽이 그 원인이었다. 그런데 이제 자기가 한 얘기를 듣고 랠프가 미소짓는 것을 보고 그는 기뻐서 고집을 피웠다.

"막대기라면 얼마든지 있어. 각자 자기 몫의 해시계를 가질 수가 있어. 그러면 시간을 알게 돼."

"참, 좋겠다."

"여러 가지 일을 할 필요가 있다고 너도 말했잖아? 우리가 구조되기 위해서는."

"가만히 있어 봐."

그는 벌떡 일어서서 웅덩이 수영장 쪽으로 종종걸음을 치며 갔다. 모리스가 막 서투르게 물속으로 뛰어든 참이었다. 랠프는 화제를 돌릴 기회가 생긴 것이 기뻤다. 모리스가 수면으로 올라오자 그는 소리쳤다.

"그게 뭐야! 배를 대고!"

모리스는 물속으로 거뜬히 미끄러져 들어온 랠프에게 미소를 보냈다. 모든 소년 가운데서 그는 제일 물에 익숙했다. 그러나 오늘은 구조, 부질없고 하찮게 생각되는 그 구조 얘기가 성가셔서 푸른 물속도, 나무 그림자를 통해서 황금색으로 빛나는 태양도 그렇게 달갑지가 않았다. 물속에 남아서 노는 대신에 그는 꾸준한 동작으로 사이먼 밑을 헤엄쳐 가 웅덩이 수영장 건너편으로 나가서 바다표범처럼 매끈매끈한 몸에서 물방울을 떨어뜨리며 누워버렸다. 언제나 눈치 없는 피기는 일어서서 그의 곁으로 다가와 섰다. 랠프는 배를 깔고 엎드려 못 본 체했다. 신기루는 이미 사라지고 없었다. 그는 팽팽한 푸른 수평선을 따라서 시선을 굴렸다.

다음 순간 그는 벌떡 일어서서 고함쳤다.

"연기 봐! 연기!"

사이먼은 물속에서 정좌하려다 잔뜩 물을 먹었다. 막 물속에 뛰어들려던 모리스는 선 채로 뒤뚱뒤뚱하더니 화강암 고대로 달려가다 방향을 바꾸어 야자수 밑의 풀밭으로 갔다. 거기서 그는 다 해진 반바지를 입기 시작했다. 무슨 일에든 호응할 태세를 갖추기 위해서였다.

랠프는 한 손으로 머리를 젖히고 한 손으로는 주먹을 쥔 채서 있었다. 사이먼은 물에서 올라오고 있었다. 피기는 반바지에다 대고 안경을 닦으면서 눈을 가늘게 뜨고 바다를 바라보고 있었다. 모리스는 반바지의 한 가랑이에 두 다리를 한꺼번에 집어 넣었다―모두들 가운데서 랠프만이 냉정을 잃고 있었다.

"내 눈엔 연기가 안 보이는걸." 하고 곧이들리지 않는다는 듯이 피기가 말했다. "내 눈엔 안 보이는걸. 랠프―어디 있어?"

랠프는 아무 말도 하지 않았다. 두 주먹을 꽉 쥔 채 이마에 올려놓아서 그의 금발은 눈을 가리지 않았다. 몸을 앞으로 굽히고 있었고 살갗에는 소금기가 하얗게 솟아나고 있었다.

"랠프―배가 어디 있어?"

사이먼은 옆에 서서 랠프와 수평선을 번갈아 바라보았다. 모리스의 바지는 그의 한숨과 함께 흘러내렸지만 그는 넝마를 버리듯 그것을 벗어 팽개쳐 버리고 수풀 쪽으로 달려갔다가 다시 돌아왔다.

연기는 수평선 위에 실 매듭처럼 놓여 있었고 서서히 고리를 풀고 있었다. 연기 아래로는 굴뚝인 듯한 점이 보였다. 랠프는 혼잣말을 하면서 파리한 얼굴을 하고 있었다.

"배에서 우리가 피우는 연기가 보일 거야."

피기는 이제 바른 방향을 바라보고 있었다.

"연기가 가물가물하군."

그는 고개를 돌려 산꼭대기를 쳐다보았다. 랠프는 게걸이 든 듯이 계속 배를 지켜보고 있었다. 얼굴에 혈색이 돌고 있었다. 사이먼은 잠자코 그의 곁에 서 있었다.

"눈이 나빠서 잘 모르지만." 하고 피기는 말했다. "연기는 올리고 있냐?"

랠프는 여전히 배를 지켜보면서 성마른 듯 몸을 흔들었다.

"산정의 연기가 문제야."

모리스가 달려와서 바다 쪽을 응시했다. 사이먼과 피기는 모두 산을 올려다보고 있었다. 피기는 얼굴을 찌푸렸으나 사이먼은 몸을 다치기나 한 듯 날카로운 비명을 질렀다.

"랠프! 랠프!"

그 목소리가 자못 처절하여 랠프는 모래 위에서 몸을 홱 돌렸다.

"얘기 좀 해봐." 하고 걱정스럽게 피기가 말했다. "봉화는 올리고 있냐?"

랠프는 수평선 위에서 스러져가는 연기 쪽으로 다시 시선을 돌렸다가 산꼭대기를 올려다보았다.

"랠프! 어서 말해 줘. 봉화는 오르고 있니?"

사이먼은 랠프에게 손을 대려고 머뭇머뭇 한 손을 내밀었다. 그러나 랠프는 웅덩이의 얕은 변두리의 물을 걷어차며 달음박질을 시작하더니 따갑고 흰 모래톱을 가로질러 야자수 밑을 뛰어갔다. 다음 순간 그는 어느새 시퍼렇게 흉터 자국을 휘감고 있는 엉클어진 덤불과 승강이를 벌이고 있었다. 사이먼이 그 뒤를 달려가고 이어 모리스도 그 뒤를 따랐다. 피기가 외쳤다.

"랠프! 제발, 랠프!"

곧이어 그도 달음박질쳤지만 고대를 가로지르다가 모리스가 벗어 팽개친 반바지에 걸려 넘어졌다. 네 소년의 배후에서는 연기가 수평선을 따라 조용히 움직이고 있었다. 모래사장에서는 헨리와 조니가 퍼시벌에게 모래를 던지고 있었고 퍼시벌은 다시 훌쩍이고 있었다. 이들 세 꼬마는 숙성한 또래들의 흥분을 전혀 모르고 있었다.

랠프는 흙터 자국의 육지 쪽 가장자리에 이르자 숨을 가쁘게 몰아쉬면서 욕설을 퍼부었다. 발가벗은 몸으로 마구 할퀴어대는 덩굴 사이를 달려왔기 때문에 온통 피투성이였다. 산이 가팔라지는 지점에서 그는 멈춰 섰다. 모리스는 불과 몇 야드 뒤에서 따라오고 있었다.

"피기의 안경이 필요해!" 하고 랠프는 고함쳤다. "봉화가 꺼졌다면 말이야—."

그는 고함치기를 그치고 선 채로 몸을 흔들었다. 모래사장에서 헐레벌떡이며 올라오는 피기의 모습이 가까스로 눈에 띄었다. 랠프는 수평선에서 산꼭대기로 눈길을 돌렸다. 피기의 안경을 가지러 가는 것이 나을까? 그렇게라도 하지 않으면 배는 가버리고 말지 않을까? 혹은 봉화가 막 꺼졌는데 무작정 올라가기만 한다면, 천천히 기어 올라오는 피기의 모습과 수평선 너머로 사라져가는 배의 모습만을 닭 쫓던 개 모양으로 바라보게만 되는 게 아닐까? 다급한 결단의 시점에서 주저하고 우유부단한 자신에 대해 짜증을 내며 랠프는 소리쳤다.

"아, 하느님! 아, 하느님!"

사이먼은 덤불과 승강이를 하면서 숨을 돌리기 위해 잠시 숨을 죽였다. 그의 얼굴이 뒤틀려 있었다. 연기가 뭉게뭉게 흘러가는 것을 보고 발을 구르다가 랠프는 넘어졌다.

봉화불은 꺼져 있었다. 그들은 곧 그것을 간파했다. 고국(故國)의 연기가 손짓하고 있었을 때 모래사장에서 이미 알고 있던 그대로 불은 꺼져 있었다. 불은 아주 꺼져서 연기도 나지 않고 불기도 없었다. 당번들도 없었다. 아직 태우지 않은 나무 더미가 그대로 놓여 있었다.

랠프는 바다 쪽으로 눈길을 돌렸다. 수평선은 다시 그들을 아랑곳도 하지 않은 채 펼쳐져 있었고 가냘픈 연기 자국을 제외하고는 아무것도 없었다. 랠프는 바위 사이를 누비며 구르듯 달려가 분홍색 벼랑 끝에 간신히 몸을 가누고 배 쪽에다 대고 고함쳤다.

"돌아와요! 돌아와요!"

그는 얼굴을 바다로 돌린 채 벼랑을 따라서 이리저리 달렸다. 그의 목소리는 미친 듯이 날카로워졌다.

"돌아와요! 돌아와!"

사이먼과 모리스가 당도했다. 랠프는 두 소년을 눈 하나 깜빡이지 않고 바라보았다. 사이먼은 외면을 하고 볼의 땀을 훔쳤다. 랠프는 울화가 치밀어 자기가 알고 있는 대로의 온갖 욕설을 내뱉았다.

"제기랄, 불을 꺼뜨렸어!"

그는 산의 가파른 쪽을 내려다보았다. 숨을 헐떡이고 꼬마처럼 훌쩍이며 피기가 당도했다. 랠프는 주먹을 쥐고 상기해 있었다. 그의 골똘한 응시와 가시 돋친 목소리로 그가 무엇을 보고 있는가 하는 것을 알 수 있었다.

"저기들 가 있단 말이야."

저 아래쪽 물가에 흩어져 있는 분홍색 바위조각 사이로 행렬을 짓고 있는 일단의 모습이 나타났다. 몇몇 소년들은 검은 모자를 쓰고 있었지만 그 점만 빼면 모두들 거의 알몸이었다. 발조심할 필요가 없는 지대에 닿을 때마다 그들은 일제히 막대기를 공중에 쳐들었다. 그들은 노래를 부르고 있었는데 그것은 뒤뚱거리는 쌍둥이 형제가 소중하게 메고 있는 짐과 관련이 있는 것 같았다. 멀리 떨어져 있었지만 랠프는 단박에 잭을 알아볼 수가 있었다. 키가 크고 머리카락이 붉고 행렬을 지휘하는 것은 영락없이 잭이었던 것이다.

사이먼은 아까 랠프로부터 수평선으로 눈길을 옮겼듯이 이번엔 랠프를 보다가 잭에게로 눈길을 돌렸지만 어쩐지 두려워하는 것 같은 모습이었다. 랠프는 행렬이 다가오는 동안 잠자코 기다리고 있었다. 노랫소리는 귀에 들려왔지만 워낙 떨어져 있기 때문에 무슨 소리인지는 분간이 가지 않았다. 잭 뒤에는 쌍둥이 형제가 걸어오고 있었는데, 어깨에는 큰 장대를 메고 있었다. 그 장대에는 창자를 도려낸 죽은 돼지가 매달려 있어 쌍둥이 형제가 울퉁불퉁한 지면을 터벅터벅 걸어갈 때마다 묵직하게 흔들렸다. 목께에 큰 상처가 난 돼지의 대가리는 축 늘어진 채 땅 위에서 무엇인가를 찾고 있는 것 같아 보

였다. 이윽고 노래하듯 뇌는 말소리가 주발 속 같은 새까맣게
탄 숲과 잿더미를 가로질러 들려왔다.

"돼지를 죽여라. 목을 따라. 그 피를 흘려라."

그러나 그 말소리가 뚜렷하게 들렸을 무렵 행렬은 가파른
지대에 당도했기 때문에 뇌는 소리는 잠시 동안 멎었다. 피기
가 홀쩍였다. 사이먼은 마치 예배를 보다가 큰 소리를 지르기
나 한 것처럼 피기를 말렸다.

찰흙을 잔뜩 얼굴에 바른 잭이 제일 먼저 산정에 이르렀다.
그는 창을 쳐들고 신나게 랠프에게 소리를 질렀다.

"보란 말이야. 우리는 돼지를 잡았어! 몰래 다가가서 삥 둘
러싸고……."

사냥 부대의 소년들이 일제히 소리쳤다.

"삥 둘러싸 가지고―."

"우리는 기어갔어……."

"돼지는 비명을 지르고……."

쌍둥이 형제가 메고 있는 돼지는 새까맣게 엉긴 핏방울을
바위에 떨어뜨리며 흔들리고 있었다. 형제는 입을 크게 벌리
고 똑같이 황홀한 웃음을 짓고 있었다. 잭은 랠프에게 들려줄
얘기가 너무나 많았다. 한꺼번에 모두 털어놓을 수가 없어 그
는 대신 춤을 추었다. 위신을 생각한 그는 춤추기를 그치고 가
만히 서서 씽끗 웃었다. 그는 자기 손에 피가 묻어 있는 것을
깨닫고 역겨운 듯이 상을 찡그렸다. 손을 닦을 것을 찾다가 반
바지에 손을 문지르고는 또 웃었다.

랠프가 입을 열었다.

"너희들은 불을 꺼뜨렸어."

전혀 상관없는 얘기를 한다는 생각이 들어 잭은 약간 뚱해지면서 멈칫했으나 너무 기뻐서 그만한 일에 신경을 쓰지는 않았다.

"불은 다시 피울 수가 있어. 랠프, 너도 우리와 함께 있었더라면 좋았을걸. 참 신났어. 쌍둥이 형제는 채여 넘어졌고―."

"우리는 돼지를 갈겼어―."

"난 대가리에 덤벼들어서―."

"내가 돼지 목을 땄어." 하고 잭은 자랑스럽게 말했으나 그러면서도 몸을 비꼬았다. "칼자루에 흠¹¹⁾을 내게 네 칼 좀 빌려주지 않으련, 랠프?"

소년들은 떠들어대며 춤을 추었다. 쌍둥이 형제는 계속 싱글거리고 있었다.

"피가 굉장했어." 하고 웃으며 진저리를 치며 잭은 말했다.

"너도 꼭 구경을 했어야 하는 건데!"

"매일 사냥을 나가야겠어……."

랠프가 쉰 목소리로 다시 입을 열었다. 그는 그때까지 그 자리에서 꼼짝 않고 있었다.

"너희들은 불을 꺼뜨렸어."

같은 소리를 두 번이나 듣고 잭은 불안해졌다. 그는 쌍둥이 형제를 보다가 다시 랠프에게 눈길을 돌렸다.

"사냥을 하는데 그들이 꼭 있어야 했어." 하고 그는 말했다.

---

11) 짐승을 잡았다는 기념으로 흠집을 내는 것이다.

"그렇지 않으면 삥 둘러쌀 수가 없었어."

그는 실책을 깨닫고 얼굴이 발개졌다.

"불이 꺼진 것이라야 한두 시간밖에 안 됐어. 다시 피우면 되잖아?"

랠프의 알몸이 온통 상처투성이라는 것과 네 소년이 침울하게 입을 다물고 있다는 것을 잭은 깨달았다. 행복한 기분에 젖어 있었기 때문에 마음을 너그럽게 가질 수 있었던 그는 사냥의 경험을 모두에게 알리고 싶었다. 그의 마음속엔 갖가지 기억이 가득 남아 있었다. 안간힘을 쓰고 있는 돼지를 모두가 둘러쌌을 때 그들이 알게 된 사실, 한 살아 있는 생물을 속이고, 자기들의 의지를 거기에 관통시키고, 맛있는 술을 오랫동안 빨 듯이 그 목숨을 빼앗아버렸다는 사실에 대한 생생한 기억으로 가득 차 있었다.

그는 두 팔을 한껏 벌렸다.

"너도 그 피를 보았더라면 오죽 좋았을까!"

사냥 부대 소년들은 아주 조용히들 하고 있었으나 피 얘기가 나오자 다시 웅성거렸다. 랠프는 그의 머리를 쓸어넘겼다. 한 팔로는 아무것도 없는 수평선을 가리켰다. 그의 목소리는 크고 사나워서 모두들 잠잠해지고 말았다.

"저기 배가 보였었어."

이 말 속에 너무나 많은 무서운 뜻이 담겨 있음을 알고 잭은 뒷걸음쳤다. 그는 한 손을 돼지 위에 올려놓고 창칼을 뽑았다. 랠프는 주먹을 쥔 채 팔을 내렸다. 그의 목소리는 떨리고 있었다.

"배가 보였었어. 저기. 넌 봉화를 줄곧 올리겠다고 해놓고는 꺼뜨리고 말았어!"

그는 잭에게로 한 발짝 다가섰다. 잭도 고개를 돌려 랠프를 바라보았다.

"봉화만 있었던들 배에 있는 사람들은 우리를 보았을지도 몰라. 우리들은 집에 돌아갈 수 있었을지도 몰라."

피기에게는 이것이 너무나 비통했다. 기회를 놓쳤다는 비통함 때문에 그는 겁도 없어졌다. 그는 목청을 높여 소리쳤다.

"그까짓 피 얘기가 다 뭐야, 잭 메리듀! 그까짓 사냥이 다 뭐! 우리는 집에 갈 수 있었단 말이야."

랠프는 피기를 한쪽으로 밀쳤다.

"난 대장이야. 넌 내 말대로 따르기로 돼 있어. 너는 이러쿵저러쿵하지만 오두막도 짓지를 못해. 게다가 사냥을 간답시고 봉화도 꺼뜨려버리고……."

그는 외면을 하고 한동안 잠자코 있었다. 다시 입을 열었을 때 그의 목소리는 격앙되었다.

"배가 보였단 말이야……."

사냥 부대 중 조그만 소년이 울먹이기 시작했다. 무시무시한 진상이 모든 소년의 마음속에 스며들었던 것이다. 돼지를 창칼로 찌르고 있던 잭의 얼굴이 상기되었다.

"우리 일도 힘든 일이었어. 모두의 힘이 필요했던 거야."

랠프가 돌아섰다.

"오두막 짓는 일이 끝났으면 모두 끌고 가도 되는 일이었어. 그런데 사냥을 한답시고……."

"우리에겐 고기가 필요했어."

이 말과 동시에 피 묻은 창칼을 손에 들고 잭은 벌떡 일어섰다. 두 소년은 얼굴을 맞바라 보았다. 한쪽에는 사냥과 술책과 강렬한 흥겨움과 기술의 멋있는 세계가 있었고, 다른 한쪽엔 열망과 좌절된 양식(良識)의 세계가 있었다. 잭은 창칼을 왼손으로 옮겨 잡고 찰싹 늘어붙은 머리칼을 내려서 이마에 피를 묻혔다.

피기가 다시 입을 열었다.

"불은 꺼뜨리지 말았어야 했어. 연기를 올리겠다고 해놓고 서는……."

이런 말이 피기 입에서 나오고 거기 호응하듯 사냥 부대의 몇몇이 울음을 터뜨리자 잭은 사나워졌다. 그의 파란 눈은 쩨리는 눈길이 되었다. 그는 한 발짝을 내디뎠다. 누군가를 치고 싶은 기분이 되어 피기의 배때기에다 주먹을 내질렀다. 피기는 어이쿠 소리를 내며 주저앉았다. 잭은 그를 내려다보며 서 있었다. 그의 목소리는 수모감으로 떨리고 있었다.

"너 또 그럴 테냐? 이 뚱뚱보야?"

랠프는 한 발짝 내디뎠다. 잭은 피기의 머리를 쳤다. 안경이 떨어져나가 바위에 부딪혀 소리를 내었다. 겁에 질려 피기가 소리쳤다.

"내 안경!"

피기는 기어가서 손으로 바위를 더듬었다. 먼저 간 사이먼이 안경을 집어 주었다. 가지가지 격정이 산정에 서 있는 사이먼의 주위를 무서운 날개소리를 내면서 퍼덕였다.

"한쪽이 깨졌어."

피기는 안경을 잡아채서 썼다. 그는 잭을 노려보았다.

"난 안경을 써야 보여. 이제 한쪽밖에 안 보여. 좀 기다리면—."

잭은 피기 쪽으로 달려갔다. 피기는 기어가듯 해서 큰 바위 뒤로 달아났다. 바위 꼭대기도 얼굴을 내밀고 그는 번쩍이는 안경알 너머로 잭을 노려보았다.

"이제 한 눈밖에 안 보여. 조금 기다리면—."

잭은 그의 하소연과 도망 행각을 흉내내 보였다.

"조금 기다리면…… 어어?"

피기의 모습이나 잭의 흉내가 아주 우스꽝스러워 사냥 부대들은 모두 웃었다. 이에 잭은 신이 났다. 그는 바위 타는 시늉을 계속하여 모두의 웃음소리는 몹시 흥분한 홍소로 변했다. 랠프는 자기도 모르게 입술이 웃음으로 뒤틀리는 것을 느꼈다. 이렇게 타협이 되어가는 자기 자신에게 그는 화가 났다.

그는 중얼거렸다.

"치사한 짓이었어."

잭은 뺑뺑 돌기를 그치고 랠프에게 다가서서 곧바로 바라보았다. 그는 고함을 질렀다.

"알았어. 알았어!"

그는 피기와 사냥 부대와 랠프를 번갈아 바라보았다.

"미안해. 봉화 건 말이야. 그 점, 나는……." 그는 몸가짐을 바로했다. "사과하겠다."

사냥 부대 사이에서 떠들썩한 소리가 났다. 잭의 멋있는 행동을 칭찬하는 소리였다. 그들의 의견은 잭이 점잖게 굴었고, 너그러이 사과를 함으로써 자기를 정당화하고 어렴풋이나마 잘못을 랠프에게로 돌렸다고 생각하는 것임이 분명했다. 그들은 거기에 부합되게 점잖은 답변이 랠프에게서 나오길 기다렸다.

그러나 랠프는 대답하려 해도 목이 듣지 않았다. 실수를 저지른 데 덧붙여 잭이 말로 때우려드는 게 몹시 화가 났다. 불은 죽고 배는 가버린 것이다. 이것을 깨닫지 못한단 말인가? 점잖음 대신에 노여움이 그의 목을 스쳐갔다.

"치사한 짓이었어."

모두들 산정에서 잠자코 있었다. 어떤 불투명한 표성이 잭의 눈에 나타났다가 사라졌다.

랠프는 마지막 말을 퉁명스럽게 중얼거렸다.

"좋아. 자, 불을 피워."

이제 곧 유익한 일을 좀 해야 했기 때문에 긴장이 약간 풀렸다. 랠프는 그 이상 아무 말도 하지 않고 가만히 서서 발밑의 잿더미를 내려다보고 있었다. 잭은 큰 소리를 지르며 부산하게 움직였다. 그는 명령을 내리며 노래를 부르며 휘파람을 불며 일변 잠자코 있는 랠프에게 무언가 얘기를 건네기도 했다. 그것은 대답이 필요 없는 얘기였기 때문에 무안을 당할 것도 없었다. 랠프는 여전히 잠자코 있었다. 아무도, 잭조차도 랠프에게 비켜 달란 소리를 하지 않았다. 결국 원 봉화터에서 3야드 떨어진, 전보다 불편한 지점에 불을 피우지 않으면 안 되었다. 이리하여 랠프는 대장으로서의 그의 권한을 주장한 셈인데 그것은 며칠 동안을 숙고하더라도 더 뾰족한 수는 나오지 못할 만큼 훌륭한 묘수였다. 분명하게 규정할 수는 없지만 극히 효과적인 이 무기에 대해 잭은 무력했고 까닭 모르게 울화가 치밀었다. 장작더미가 다 쌓아졌을 땐 두 소년은 거대한 장벽을 사이에 두고 마주 서 있었다.

막상 불을 붙일 때가 되니 또 어려움이 닥쳤다. 잭에게는 불을 붙일 방도가 없었다. 그러자 랠프가 피기에게로 다가가서 안경을 벗겨 잭도 놀랐다. 잭과 자기 사이의 연줄이 어떻게 해서 끊어지고 어디서 다시 이어졌는지는 랠프 자신도 모르고 있었다.

"안경은 곧 돌려줄게."

"내가 가지러 갈게."

랠프가 무릎을 꿇고 환한 점에 초첨을 맞추고 있는 동안 피기는 그의 등 뒤에 서서 뜻 없는 빛깔의 홍수 속에 싸여 있었다. 불이 붙자마자 피기는 손을 벌려 안경을 돌려 받았다.

연보라, 빨강, 노란색의 엄청나게 아름다운 꽃을 앞에 두고 적의도 사라졌다. 모두들 야영의 모닥불을 쬐는 일단의 소년처럼 삥 둘러섰다. 피기나 랠프조차도 어느새 한몫 끼었다. 소년 몇이 장작을 더 구하기 위해 비탈을 내려갔고, 그 사이에 잭은 돼지에 칼질을 했다. 그들은 돼지를 막대기에 올려놓고는 송두리째 구우려고 했으나 고기가 구워지기도 전에 막대기가 타버리고 말았다. 결국 살점을 나뭇가지 끝에 꿰어서 불꽃 속에서 들고 있었다. 그래도 잘못하면 고기보다 사람이 먼저 타버릴 지경이었다.

랠프는 군침을 흘렸다. 그는 돼지고기를 거절할 작정이었으나 지금까지 과일이나 나무열매 혹은 묘한 게나 생선만을 먹어왔기 때문에 크게 고집을 피우진 못했다. 그는 반밖에 구워지지 않은 고깃점을 받아들고 흡사 이리처럼 묽어 씹었다.

피기가 역시 군침을 흘리면서 말했다.

"난 먹으면 안 되니?"

잭은 여봐란 듯이 권력을 과시하기 위해 피기를 의아스러운 상태 속에 놓아둘 작정이었다. 그러나 자기만 빠졌다는 것을 피기가 이렇게 광고했기 때문에 잭으로서는 다시 잔인하게 굴지 않을 수가 없었다.

"너는 사냥을 안 했어."

"사냥이라면 랠프도 안 했고, 또 사이먼도 거들지 않았어." 하고 피기는 맥없이 처량하게 말했다. 그러더니 또 부연했다. "게살 같은 것은 먹으나마나야."

랠프가 불안스레 뒤척였다. 쌍둥이 형제와 피기 사이에 자리잡고 있던 사이먼은 입을 닦고는 손에 들고 있던 자기 고깃점을 바위 너머로 피기에게 건네주었다. 피기는 그것을 잡았다. 쌍둥이 형제는 낄낄거리고 사이먼은 창피하다는 듯 고개를 숙였다.

그러자 잭이 벌떡 일어나 큰 고깃점을 베어서 사이먼의 발치로 내던졌다.

"처먹어! 짜식!"

그는 사이먼을 노려보았다.

"집어 먹어!"

동그랗게 둘러앉은 소년들이 당황하여 어쩔 줄 모르고 있는 한가운데서 그는 발꿈치로 몸을 빙빙 돌렸다.

"내가 너희들에게 고기를 먹게 해 준 거야!"

헤아릴 수 없이 많은, 말로 이루 설명할 수 없는 여러 좌절감이 한데 뭉쳐 그의 분노를 아주 무시무시하게 만들었다.

"나는 얼굴에 칠을 하고…… 몰래 다가갔었어. 그래 가지고 지금 모두들 먹고 있는 거야…… 그런데도 나는……."

산정은 서서히 정적 속으로 잠겨갔다. 장작불 튀는 소리와 고기 구워지는 소리만이 똑똑하게 들려왔다. 잭은 자기를 이해해 줄 얼굴을 찾아 두리번거렸으나 보이는 것이라고는 경의의 표정뿐이었다. 랠프는 아무 말도 없이 손에 잔뜩 고깃점을 쥔 채 봉화불 잿더미 속에 서 있었다.

이윽고 모리스가 정적을 깨뜨렸다. 대부분의 소년들을 한데 뭉치게 할 수 있는 유일한 화제로 그는 말머리를 돌렸다.

"이 돼지는 어디서 발견했니?"

로저가 가파른 쪽을 가리켰다.

"돼지들은 저기 있었어. 바다 가까이."

정신을 차린 잭은 자기의 공을 딴 아이가 떠벌리는 것을 참을 수가 없었다. 그는 재빨리 말참견을 했다.

"우린 뺑 둘러쌌어. 나는 손발로 기어갔고 창을 몇 개 던졌지만 미늘이 없어서 맞아도 떨어져나갔어. 돼지는 도망치며 굉장한 비명을 질렀어."

"갑자기 돼지는 돌아서서 우리의 포위망 속으로 달려왔지. 피를 흘리면서ㅡ."

소년들은 마음을 놓고 흥분해서 한꺼번에 떠들어대었다.

"우리는 포위망을 좁혀갔어―."

최초의 일격이 돼지 후반신(後半身)을 마비시켰다. 그래서 더욱 좁혀가며 치고 또 치고 했던 것이다.

"내가 돼지의 목을 땄어."

쌍둥이 형제는 여전히 한꺼번에 씽끗 웃으면서 뛰어오르고 둘이서 뺑뺑 돌았다. 나머지 소년들도 여기에 합세하여 돼지 목 따는 소리를 질렀다.

"머리를 한 대 치자!"

"때려 잡자!"

모리스가 돼지 시늉을 하고 비명을 지르며 포위망 속으로 달려갔다. 사냥 부대도 여전히 뺑뺑 돌면서 그를 치는 시늉을 했다. 춤을 추며 그들은 노래했다.

"돼지를 죽여라! 목을 따라. 때려 잡아라."

랠프는 선망과 분노로 뒤범벅이 된 마음으로 그들을 지켜보았다. 모두들 맥이 빠져 노래를 그치고 나서야 비로소 그는 입을 열었다.

"모임을 가져야겠어."

하나씩 그들은 춤추기를 그치고 가만히 서서 그를 바라보았다.

"소라를 불어 모임을 가져야겠어. 밤까지 계속되더라도 열어야겠어. 저 아래 화강암 고대에서. 소라를 불거든 모여줘. 자."

그는 몸을 돌려 걸어나가 산을 내렸다.

5

바다에서 올라온 짐승

밀물이 밀려오고 있었다. 그래서 야자수가 자라고 있는 뚝 언저리의 희고 휘청거리는 모래와 바닷물 사이로는 굳건한 모래사장이라고는 겨우 한 가닥이 좁다랗게 나 있을 뿐이었다. 랠프는 곰곰이 생각할 필요가 있었기 때문에 이 한 가닥의 굳건한 모래사장을 골라잡고 걸어갔다. 발길을 지켜보지 않고서도 걸어갈 수 있는 곳은 거기밖에 없었던 것이다. 물가를 걸어가다가 홀연 깨달아지는 바가 있어 그는 놀랐다. 이승의 따분함을 깨우친 것 같았다. 이승에서의 모든 길은 그때그때 즉흥적으로 정해지는 것이며, 세상살이의 태반은 발끝을 조심하는 데 보내지는 것이 아니냐 하는 생각이 들었던 것이다. 그는 걸음을 멈추고 그 외가닥의 모래사장을 바라보았다. 흡사 즐거웠던 어린 시절을 회상하듯 열을 올렸던 최초의 탐험을 생각해 내고 그는 비웃듯이 미소를 지었다. 이어 그는 돌아서서 얼굴에 햇살을 받으며 화강암 고대 쪽으로 돌아갔다. 모임을 열 시간이 다 되었다. 무엇인가를 감추려는 듯한 눈부신 석양 햇볕 속으로 걸어가며 그는 연설의 요점을 세심하게 검토했다. 이번 모임을 그르쳐서는 안 된다. 꿈 같은 일을 뒤쫓아도 안 되겠다…….

표현할 말을 몰라서 그저 막연하기만 한 갖가지 생각에 그는 갈피를 잡지 못했다. 오만상을 찌푸리고 다시 생각을 정리하려 했다.

이번 모임은 놀이가 되어서는 안 된다. 사무적이어야 한다. 그렇게 생각하자 그는 걸음을 재촉했다. 촉박하다는 것, 기울려는 석양, 걸음을 빨리 했기 때문에 얼굴에 부딪히는 가벼운 바람기가 한꺼번에 의식되었다. 이 바람이 회색 셔츠를 그의 가슴에 밀어붙였다. 때문에 그는 셔츠의 주름이 마분지처럼 뻣뻣하다는 것을 새삼스럽게 처음으로 깨달았다. 반바지의 닳아빠진 끝이 마구 비벼대는 바람에 넓적다리의 앞쪽이 벌겋게 되고 조금 쓰라리다는 것도 알았다. 온통 더러운 누더기가 된 것을 발견하고 그는 마음의 경련이 일었다. 눈을 가리는 더벅머리를 연방 쓸어넘기는 것도, 또 해가 지고 난 뒤 부스럭부스럭 소리를 내며 마른 잎사귀 속에 몸을 뉘이는 것도 얼마나 지겨운 일인가 하는 것을 깨달았다. 순간 그는 종종걸음을 치기 시작했다.

이제는 수영장이 된 웅덩이 근처의 모래사장에는 모임을 기다리는 소년들의 떼가 옹기종기 모여 있었다. 그들은 그의 침울한 기분과 봉화를 꺼뜨린 잘못을 의식하고 말없이 랠프에게 길을 비켜주었다.

그가 서 있는 모임의 장소는 대충 삼각형을 이루고 있었다. 그러나 그들이 만든 모든 것이 그렇듯이 고르지 못하고 불완전했다. 우선 그가 걸터앉는 통나무가 있었는데, 이 화강암 고대에는 어울리지 않게 유달리 컸음에 틀림이 없는 고목이었다. 태평양상에서 흔히 불어온다고 전해지는 전설적인 쏙풍의 하나가 그 나무를 이리로 옮겨놓은 것이리라. 이 야자수 줄기는 모래사장과 평행으로 놓여 있어 랠프가 걸터앉으면 육지 쪽을 향하게 되고 따라서 소년들 쪽에서 보면 그의 모습은 환초호의 번쩍이는 수면을 배경으로 한 거뭇한 모습으로 보였다. 이 통나무를 저변(底邊)으로 한 삼각형의 이변(二邊)은 더욱 고르지가 못했다. 오른편으로도 통나무가 하나 있었고, 그 꼭대기 근처는 소년들이 연방 걸터앉는 바람에 매끈매끈해졌으나 대장이 앉는 통나무처럼 크지도 않고 편하지도 못했다. 왼편으로는 조그만 통나무가 네 개 있었는데, 그중 맨 가장자리 것은 형편없이 뒤뚱거렸다. 누군가가 몸을 너무 뒤로 젖혀 앉는 바람에 통나무가 별안간 뒤뚱거려 대여섯 명의 소년이 뒤쪽 풀밭 속으로 나뒹굴어 모임이 웃음바다가 된 적도 한두 번이 아니었다. 그러나 지금 와서 생각하니 아무도 꾀를 쓰지 못했다는 느낌이 랠프에겐 들었다. 돌을 주워 와서 괴어놓는다는 생각을 자기도, 잭도, 피기도 못한 것이다. 그들은 균형이 안 잡힌 통나무에 계속 걸터앉고는 했던 것이다. 왜냐하면…… 다시 그는 갈피를 잡을 수가 없었다.

바다에서 올라온 짐승

통나무 줄기의 앞쪽은 풀이 모두 짓밟혀 시들었지만, 삼각형의 한가운데는 발길이 닿지 않아 풀이 한껏 자라고 있었다. 그리고 그 정점께는 아무도 앉지를 않아 풀이 무성했다. 모임 장소의 주변에는 회색의 나무줄기가 혹은 똑바로 혹은 비스듬히 서 있어 얇은 쪽의 잎사귀를 잔뜩 달고 있었다. 좌우 쪽으로 모래사장이 있고 뒤쪽으로는 환초호가 있었다. 앞쪽에는 섬이 꺼멓게 솟아 있었다.

랠프는 대장의 자리에 앉으려고 그쪽을 향했다. 모임을 이렇게 해 질 녘 늦게 열어본 적이 그 전엔 없었다. 이 장소가 여느 때와 다르게 보인 것은 그 때문이었다. 보통 때 같으면 초록색 지붕을 이루고 있는 나뭇잎 아래편이 황금색의 빛이 빈사로 번뜩이고 소년들의 얼굴도, 랠프의 생각에 따르면, 손에 든 회중전등으로 얼굴을 비출 때처럼 아래로부터 거꾸로 비치는 것이었다. 지금은 석양이 한쪽에서 비스듬히 비치고 있어서 그림자는 의당 있어야 할 자리에 있었다.

다시금 그는 격에 맞지 않게 야릇한 명상에 빠졌다. 만약 위에서 비치는 경우와 아래쪽에서 비치는 경우에 얼굴이 다르게 보인다면 대체 얼굴이란 무엇인가? 아니 얼굴뿐만 아니라 사물이란 무엇인가?

랠프는 초조하게 몸을 움직였다. 곤란한 것은 대장이 됐을 경우, 생각을 할 필요가 있고 현명해질 필요가 있다는 점이었다. 그러다가 기회가 어느덧 지나감에 따라 어떤 결정을 내려야 한다. 그러니까 생각을 하지 않을 수가 없다. 생각한다는 것은 소중한 것이고 결과를 낳는 것이기 때문이다.

문제는——대장의 자리를 마주 보며 그는 속셈을 했다.——
내가 생각을 못 한다는 점이다. 피기처럼 생각을 못 한다는
것이다.

그날 저녁 랠프는 다시 한번 자기의 가치관을 조정하지 않
을 수가 없었다. 피기는 사고 능력을 가지고 있다. 그는 그 퉁
퉁한 머릿속에서 한 걸음씩 착실하게 사고를 진행시킬 수가
있다. 그저 대장이 못 되었을 뿐. 그러나 그의 우스꽝스러운
몸집에도 불구하고 피기는 좋은 머리를 가지고 있다. 랠프는
어느새 사고 능력에 관한 전문가가 되어버렸고, 타인의 사고
능력을 식별할 수가 있게 되었다.

눈에 들어오는 햇빛으로 시간이 많이 지났음을 그는 알 수
있었다. 그래서 나무에서 소라를 내려 그 표면을 살펴보았다.
대기에 노출되어 있었기 때문에 황색과 분홍색은 거의 흰빛
으로 바래고 투명한 듯한 광택을 띠고 있었다. 제 손으로 환
초호에서 건져낸 것이지만 그는 이제 소라에게 일종의 애착과
외경감조차 느꼈다. 그는 모임 장소를 맞바라보며 소라를 입
술에 갖다 대었다.

다른 소년들은 그러길 기다리고 있었던 듯, 곧장 모여들었
다. 봉화가 꺼져 있는 동안에 배가 섬을 지나갔다는 것을 알
고 있던 측들은 랠프가 성을 내고 있다는 걸 생각하고 조용
히들 하고 있었다. 한편 꼬마들을 포함해서 아무것도 모르고
있던 측들은 대체로 엄숙한 분위기에 놀랐다. 모임 장소는 곧
가득 찼다. 잭, 사이먼, 모리스, 그리고 대부분의 사냥 부대는
랠프의 오른쪽으로, 나머지는 왼쪽으로 햇볕을 받고 자리잡

왔다. 피기가 와서 삼각형 밖에 섰다. 남의 얘기는 기꺼이 듣겠으나 자기는 말을 하지 않겠다는 표시였다. 피기는 무엇인가가 불만이라는 것을 보이기 위해 일부러 그런 것이었다.

"실은 회합을 열 필요가 생겼어."

아무도 말하는 사람은 없었으나 랠프 쪽으로 향한 얼굴은 한결같이 골똘했다. 그는 소라를 휘둘렀다. 이러한 근본적인 진술은 적어도 두 번은 되풀이해야 모두가 알아듣는다는 것을 그는 실제적인 경험으로 배워두었다. 모두의 눈길을 소라로 집중시키고 자기도 걸터앉아서, 쪼그리거나 웅크리고 앉은 꼬마들에게 큰 돌이라도 떨어뜨리듯 떠듬떠듬 얘기해야 했다. 모임의 목적이 무엇인가를 꼬마들까지도 알아들을 수 있도록 하기 위해서 그는 마음속으로 쉬운 말을 찾았다. 얼마 뒤에 잭이나 모리스나 피기와 같은 익숙한 토론자들이 갖은 수를 다 써서 모임의 진행을 이럭저럭 끌고 갈 것이었다.

그러나 어쨌든 처음엔 토론의 주제를 분명하게 해둘 필요가 있었다.

"모임을 열 필요가 생겼어. 재미로 하는 게 아냐. 웃어보자거나 통나무에서 나가떨어지려고 여는 것도 아냐."—뒤뚱거리는 통나무에 앉아 있던 꼬마들이 킬킬거리며 서로 얼굴을 쳐다보았다.—"농담을 하기 위해서도 아니고 또……."—그는 거역할 수 없는 말을 생각해 내기 위해서 소라를 번쩍 들었다.—"똑똑함을 나타내 보이기 위해서도 아니야. 그런 것 때문이 아니고 모든 것을 정리하기 위해서야."

그는 잠시 동안 말을 멈췄다.

"아까 나는 줄곧 혼자 있었어. 여러 가지 생각을 하며 혼자서 거닐었어. 우리에게 필요한 것을 난 알게 됐어. 그건 현상을 정리할 모임이야. 그래서 먼저 내가 얘기하고 있는 거야."

그는 잠시 얘기를 멈추고 무의식적으로 머리를 쓸어넘겼다. 무언의 항의를 했지만 아무런 효과도 거두지 못한 피기는 까치발로 삼각형 안으로 들어가 딴 아이들 틈에 끼였다.

랠프는 얘기를 계속했다.

"많은 모임을 우리는 가져보았어. 발언을 한다든가 함께 모이는 일을 모두들 좋아해. 우리는 여러 가지 결정을 하지만 지켜본 일이 없어. 우리는 개울에서 물을 떠다 나뭇잎 밑에 있는 야자열매 껍질 속에 넣어두기로 했어. 며칠 동안은 사실 그랬지. 지금은 껍질 속에 물이 들어 있지 않아. 한 방울도 없이 말라버렸어. 그리고 강물을 그대로 마신단 말이야."

이 말을 시인하는 속삭임 소리가 났다.

"강물을 직접 마시는 게 나쁘다는 건 아니야. 나는 낡은 야자열매 껍질에 담은 물보다도 저…… 그러니까 폭포수가 떨어지고 있는 웅덩이의 물을 마시는 편이 낫겠어. 다만 우리가 물을 길어오기로 정한 것이 문제야. 지금 그것은 지켜지지 않고 있어. 오늘 오후 물이 담겨 있는 야자열매 껍질은 단 두 개뿐이었어."

그는 입술을 빨았다.

"그 다음은 오두막이야. 비를 피할 곳이라고 해도 좋고."

웅성거리는 소리가 나더니 사라졌다.

"모두들 거의가 오두막에서 잠을 자고 있어. 오늘 밤도 봉화 당번인 샘, 에릭을 빼면 모두 거기서들 잘 거야. 그러나 오두막은 누가 지어놓았지?"

곧 함성이 일어났다. 오두막 짓기에는 모두가 거들었다. 랠프는 다시 한번 소라를 저어야 했다.

"가만 있어 봐! 오두막 세 채를 모두 지어놓은 게 누구냔 말이야? 첫 번째 것은 우리 모두가 지었어. 두 번째 것은 네 사람이 지었고, 마지막 채를 지은 것은 나와 사이먼뿐이었어. 그게 흔들흔들하는 것은 그 때문이야. 제발 웃지들 마. 다시 비가 내리면 그건 무너지기 십상이야. 비라도 내리면 우리에겐 오두막이 필요해져."

그는 얘기를 멈추고 목청을 가다듬었다.

"또 한 가지. 우리는 수영장 웅덩이 너머의 바위께를 변소로 삼기로 했었어. 그건 참 잘한 일이었어. 밀물이 깨끗이 치워주니까. 너희들 꼬마들도 그 점은 잘 알 거야."

여기저기서 킬킬거리는 소리가 나고 재빨리 눈길을 돌리는 축도 있었다.

"그런데 지금은 아무데서나 뒤를 보는 것 같아. 오두막과 화강암 고대 언저리에서 뒤를 보는 경우조차 있어. 꼬마들은 과일을 먹으면서도 뒤를 보고, 뒤가 마려우면……."

모두들 요절을 하며 크게 웃었다.

"뒤가 마렵거든 과일 있는 곳을 비키란 말이야. 더러운 짓이야."

다시 웃음이 터졌다.

"더러운 짓이란 말이야!"

그는 자기의 빳빳한 회색 셔츠를 잡아당겼다.

"정말 더럽기 짝이 없어. 뒤가 마렵거든 곧장 모래사장을 거쳐 바위께로 가는 거야. 알겠어?"

피기가 소라를 잡으려고 손을 내밀었으나 랠프는 고개를 저었다. 지금의 연설은 요점을 하나하나씩 모두 계획한 터였다.

"우리는 모두 다시 바위께를 변소로 써야겠어. 이곳이 아주 지저분해지고 있어." 그는 말을 끊었다. 모두들 위기를 직감하고 다음엔 무엇일까 하고 긴장했다. "그리고 다음은 봉화 건이야."

랠프가 약간 숨찬 듯 엷은 한숨을 내쉬니 이에 호응하듯 한숨소리가 참석자 속에서도 나왔다. 잭은 나뭇조각을 창칼로 치기 시작하며 로버트에게 뭐라 소곤거렸다. 로버트는 외면을 했다.

"봉화는 이 섬에서 가장 중요한 것이야. 만약 봉화를 계속 올리지 않는다면 요행을 바라지 않는 이상 어떻게 구조될 수가 있느냔 말야? 불 하나 피우는 것이 그렇게도 어려운 일이란 말야?"

그는 한 팔을 내밀었다.

"스스로를 돌아봐! 전부 몇 명이야? 그런데도 연기를 올리기 위해 불 하나 제대로 피워대지 못한단 말야? 아직도 모르겠어? 불을 꺼뜨리게 되면 우리가 죽게 된다는 것을 깨닫지 못한단 말야?"

열적은 듯이 킬킬거리는 소리가 사냥 부대 속에서 들려왔다. 랠프는 화를 내며 그들을 향했다.

"웃어? 사냥 부대에 일러두지만, 연기가 돼지보다 훨씬 중요하단 말이야. 아무리 많이 잡더라도 말이야. 모두들 알아들어?"

그는 두 팔을 한껏 벌리고 삼각형으로 앉아 있는 소년들을 두루 둘러보았다.

"우리는 저 꼭대기에 연기를 올려야 돼. 그렇지 않으면 죽는 거야."

그는 얘기를 멈추고 다음에 얘기할 요점을 생각했다.

"그리고 또 한 가지."

누군가가 소리쳤다.

"가짓수가 너무 많아."

이 말에 동의하는 수군거리는 소리가 났다. 랠프는 그것을 묵살했다.

"그리고 또 한 가지. 우리는 이 섬을 거의 불바다로 만들 뻔했어. 그리고 바위를 굴려 내리거나 요리를 하기 위한 불을 피우거나 해서 시간을 허비하기도 해. 내가 대장이니까 규칙을 만들겠어. 산꼭대기 이외의 장소에선 불을 피우지 않기야. 앞으로는 꼭."

큰 아우성이 일어났다. 소년들이 일어서서 소리치고 랠프도 큰 소리로 응대했다.

"생선이나 게를 요리할 불이 필요할 경우엔 산으로 올라가면 된다, 이 말이야. 그 점은 꼭 지켜주어야겠어."

기울려는 석양을 받으며 소라를 잡으려고 몇 사람의 손이 내밀어졌다. 랠프는 그것을 손에서 놓지를 않고 나무줄기 위로 뛰쳐 올라갔다.

"내가 진지하게 말하고 싶었던 것은 이것이야. 하고 싶은 말을 했어. 너희들은 나를 대장으로 선출했어. 이제 내 말을 따라줘야겠어."

소년들은 차츰 진정이 되어 아까처럼 걸터앉았다. 랠프는 나무줄기에서 내려와 여느 때 같은 목소리로 말했다.

"그러니 명심해 줘. 바위께를 변소로 쓸 것. 불과 연기를 계속 올려 신호로 삼을 것. 산에서 불을 붙여 오지 말 것. 요리는 산꼭대기에서 할 것."

잭이 저녁 으스름 속에서 상을 찌푸리고 일어나서 두 손을 내밀었다.

"나는 아직 말을 끝내지 않았어."

"그러나 여태껏 줄곧 얘기했잖아?"

"소라는 내가 들고 있어."

잭은 투덜거리며 걸터앉았다.

"그리고 마지막 문제가 남아 있는데, 이건 모두들 자유롭게 토의해 주길 바라."

그는 조용해질 때까지 기다렸다.

"모든 게 엉망으로 되어가고 있어. 까닭을 난 모르겠어. 처음엔 잘돼 갔었고 우린 행복했어. 그러더니……."

그는 소라를 조용히 흔들며 소년들의 어깨너머를 멍하니 바라보았다. 그리고 짐승과 뱀과 산불과 공포에 떨면서 한 얘기 등을 생각해 냈다.

"그러더니 모두들 겁에 질리기 시작했어."

중얼거리는 소리와 거의 신음소리 같은 것이 들렸다가 사라졌다. 잭은 나무 깎기를 벌써 그치고 있었다. 갑자기 랠프가 다시 입을 열었다.

"그러나 그건 꼬마들의 얘기야. 그걸 분명히 해두어야겠어. 따라서 우리 모두가 토의해야 할 이 마지막 것은 이를테면 이 공포의 정체를 결정하자는 거야."

머리카락이 다시 눈께로 내려오고 있었다.

"우리는 이 공포에 관해서 토의를 해가지고 그것이 근거 없는 것이란 것을 확실히 해두어야겠어. 때때로 나 자신도 겁에 질리는 경우가 있어. 그러나 그것은 당치도 않은 일이야. 허깨비 같은 거야. 따라서 이 점을 분명히 해두면 새 출발을 해서 봉화 같은 딴 일에 좀더 주의할 수가 있게 될 거야." 햇볕이 찬란한 모래사장을 따라 걸어가고 있던 세 소년의 모습이 퍼뜩 머릿속에 떠올랐다. "그러면 다시 행복해질 수가 있을 거야."

랠프는 연설이 끝났다는 표시로 소라를 정중하게 곁에 있는 나무줄기 위에 내려놓았다. 가냘픈 저녁햇살이 거의 수평으로 비쳤다.

잭이 일어나서 소라를 잡았다.

"과연 이 모임은 모호하게 돌아가고 있는 것의 진상을 밝혀내기 위한 것이었어. 나도 분명히 말해 두지만 무서운 얘기를 한 너희들, 꼬마들 때문이야. 짐승이라고? 대체 어디서 나온단 말이야? 물론 우리도 때로는 무서움을 타는 경우가 있어. 그러나 참아버린단 말이야. 랠프 얘기를 따르면 너희들이 밤에 비명을 지른다는 거지. 그러나 그건 악몽일 따름이야. 좌우간 너희들은 사냥도 않고 오두막도 짓지 않고 도와주는 법도 없어—그저 갓난애 같고 계집애 같을 따름이야. 그뿐이야. 너희들도 우리처럼 무서움 타는 것은 참아야 해."

랠프는 입을 딱 벌린 채 잭을 쳐다보았으나 잭은 거들떠보지도 않았다.

"요컨대 무서움이란, 그 때문에 무슨 해를 입게 되는 건 아니야. 마치 꿈처럼. 이 섬에는 두려워할 만한 짐승은 없어." 그는 줄지어 앉아 수군거리는 꼬마들을 바라보았다. "만약 무엇인가가 너희들을 잡아먹는다면 그래서 싼 일이지. 너희들은 아무 소용도 없는 갓난애야! 그러나 짐승은 한 마리도 없어."

랠프는 속상한 듯 잭의 말을 막았다.

"이건 도대체 무슨 얘기야? 짐승 얘기를 누가 했다는 거야?"

"네가 요전날 그랬잖아? 꼬마들이 꿈을 꾸고 비명을 지른다고 했잖아? 그런데 이제 모두들—꼬마들뿐 아니라 우리 사냥 부대까지도 때때로—어떤 것, 어떤 시꺼먼 것, 짐승인가 무슨 동물 같은 걸 얘기한단 말이야. 나는 내 귀로 들었어. 그걸 너는 생각 못 했을지도 몰라. 자, 들어봐. 조그만 섬에는 큰 동물이 없는 법이야. 돼지나 있을 뿐이야. 사자나 호랑이 같은 것은 아프리카나 인도 같은 큰 나라에나 있는 법이야."

"동물원에도 있어."

"내가 소라를 들고 있는 중이야. 나는 무서움 타는 얘기가 아니라 짐승에 관해서 얘기하고 있는 거야. 무서움을 타고 싶으면 그건 마음대로 해. 그러나 짐승에 관해서……."

잭은 소라를 안고 어르면서 얘기를 멈추고 더러운 검정 모자를 쓴 패거리의 사냥 부대 쪽으로 향했다.

"내가 사냥꾼이겠어, 아니겠어?"

그들은 자연스레 고개를 끄덕였다. 잭은 갈데없는 사냥꾼이었다. 그걸 의심하는 사람은 없었다.

"그렇다면 얘긴데, 나는 이 섬을 샅샅이 뒤져보았어. 혼자서 말이야. 짐승이 있다면 틀림없이 내 눈에 띄었을 거야. 무서움을 타고 싶으면 그건 마음대로들 해. 그러나 수풀 속에도 짐승은 없어."

잭은 소라를 돌려주고 앉았다. 모두들 마음을 놓고 그를 칭찬했다. 이어 피기가 손을 내밀었다.

"잭의 말에 모두 찬성하는 건 아니지만 일부는 찬성이야. 그의 말대로 수풀 속에도 짐승은 없어. 이렇게 있을 수가 있겠어? 있다면 그 짐승은 무얼 먹고 살겠어?"

"돼지!"

"우리도 돼지는 먹어."

"피기!"

"내가 소라를 들고 있어!" 하고 화가 난 피기는 말했다. "랠프, 모두들 입을 다물고 있어야 하는 것 아냐? 그렇지? 꼬마들 좀 조용히 해. 내가 말하고자 하는 것은 이 무서움 타는 점에 대해선 잭과 의견을 달리한다는 것이야. 물론 수풀 속에는 두려워할 만한 것이 아무것도 없어. 나도 거기는 혼자서 가보았어! 그런데 유령이니 뭐니 그런 얘기들을 하고 있어. 현재의 사태를 우리는 모두 알고 있고 무엇인가가 잘못돼 있으면 그것을 고쳐놓을 사람이 있어야 하는 거야."

그는 안경을 벗고 모두에게 눈을 껌뻑였다. 마치 전등을 꺼 버린 것처럼 해가 저버렸다.

그는 계속해서 설명했다.

"배탈이 났을 경우엔 그것이 큰 배든 조그만 배든 간에……"

"네 것은 참 크다."

"너희들이 옷을 것을 다 웃어야지 모임이 계속될 수 있을 거야. 그리고 꼬마들이 뒤뚱거리는 통나무에 다시 올라앉으면 어차피 또 나뒹굴고 말 거야. 그러니 땅바닥에 앉아서 내 얘기를 듣는 편이 나을 거야. 웃지 말고 들어봐. 우리는 어디가 나쁘면 의사를 찾아가. 마음속의 병도 마찬가지야. 아무것도 아닌 것에 늘 무서움을 타야 한다고 말하는 것은 아니겠지? 인생이란……" 하고 피기는 문제를 확대해서 말했다. "인생은 과학적으로 돼 있어. 사실이야. 1년이나 2년 후 전쟁이 끝나면 화성으로 왕복 여행을 하게 될지도 몰라. 나도 짐승이 없다는 것을 알고 있어. 발톱이나 그런 걸 가진 짐승이 없다는 것도 알고 있어. 무서움 탈 만한 것이 없다는 것 또한 알고 있어."

피기는 얘기를 멈췄다.

"다만……"

랠프는 초조한 듯 몸을 움직였다.

"다만, 뭐란 말이야?"

"다만 우리가 사람에 대해서 무서움을 탄다면 문제가 달라진단 말이야."

절반은 조롱이요, 절반은 거저 웃는 소리가 앉아 있는 소년들 사이에서 일어났다. 피기는 고개를 홱 숙이며 급히 말을 이었다.

"그러니 짐승 얘기를 한 꼬마의 얘기를 들어보기로 해. 그러고 나면 그 아이가 얼마나 터무니없이 어리석은가를 알려줄 수가 있을 거야."

꼬마들이 저희들끼리 쑥덕거리더니 하나가 일어섰다.

"네 이름이 뭐지?"

"필이야."

꼬마치고는 아주 자신 있어 보이는 아이였다. 손을 내밀어 랠프가 그랬듯이 소라를 안고 모두를 둘러보았다. 얘기를 시작하기 전에 참석자의 주의를 환기시키기 위해서였다.

"어젯밤에 난 꿈을 꾸었어. 내가 여러 가지 것과 승강이하는 소름 끼치는 꿈이었어. 나는 오두막 밖에 혼자 있었고, 나무에 걸려 있는 꾸불꾸불한 것과 막 다투는 꿈이었어."

그는 입을 다물었다. 다른 꼬마들도 공포에 공감한 듯 웃었다.

"그러자 겁에 질려 나는 깨어났어. 오두막 밖 캄캄한 속에서 나는 혼자였고, 그 꾸불꾸불한 것은 어디론가 사라졌어."

그럴 법하고 소름이 오싹 끼치는 이 아이의 생생한 공포담은 모두를 조용하게 만들었다. 그의 목소리는 흰 소라 뒤에서 날카롭게 계속되었다.

"겁에 질린 나는 랠프를 소리쳐 부르기 시작했는데, 그러자 무엇인가가 나무 사이에서 움직이고 있는 걸 보았어. 굉장히 크고 무시무시한 것이⋯⋯."

생각만 해도 무서워진다는 듯이, 그럼에도 자기의 얘기가 자아내는 공포감을 자랑스럽게 여긴다는 듯이 그는 말을 끊었다.

"그건 악몽이었어." 하고 랠프가 말했다. "그리고 몽유병(夢遊病)이야."

모두들 동의하는 듯 나지막하게 중얼거렸다.

그 꼬마는 완강하게 고개를 저었다.

"꾸불꾸불한 것과 싸우고 있었을 땐 잠이 들어 있었지만 그것이 가버렸을 적엔 깨어 있었어. 그리고 크고 무시무시한 것이 나무 사이에서 움직이고 있는 것을 본 거야."

랠프는 두 손을 내밀어 소라를 잡았고 꼬마는 앉았다.

"너는 잠자고 있었던 거야. 아무도 없었던 거야. 밤중에 숲속을 헤매고 있는 자는 없을 테니까. 누가 거기 있었니? 누구 나간 사람 있어?"

오랫동안 정적이 흘렀다. 캄캄한 어둠 속에 밖으로 나가는 사람일을 생각하고는 모두들 싱글거리기만 했다. 그러자 사이먼이 일어났다. 놀란 표정으로 랠프는 그를 바라보았다.

"너냐? 캄캄한 밤에 뭣하러 할 일 없이 헤맨 거야?"

사이먼은 발작적으로 소라를 잡았다.

"나는…… 어떤 곳에…… 내가 알고 있는 어떤 곳에 가고 싶었던 거야."

"어떤 곳이길래?"

"그저 내가 봐둔 곳이야. 정글 속에 있는 장소야."

그는 멈칫거렸다.

잭이 두 사람을 대신해서 그 문제에 매듭을 지었다. 싱겁게 돌리면서도 단호한 경멸조의 목소리였다.

"뭐가 마려웠던 게지."

사이먼이 창피스럽게 됐다고 생각했다. 랠프는 소라를 돌려받았다. 그러면서 사이먼의 얼굴을 엄숙하게 지켜보았다.

"두 번 다시는 그러지 마. 알겠어? 밤에는 못써. 네가 마치 무엇처럼 얼씬거리는 것을 보지 않더라도 짐승에 대해서 이러쿵저러쿵 주책없는 소리들을 하는 판국이야."

비웃음소리가 크게 났다. 공포와 비난을 담은 비웃음이었다. 사이먼이 입을 열려고 했으나 랠프가 소라를 잡고 있었기 때문에 자기 자리로 돌아갔다.

모두들 잠자코 있자 랠프는 피기 쪽을 향했다.

"피기, 그러면?"

"또 하나 있어. 저 애야."

꼬마들이 퍼시벌을 앞으로 끌어내고 제자리로 돌아갔다. 삼각형의 중심부에 퍼시벌은 서 있었다. 무릎까지 닿는 풀 속에 서서 파묻힌 자기 발을 내려다보고 거기가 풀밭이 아니고 천막 속이거나 한 것 같은 태도를 지으려고 애를 썼다. 그 전에 똑같은 모습으로 서 있던 또 하나의 꼬마가 랠프의 기억속에 떠올랐다. 그는 급히 그 기억을 떨쳐버렸다. 그는 그 일을 잊어버리려고 멀찌감치 보이지 않게 치워버린 바 있었지만 지금 같은 경우엔 다시 마음속에 떠오르는 것이었다. 그 후 꼬마들의 수효를 세어본 적은 없었다. 꼬마들 전부를 세어본다는 확실한 수단이 없었기 때문이기도 하지만 한편으론 그 전에 산정에서 피기가 물어온 적어도 하나의 질문에 대한 답변을 랠프가 잘 알고 있었기 때문이기도 했다. 꼬마들 중에는 흰 얼굴도 검은 얼굴도 주근깨가 있는 얼굴도 있었고, 한결같이 더러웠으나 큰 반점이 있는 얼굴만은 보이지 않았다. 자줏빛 얼룩점이 있는 얼굴을 그 후에 본 사람은 없었다. 그러나 그때 피기는 어르고 위협하고 했었다. 차마 입 밖에 낼 수가 없는 일을 잊지 않고 있다는 것을 암암리에 시인하면서 랠프는 피기에게 고개를 끄덕여 보였다.

"자, 진행해. 저 아이에게 물어봐."

피기는 소라를 든 채 무릎을 꿇었다.

"자, 네 이름은 뭐지?"

그 꼬마는 자기 자신의 세계, 마음속으로 쳐놓은 천막 속으로 움츠러 들어갔다. 피기는 속수무책이란 듯이 랠프를 향했다. 랠프가 야무지게 말했다.

"네 이름은 뭐야?"

입을 굳게 다물고 대답을 하지 않기 때문에 갑갑해진 참석자들은 한꺼번에 노래하듯 되뇌었다.

"네 이름이 뭐야? 네 이름이 뭐야?"

"조용히 해!"

랠프는 저녁 으스름 속에 서 있는 꼬마를 응시했다.

"자, 말을 해봐. 이름이 뭐지?"

"퍼시벌 윔즈 매디슨. 햄프셔주(州), 하코트 세인트 앤터니 목사관(牧師館). 전화 번호, 전화 번호는……."

이러한 주소, 성명이 슬픔의 샘물 깊이 뿌리 박혀 있었던 듯이 그 꼬마는 울음보를 터뜨렸다. 얼굴이 주름투성이가 되면서 눈물이 솟아났다. 입을 크게 벌리고 울어 흡사 검은 굴 같이 보였다. 처음에는 그저 잠잠한 비애의 조상(彫像) 같았지만, 일단 비탄의 소리를 지르자 소라 소리처럼 크고 연속적이었다.

"닥쳐! 닥쳐!"

퍼시벌 웜즈 매디슨은 그치려 하질 않았다. 권위의 힘으로도 신체적인 협박으로도 어쩌지 못할 만큼 슬픔의 울음보가 터진 것이었다. 숨쉴 사이도 없이 울음은 계속되었다. 울음보에 못박혀 그 때문에 몸을 지탱하고 있는 성싶었다.

"닥쳐! 닥쳐!"

이젠 꼬마들도 잠자코 있질 않았다. 자기들의 슬픔을 각자 깨닫게 된 것 같았다. 미만해 있는 슬픔에 각자 참여하려는 것 같았다. 그들은 슬픔에 공명하여 울기 시작했다. 그중에도 두 꼬마는 거의 퍼시벌과 똑같이 큰 소리로 울었다.

그들을 구한 것은 모리스였다. 그는 외쳤다.

"모두 나를 봐!"

그는 나동그라지는 시늉을 했다. 그는 엉덩이를 문지르고 뒤뚱거리는 통나무에 앉다 풀 속에 나가떨어졌다. 그의 어릿광대짓은 아주 서툴렀다. 그러나 퍼시벌을 비롯한 딴 꼬마들은 그걸 보고 콧소리를 내더니 웃어댔다. 이내 그들은 어처구니없게 웃어댔기 때문에 숙성한 축들도 한몫 끼여 웃어댔다.

제일 먼저 얘기를 한 것은 잭이었다. 그는 소라를 들고 있지 않았고, 따라서 규칙에 어긋났지만 아무도 이를 탓하지 않았다.

"그래, 그 짐승이 어쨌다는 거야!"

이상한 일이 퍼시벌에게 일어나고 있었다. 그는 하품을 하며 비틀거렸다. 잭이 그를 잡고 흔들었다.

"짐승은 그래 어디 살고 있어?"

잭에게 잡혀 있는 퍼시벌은 축 늘어졌다.

"참 영리한 짐승이군." 하고 조롱조로 피기가 말했다. "이 섬에서 숨을 수가 있다면 말이야."

"잭은 안 가본 데가 없어……."

"대체 짐승이 어디서 살 수 있다는 거야?"

"짐승은 무슨 놈의 짐승이야!"

퍼시벌이 뭐라 중얼거리니 모두들 다시 웃었다. 랠프가 몸을 앞으로 내밀었다.

"뭐라고 하는 거야?"

잭은 퍼시벌의 대답에 귀를 기울이고 나서 그를 놓아주었다. 놓여난 퍼시벌은 꼬마 동료들 사이에 마음 편히 둘러싸이자 크게 자란 풀밭에 나동그라진 채 잠이 들어버렸다.

잭은 목청을 가다듬고 예사롭게 전갈을 했다.

"짐승이 바다에서 올라온다는 거야."

마지막 웃음소리가 스러져갔다. 랠프는 자기도 모르게 뒤를 돌아보았다. 환초호를 배경으로 해서 그의 구부정한 모습이 시꺼멓게 드러났다. 모두들 그를 따라 눈길을 돌렸다. 망망하게 펼쳐져 있는 바닷물과 그 너머의 대양, 무한한 가능성을 가지고 있는 미지의 보랏빛을 그들은 생각했다. 그리고 산호초에서 들려오는 나지막한 쏴쏴 소리에 잠자코 귀를 기울였다.

모리스가 입을 열었다. 너무 큰 소리여서 모두들 놀라 뛰었다.

"아빠가 그러는데, 바닷속에 있는 짐승을 아직 다 알아내지 못했대."

다시 토론이 벌어졌다. 랠프가 번뜩이는 소라를 내밀자 모리스가 다소곳이 그것을 받아들었다. 모두들 조용해졌다.

"사람들이 겁을 먹고 있기 때문에 무서움을 타게 된다는 잭의 말은 옳다고 생각해. 그러나 이 섬에는 돼지가 있을 뿐이라는 잭의 말이 맞을지도 모르지만 과연 그가 확실히 알고 있는지 의문이야."——여기서 모리스는 숨을 쉬었다.——"아빠가 그러는데, 바다에는 별 게 다 있대. 저 검은 먹물을 내뿜는 게 뭐지? 응, 낙지 말이야. 길이가 몇백 야드나 되고 고래도 통째로 잡아먹는 낙지도 있대." 그는 입을 다물었다가 명랑하게 웃었다. "물론 나는 그 짐승을 믿지는 않아. 피기 말마따나 인생은 과학적이야. 그러나 우리가 만사를 다 아는 건 아냐. 그렇잖아? 내 말은 확실히는 모른단 말이야……."

누군가가 소리쳤다.

"낙지는 바다에서 나올 수가 없어!"

"나올 수 있어!"

"나올 수 없어!"

순식간에 화강암 고대는 온통 입씨름으로 떠들썩해지고 손짓 몸짓 하는 그림자로 가득 찼다. 걸터앉아 있는 랠프에겐 이것이 정신 나간 미친 짓으로밖에 보이지 않았다. 공포감, 그리고 짐승 이야기, 게다가 봉화가 제일 중요하다는 것에 대한 의견의 일치를 보지 못한 것…… 사태를 바로잡으려고 노력했지만 토론의 방향은 엉뚱한 쪽으로 빗나가 기분 나쁜 문제가 새로이 거론되는 것이었다.

어둠침침한 속에서 흰 것이 보여 랠프는 소라를 모리스에게서 빼앗어들고 힘껏 크게 불어댔다. 모두들 찔끔해 가지고 조용해졌다, 바로 곁에 있는 사이먼이 소라에 손을 얹었다. 사이먼은 무엇인가를 얘기해야겠다는 절박한 필요성을 느꼈다. 그러나 여럿 앞에서 발언을 한다는 것은 그에겐 두려운 일이었다.

"아마도……." 하고 멈칫거리며 그는 말했다. "아마 짐승이 있는 것인지도 몰라."

모두들 사납게 소리를 질렀기 때문에 랠프는 놀라워하며 일어섰다.

"사이먼, 너도, 너마저도 이 얘길 곧이듣냐?"

"잘은 모르겠어." 하고 사이먼이 말했다. 숨이 막힐 듯이 가슴이 두근거렸다. "하지만……."

고함소리의 폭풍이 일었다.

"앉아!"

"닥쳐!"

"소라를 잡아!"

"제기랄!"

"닥쳐!"

랠프는 소리쳤다.

"사이먼의 말을 들어! 그가 소라를 잡고 있으니까!"

"내 말은…… 짐승은 아마 우리들 자신에 지나지 않을지도 모른다는 거야."

"이런 바보!"

이렇게 말한 것은 피기였다. 충격으로 점잔을 잃어버린 것이었다. 사이먼이 말을 이었다.

"우리는 이를테면……."

사이먼은 인류가 가지고 있는 근본적인 고질병을 표현해 보려고 애썼으나 말이 잘 되지 않았다. 곧 영감(靈感)이 떠올랐다.

"이 세상에서 가장 추잡한 것이 무엇인지 알아?"

이 말을 듣고 어떻게 대답할지를 몰라 조용해진 속에, 거기에 대한 답변으로 잭이 야하고도 힘 있는 하나의 실러블[12]을 내뱉었다. 해방감은 오르가슴과 같았다. 뒤뚱거리는 통나무에 다시 올라앉았던 꼬마들은 다시 나가떨어졌으나 개의치 않았다. 사냥 부대는 좋아서 고함을 질렀다.

사이먼의 노력은 형편없게 실패했다. 조소를 받고 참혹한 몰골이 된 그는 비실비실 자기 자리로 돌아갔다.

이윽고 모두들 다시 조용해졌다. 순서도 가리지 않고 누군가가 말했다.

"아마 일종의 유령이란 소리를 하려고 그랬나 봐."

랠프는 소라를 들어올리고 어둠 속을 응시했다. 그래도 제일 훤하게 보이는 것은 파르스름한 모래사장이었다. 꼬마들은 어두워짐에 따라 바싹 죄어앉은 듯했다. 그랬다. 그 점은 틀림이 없었다. 한가운데 풀이 우거진 속에 꼬마들은 바싹들 다가

---

12) 가장 추잡한 욕설을 말한다.

앉아 있었다. 일진의 바람이 불어와 야자수가 소리를 냈다. 어둠과 정적 속에 그 소리는 별나게 크게 들렸다. 두 야자수 줄기가 서로 부딪혀 한낮에는 전혀 깨닫지 못했던 불길한 소리를 내었다.

피기가 랠프의 손에서 소라를 잡았다. 그의 목소리는 노여움으로 떨렸다.

"나는 유령을 믿지 않아 — 어떻게 그런 걸 믿어!"

잭도 일어섰다. 웬일인지 몹시 화를 내고 있었다.

"네가 무얼 믿건, 누가 알고 싶대? 뚱뚱보!"

"소라는 내가 들고 있어!"

잠시 동안 우격다짐 소리가 나고 소라가 이리저리 움직였다.

"소라를 내게 돌려줘!"

랠프가 두 소년 사이로 뛰어들자 가슴을 한 대 맞았다. 그는 누군가가 쥐고 있던 소라를 빼앗아 들고는 숨을 가쁘게 몰아쉬며 앉았다.

"유령 얘기는 너무 많이 했어. 이 문제는 낮에 해결하도록 해야겠어."

누구의 목소리인지는 모르지만 가라앉은 목소리가 참견을 했다.

"그 짐승이란 것은 결국 유령일 거야."

바람에 불린 듯이 모두들 웅성댔다.

"순서를 가리지 않고 너무 멋대로들 얘기를 하고 있어." 하고 랠프는 말했다. "규칙을 지키지 않으면 제대로 모임이 진행되지 못해."

그는 다시 얘기를 끊었다. 사전에 모임을 치밀하게 계획했지만 모두 허사가 되었다.

"대체 너희들은 내가 무슨 얘기를 하길 바라는 거야? 이 모임을 그렇게 늦은 시각에 소집한 것은 내 잘못이야. 그 문제는 다수결로 정하기로 해. 즉 유령에 관한 건 말이야. 그러고 나서 모두 피로하니 오두막으로 들어가기로 해. 안 된다고? 누구야? 잭이야? 잠깐만. 분명히 지금 말해 두지만, 나는 유령이 있다고 믿질 않아. 그게 부적당하다면 유령을 믿는다고 생각질 않는다고나 할까. 그러나 어쨌든 유령 생각은 하고 싶지 않아. 적어도 지금은 그래. 이렇게 캄캄한 속에선 말야. 하긴 모든 것을 분명히 해둘 작정이었지만⋯⋯."

그는 잠시 소라를 쳐들었다.

"자, 그러면 이렇게 하지. 즉 문제는 유령이 과연 있느냐 없느냐는 것이지만⋯⋯."

그는 잠시 생각에 잠겨 문제를 정리하려고 했다.

"유령이 있을지도 모른다고 생각하는 사람 있어?"

오랫동안 정적이 흐르고 이렇다 할 동작도 없었다. 그러자 랠프는 어둠 속을 응시한 채 쳐든 손을 세었다. 그는 딱 잘라 말했다.

"알겠어."

조리가 닿고 수긍이 가며 법이 지켜지던 그런 세계가 이제 스러져가고 있었다. 그 전엔 이것저것 무엇인가가 있었다. 그러나 이제는 배마저도 떠나버리고 만 것이었다.

피기가 소라를 홱 뺏어 잡고는 날카로운 목청으로 말했다.

"나는 유령에 찬성한다고 손 들지는 않았어."

그는 모두를 홱 둘러보았다.

"모두들 그걸 잊지 말아줘."

그의 발 구르는 소리가 났다.

"대체 우린 뭐야? 사람이야, 동물이야? 그렇지 않으면 야만인이야? 어른들이 이 꼴을 보면 어떻게 생각하겠어? 어슬렁어슬렁 걸어다니고…… 돼지 사냥이나 하고…… 불은 꺼뜨리고…… 지금 이 꼴은 또 뭐야!"

한 그림자가 맹렬한 기세로 그의 앞으로 다가섰다.

"닥쳐, 이 뚱뚱한 굼벵이 같으니라고!"

한순간 격투가 벌어지고 희끗희끗한 소라가 위아래로 몹시 흔들렸다. 랠프가 벌떡 일어섰다.

"잭! 잭! 너는 소라를 가지고 있질 않아! 피기에게 얘기를 계속하게 해!"

잭의 얼굴이 랠프에게 대들었다.

"너나 닥쳐! 도대체 넌 뭐야? 가만히 버티고 앉아서 이것저것 지시나 하고. 사냥도 못하고 노래도 못하는 주제에……."

"난 대장이야. 선출되었어."

"그래, 선출되었다는 게 어쨌다는 거야? 이치도 안 닿는 명령이나 내리고……."

"피기가 소라를 들고 있어."

"그래, 그래…… 언제나 피기 편이나 들어."

"잭!"

이 소리를 잭은 모지락스럽게 흉내내었다.

"잭! 잭!"

"규칙을!" 하고 랠프는 소리쳤다. "넌 규칙을 깨뜨리고 있어!"

"무슨 상관이야?"

랠프는 꾀를 부렸다.

"우리들이 지금 가지고 있는 것이라고는 규칙뿐이니까 말야!"

그러나 잭은 대들었다.

"빌어먹을 놈의 규칙이군! 우린 힘이 세고 또 사냥을 해서 짐승이 있으면 잡아버리고 말 테야! 싹 둘러싸 가지고 치고 또 쳐서!"

그는 와 하고 사납게 소릴 지르고 파르스름한 모래사장으로 뛰어내렸다. 순간, 화강암 고대는 소음과 흥분의 도가니로 변하고 온통 욱 신각신히는 소리와 비명과 웃음소리로 가득 찼다. 참석자들은 질서를 잃고 아무렇게나 흩어져 야자수 쪽에서 물가로 모래사장을 따라 어둠에 싸인 채 뿔뿔이 헤어졌다. 랠프는 소라가 자기 뺨에 와닿는 것을 감지하고 그것을 피기에게서 받아들었다.

"어른들이 뭐라고 하겠어." 하고 피기는 다시 외쳤다. "저 꼴 좀 봐!"

사냥 흉내를 내는 소리, 발작적인 웃음소리, 그리고 정말 소름 끼치는 공포가 모래사장에서 몰려왔다.

"소라를 불어, 랠프."

피기가 바싹 다가와 있었기 때문에 랠프는 그의 안경이 번뜩이는 것을 볼 수가 있었다.

"봉화 올리는 것이 중요한데, 그걸 그래 모르나?"

"네가 좀더 세게 굴어야 해. 네 말대로 따르도록 해야 해."

무슨 공식을 외는 듯한 조심스러운 목소리로 랠프가 대답했다.

"내가 소라를 불어도 그들이 돌아오지 않으면 이제 우리는 볼장을 다 본 거야. 봉화를 계속 올리지도 못할 거고 모두 동물처럼 되어버리고 말 거야. 구조도 가망이 없어져."

"네가 그걸 불지 않더라도 어차피 우린 곧 동물이 돼버리고 말 거야. 저 애들이 지금 무슨 짓을 하고 있는지 보이지는 않지만 들어보면 알 수 있어."

여기저기 흩어져 있던 패들이 모래 위에 한데 뭉쳐 시꺼먼 덩어리가 되어 빙글빙글 돌고 있었다. 그들은 무엇인가를 노래하듯 뇌고 있었고 지쳐버린 꼬마들은 울부짖으면서 비실비실 떨어져나갔다. 랠프도 소라를 입에 대었다가 내렸다.

"문제는 유령이 과연 있느냐 하는 것이야. 네 생각은 어때, 피기야? 그렇지 않으면 짐승이 있는 것인지?"

"물론 없어."

"어째서?"

"이치에 닿지 않으니까 그렇지. 집이라든지 거리라든지 혹은 TV라든지 그런 게 제 구실을 못할걸. 그런 게 있다면……."

춤추며 노래하던 소년들도 이젠 지쳤는지 노래도 가사 없는 리듬만이 들릴 뿐이었다.

"그런 게 이치에 안 닿는다 하더라도 이 섬에서도 그럴까? 만약 그런 게 우리를 지켜보고 또 대기하고 있다면 어떻게 되는 거지?"

랠프는 야단스럽게 몸서리를 치고 피기에게로 바싹 다가갔기 때문에 그들은 맞부딪쳐 깜짝 놀랐다.

"그런 소리는 그만둬! 랠프, 우리는 그렇잖아도 어려운 일이 한두 가지가 아니었어. 게다가 나는 더 이상 견딜 수가 없어. 만약 유령이 있다면……."

"난 대장 노릇을 집어쳐야겠어. 저 소릴 들어봐."

"무슨 소리! 그건 안 돼!"

피기는 랠프의 팔을 잡았다.

"만약 잭이 대장이라면 모두 사냥만 시키고 봉화 준비는 하지 않을 거야. 그러면 죽을 때까지 여길 벗어나지 못해."

그의 목소리는 높아지다가 홀연 비명으로 변했다.

"거기 앉아 있는 건 누구야?"

"나, 사이먼이야."

"잘들 모였군." 하고 랠프는 말했다. "세 마리의 눈먼 새앙쥐지. 난 그만두겠어."

"만약 네가 그만두면……." 하고 기죽은 속삭임 소리로 피기가 말했다. "나는 어떻게 돼?"

"아무 일 없어."

"그는 날 미워해. 왜 그러는지 모르겠어. 그가 제 마음대로 굴게 되더라도…… 넌 괜찮아. 그는 너를 존경하니까 - 그건 그렇고, 너는 그 녀석을 때렸었지?"

"너도 방금 그 애와 한바탕 멋지게 맞붙지 않았어?"

"난 소라를 쥐고 있었어." 하고 피기는 속셈 없이 말했다.

"난 얘기할 권리를 가지고 있었어."

사이먼이 어둠 속에서 몸을 움직였다.

"대장 노릇을 계속해."

"사이먼, 닥쳐. 왜 짐승이 없다고 아까 얘길 못 했지?"

"난 그 애가 겁이 나." 하고 피기가 말했다. "그렇기 때문에 그 애를 잘 알고 있었어. 누군가 겁이 나면 그를 미워하게 되지만, 한편 그에 대한 생각을 떨쳐버릴 수가 없게 돼. 넌 그가 괜찮은 아이라고 자신을 속여가며 스스로에게 타이르고 있어. 그러나 그를 다시 보게 되는 때에는…… 그때는 천식에 걸린 것처럼 숨도 못 쉴 거야. 바로 말해 두지만, 그는 너도 미워하고 있어, 랠프."

"나를? 왜?"

"나도 몰라. 봉화 일로 그를 몰아세웠고 또 그는 대장이 못 됐는데 너는 대장이잖아?"

"그래도 그는 어엿한 잭 메리듀 아냐?"

"나는 병으로 누워 있기를 잘해서 여러 가지 궁리를 많이 했어. 나는 인간에 관해서 아는 바가 있어. 나 자신도 잘 알고, 그에 관해서도 짐작되는 것이 있어. 그는 너를 직접 해치진 못해. 그러나 네가 물러서면 너와 가장 가까운 사람을 해칠 거야. 그건 나야."

"랠프, 피기의 말이 맞아. 너와 잭은 맞선 사이야. 대장 노릇을 계속해."

"우리는 모두 지향 없이 떠돌고 있고 모든 것은 형편없이 돌아가고 있어. 고향에서는 언제나 어른들이 있었어. 어떻게 할까요, 선생님? 어떻게 할까요, 선생님? 그러면 답변을 얻었어.

이럴 때……."

"아주머니가 여기 있다면 얼마나 좋을까."

"우리 아빠가 여기 계시다면…… 그러나 그런 소리 해본들 무슨 소용이 있겠니?"

"봉화를 계속 올려야지."

춤은 끝나고 사냥 부대는 오두막으로 돌아가고 있었다.

"어른들은 사리에 밝아." 피기의 말이었다. "어른들은 어둠을 무서워하지 않아. 모여서 차를 마시고 토론을 하지. 그러면 만사가 제대로 돌아가게 돼ー."

"어른들 같으면 섬을 불바다로 만들지 않지. 혹은……."

"어른들 같으면 배를 만들 거야ー."

세 소년은 캄캄한 속에 서서 어른들이 세계가 얼마나 딩딩한가 하는 것을 알리려고 애를 썼으나 뜻대로 되지 않았다.

"어른들 같으면 싸움을 않을 거야ー."

"내 안경을 깨뜨리지도 않을 테고ー."

"짐승 얘기 같은 것도 않을 테고ー."

"어른들이 우리들에게 전갈을 보낼 수 있게만 되면." 하고 랠프는 절망적으로 소리쳤다. "어른들일 것 같으면 이렇게 하겠다는 걸 무언가 알려주기만 한다면…… 무슨 신호라도 보내준다면 오죽 좋겠어?"

어둠 속에서 흐느끼는 소리가 들려와 그들은 몸이 오싹해져 서로 부둥켜안으려 했다. 흐느낌 소리는 이 세상 것이 아닌 것처럼 멀리에서인 듯 높아지더니 무슨 소린지 알아들을 수 없는 잠꼬대로 변했다. 하코트 세인트 앤터니 목사관 내, 퍼시

벌 웜즈 매디슨은 크게 자란 풀밭 속에 누운 채, 그의 주소를
외워 봤댔자 아무런 소용이 닿지 않는 상황을 헤쳐나가고 있
었다.

6

하늘에서 내려온 짐승

별빛을 빼고 나면 빛이라곤 없었다. 소름 끼치는 소음의 정체를 알게 되고 퍼시벌이 다시 잠잠해지자 랠프와 사이먼은 그를 주체스럽게 안고 오두막 속으로 날라다 주었다. 큰 소리는 해댔지만 피기는 바싹 붙어 다녔다. 그래서 나이 먹은 축의 이들 세 소년은 함께 다음 오두막으로 들어갔다. 그들은 마른 나뭇잎 사이에 몸을 뒤척이며 들뜬 마음으로 누워서 환초호 쪽으로 나 있는 틈서리로 별을 바라보았다. 이따금씩 한 꼬마가 이웃 오두막에서 울음소리를 냈고 한번은 큰 녀석이 어둠 속에서 뭐라고 지껄이는 소리가 났다. 어느덧 세 소년도 잠이 들어버렸다.

은빛 달이 수평선 위로 떠올랐다. 그리 크지 못해서 수면 바로 위에 걸려서도 이렇다 하게 달빛을 내리지 못했다. 그러나 밤하늘에는 딴 불빛이 보였고, 그것들은 빠른 속도로 움직이고 깜박거리고 혹은 스러지곤 했다. 그러나 10마일 상공에서 벌어지고 있는 공중전에선 가냘픈 사격소리조차 들려오지 않았다. 모두 잠들어 있어 그것을 읽어낸 아이는 없었지만 그러나 어른들의 세계로부터 한 신호가 내려왔다. 갑자기 폭발의 섬광이 번뜩이고 나선형의 꼬리가 하늘을 가로질러 내리고 다음엔 다시 어둠과 별빛만이 남았다. 섬의 상공에 한 점이 나타났다. 낙하산을 타고 빠른 속도로 내려오는 사람의 모습으로, 사지를 축 늘어뜨리고 매달려 있었다. 고도(高度)에 따라 방향이 달라졌기 때문에 그것은 이리저리로 불려갔다. 그러나 3마일쯤 되는 높이에선 바람이 안정되어 그것은 하늘에 강하 곡선을 긋더니 산호초와 환초호 상공을 비스듬히 질러 산 쪽으로 불려갔다. 이윽고 그것은 산허리에 피어 있는 푸른 꽃 사이에 내려 찌그러졌다. 그러나 이만한 높이에서도 가벼운 미풍이 불고 있어서 낙하산은 펄럭이고 부딪히고 끌리고 했다. 그래서 두 다리를 뒤로 한 채 그 사람은 산정으로 서서히 끌려 올라갔다. 바람이 불 적마다 1야드씩 그 모습은 푸른 꽃밭 사이를 지나고 표석(漂石)과 붉은 돌 위를 거쳐서 마침내 산정의 부스러진 바위 사이에 몸을 웅크리고 멎었다. 이 근방에서는 바람이 발작적으로 불어와서 낙하산의 끈은 얽혀서 꽃줄 모양이 되어버렸다. 그는 헬멧을 쓴 머리를 숙여서 무릎 사이로 들이밀고는 복잡하게 얽힌 끈에 매인 채로 앉아 있는 자세가 되었다. 미풍이 불어올 적마다 끈이 팽팽해져서 그 바람에 어쩌다가 머리와 가슴께가 곤두세워져 흡사 산머리

저편을 응시하고 있는 듯한 자세가 되었다. 그러다가 바람이 멎을 때마다 줄은 느슨해지고 그 때문에 그는 다시 앞으로 넘어지면서 무릎 사이로 머리를 처박는 것이었다. 그리하여 별들이 밤하늘에서 자리를 옮기는 동안 그는 산정에 앉아 절을 꾸벅하다가는 쓰러지고 다시 절을 꾸벅하고는 했다.

꼭두새벽의 어둠 속 산허리를 조금 내려선 바위께선 소음소리가 났다. 두 소년이 덤불나무와 마른 잎더미에서 굴러나간 것이다. 흐릿한 두 그림자는 졸린 듯한 소리로 뭐라 서로 지껄였다. 그들은 봉화 당번을 서고 있는 쌍둥이 형제였다. 이치로 볼 것 같으면 하나는 자고 하나는 망을 보았어야 했다. 그러나 각자 독립적으로 행동하는 것이 소임을 잘 보는 것이라면 그들은 그렇질 못했다. 그리고 밤새 뜬눈으로 새우는 것은 불가능한 일이었기 때문에 둘이 모두 잠이 들어버린 것이었다. 아까까지 봉화불이 타고 있었으나 이젠 꺼져버린 모닥불티 쪽으로 둘은 하품을 하고 눈을 비비면서 익숙한 걸음걸이로 다가갔다. 거기 이르자 하품을 그쳤고 그중 하나는 덤불나무와 나뭇잎을 쌓아놓은 곳으로 급히 달음박질쳐 갔다.

딴 하나는 무릎을 꿇었다.

"분명히 꺼졌어."

두 손에 든 막대를 그는 만지작거렸다.

"안 되겠는걸."

그는 몸을 뉘이고 모닥불티에 바싹 입술을 갖다대고 조용히 불었다. 그의 얼굴이 빨갛게 돋보였다.

"샘, 이리 줘—."

"—불쏘시개를—."

에릭은 몸을 꾸부리고 다시 부드럽게 입김을 불었다. 한쪽에선 불이 살아나기 시작했다. 샘은 피어오른 곳에 불쏘시개를 처넣고 다음엔 나뭇가지를 넣었다. 불꽃은 커지고 나뭇가지에도 불이 붙었다. 샘은 나뭇가지를 더 올려놓았다.

"통째로 태우질 마." 하고 에릭이 말했다. "너무 많이 집어넣고 있어."

"몸을 녹여야지."

"나무를 더 가지고 와야지."

"난 으스스해."

"나도 그래."

"게다가……."

"—캄캄하고. 그래도 좋아."

에릭은 쪼그리고 앉아 샘이 불을 올리는 걸 지켜보았다. 그는 마른 나무를 천막 모양으로 올려놓아 이제 불은 착실하게 타올랐다.

"까딱하면 꺼뜨릴 뻔했어."

"그가 알았더라면—."

"쨍쨍거렸겠지."

"그럼."

얼마 동안 쌍둥이 형제는 말없이 불을 지켜보았다. 에릭이 킬킬거렸다."

"쨍쨍거렸지?"

"저……."

"봉화와 돼지 말이야."

"우리 대신에 잭을 깐 것이 다행이었어."

"학교 때 쨍쨍이 선생 생각 나?"

"애야, 너희 때문에 미칠 지경이다."

쌍둥이 형제는 똑같이 웃었다. 어둠과 딴 것들이 생각나 불안스럽게 주위를 둘러보았다. 천막처럼 올려놓은 나무를 한참 먹어 들어가는 불꽃으로 그들은 다시 눈길을 돌렸다. 에릭은 미칠 듯 도망치려 하면서도 결국 헤어나질 못하고 타죽는 쥐 며느리를 지켜보았다. 저 아래 산의 가파른 쪽으로 번져갔던, 처음 왔을 적의 산불이 생각났다. 그쪽은 이제 아주 캄캄했다. 그는 그걸 생각하기가 싫어 산꼭대기 쪽으로 외면해 버렸다.

따뜻한 불기가 퍼져서 두 아이는 그것을 쬐고 기분이 좋았다. 샘은 나뭇가지를 불에다 바싹 맞추어 넣으면서 재미있어 했다. 에릭은 두 손을 펼치고 불기를 견디어낼 수 있는, 불에서 가장 가까운 거리를 찾아내려 했다. 불 건너 쪽을 멍하니 바라보면서 그는 주위에 흩어져 있는 바윗돌이 지금은 그림자를 거느리고 있지만 낮에는 어떤 모양일까 하고 생각해 보았다. 저기엔 바위가 있고, 세 개의 돌이 있고, 깨어진 바위가 있고, 그 너머에는 균열이 있고 — 바로 거기엔 —

"샘."

"응?"

"아무것도 아니야."

불꽃은 나뭇가지를 집어삼키고 나무껍질은 오그라들다가 떨어져나가고 나무는 소리를 내며 마구 튀었다. 천막 모양으로 올려놓은 나무가 안쪽으로 무너앉고 그 바람에 동그란 불빛이 산정을 밝혔다.

"샘—."

"응?"

"샘! 샘!"

샘은 성난 투로 에릭을 쳐다보았다. 에릭이 하도 골똘하게 응시하고 있었기 때문에 에릭이 바라보고 있는 방향이 무서워졌다. 샘은 그쪽으로 등을 대고 있었던 것이다. 그는 불가를 슬슬 기어서 에릭 곁에 가 쪼그리고 앉아 눈을 똑바로 떴다. 그들은 몸이 굳어 꼼짝 않은 채 서로의 팔을 꽉 잡고 있었다. 네 개의 눈이 깜빡이지도 않고 한 점을 응시했고 두 개의 입은 딱 벌린 채였다.

훨씬 아래쪽에선 숲속의 나무들이 한숨을 쉬고, 그런가 하면 이내 포효했다. 이마를 가린 머리카락이 날리고 불꽃이 비스듬히 기울었다. 15야드쯤 떨어진 곳에선 바람에 불려 벌어지는 천 소리가 펄럭펄럭 났다.

둘 중의 아무도 소리를 지르지는 않았으나 팔을 잡은 손은 더욱 죄어지고 입은 더욱 뾰족해졌다. 10초쯤 되는 동안 그런 몰골로 쪼그리고 있었다. 그 동안 소리내며 타는 불길은 산꼭대기 위로 연기와 불똥과 훤해졌다 약해졌다 하는 불빛의 파도를 올리고 있었다.

그러자 둘이서는 마치 하나의 공포심을 가지고 있는 듯 바위를 기어넘고 뺑소니쳤다.

랠프는 꿈을 꾸고 있었다. 마른 잎사귀 사이에서 몇 시간 동안이나——그렇게 그에게는 여겨졌다.——이쪽저쪽으로 돌아누우며 뒤척이다가 겨우 잠이 든 것이었다. 다른 오두막에서 새어나오는 악몽의 잠꼬대 소리도 이젠 그에게는 미치지 못했다. 고향으로 돌아가 정원의 담 너머로 망아지들에게 사탕을 먹이고 있는 꿈을 꾸고 있었기 때문이다.

　그때 차를 마실 시간이라고 알리면서 누군가가 팔을 흔들었다.

　"랠프! 일어나!"

　나뭇잎이 바닷소리 같은 소리를 내고 있었다.

　"랠프! 일어나!"

　"웬일이냐?"

　"우린 보았어—."

　"—짐승을—."

　"—분명히 보았어."

　"누구야? 쌍둥인가?"

　"우린 짐승을 보았어—."

　"피기, 조용히 해!"

　나뭇잎이 아직도 요란한 소릴 내고 있었다. 피기가 랠프에게로 다가와 쾅 부딪쳤다. 오두막 틈서리로 보이는 파리한 별 쪽으로 나가려 하자 쌍둥이 형제가 랠프를 붙잡았다.

　"나가선 안 돼. 무서워!"

　"피기, 창은 어디에 있지?"

　"내 귀에 들리는데……."

"그럼 조용히들 해. 가만히 누워 있어."

그들은 귀를 기울이며 누워 있었다. 바닷속 같은 정적의 사이사이로 쌍둥이 형제가 가쁜 숨소리처럼 들려준 얘기를 처음엔 반신반의하다가 나중엔 겁을 집어먹었다. 순식간에 주위의 어둠은 짐승의 발톱과 소름끼치는 수수께끼와 위협으로 가득 찼다. 끝이 없는 듯이 여겨지는 새벽이 와서 별들은 스러지고 마침내 서글픈 회색의 빛이 오두막으로 스며 들어왔다. 아직도 오두막 바깥의 세계는 견딜 수 없을 정도로 무시무시했지만 그들은 꿈지럭거리기 시작했다. 미로와 같은 어둠은 멀리 혹은 가까이로 끼리끼리 흩어지고 높은 하늘의 한구석에는 조각구름이 놀지고 있었다. 바닷새 한 마리가 쉰소리로 울며 하늘 높이 날아올랐다. 이내 그 메아리가 돌아왔다. 숲에선 무엇인가가 삑삑거렸다. 이제 수평선 언저리에 깔린 구름은 장밋빛으로 반짝이기 시작하고 야자수의 깃털 같은 꼭대기는 초록빛을 띠었다.

랠프는 오두막 입구에 무릎을 꿇고 조심스럽게 주위를 둘러보았다.

"샘, 에릭. 모두들 모이라고 해줘. 살며시 해. 자, 가봐."

쌍둥이 형제는 몸을 부들부들 떨면서 서로 부둥켜안은 채 몇 야드를 달려가 다음 오두막으로 가서 그 무시무시한 소식을 퍼뜨렸다. 랠프는 일어서서 등허리가 아프긴 했지만, 위신을 지키기 위해 화강암 고대 쪽으로 걸어갔다. 피기와 사이먼이 그를 뒤따라가고 딴 소년들도 살금살금 따라갔다.

랠프는 길든 자리에 놓인 소라를 집어 들고 입술에 대었다.

그러나 주저주저하며 불지는 않았다. 그 대신 그는 소라를 높이 쳐들어서 그들에게 보여주었다. 모두들 이해했다.

수평선 밑에서 위쪽으로 부채꼴 모양으로 햇살을 던지던 아침해가 확 변해서 수평으로 햇살을 쏘았다. 램프는 점점 커가는 금빛 햇발을 잠시 동안 쳐다보았다. 그 햇발은 오른손 쪽에서 찾아들었고 그만하면 얘기를 할 수 있을 만큼 환했다. 그의 면전에 둥글게 서 있는 소년들은 사냥할 때 쓰는 창으로 무장하고 있었다.

그는 쌍둥이 형제 가운데서 바로 곁에 있는 에릭에게 소라를 넘겨주었다.

"우리는 직접 이 눈으로 짐승을 보았어. 아냐 – 우리는 잠들어 있지 않았어 –."

샘이 그 얘기를 받았다. 이제 둘 중의 하나만 소라를 쥐어도 쌍둥이 형제는 모두 얘기할 수 있다는 게 관례가 되어버렸다. 본질적으로 둘이 같다는 것이 공인되었기 때문이다.

"그건 털이 많았어. 그 짐승의 머리 뒤로는 무엇인가 움직이는 것이 있었는데, 아마 날개인 모양이야. 게다가 그건 움직이고 있었어 –."

"정말 무서웠어. 이를테면 앉아 있었어 –."

"봉화불은 환히 타오르고 있었어 –."

"막 불을 돋우어댔어 –."

"막대기를 더 쳐넣었어 –."

"눈도 보였고 –."

"이빨도 –."

"발톱도ー."

"우리는 기를 쓰고 달려왔어ー."

"닥치는 대로 아무 데나 뛰어들고ー."

"그 짐승은 우릴 따라왔어ー."

"난 그것이 나무 뒤에서 살금살금 움직이는 걸 보았어ー."

"난 거의 붙잡힐 뻔했어ー."

랠프는 겁에 질린 투로 에릭의 얼굴을 가리켰다. 관목에 긁힌 상처가 몇 개 나 있었다.

"그건 어떻게 된 거야?"

에릭은 자기 얼굴을 만져보았다.

"온통 긁혔는데. 내 얼굴에서 피가 나오니?"

원형으로 둘러섰던 소년들은 공포에 질려 움찔했다. 그때까지 하품을 하고 있던 조니가 울음보를 터뜨렸다가 빌에게 한 대 맞고 눈물에 숨이 막혔다. 찬란한 아침은 공포 분위기가 되고 원형도 형태가 바뀌기 시작했다. 안쪽보다도 바깥쪽을 향해 섰고, 나무를 깎아 만든 창은 마치 목책(木柵) 같아 보였다. 잭은 그들을 한가운데로 다시 불렀다.

"이번에야말로 진짜 사냥이 될 거야! 누가 나서겠어?"

랠프는 초조한 듯이 몸을 움직였다.

"이 창은 나무창이야. 서투른 짓은 하지 마."

잭은 그를 비웃었다.

"왜, 겁이 나니?"

"물론 겁이 났어. 안 그럴 사람이 어디 있어?"

마음속으론 간절히 바라면서, 그러나 부질없음을 알면서도 그는 쌍둥이 형제 쪽을 향했다.

"설마 우리들을 놀리고 있는 건 아니겠지?"

대답은 아주 단정적이어서 아무도 그것을 의심할 수는 없었다.

피기가 소라를 잡았다.

"말하자면…… 우리가 이곳에 그대로 머물러 있는 게 낫지 않을까? 아마 그 짐승은 우리 가까이론 오지 않을 거야."

무엇인가가 자기들을 지켜보고 있다는 생각만 들지 않았더라면 랠프는 그에게 고함을 질렀을 것이다.

"이곳에 그대로 머물러 있는다고? 이 섬의 한구석에 갇힌 채 항상 망이나 보고 있는다고? 먹을 것은 어떻게 구하고? 또 봉화는 어떻게 하고?"

"자, 행동을 개시하자." 하고 잭은 안절부절못하고 말했다.

"이건 시간 낭비야."

"그렇지 않아. 꼬마들은 어떻게 하고?"

"젠장!"

"누군가가 꼬마들은 돌보아줘야 해."

"여태까지 그런 법이 없었어."

"전엔 그럴 필요가 없었지만 지금은 필요가 있어. 피기가 돌보도록 하지."

"그게 좋겠어. 피기도 안전한 곳에 내버려둬."

"무슨 소리야. 눈 한쪽만 가지고 피기가 뭘 한다고."

나머지 소년들은 궁금히 여기면서 잭에게서 랠프 쪽으로 눈길을 돌렸다.

"또 한 가지. 이번 사냥은 여느 때 것과는 다르단 말이야. 그 짐승은 발자국을 남겨놓지 않으니까. 발자국을 남겼다면 너희 중엔 본 사람이 있을 거야. 무언지 모르지만 그 짐승은 아무래도 나무 사이를 그네 타듯 뛰쳐다니는 것인지도 몰라."

모두들 고개를 끄덕였다.

"그러니 우린 잘 생각해 봐야 돼."

피기는 깨어진 안경을 벗어서 성한 쪽의 안경알을 닦았다.

"우린 어떡하지, 랠프?"

"넌 소라를 안 들고 있어. 자 이걸 갖고 얘기해."

"우린 어떻게 하느냐 말이야? 너희들이 모두 나갔을 때 짐승이 온다면? 난 제대로 보이지가 않아. 게다가 만약 내가 무서움을 타게 되면……."

잭이 경멸조로 말참견을 했다.

"넌 언제나 무서움을 타."

"소라는 내가 들고 있어ー."

"말끝마다 소라 타령야." 하고 잭은 소리를 질렀다.

"이제 그까짓 것은 필요 없어! 누가 발언을 해야 하는가는 우리 모두가 알고 있어. 사이먼이 무슨 말을 한다고 무슨 소용이 있어? 빌도 그렇고 월터도 마찬가지야. 이런 또래들은 잠자코 우리들에게 여러 가지 결정을 맡겨버리는 게 좋다는 것쯤은 이제 알 때가 됐어ー."

랠프는 그 이상 잭의 연설을 내버려둘 수가 없었다. 그의 볼은 상기되었다.

"넌 소라를 들고 있지 않아. 앉아." 하고 그는 말했다.

잭의 얼굴은 하얗게 질려서 주근깨가 갈색으로 선연히 드러났다. 그는 입술을 빨며 그대로 서 있었다.

"이건 사냥 부대가 할 일이야."

나머지 소년들은 골똘히 지켜보았다. 자기가 난감하게 말려들어가 있음을 알고 피기는 랠프의 무릎에 슬며시 소라를 내려놓고 앉아버렸다. 숨막히는 정적 속에서 랠프는 숨을 죽였다.

"이번 일은 사냥 부대 몫 이상의 일이야." 마침내 랠프가 말문을 열었다. "짐승의 발자국을 따라갈 수가 없으니 하는 소리야. 게다가 구조받기를 원치 않는단 말이냐?"

그는 참석자 쪽으로 향했다.

"너희들은 모두 구조받기를 원치 않니?"

그는 다시 잭을 돌아보았다.

"그 전에도 얘기했지만, 봉화가 가장 중요해. 이제 불이 분명 꺼졌을 거야―."

그 전에 분노했던 일이 그에게 공격할 힘을 주어 난경을 헤치고 나가게 했다.

"이렇게 빤한 이치를 그래 아무도 모른단 말이야? 우리는 저 불을 다시 피워야 해. 잭, 너는 그 생각을 해보지도 않았어. 안 그래? 그래 너희들 중의 아무도 구조되길 원치 않는단 말이야?"

그렇다. 그들은 구조되기를 바랐다. 그 점은 의심할 여지가 없었다. 대세는 랠프에게 썩 유리하게 돌아가 위기는 지나갔다. 피기는 크게 헐떡이며 숨을 쉬고 다시 소라를 잡으려고 했으나 뜻을 이루지 못했다. 그는 입을 크게 벌리고 통나무에 몸을 기대었다. 푸른 그림자가 입술에 떠돌았다. 아무도 그러는 그를 개의하지 않았다.

"잭, 한번 생각해 봐. 이 섬 가운데 네가 한 번도 안 가본 곳이 있는가를—."

할 수 없이 잭은 대답했다.

"그저 한 군데가 있어— 그건 당연해, 바위들이 차곡차곡 쌓여 있는 섬의 꼬리 부분을 너도 알고 있을 거야. 난 거긴 못 가보았어. 바위가 다리 모양을 이루고 있는데, 거기밖엔 딴 길이 없어."

"그러면 짐승이 거기 있을지도 몰라."

모두들 한꺼번에 떠들어댔다.

"조용히 해. 좋아, 거길 뒤져보겠어. 만약 거기에 짐승이 없으면 산정으로 올라가 찾아보겠어. 그리고 불도 피우고."

"자, 떠나자."

"먼저 뭘 좀 먹어야지. 그러고 나서 떠나." 랠프는 여기서 말을 멈췄다. "창을 가지고 가는 게 좋을 거야."

다 먹고 난 뒤 랠프와 큰 축들은 모래사장을 따라 출발했다. 뒤에 남은 피기는 화강암 고대 위에 서 있었다. 오늘도 평상시와 같이 푸른 천장 밑에서 일광욕을 해야 할 모양이었다. 앞을 내다보니 모래사장은 완만한 곡선을 그리며 펼쳐져 있고, 저 멀리에서 모래사장과 숲은 맞붙어 있는 듯이 보였다. 아직 이른 오전이었기 때문에 아른거리는 신기루의 베일이 윤곽을 흐릿하게 해놓지도 않고 있었다. 랠프의 지휘로 그들은 야자수 뚝을 따라 조심스레 나가며 물가의 따가운 모래는 피해 갔다. 그는 잭으로 하여금 앞장을 서게 했다. 20야드 떨어져 있는 적이라면 쉽사리 알아차릴 수 있는 터인데도 잭은 연극조의 경계 태세로 발걸음을 옮겼다. 한동안이나마 책임을 벗어버린 것을 달갑게 여기며 랠프는 꽁무니에서 걸어갔다.

랠프의 바로 앞에서 걸어가던 사이먼에겐 아무래도 곧이 안 들린다는 느낌이 들었다. 할퀴는 발톱이 있고, 산꼭대기에 앉아 있었으며, 발자국을 남기지도 않고, 게다가 동작이 무디어서 쌍둥이 형제를 따라잡지 못한 짐승이라고? 짐승 생각을 아무리 해보아도 사이먼의 마음속에 떠오르는 것은 영웅적이면서 동시에 병든 인간의 모습뿐이었다.

그는 한숨을 쉬었다. 딴 소년들은 모임에서 벌떡 일어나 모두에게 얘기를 할 수가 있다. 적어도 외관상으로는 여럿 앞임을 조금도 두려워하지 않고 마치 한 사람에게 얘기하듯, 하고 싶은 말을 하는 것이었다. 그는 한 발짝 비켜서서 뒤를 돌아보았다. 창을 어깨에 메고 랠프가 바로 뒤에서 따라오고 있었다. 수줍은 듯 사이먼은 걸음을 늦추어서 랠프와 나란히 걸어갔다. 그리고 눈까지 내려오는 함부로 자란 검은 머리카락 사이로 그를 쳐다보았다. 랠프는 사이먼 쪽을 흘끗 쳐다보고 전에 사이먼이 바보짓을 했다는 것은 다 잊어버렸다는 듯이 억지로 미소짓더니 다시 멍하니 눈길을 돌렸다. 한순간 자기 마음을 그가 알아주었다는 것으로 사이먼은 마음이 기뻤으나 자기 자신에 대해 이것저것 생각하기를 그쳤다. 그가 나무에 부딪치자 랠프는 성마른 듯 곁눈질을 하고 로버트는 킬킬거렸다. 사이먼은 비틀거렸다. 이마에 흰 점이 생기더니 빨갛게 되어 가지고 방울이 떨어졌다. 랠프는 사이먼 생각을 팽개치고 지옥처럼 괴로운 자기 세계로 돌아갔다. 언젠가는 성채(城砦)에 당도하리라. 그때 대장은 전진해 가야 하리라.

잭이 뛰어 돌아왔다.

"이제 보일 만큼 왔어."

"좋아. 될 수 있는 대로 죄어 가."

그는 잭을 따라서 지면이 약간 솟아 있는 성채 쪽으로 갔다. 왼편으로는 덩굴과 나무가 잔뜩 얽혀 있었다.

"저 속에 아무것도 없다는 건 어떻게 알아?"

"볼 수 있으니까 그렇지. 아무것도 들락날락하는 게 없어."

"그럼 성채는?"

"자, 봐."

랠프는 앞을 가린 풀을 헤치고 앞을 보았다. 돌투성이의 땅바닥은 불과 몇 야드밖에 안 되고 그 다음부터는 섬의 좌우 양편이 거의 합류하고 있었다. 응당 돌출부를 예상하게 됨직한 형국이었다. 하지만 그 대신 폭이 서너 야드, 길이가 15야드쯤 되는 바위 선반이 섬에서 바닷속으로 뻗쳐 있었다. 이 섬의 주춧돌 구실을 하는 네모진 분홍색 바위가 거기 노출되어 있었다. 해면에서 100피트쯤 되는 성채의 이 부분이야말로 그전에 그들이 산정에서 보았던 분홍색 요새의 정체였다. 절벽을 이루고 있는 바위는 균열되어 있고 꼭대기에는 당장이라도 굴러내릴 듯한 큰 바윗덩어리가 흩어져 있었다.

랠프의 뒤쪽 키 큰 풀 사이로는 사냥 부대가 말없이 서 있었다. 랠프는 잭을 보았다.

"너는 사냥 부대원이야."

잭은 홍당무가 되었다.

"나도 알아. 좋아."

랠프의 내부 깊은 곳에서 무엇인가가 랠프를 대신해서 말했다.

"내가 대장이야. 내가 가겠어. 딴 말은 마."

그는 다른 소년들 쪽을 보았다.

"너희들은 여기서 숨어 있어. 내가 올 때까지 기다려."

그는 자기 목소리가 자칫하면 아주 속으로 기어 들어가거나 아니면 고함으로 변하리라는 느낌이 들었다. 그는 잭을 바라보았다.

"너의, 너의 생각으로는……?"

잭은 중얼거렸다.

"난 딴 곳은 다 가보았어. 여기가 틀림없어."

"알겠어."

사이먼은 당황한 듯 우물쭈물 중얼댔다.

"난 짐승 같은 게 있다곤 믿지 않아."

마치 날씨 얘기에 맞장구라도 치듯이 랠프는 상냥하게 대답했다.

"나도 마찬가지야."

그의 꽉 다문 입은 파랗게 질려 있었다. 그는 천천히 머리를 쓸어넘겼다.

"자, 그럼 다녀올게."

억지로 나아가고 있는데 결국 좁다란 길목에까지 이르렀다.

그는 이를테면 대기가 갈라진 틈으로 사방 에워싸여 있는 셈이었다. 몸을 감출 곳이 전혀 없었고, 게다가 그는 어쨌든 앞으로 전진해야 했다. 그는 좁다란 길목에서 발길을 멈추고 아래를 내려다보았다. 오래지 않아, 하긴 몇 세기 후의 일이겠지만, 바다가 이 성채를 고립시켜 섬으로 만들 것이었다. 오른편으로 난바다의 파도가 성가시게 구는 환초호가 있었다. 왼편으로는—

랠프는 몸서리쳤다. 태평양으로부터 자기들을 지켜주는 것은 그 환초호였다. 그리고 환초호가 없는 반대편의 물가까지 내려가 본 사람은 어쨌든 잭뿐이었다. 이제 그는 넘실거리는 큰 파도를 육지에서 바라보게 된 것이다. 그것은 어마어마하게 큰 생물이 숨쉬는 것과 흡사했다. 서서히 바닷물이 암초 사이로 잠기면 분홍색 화강암의 암반(岩盤)이 보이고 또 산호, 폴립,[13] 해초 등의 야릇한 덩어리가 보였다. 수풀 꼭대기에서 소곤거리는 바람 같은 소리를 내며 물이 빨려 내렸다. 마치 테이블같이 생긴 평평한 바위가 하나 있었다.

해초가 붙어 있는 네 개의 측면을 바닷물이 핥듯이 떨어져 내려가니 절벽처럼 보였다. 순간, 잠자코 있는 거대한 짐승이 숨을 뿜었다.——해면이 부풀어올라 해초가 요동치고 테이블 모양의 바위 위에선 바닷물이 으르렁거리며 거품을 내뿜었다. 파도가 밀어닥치는 것은 아무런 의미도 없어 보였다. 일 분 간격을 두고 물결이 상하로 일렁일 뿐.

---

13) 히드라충류에 속하며 창자동물에 고착하여 사는 동물의 일종이다.

랠프는 붉은 절벽 쪽으로 몸을 돌렸다. 그의 뒤쪽의 높게 자란 풀밭 속에선 그가 어떻게 하나 보려고 소년들이 기다리고 있었다. 정신을 차리고 보니 주먹에 난 땀이 이제 싸늘했다. 자기가 정말로 짐승과 마주치게 되는 것을 기대하고 있지 않음을 깨닫고 그는 놀랐다. 설사 마주치게 된다 하더라도 자기로서는 어찌할 바를 모르고 있었다.

절벽을 올라갈 수는 있었지만 그럴 필요가 없을 것 같았다. 바위가 네모져 있어 절벽을 에워싼 일종의 기둥자리 같았다. 따라서 오른쪽으로 환초호를 내려다보듯 해서 바위 선반을 따라 조금씩 나아가면 모퉁이를 돌아 이쪽에선 보이지 않는 곳으로 들어설 수가 있는 셈이었다. 그것은 쉬운 일이었다. 이내 그는 바위 모퉁이를 돌아 건너편에서 두리번거렸다.

미리 예측했던 대로였다. 분홍색의 표석이 뒤죽박죽 굴러 있고 그 위로는 사탕을 입힌 것처럼 새똥덩어리가 다닥다닥 붙어 있었다. 급한 경사가 요새 정상에 있는 으스러진 바위로 이어져 있었다.

등 뒤에서 소리가 나 그는 뒤를 돌아보았다. 잭이 바위 선반을 따라 조금씩 전진해 오고 있었다.

"너 혼자한테만 맡겨둘 수가 없었어."

랠프는 아무 말도 하지 않았다. 앞장 서서 바위 위를 걸어가서 일종의 굴 비슷한 곳을 뒤져보았으나 거기엔 한 덩어리의 썩은 새알밖엔 무시무시한 것은 아무것도 없었다. 마침내 그는 걸터앉아 주위를 둘러보고 창 끝으로 바위를 두드려보았다.

잭은 신이 나 있었다.

"요새로는 안성맞춤이야!"

물기둥이 두 소년을 적셨다.

"마실 물이 없겠는걸."

"그럼 저건 뭐야."

울려다보니 절벽의 중간에 초록색의 긴 얼룩이 보였다. 그들은 올라가서 떨어지는 물을 맛보았다.

"거기다 야자열매 껍질을 두면 언제나 물이 가득하겠는걸."

"난 싫어. 이곳은 정나미가 떨어져."

두 소년은 나란히 제일 높은 곳에 올라갔다. 그곳은 위로 올라갈수록 좁아지고, 꼭대기에는 으깨어진 바위가 있었다. 잭이 가까이에 있는 돌을 주먹으로 치니 그것은 조금 삐걱거렸다.

"저, 생각나겠지……."

괴로웠을 때의 생각이 두 소년의 마음속에 떠올랐다. 잭은 빠른 가락으로 말했다.

"이 돌 밑에 야자수 줄기를 처넣고 만약 적이 들이닥치거든…… 저길 봐!"

100 피트는 되는 아래쪽엔 다리 모양의 좁은 두덩길 비슷한 것이 있고 그 다음엔 돌투성이의 지면이 있고 그 다음엔 소년들의 머리가 점점이 박혀 있는 풀밭이 있고 그 뒤로는 수풀이었다.

"돌을 하나 밀어 내리기만 하면." 하고 잭은 신이 나서 소리쳤다. "단박에 콰당!"

그는 손으로 돌이 굴러 떨어지는 시늉을 해보였다. 랠프는 산 쪽을 바라보았다.

"웬일이야?"

랠프는 돌아보았다.

"왜?"

"네가 쳐다보고 있기에 말이야—그저 그뿐이야."

"봉화가 오르고 있질 않는단 말이야. 그러니 표가 안 나."

"넌 봉화에 미쳤어."

팽팽한 푸른 수평선이 그들을 에워싸고 있었고, 그것이 끊어져 있는 곳은 산꼭대기뿐이었다.

"우리가 의지할 것은 그것뿐이야."

그는 자기 창을 흔들리는 바위에 기대어놓고 두 손으로 머리를 쓸어넘겼다.

"되돌아가 산을 오르도록 해. 그 애들이 짐승을 본 곳은 거기니까."

"짐승은 거기에 없어."

"그럼 달리 어떻게 하겠어?"

풀밭 속에서 기다리고 있던 다른 소년들은 잭과 랠프가 아무 탈 없음을 보고 햇볕 속에 몸을 드러내놓았다. 그들은 탐험 일로 흥분해 있었기 때문에 짐승 건은 잊고 있었다. 다리를 떼지어 건너고 곧 고함을 지르며 바위를 올라왔다. 랠프는 한 손을 거대한 붉은색 바위에다 대고 서 있었다. 그 바위는 물방아만 한 크기로 더 큰 바윗덩이에서 떨어져나가 흔들거리며 매달려 있는 셈이었다. 침울한 표정으로 그는 산을 지켜보았다. 주먹을 쥐고 바로 오른편에 있는 붉은 암벽을 망치질하듯 두드렸다. 입술은 꽉 다물고 있었고, 머리카락이 가리고 있는 눈은 무엇인가를 간절히 바라고 있었다.

"연기를 올려야지."

그는 멍든 주먹을 빨았다.

"잭! 자, 가자."

그러나 잭은 그곳에 없었다. 지금껏 알아차리지 못했지만, 큰 소리를 지르며 일단의 소년들이 한 바위를 밀고 있었다. 돌아보는 순간 그 바위의 밑이 소리를 내며 커다란 덩어리가 바닷속으로 굴러 들어갔다. 천둥 같은 소리를 내며 물기둥이 절벽 중간쯤에까지 튀어올랐다.

"그만해! 그만해!"

그의 목소리에 모두들 잠잠해졌다.

"연기를 올려야지."

기묘한 일이 그의 머릿속에서 일어났다. 마음속에서 마치 박쥐의 날개처럼 무엇인가가 후딱 날아가 그의 생각이 가물가물해진 것이었다.

"연기를 올려야지."

이내 생각하던 것이 돌아왔다. 노기도 되돌아왔다.

"우리에겐 연기가 필요해. 그런데 너희들은 시간을 허비하려든단 말이야. 바위나 굴리고."

로저가 외쳤다.

"시간은 얼마든지 있어!"

랠프는 고개를 저었다.

"산으로 가자."

아우성이 터졌다. 모래사장으로 돌아가길 원하는 축이 있었다. 더 바위를 굴리자는 축도 있었다. 태양은 눈부시게 빛났고 위험은 어둠과 함께 사라진 것이었다.

"잭, 짐승은 여기서 반대쪽에 있을지도 몰라. 이번도 앞장을 서보지. 전에 가본 적이 있으니까."

"바닷가를 따라가는 게 좋을 거야. 과일도 있고."

빌이 랠프에게로 다가왔다.

"여기 좀더 못 있을 게 뭐야?"

"맞아."

"요새를 만들자ー."

"여긴 먹을 것도 없고 오두막도 없어." 하고 랠프는 말했다.

"마실 물도 많지 않고."

"멋있는 요새가 될 텐데ー."

"바위도 굴릴 수 있고ー."

"다리 바로 위에ー."

"떠나잔 말이야." 랠프의 어조는 노기로 사나웠다. "우리는 분명하게 확인할 필요가 있어. 자, 가자."

"여기 있기로 하자ー."

"오두막으로 돌아가ー."

"난 지쳤어ー."

"그만!"

랠프는 주먹으로 바위를 쳤다. 허물이 벗겨졌다. 그러나 쓰린 줄도 몰랐다.

174

"내가 대장이야. 우리는 분명하게 확인할 필요가 있어. 너희들은 산이 보이질 않는단 말이냐? 봉화는 오르고 있질 않아. 모두들 정신이 나간 게 아냐?"

못마땅하다는 듯이 입을 봉해 버린 소년들이 있는가 하면 투덜거리는 축도 있었다.

잭이 앞장 서서 모두들 바위를 내려가 다리를 건넜다.

7

그림자와 높다란 나무

섬 반대편의 물가로 아무렇게나 굴러 있는 바윗돌에 바싹 가까이 돼지가 지나다니는 길이 있었다. 앞장 서 가는 잭을 좇아서 랠프는 그 길을 따라갔다. 바다가 서서히 빨려가듯 잠겼다가 다시 끓어오르듯 올라오는 소리에 귀를 막을 수 있고, 또 길 양쪽의 고사리류 덤불이 얼마나 어둠침침하며 인적이 닿지 않은 곳인가 하는 것을 잊어버릴 수가 있다면 짐승도 염두에 두지 않고 잠시 동안 꿈을 꿀 수조차 있었으리라. 태양은 중천을 지났고 오후의 무더위는 섬 전체를 에워싸고 있었다. 랠프는 앞에 가는 잭에게 전갈을 전달토록 해서 과일이 있는 곳에 당도하자 모두들 걸음을 멈추고 따 먹었다.

랠프는 걸터앉으며 그날 처음으로 무더위를 실감했다. 그는 불쾌한 듯이 자기의 회색 셔츠를 잡아당겨 보고 한번 큰 마음

먹고 세탁이나 해볼까 생각했다. 이 섬의 날씨치고도 별나게 무더운 것 같은 느낌이었는데, 그 무더위 속에서 랠프는 자기의 몸치장을 계획해 보았다. 가위가 있으면 이 머리를─그는 자기의 봉두난발을 뒤로 젖혔다.─잘라냈으면 좋겠는데. 이 더러운 머리를 반 인치 정도로 싹둑 잘라버렸으면 좋겠는데. 목욕도 하고, 그것도 비누질을 하고 탕 속에서 뒹굴면 좋으리라. 그리고 시험삼아 혀로 이빨을 핥고 나서 칫솔이 있으면 편하랴 싶었다. 그 다음엔 손톱이었다 ─

랠프는 손을 젖혀 손톱을 살펴보았다. 손톱 밑의 생살까지 손톱은 깨물려 있었다. 손톱을 깨무는 못된 버릇이 언제부터 시작됐는지 어느 때 또 열심히 깨물어댔는지는 도무지 생각이 나지 않았다.

"이젠 엄지손가락을 빨게 되겠는걸."

그는 은밀하게 주위를 둘러보았다. 자기 말을 들은 사람은 아무도 없는 성싶었다. 사냥 부대는 앉아서 쉽게 구한 과일을 잔뜩 집어먹었다. 바나나라든가 올리브색이 도는 회색 젤리 같은 과일이 굉장히 맛있다고 스스로에게 타이르기라도 하는 듯한 투였다. 랠프는 자기 몸이 그전에 얼마나 깨끗했던가 하는 것을 생각하고 그것을 기준으로 해서 그들을 훑어보았다. 그들은 더러웠다. 그러나 비오는 날 진흙탕에 빠졌다든가 굴렀다든가 하는 경우에 흔히 볼 수 있는 본때 있는 더러움과는 전혀 달랐다. 샤워를 한 번 한다고 가셔질 더러움이 아니었다. 게다가 머리카락은 마구 자란 데다가 여기저기 얽혀 있고, 마른 잎이나 여린 가지가 옹쳐져 매듭을 짓고 있었다. 얼굴은 무얼 먹거나 땀을 씻는 바람에 꽤 깨끗한 편이었지만 손이 잘 닿지 않는 구석은 일종의 그림자가 져 있었다. 옷은 다 해지고 자기 옷도 매한가지였지만 땀으로 빳빳했었다. 체모를 갖추거나 편하기 때문에 입는 것이 아니라 그저 타성으로 입고 있는 것이었다. 몸의 살갗은 소금물 자국이 비듬같이 뿌옜다.

이러한 상태를 지금까지 자기가 정상으로 받아들이고 조금도 달리 생각지 않았다는 것을 새삼스레 깨닫고 그는 가슴이 얼마쯤 덜컥했다. 그는 한숨을 쉬고 과일을 따고 남은 줄기를 밀어내 버렸다. 이미 사냥 부대는 숲속이나 바위께서 소임을 다하기 위해 몰래 행동하고 있었다. 그는 눈을 돌려 바다를 내다보았다.

섬의 반대편인 이곳에선 경치가 아주 달랐다. 가물가물한 신기루의 요술도 차가운 난바다의 물은 어쩌지 못했고, 수평선은 짤린 듯한 모양에 마냥 푸르기만 했다. 랠프는 암초 쪽으로 어슬렁어슬렁 내려갔다. 여기까지 내려오니 해면과 같은 높이에서 심해의 파도가 끊임없이 일렁이는 것을 곧장 볼 수가 있었다. 파도의 넓이는 서너 마일이나 되고 그것은 얕은 바다의 물결이나 사주(砂洲)에 밀려드는 물결의 이랑과는 얘기가 달랐다. 이 파도는 섬 전체의 길이만큼이나 펼쳐져 있고, 섬 같은 것은 아랑곳도 하지 않는다는 투로 밀려왔다가는 딴볼일에 열중하는 것 같았다. 밀려닥친다기보다는 난바다 전체가 어마어마하게 솟구쳤다 내린다고 하는 편이 나을 것 같았다. 이윽고 바다는 빨려가듯 잠겼다. 물이 빠져갈 때 도처에 폭포를 만들고 암초보다 훨씬 깊숙하게 잠기면서 윤기나는 머리카락처럼 해초를 바윗등에 발라놓는 것이었다. 잠깐 쉬는 것 같더니 포효하면서 기세를 돋우어 다시 솟구쳐 노출된 암초의 부분을 뛰어넘고 조그만 벼랑을 올라서 바위와 바위의 틈서리로 팔이라도 벌리듯 물결을 보내고는 그가 서 있는 곳에서 1야드쯤 되는 곳에 물보라를 뿌렸다.

잇따른 파도의 오르내림을 랠프는 줄곧 바라보았다. 급기야 망막한 바다가 그의 머리를 멍하게 만들었다. 이어 이 해면의 거의 무한한 크기가 차츰차츰 그의 주의를 끌었다. 이곳의 바다는 이를테면 두 세계의 경계요, 갈림길이었다. 모래사장이 있는 섬 저쪽에선 낮에는 신기루에 싸이고 또 고요한 환초호가 마치 방패처럼 막아주기 때문에 누구나 구조되는 것을 꿈꿀 수가 있다. 그러나 잔인하기까지 한 대양의 매정함과 서너 마일이나 뻗쳐 있는 분계선을 대하게 되는 이곳에선 누구나 위축되고 희망을 잃게 되고 비운을 면치 못하게 되는 것이다 ―

사이먼이 거의 그의 귀에다 입을 대듯이 하고 얘기하고 있었다. 정신을 차려 보니 랠프는 두 손에 바위를 아프게 쥐고 있었고 몸은 굽히고 있었고 목의 근육이 빳빳했고 입은 경련하듯이 벌리고 있었다.

"넌 고국으로 돌아가게 될 거야."

사이먼은 고개를 끄덕이며 이렇게 말했다. 그는 한쪽 무릎을 꿇고서 두 손으로 잔뜩 움켜쥐고 있는 높은 바위에서 내려다보고 있었다. 한쪽 다리는 랠프의 어깨까지 내려뜨리고 있었다.

랠프는 의아해서 무슨 단서를 찾으려고 사이먼의 얼굴을 꼼꼼히 살폈다.

"굉장히 크다. 이 바다 —."

사이먼은 고개를 끄덕여 보였다.

"매한가지야. 틀림없이 돌아가게 돼. 좌우간 그런 생각이 들어."

랠프의 몸에서 기운이 쑥 빠져나갔다. 그는 바다를 흘끗 쳐다보고 나서 사이먼을 보고 쓰디쓰게 웃었다.

"네 봉창에 배라도 들어 있냐?"

사이먼은 씽끗 웃고, 고개를 저었다.

"그럼, 어떻게 알아?"

사이먼이 잠자쿠 있자 랠프는 퉁명스럽게 말했다.

"넌 돌았어."

사이먼은 사납게 고개를 흔들어서 굵은 검은색 머리채가 앞뒤로 흔들리며 얼굴을 가렸다.

"그렇지 않아. '그저 네가 꼭 돌아가게 되리라고 생각할' 뿐이야."

당장 더 할 얘기가 없었다. 두 소년은 갑자기 얼굴을 맞대고 미소지었다.

로저가 덤불 속에서 불렀다.

"이리 와봐!"

돼지 통로 근처의 지면이 파헤쳐지고 김이 나는 똥이 굴러 있었다. 잭은 그것을 사랑하기라도 하듯 바싹 몸을 구부리고 있었다.

"랠프―어젯밤의 그 짐승을 쫓고 있긴 하지만 그래도 우리에겐 고기가 필요해."

"딴전을 피울 작정이 아니라면 사냥을 하도록 하지."

그들은 다시 출발했다. 예의 짐승 얘기가 다시 나와 사냥 부대는 겁이 나서 바싹들 다가섰고 한편 잭은 앞장 서서 사냥감의 뒤를 밟았다. 그들은 랠프가 생각했던 것보다 훨씬 더디게 전진했다. 그러나 마음 한구석으로는 느릿느릿 가는 게 그의 마음에 들었고 창을 안고 그는 나아갔다. 잭이 전략상의 긴급 사태를 만나 곧 행렬은 걸음을 멈추었다. 랠프는 나무에 기대었다. 이내 백일몽이 그를 엄습했다. 사냥의 책임은 잭이 떠맡고 있는 셈이었고, 산에까지 당도하자면 아직도 멀었다 ―

옛날, 채텀에서 데븐포트로 전근한 아버지를 따라 그곳 황야에 접한 어느 집에서 산 적이 있었다. 랠프는 차례차례로 여러 집에서 살아보았지만 이 집에서 지낸 후에는 학교 기숙사에서 생활하게 되었기 때문에 특히 이 집이 생생하게 기억에 남아 있었다. 그땐 아직도 엄마와 함께 지냈고, 아빠도 매일 집으로 돌아왔다. 야생의 망아지가 몇 마리 정원 아래편에 있는 돌담께로 와 있었고 눈이 내리고 있었다. 집 바로 뒤에는 별채와 같은 게 있어서 눈송이가 휘날리는 것을 지켜보며 누워 있을 수가 있었다. 눈송이가 떨어졌다간 스러지는 축축한 지점도 보였다. 또 그곳에선 첫번째로 떨어진 눈송이가 녹는 법이 없이 그대로 있는 것을 볼 수도 있었고 이어 마당 전체가 하얗게 눈으로 덮이는 것도 볼 수가 있었다. 추우면 집 안으로 들어가서 번쩍번쩍하는 구리 주전자와 파란색 조그만 사람의 모습이 장식되어 있는 접시가 늘어선 창 너머로 밖을 내다볼 수도 있었다.

잠자리로 들어가기 전에는 설탕과 크림을 친 옥수수튀밥을 먹었다. 그리고 책이 있었다. ──침대 바로 곁에 있는 책장에 꽂혀 있었는데 제대로 꽂혀 있는 책 위에 옆으로 뉘어 있었다. 그 책들은 책장이 접혀 있거나 닳아 있었다. '톱시'와 '몹시' 얘기가 들어 있는 번쩍번쩍하는 책이 한 권 있었는데, 계집애 얘기라고 그는 그것을 읽지 않았다. 마법사에 관한 책도 있었다. 공포감을 억제해 가며 읽은 셈인데, 섬뜩한 거미 그림이 있는 27페이지는 한 장 건너서 읽었다. 이집트에서 유적을 발굴한 사람들에 관한 책도 있었다. 『어린이를 위한 기차 이야기』라든가 『어린이를 위한 배 이야기』 같은 책도 있었다. 이러한 책들이 생생하게 그의 기억 속에 떠올랐다. 손을 벌리면 손에 만져질 것만 같았다. 『어린이를 위한 메머드 이야기』의 책 무게라든가 나타났다가는 사라지는 그 영상이 실감 있게 느껴졌다…… 그때는 모든 것이 제대로 돌아갔다. 모든 것이 상냥하고 정다웠던 것이다.

앞쪽의 작은 숲이 요란스러운 소리를 내었다. 소년들은 마구 돼지 통로에서 몸을 날려 비명을 지르면서 덩굴 속을 뒤졌다. 잭이 옆으로 밀리더니 고꾸라지는 것을 랠프는 보았다. 그러자 돼지 통로로 자기를 향해서 달려오는 짐승이 눈에 띄었다. 어금니를 번뜩이며 위협하는 함성을 지르고 있었다. 랠프는 차근차근하게 그 거리를 재고 겨냥을 할 여유가 있었다. 그 돼지가 불과 5야드 전방으로 달려들었을 때 그는 들고 있던 쓸모없는 나무창을 던졌다. 그것은 돼지의 코에 꽂혀 잠시 거기 매달려 있었다. 돼지의 함성은 비명으로 변했고 돼지는 방향을 바꾸어 덤불 속으로 들어갔다. 돼지의 통로는 고함치는 소년들로 다시 꽉 막혀버렸고, 잭은 뛰어 돌아와서는 덤불을 마구 쑤셔댔다.

"여길 지나서―."

"그러나 다시 우리에게로 덤벼올걸."

"여길 지나서, 내 말대로―."

돼지는 몸부림치며 그들에게서 도망쳐 간 것이었다. 처음 더듬어 온 돼지 통로와 평행으로 통로가 또 하나 나 있음을 그들은 알아내었다. 잭은 뒤쫓아갔다. 랠프의 마음은 겁과 걱정과 자랑스러움으로 가득 찼다.

"난 돼질 맞혔어! 창에 꽂혔어―."

더 나아가 보니 뜻밖에도 해변의 넓은 장소에 이르렀다. 잭은 벌거벗은 바위를 타고 걱정스러운 표정이었다.

"도망쳐 버렸어."

"난 맞혔어!" 랠프는 재차 말했다. "그리고 창이 조금 꽂혔었어."

그는 증인이 필요하다고 느꼈다.

"너, 그거 보았니?"

모리스가 고개를 끄떡였다.

"보았어. 바로 코에 가 맞았어. 멋있었어."

랠프는 다시 신이 나서 말을 이었다.

"난 제대로 맞혔어. 창이 제대로 꽂혔단 말이야. 난 상처를 내주었어!"

그는 소년들의 새로운 존경심을 마음껏 쬐며 사냥도 나쁠 것은 없구나 하는 느낌이 들었다.

"내가 제대로 한 방 놔주었어. 내 생각엔 그게 우리가 얘기했던 그 짐승이야."

잭이 돌아왔다.

"그건 그 짐승이 아니야. 그저 돼지야."

"내가 맞혔어."

"왜 그걸 붙잡지 못했니? 나는 붙잡으려고 했어."

랠프의 목청이 높아졌다.

"그저 돼지라고?"

잭은 갑자기 홍당무가 되었다.

"그게 덤벼올 거라고 그랬지? 그런데 무엇하러 그걸 던졌어? 왜 좀더 기다리질 않았어?"

그는 자기 팔을 내밀었다.

"보란 말이야."

그는 모두가 구경하도록 왼쪽 앞팔을 돌려 보였다. 바깥 쪽으로 생채기가 나 있었다. 대단치는 않으나 피가 흐르고 있었다.

"어금니로 당한 거야. 창으로 찌를 겨를이 없었어."

잭에게로 모두의 주의가 쏠렸다.

"상처 아냐?" 하고 사이먼이 말했다. "거길 빨아내야 해, 베렝가리아[14])처럼."

잭은 상처를 빨았다.

"내가 맞혔어." 이렇게 말하는 랠프는 몹시 화가 나 있었다. "내 창으로 말이야. 내가 상처를 입혔어."

그는 소년들의 주의를 환기시키려고 했다.

"그건 통로를 따라서 달려오고 있었어. 나는 던졌어. 이렇게―."

로버트가 랠프에게다 돼지인 양 으르렁거렸다. 랠프도 장난을 받아 로버트를 찌르는 시늉을 해서 웃었다. 곧 그들은 덤벼드는 시늉을 하는 로버트를 마구 찌르는 체했다.

잭이 소리쳤다.

"에워싸!"

둘러선 몰이꾼들이 원을 좁혔다. 로버트는 공포에 질린 시늉을 하며 비명을 지르다가 나중엔 정말 아파서 비명을 질렀다.

"야, 이제 그만해! 아이구 아파!"

그가 에워싼 소년들 사이에서 머뭇거리고 있을 때 나무창의 손잡이 끝이 그의 등에 와 닿았다.

"이놈을 잡아!"

모두들 그의 팔과 다리를 잡았다. 갑작스럽게 열띤 흥분에 사로잡힌 랠프는 에릭의 창을 잡고 그것으로 로버트를 찔렀다.

"이놈을 죽여! 죽여!"

---

14) 베렝가리아 나바라(Berengaria of Navarre, 1165?~1230). 영국 리처드 1세의 왕비였다. 남편의 전상을 입으로 빨았다는 전설이 전해 온다. 1230년에 세상을 떠났다.

갑자기 로버트는 미친 듯 비명을 지르며 안간힘을 썼다. 잭은 그의 머리채를 쥐고 창칼을 휘두르고 있었다. 그의 뒤로는 로저가 덤벼들려고 기를 쓰고 있었다. 사냥이나 춤이 끝났을 때처럼 노랫소리가 의식(儀式)조로 시작되었다.

"돼지를 죽여라! 목을 따라! 돼지를 죽여라! 때려잡아라!"

랠프도 가까이 다가서려고 승강일 하고 있었다. 갈색의 연약한 살점을 한 줌 손에 쥐고 싶었다. 상대를 눌러 해치고 싶은 욕망이 간절했다.

잭이 팔을 내렸다. 파도처럼 일렁이며 에워싸고 있던 소년들이 돼지 목따는 소리 같은 함성을 질렀다. 그러더니 그들은 조용히 누워서 숨을 할딱이며 겁에 질린 로버트가 흐느껴 우는 소리에 귀를 기울였다. 모버드는 너러운 팔로 얼굴을 문지르고 자기의 체통을 회복하려고 애를 썼다.

"아이구, 궁둥이 아파!"

그는 처량하게 궁둥이를 문질렀다. 잭은 뒹굴었다.

"참 재미있는 놀이였어."

"그저 놀이였어." 랠프는 불안한 어조였다. "나도 그 전에 럭비경기로 몹시 다쳤던 일이 있어."

"북이 있어야 하는 건데." 하고 모리스가 말했다. "그러면 제대로 할 수가 있는 건데."

랠프는 모리스를 쳐다보았다.

"제대로라니, 어떻게?"

"잘은 모르지만 그러나 불이 필요하고 또 북이 필요한 것 같아. 그러면 북소리에 맞추어서 장단을 맞출 수가 있어."

"돼지가 필요해." 로저의 말이었다. "진짜 사냥 때처럼 말이야."

"그렇지 않으면 누가 돼지 시늉을 하든지." 하고 잭이 말했다. "누가 돼지처럼 차리고—가령 나를 넘어뜨리는 시늉을 한단 말이야."

"진짜 돼지가 필요해." 아직도 궁둥이를 어루만지며 로버트가 말했다. "진짜로 죽여봐야 시원하니까."

"꼬마를 써 먹어." 하고 잭이 말해서 모두들 웃었다.

랠프는 일어나 앉았다.

"이런 투로 나가다간 우리가 찾고 있는 것을 찾아내지 못할걸."

한 사람씩 차례로 일어서서 다 해진 넝마를 간추려 입음새를 정돈했다.

랠프는 잭 쪽을 향했다.

"이젠 산으로 가자."

"피기에게로 돌아가야 하지 않을까? 어두워지기 전에." 모리스의 말이었다.

쌍둥이 형제가 한 몸뚱이인 듯 고개를 끄덕였다.

"그 말이 맞아. 내일 아침에 올라가기로 하자."

랠프는 바다를 내다보았다.

"우린 다시 봉화를 올려야 해."

"피기의 안경이 지금 없잖아. 그러니 안 돼." 잭의 말이었다.

"그렇다면 산에 장애물이 있는지 없는지 알아보러 가자."

겁쟁이처럼 보이기가 싫어 머뭇거리면서 모리스가 말했다.

"짐승이 만약 거기에 있다면?"

잭은 가지고 있던 창을 휘둘렀다.

"죽여버리지 뭐."

햇볕이 좀 서늘해진 것 같았다. 그는 창으로 갈기는 시늉을
했다.

"무엇 때문에 꾸물거리고 있는 거지?"

"우리가 이쪽 바다를 따라가면 요전 산불로 타버린 곳 아래
로 빠지게 될 거야. 거기서 산을 오를 수가 있을 거야." 랠프의
말이었다.

다시 잭이 앞장을 서서 모두들 눈을 못 뜨게 하는 파도가
일렁이는 곁을 뒤따라갔다.

걷기 나쁜 길은 익숙해진 발걸음에 맡겨두고 랠프는 다시
꿈을 꾸었다. 하긴 여기에선 익숙해진 발걸음도 전처럼 뾰족
한 수가 있는 것은 아니었다. 도처에서 물가의 벌거벗은 바위
에 부딪혔고 그런 경우 그 바위와 울창한 숲 사이를 몸을 옆
으로 하여 비스듬히 헤쳐나갈 수밖에 없었다. 조그만 벼랑이
있으면 기어 올라가야 하는 경우도 있었고, 그냥 걸어넘어야
하는 경우도 있었다. 긴 장애물이 있으면 손발을 대고 기어넘
기도 했다. 이따금씩 물결에 젖은 바위를 타넘기도 했고, 밀물
이 빠질 때 남겨놓은 웅덩이를 뛰어넘기도 했다. 그들은 좁다
란 앞물가[15]를 마치 방어 진지처럼 둘로 가르고 있는 구렁에

---

15) 만조선(滿潮線)과 간조선(干潮線)의 중간지대이다.

이르렀다. 이 구렁은 바닥이 없는 것 같았다. 그들은 물이 소용돌이치고 있는 그 음침한 구렁을 두려움에 질린 채 들여다보았다. 그러자 파도가 몰려와 그 구렁에서 바닷물이 솟구치고 물보라가 덩굴에까지 튀어올라 소년들은 온통 물벼락을 맞고 비명을 질렀다. 할 수 없이 숲속으로 빠져볼까 했으나 숲은 마치 새둥지처럼 빽빽하기만 했다. 끝에 가선 한 사람씩 그 구렁을 뛰어넘기도 하고 물이 빠져나갈 때를 노리는 수밖에 없었다. 그래도 몇몇은 두번째로 물벼락을 만났다. 그것을 넘어가니 암초가 도저히 지나갈 수 없는 형국이어서 일행은 잠시 앉아서 다 해진 옷을 말리고, 일변 섬을 서서히 지나가는 물이랑의 꼭대기를 지켜보았다. 곤충처럼 떠돌고 있는 조그만 새들이 모여 있는 곳에 과일이 있었다. 그러나 자기들의 걸음이 너무 더디다고 랠프가 말했다. 그는 몸소 나무에 올라가 천장 같은 나뭇잎을 헤치고 산의 네모진 정상이 아직도 멀어 보임을 확인했다. 그래서 그들은 암초를 따라 걸음을 재촉하려 했지만 로버트가 무릎을 크게 다쳐 안전하게 가려면 천천히 가는 수밖에 없다는 것을 깨달았다. 그래서 그 다음부터는 위험한 산을 오르듯이 나아가 마침내 그 암초가 서슬이 푸른 어마어마한 절벽이 되어 있는 곳에 이르렀다. 그 위쪽은 울창한 정글이었고, 절벽 자체는 날카로운 기세로 바닷속에 삐져들어가 있었다.

랠프는 자세히 태양을 바라보았다.

"이른 저녁이야. 어쨌든 차(茶) 시간은 지났을 시각이야."

"이 절벽은 생각이 안 나는데." 하고 풀이 죽은 잭이 말했다.

"이쪽 해안에서도 내가 와보지 못한 곳임에 틀림없어."

랠프는 고개를 끄덕여 보였다.

"자, 가만히들 있어. 생각을 좀 해봐야겠어."

이제 랠프는 여러 사람 앞에서 생각을 하는 것도 예사롭게 되었고, 나날이 하게 되는 결정 사항도 흡사 장기라도 두는 것처럼 결정해 버렸다. 한 가지 난점이 있다면 그가 장기의 명수가 될 것 같지는 않았다는 점이었다. 그는 꼬마들과 피기 생각을 했다. 악몽의 잠꼬대 소리를 빼고 나면 아주 조용한 오두막에서 홀로 웅크리고 있을 피기의 모습이 생생하게 떠올랐다.

"꼬마들을 피기에게만 맡겨둘 수가 없어. 밤새껏 말이야."

다른 소년들은 말없이 둘러서서 그를 지켜보았다.

"우리가 돌아간다 하더라도 몇 시간이 걸릴 거야."

잭이 목청을 가다듬고 묘하게 탄탄한 소리로 말했다.

"피기에게 무슨 일이 생기도록 내버려두어선 안 돼. 그렇잖아?"

랠프는 에릭의 더러운 창 끝으로 자기 이를 가볍게 때렸다.

"만약 모두 횡단한다면—."

그는 주위를 흘끗 쳐다보았다.

"누구 한 사람 섬을 횡단해 가서 우리가 어두워서야 돌아가게 된다고 피기에게 일러주면 좋겠는데."

곧이들을 수 없다는 듯이 빌이 말했다.

"혼자서 숲을 가로질러 간단 말이야? 지금?"

"한 사람밖에 보낼 수 없어."

사이먼은 소년들을 헤치고 랠프게로 다가섰다.

"상관없다면 내가 가겠어. 정말이지 난 무섭지 않아."

랠프가 대답을 하기도 전에 사이먼은 잽싸게 미소를 짓더니 돌아서서 숲 쪽으로 올라갔다.

랠프는 잭을 돌아보았다. 울화가 치미는 얼굴로 그를 본 것은 이것이 처음이었다.

"쟤, ㄱ때 너 섬채바위께까지 사뭇 갔었지?"

잭은 눈살을 찌푸렸다.

"그랬어. 그래서 어쨌단 말이야?"

"너는 이 해안을 따라왔었지? 산 밑의 저기로 해서 말야?"

"응."

"그 다음엔 어떻게 했어?"

"난 돼지 통로를 찾아냈지. 몇 마일이나 뻗쳐 있었어."

랠프는 고개를 끄덕여 보이고 숲을 손가락질했다.

"그렇다면 돼지 통로는 저쯤에 있는 것 아냐?"

이치에 맞는다는 듯이 모두 고개를 끄덕였다.

"좋아. 그럼, 강행군을 해서 그 돼지 통로를 찾아내기로 하자."

그는 한 걸음 내디뎠다가 멈춰 섰다.

"잠깐만! 그 돼지 통로는 어디로 통해 있지?"

"산이라고 그랬잖아?" 이렇게 말한 잭은 비웃는 표정이었다.

"넌 산으로 가고 싶지 않단 말이냐?"

적대 감정을 눈치채고 랠프는 한숨을 쉬었다. 전체를 지휘하기를 그칠 때마다 잭이 이런다는 것을 랠프는 깨달았다.

"빛 생각을 하고 있었던 거야. 어두워지면 굴러 넘어질 거 아냐?"

"우린 짐승을 찾으러 나선 것 아냐?"

"이제 곧 어두워질걸."

"그래도 난 갈 작정이야." 하고 잭은 열띤 어조로 말했다. "돼지 통로에 닿으면 산으로 갈 테야. 넌 안 가련? 그보다도 오두막으로 돌아가 피기에게 보고나 할 셈이냐?"

이번엔 랠프가 홍당무가 될 차례였다. 그는 피기가 그 전에 일러준 얘기를 새삼스레 터득하고 암담한 기분으로 말했다.

"어째서 너는 나를 미워하니?"

무슨 입에 담지 못할 소리나 들은 것처럼 소년들은 불안스레 몸을 움직였다. 침묵은 오래 계속되었다.

아직도 심사가 뒤틀린 채 화가 나 있는 랠프가 먼저 눈길을 돌렸다.

"자, 가자."

그는 앞장 서 가며 얽혀 있는 덤불을 마치 자기의 당연한 권리인 것처럼 헤치며 갔다. 앞장을 빼앗긴 잭은 뚱해져 가지고 후미를 맡아서 뒤따랐다.

돼지의 통로는 캄캄한 터널 같았다. 이미 태양은 서쪽에서 세상의 끝으로 비스듬히 잠겨가고 있었고, 숲속은 그림자처럼 어두웠다. 통로는 널찍하고 많이 밟혀 있어서 그들은 종종걸음으로 달려갔다. 지붕 같은 나뭇잎이 탁 트인 곳에 이르러 그들은 걸음을 멈추고 숨을 가쁘게 몰아쉬면서 산꼭대기에 반짝이고 있는 별들을 바라보았다.

"이제부터 산이야."

소년들은 의심쩍은 듯이 서로 얼굴을 맞보았다. 랠프는 결심을 했다.

"곧장 화강암 고대로 돌아가고 산은 내일 올라가기로 해."

모두들 찬성의 뜻을 수군대었다. 그러나 잭이 바로 옆에 서 있었다.

"네가 겁이 난다면 물론 그렇게 해야겠지—."

랠프는 잭을 빤히 쳐다보았다.

"저 성채 바위에 제일 먼저 간 게 누구인데?"

"거긴 나도 갔었어. 그리고 그땐 한낮이었어."

"좋아. 지금 곧 산에 오르고 싶은 사람은 누구 누구야?"

대답 없이 모두 잠잠하기만 했다.

"샘, 에릭. 너희들은 어떡하겠어?"

"우린 돌아가서 피기에게—."

"—그래, 피기에게—."

"그렇지만 사이먼이 갔잖아?"

"우선 피기에게 알려주어야 해. 만약—."

"로버트, 너는? 그리고 빌은?!"

그들은 곧장 화강암 고대로 돌아가고 싶어 했다. 물론 겁이 나서가 아니라 피곤했기 때문이었다.

랠프는 다시 잭을 돌아보았다.

"알겠지?"

"난 산으로 가겠어."

이 말은 마치 악담하듯이 표독스럽게 잭의 입에서 튀어나왔다. 깡마른 몸에 독기를 담은 채 금방이라도 찌를 듯이 창을 움켜잡고 그는 랠프를 쳐다보았다.

"난 짐승을 찾으러 산으로 갈 테야─당장."

이어서 가장 신랄한 말, 예사로우면서도 가시 돋친 말이 튀어나왔다.

"가겠어?"

이 말을 들자 딴 소년들은 어서 돌아가고 싶은 충동을 잊어버리고 두 소년이 이렇게 다시 마찰을 일으키는 꼴을 보려고 어둠 속에서 돌아섰다. 그 말은 아주 적절했고 통렬했고 또 상대방의 기를 꺾는 데 안성맞춤이었기 때문에 다시 반복할 필요가 없었다. 오두막과 잔잔하고도 정다운 환초호의 물가로 돌아간다는 생각 때문에 마음이 느긋해져 있던 참이라 랠프는 이 말 한마디로 난감한 처지가 되었다.

"가겠어."

찬찬하고 예사롭게 자기의 대답이 떨어져나와 랠프 자신도 놀라웠다. 그 바람에 잭의 가시 돋친 조롱도 아주 김이 빠진 셈이었다.

"네가 가겠다면, 물론⋯⋯."

"응, 가겠어."

잭이 걸음을 떼었다.

"자, 그럼⋯⋯."

일행이 잠자코 지켜보는 속에서 두 소년은 나란히 산을 오르기 시작했다.

랠프가 멈춰 섰다.

"이건 바보짓이야. 꼭 두 사람만 가라는 법이 어디 있어? 만약 무엇인가에 부닥치면 둘 가지곤 대거리가 안 될 거야."

소년들이 허둥지둥 도망치는 소리가 났다. 도망가는 추세에 거역하며 놀랍게도 다가오는 한 소년의 검은 모습이 보였다.

"로저냐?"

"응."

"그럼 셋이 되는군."

그들은 다시 산의 비탈을 올라가기 시작했다. 어둠이 조수처럼 밀려오는 것 같았다. 아무 말도 없었던 잭이 숨이 막힌 듯 기침을 하기 시작했다. 일진의 바람이 불어닥쳐 셋이 모두 사례가 들렸다. 랠프의 눈은 눈물로 가려졌다.

"재야. 불났던 자리로 들어서는 참이야."

옮겨놓는 세 소년의 발걸음과 이따금씩 불어오는 미풍이 재티를 날렸다. 다시 멈춰 섰을 때 랠프는 기침을 하면서 자기들이 얼마나 바보짓을 하고 있는가를 생각지 않을 수 없었다. 만약 짐승이 없다면——짐승이 없다는 것은 거의 확실했지만——그건 좋은 일이다. 그러나 만약 무엇인가가 산꼭대기에서 기다리고 있다면 세 사람만으로 어떻게 하겠단 말인가? 더구나 캄캄한 속에서 그저 막대기나 들고 있는 주제에 –

"우린 바보짓을 하고 있어."

캄캄한 속에서 대답이 들려왔다.

"겁나니?"

속상한 듯이 랠프는 온몸을 흔들었다. 이건 모두 잭 때문이었다.

"물론이야. 그러나저러나 우린 바보짓을 하고 있어."

"네가 가기 싫다면." 하고 그 목소리는 빈정대었다. "나 혼자

올라가겠어."

랠프는 빈정거리는 소리를 듣고 잭이 미워졌다. 눈에 들어간 재티와 피로와 두려움으로 그는 울화가 치밀어왔다.

"그럼, 가봐. 우린 여기서 기다릴 테니."

침묵이 흘렀다.

"어째 안 가겠다는 거야? 그렇게 겁이 나니?"

어둠 속의 한 점이, 즉 잭의 모습이 떨어졌다가 멀어져가기 시작했다.

"알았어. 그럼 안녕."

그 검은 점은 사라졌다. 딴 검은 점이 그 자리로 대신 들어섰다.

랠프는 자기 무릎이 무엇인가 딱딱한 것에 가 닿는 것을 감지했다. 그것은 촉감으로 뾰족하게 느껴지는 숯덩이가 된 나무줄기로, 그는 그것을 흔들어보았다. 나무껍질이 타다 남은 뾰족한 뜬숯이 무릎 안쪽에 와 닿는 것을 감촉하고 그는 로저가 걸터앉았다는 것을 알았다. 손으로 더듬으며 로저 곁에 가 앉았다. 나무줄기가 보이지 않는 잿더미 속에서 흔들리고 있었다. 천성적으로 말이 없는 로저는 아무 소리도 하지 않았다. 그는 짐승에 대한 자기의 생각을 터놓지도 않았고, 왜 이 정신 없는 탐험에 스스로 가담했는지도 랠프에게 말하지 않았다. 그는 그저 앉아서 나무줄기를 조용히 흔들고 있을 뿐이었다. 랠프는 무언가를 화나게 두드려대는 소리가 빠르게 나는 것을 들을 수 있었다. 그리고 로저가 그의 쓸모없는 나무창으로 무엇인가를 두드리고 있다는 것을 곧 깨달았다.

이렇듯이 두 소년은 앉아 있었다. 흔들며 두드리며 앉아 있는 그 마음속을 헤아릴 수 없는 로저와 약이 올라 있는 랠프. 둘러보면 바싹 다가선 하늘엔 별이 잔뜩 뿌려져 있고 산이 시꺼멓게 솟아 있는 언저리만이 그렇지 않을 뿐이었다.

저 위쪽에서 무엇인가가 미끄러지는 소리가 났다. 누군가가 바위나 잿더미 위로 위태롭게 큰 걸음을 내딛는 소리였다. 이내 잭이 나타나 두 소년을 알아보았다. 그는 사시나무처럼 몸을 떨며 가까스로 그의 목소리라고 알아들을 수 있는 쉰 목소리로 말했다.

"난 꼭대기에서 그걸 보았어."

그가 나무줄기에 부딪치는 소리가 났다. 나무줄기가 사납게 흔들렸다. 잠시 동안 가만히 누워 있더니 나지막한 소리로 중얼거렸다.

"잘 봐, 뒤따라오고 있을지도 몰라."

재가 한바탕 둘레로 떨어져내렸다. 잭은 일어나 앉았다.

"나는 그것이 산정에서 부풀어오르는 걸 보았어."

"그저 헛것을 본 거야." 하고 떨리는 목소리로 랠프가 말했다. "부풀어오르는 게 어디 있어. 그런 생물은 아예 없어."

로저가 입을 열어 두 소년은 깜짝 놀랐다. 그가 곁에 있다는 것을 잊고 있었던 것이다.

"개구리가 있잖아?"

잭은 킬킬거리며 몸서리쳤다.

"그러고 보면 개구리 종류인지도 몰라. 소리도 났어. 펑 하는 것 같은 소리였어. 그러더니 그게 부풀어올랐어."

랠프는 스스로 놀랐다. 자기 목소리의 어조——그것은 차분했다.——보다도 그 의도의 허풍스러움 때문에 놀란 것이었다.

"그럼 가서 구경하자."

잭을 알게 된 뒤 처음으로 랠프는 그가 머뭇거리는 것을 눈치챌 수 있었다.

"지금 –?"

자기도 모르게 말이 나왔다.

"물론이지."

그는 나무줄기에서 일어나 바삭바삭 소리가 나는 타고 남은 뜬숯더미를 가로질러 어둠 속으로 앞장 서 갔다. 두 소년이 뒤따랐다.

그의 육성이 잠잠해지자 이성이 속삭이는 내면의 소리와 딴 소리들이 그의 귓전을 울렸다. 피기는 자기를 어린애라고 했었다. 또다른 목소리는 바보짓을 말라고 일러주었다. 어둠과 결사적인 모험이 치과의사의 진찰의자에 앉아 있을 때와 같은 비현실감을 안겨다주었다.

마지막 비탈에 다다르자 잭과 로저가 바싹 다가섰다.

아까까진 잉크의 점같이 검기만 하던 것이 이제 식별할 수 있는 모습이 되었다. 암묵의 동의로 그들은 걸음을 멈추고 함께 웅크렸다. 그들의 뒤로 수평선 위의 하늘이 환하게 돋보였고 막 달이 뜨려고 하는 참이었다. 바람이 다시 숲속에서 으르렁거리고 다 해진 옷이 몸에 찰싹 달라붙었다.

랠프가 몸을 움직였다.

"자, 가자."

그들은 기어올랐다. 로저가 조금 뒤로 처졌다. 잭과 랠프는 산등성이에서 함께 꼬부라졌다. 저 아래로는 환초호가 길게 뻗쳐서 반짝이고 있었고 환초호 너머의 길고 흰 무늬는 산호초였다. 로저가 뒤따라와서 셋은 한자리에 모였다.

잭이 소곤거렸다.

"무릎으로 기어가자. 그건 잠을 자고 있는 중일지도 몰라."

로저와 랠프는 앞으로 나아갔다. 큰소리는 탕탕 쳤지만 이번엔 잭이 맨 뒤였다. 그들은 평평한 정상에 다다랐다. 주위의 바위는 손과 무릎의 감촉으론 단단했다.

부풀어오르는 생물.

랠프는 한 손을 차고 부드러운 봉화의 재 속에 넣었다가 자칫하면 고함을 지를 뻔했다. 손과 어깨가 뜻밖의 것에 닿았기 때문에 경련을 일으켰다. 와락 구역질이 날 것 같더니 스러졌다. 로저는 그의 뒤에 있었고 잭이 입을 그의 귀에 대고 있었다.

"저기, 바위의 틈서리가 나 있던 곳이야. 혹 같은 것, 보이니?"

불이 죽은 봉화터에서 재티가 랠프의 얼굴로 날아들었다. 틈서리도 아무것도 보이지 않았다. 구역질이 또 나려 하고 있었기 때문이다. 산정이 옆으로 미끄러져 내려가는 것 같았다.

마치 먼 곳에서처럼 잭이 소곤거리는 소리가 다시 들려왔다.

"무서우냐?"

무섭다기보다도 몸이 마비된 듯싶었다. 점점 조그만해지면서 뒤뚱거리는 산정에서 그의 몸은 꼼짝할 수 없이 되었다. 잭이 미끄러지듯 그의 곁을 떠났다. 로저도 쿵 하고 자빠져 식식거리며 손을 더듬더니 앞으로 나아갔다. 그들이 소곤대는 소리가 들려왔다.

"보이니?"

"저기야—."

정방 3, 4야드쯤 되는 지점에 바위 같은 덩어리가 있었다. 바위가 있을 리 없는 지점이었다. 어디선가 조그맣게 떠드는 소리가 랠프에게 들려왔다. 아마 그것은 자기 입에서 나는 소리였는지도 몰랐다. 그는 자기 몸을 의지로 묶고 나서 공포와 혐오감을 한데 녹여 증오심으로 돋우고 일어섰다. 무거운 발걸음을 두 발짝 떼었다.

그들 뒤로는 은빛 달이 수평선을 벗어나 있었다. 그들 앞에는 커다란 원숭이 같은 것이 머리를 무릎에 들이대고 앉은 채 잠이 들어 있었다. 그러자 바람이 숲속에서 으르렁거리고 감감한 가운데 수런거리는 소리가 나고 그 생물은 머리를 쳐들고 핼쑥한 얼굴을 그들에게로 돌렸다.

정신을 차리고 보니 랠프는 잿더미 사이를 다리를 크게 벌리며 달리고 있었다. 딴 애들이 소리치며 뛰는 소리가 났다. 캄캄한 비탈을 무작정 달려 내려갔다. 얼마 안 있어 산에는 인적이 끊어지고 말았다. 남아 있는 것이라고는 내버린 세 개의 창과 고개를 숙이고 있는 '그것'뿐이었다.

8

어둠에의 선물

피기는 희끄무레한 모래사장에서 눈길을 돌려 시꺼멓게 솟아 있는 산을 처참하게 올려다보았다.

"정말이야? 진짜 정말이냐 말이야?"

"몇 번이나 얘기해야 돼?

랠프가 받았다.

"우리가 실제로 본걸."

"여기선 안전할까?"

"도대체 내가 그걸 어떻게 알아?"

랠프는 와락 그의 곁을 떠나 모래사장을 따라 몇 발짝 걸어갔다. 잭은 무릎을 꿇고 집게손가락으로 모래 위에 무엇인가 둥그런 모양을 그리고 있었다. 피기의 숨죽인 목소리가 그들의 귀에 들려왔다.

"정말이야? 진짜로?"

"올라가 봐." 잭이 경멸조로 말했다. "네가 없어지면 시원하겠다."

"걱정 마라!"

"그 짐승은 이빨이 있고." 하며 랠프가 말했다. "까만 눈이 커다래."

그는 사납게 몸서리쳤다. 피기는 한쪽만의 안경을 벗어들고 그 표면을 닦았다.

"그럼, 우린 어떻게 하지?"

랠프는 화강암 고대 쪽으로 향했다. 소라가 나무 사이에 흐릿하게 돋보였다. 그것은 태양이 떠오르는 지점을 배경으로 하여 흰 덩어리처럼 보였다. 그는 더벅머리를 뒤로 젖혔다.

"나도 모르겠어."

그는 산허리를 겁에 질려 도망쳐 내려온 일을 생각했다.

"그렇게 몸집이 큰 것과는 대거리할 수가 없을 것 같아. 정말이야. 말로야 이러쿵저러쿵 하지만 호랑이와 어떻게 대거리를 해, 숨으려고 들지. 잭도 별수없어."

잭은 여전히 모래를 굽어보고 있었다.

"내가 지휘하는 사냥 부대를 어떻게 생각해?"

사이먼이 오두막 근처의 어두운 그늘로부터 살며시 나타났다. 랠프는 잭의 질문을 못 들은 체했다. 바다 위로 하늘이 노랗게 보이는 곳을 그는 손가락질했다.

"햇빛이 있는 동안은 우리도 용감해질 수가 있어. 그러나 어두워지면? 게다가 그것은 봉화 옆에 웅크리고 있단 말이야. 우리가 구조되길 바라지 않고 있다는 듯이―."

그는 자기도 모르는 사이에 두 손을 비틀고 있었다. 그의 목청이 높아졌다.

"우리가 봉화를 올리지 못하고 있는 한…… 우리는 볼장을 다 본 거야."

바다 위로 황금색의 점이 올라와 단박에 하늘이 온통 환해졌다.

"내가 지휘하는 사냥 부대를 어떻게 생각해?"

"막대기로 무장한 일단의 소년들이지 뭐야."

잭은 일어섰다. 걸어나가는 그의 얼굴은 벌겋게 상기되어 있었다. 피기는 한쪽만의 안경을 쓰고 랠프를 바라보았다.

"실수를 했어. 그의 사냥 부대를 업신여겼잖아?"

"닥쳐!"

서투르게 불어대는 소라의 소리가 그들의 얘기를 중단시켰다. 떠오르는 태양을 맞아 세레나데를 부르듯 잭은 소라를 불어댔다. 이에 오두막이 분주해지고 사냥 부대는 화강암 고대로 기어오르고 꼬마들은 툭하면 그렇듯이 훌쩍였다. 랠프는 다소곳이 몸을 일으켰고 피기와 함께 화강암 고대로 갔다.

"얘기할 게 있으면 얘기해." 하고 랠프는 쓰디쓰게 말했다.

"실컷 얘기해."

그는 잭에게서 소라를 뺏어 들었다.

"이 모임은……."

잭이 그의 말을 막았다.

"내가 소집한 거야."

"네가 소집하지 않았으면 내가 했을 거야. 너는 그저 소라만 불었어."

"그럼 되는 것 아냐?"

"자, 그럼 이걸 가져. 계속해, 얘기를 해봐!"

랠프는 소라를 잭의 두 팔에 밀쳐주고는 나무줄기에 앉았다.

"여러 가지 문제가 있어서 나는 이 모임을 소집했어." 하고 잭은 말했다. "첫째 너희들도 알다시피 우리는 예의 그 짐승을 보았어. 우린 기어 올라갔어. 불과 몇 피트 떨어진 데까지 갔어. 그 짐승은 일어나 앉아서 우리를 보았어. 그게 무슨 짓을 하는지는 나도 몰라. 우리는 그게 어떤 짐승인지조차도 모르고 있어ㅡ."

"그 짐승은 바다에서 올라오는 거야 ."

"어둠 속에서 나오는 거야ㅡ."

"나무 사이에서ㅡ."

"조용히 해!" 하고 잭은 외쳤다. "내 얘길 들어! 어떤 짐승인지는 모르지만 어쨌든 그 짐승은 그곳에 버티고 앉아 있어ㅡ."

"아마 그건 기다리고 있는 거야ㅡ."

"우리를 뒤쫓을 작정인 거야ㅡ."

"그래, 뒤쫓을 작정인 거야ㅡ."

"뒤쫓으려는 거야." 하고 잭은 말했다. 그는 숲속에서의 몸서리치던 공포가 생각났으나 그것이 아주 옛일처럼 느껴졌다.

"그래, 그 짐승은 우리를 뒤쫓을 거야. 가만히들 있어ㅡ조용히 해! 둘째 문제는 우리가 그 짐승을 잡을 수가 없다는 점이야. 다음번 문제는 나의 사냥 부대가 아무런 소용에도 닿지 않는다고 랠프가 말한 점이야."

"난 그런 말을 한 적이 없어!"

"내가 소라를 들고 있어. 랠프는 너희들이 돼지나 짐승을 보고 도망이나 치는 겁쟁이라고 생각하고 있어. 그뿐이 아니야."

화강암 고대에선 일종의 한숨이 새어나왔는데, 그것은 그다음엔 어떤 일이 벌어질까 하는 것을 모두가 알고 있는 듯한 한숨이었다. 떨리면서도 단호한 잭의 목소리는 계속되었다. 자기 편을 들어주지 않는 침묵을 떠밀어버릴 기세였다.

"랠프는 피기와 똑같아. 피기와 똑같은 소리를 하면서 대장 노릇도 제대로 못 해."

잭은 랠프에다 대고 소라를 꽉 잡았다.

"그는 자기 자신이 겁쟁이야."

잠시 동안 말을 끊었다가 그는 다시 계속했다.

"산정에서 로저와 내가 전진했을 때 그는 뒤에 남아 있었어."

"나도 갔잖아."

"그건 나중 일이었지."

축 늘어진 머리카락 사이로 눈을 번뜩이며 두 소년은 서로 노려보았다.

"나도 전진해 갔어." 하고 랠프는 말했다. "그 다음에 도망친 거야. 도망은 너도 쳤어."

"그럼 나를 겁쟁이라고 불러봐."

잭은 사냥 부대 쪽으로 향했다.

"그는 사냥꾼이 못 돼. 우리에게 고기를 대주지도 못했고 대주려고도 못 했을 거야. 그는 반장(班長)도 아니고 도대체 그에 관해서 우린 아는 바도 없어. 그는 그저 명령이나 내리고 다른 사람들이 그저 복종해 주기나 바라고 있어. 이 따위 얘기는……."

"이 따위 얘기라고!" 랠프가 소리쳤다. "막 지껄여봐! 누가 듣길 바랐어? 모임을 소집한 건 누구야?"

잭은 얼굴이 홍당무가 되어서 턱을 내리고 고개를 돌렸다. 그는 오만상을 찌푸리고 노려보았다.

"좋아." 하고 그는 깊은 뜻과 위협이 담긴 어조로 말했다. "알겠어."

그는 소라를 한 손으로 가슴에 받쳐들고 집게손가락으로 막 찌르는 시늉을 했다.

"랠프가 대장 누릇을 해서는 안 된다고 생각하는 사람은?"

그는 둘레의 소년들을 기대에 찬 눈으로 바라보았다. 소년들의 표정이 굳어졌다. 야자수 밑으로는 죽음과 같은 정적이 흘렀다.

"손을 들어." 하고 잭은 강한 어조로 말했다. "랠프가 대장 노릇을 그만두길 바라는 사람은 누구냐?"

고요가 계속되었다. 숨막히고 답답하고 치욕에 찬 정적이었다. 서서히 잭의 얼굴에서 핏기가 가시더니 다시 상기가 되었다. 고통에 찬 홍조였다. 그는 입술을 빨고 고개를 모로 돌렸다. 딴 소년과 눈길이 마주치는 곤혹을 피하기 위해서였다.

"몇 사람이나……."

그의 목소리는 점점 가늘어져 들리지 않았다. 소라를 들고 있는 손이 떨렸다. 그는 목청을 가다듬고 큰 소리로 말했다.

"좋아 그럼, 알겠어."

그는 발밑 풀밭에 소라를 아주 소중하게 내려놓았다. 양쪽 눈꼬리에서 수모의 눈물이 흘러내렸다.

"이제 너희들과 함께 놀지 않겠어. 너희들과는 안 놀아."

대부분의 소년들은 풀이나 발을 내려다보고 있었다. 잭은 다시 목청을 가다듬었다.

"난 랠프 패거리의 졸개 노릇은 안 할 테야―."

그는 오른편의 통나무를 쭉 훑어보며 전에 성가대였던 사냥부대의 수효를 세어보았다.

"난 혼자서 여길 빠져나가겠어. 랠프는 자기가 먹을 돼지는 자기가 잡도록 해. 내가 사냥할 때 함께 하고 싶은 사람은 따라와."

그는 삼각형을 이룬 모임 장소를 떠나 흰 모래톱으로 빠지는 비탈로 비실비실 걸어갔다.

"잭!"

잭은 랠프를 돌아보았다. 순간 그는 망설이더니 성난 높은 목청으로 외쳤다.

"―일없어!"

그는 화강암 고대에서 뛰어내려 모래사장을 따라 달음박질쳤다. 주르르 흐르는 눈물도 아랑곳하지 않았다. 숲속으로 사라질 때까지 랠프는 그를 지켜보았다.

피기는 분개하고 있었다.

"랠프, 내가 그렇게 얘기했는데도 그저 가만히 서 있기만 했어. 마치……."

얼굴을 피기 쪽으로 돌리긴 했으나 그의 얼굴은 보지도 않고 랠프는 조용히 혼잣말을 했다.

"그는 돌아올 거야. 해가 지면 돌아올 거야."

그는 피기 손에 들려 있는 소라를 바라다보았다.

"무슨 얘길 하려고?"

"관둬!"

피기는 랠프를 책하려던 것을 그만두었다. 그는 다시 안경을 닦고 하고 싶은 얘기로 되돌아갔다.

"잭 메리듀가 없어도 큰 지장은 없어. 잭 말고도 이 섬에는 다른 사람들이 있어. 내게는 곧이들리지 않지만, 그러나 정말 짐승이 있다니까 우리는 이 화강암 고대를 떠나지 말도록 해야 할 거야. 잭이나 그의 사냥도 필요가 적어질 테고. 그러니 이제야말로 정말 문제의 진상을 결정해야 해."

"어쩔 방도가 없어, 피기 우리가 할 수 있는 일이라곤 없어."

얼마 동안 그들은 울적한 심사로 잠자코 앉아 있었다. 그러자 사이먼이 일어서서 피기가 들고 있던 소라를 잡았다. 피기는 깜짝 놀라서 멍하니 서 있었다. 랠프가 사이먼을 쳐다보았다.

"사이먼, 이번엔 무슨 얘기야?"

비웃는 듯한 낌새가 원형으로 둘러앉은 소년들 사이에 보여 사이먼은 움츠렸다.

"무엇인가를 할 수 있을 것 같은 생각이 들었어. 우리가 어떻게……."

여러 사람의 압력에 눌려 그의 목소리가 다시 기어 들어갔다. 그는 도움과 동정을 희구했고 특히 피기에게서 그걸 바랐다. 그는 소라를 갈색 가슴패기에 움켜쥐고 피기 쪽으로 반쯤 몸을 돌렸다.

"우리가 산엘 올라가야 된다고 나는 생각해."

모두들 공포로 몸시리를 쳤다 사이먼은 여기서 얘기를 끊고는 무슨 소린지 모르겠다고 빈정대는 듯한 얼굴로 자기를 바라보고 있는 피기 쪽으로 고개를 돌렸다.

"그 짐승이 있는 곳으로 올라가 본들 무슨 소용이 있겠어? 랠프와 딴 두 사람도 별수없었는데."

사이먼이 소곤거리듯 대답했다.

"그 밖에 할 일이 뭐가 있어?"

얘기를 끝낸 그는 피기가 자기 손에서 소라를 빼드는 것을 가만히 내버려두었다. 그는 물러가서 딴 소년들에게서 될수록 멀리 떨어져 있는 자리에 가 앉았다.

피기는 이제 전보다 훨씬 자신 있게 얘기를 하고 있었다. 사태가 그리 심각하지 않았더라면 남보기에는 낙으로 얘기한다고도 생각되었을 것이다.

"아까도 얘기했지만, 어느 한 사람이 없다고 해도 우리에게 별 지장은 없어. 이젠 우리가 해야 할 일을 결정해야 한다고 난 말하고 싶어. 그리고 나는 랠프가 다음에 얘기할 것을 그대로 얘기할 수 있다고 생각해. 이 섬에서 가장 중요한 일은 연기를 올리는 일이야. 그리고 불을 피우지 않고선 연기를 올릴 수가 없어."

랠프는 초조하게 몸을 꿈지럭거렸다.

"안 돼, 피기. 불을 피울 순 없어. 그게 거기 앉아 있단 말이야…… 우린 여길 떠나면 안 돼."

피기는 다음에 할 자기 말에 효력을 부여하려는 듯 소라를 치켜들었다.

"산에다 불을 피울 순 없어. 그러나 여기쯤에다 불을 못 피울 게 뭐야? 저 바위 위에 피워놓을 수도 있어. 모래 위에도 되고. 연기 내기는 마찬가지야."

"좋아. 그렇게 해!"

"그래, 연기를 올려!"

"웅덩이 수영장 옆에다!"

소년들은 재잘거리기 시작했다. 오직 피기만이 봉화를 산에서 아래로 옮기자고 제의할 지적 과감성을 가지고 있었던 것이다.

"그래, 여기다 봉화를 올리기로 해." 하고 랠프는 말했다. 그는 주위를 둘러보았다. "수영장 웅덩이와 화강암 고대 중간쯤이 좋겠어. 물론……."

그는 손톱 밑동을 무의식적으로 깨물다가 그 짐승 생각이 나 오만상을 찌푸린 채 얘기를 끊었다.

"물론 여기선 연기가 많이 나지도 않고 썩 멀리에선 안 보일 테지만 우린 가까이 갈 필요가 없어. 거기 가까이……."

더 안 들어도 완전히 이해가 되어 모두들 고개를 끄떡였다. 가까이 갈 필요가 없게 되는 셈이었다.

"당장 피우자."

가장 위대한 생각이란 가장 단순한 법이다. 할 일이 생기니 모두 열을 내어 일했다. 적이 떠나버렸기 때문에 피기는 기쁨과 넘치는 해방감으로 가득 찼고, 전체의 이익을 위해 기여했다는 자랑스러움으로 마음이 부풀어올랐다. 그 때문에 그는 땔감을 나르는 데 조력했다. 그가 나른 나무는 바로 가까이에 있는 것으로, 고인 때 아무런 소용이 닿지 않는 화강암 고대에 쓰러져 있는 나무였다. 그러나 딴 소년들에겐 화강암 고대가 신성한 곳으로 여겨져 아무리 쓸모없는 것이라도 거기 있는 것은 다치지를 않았다. 쌍둥이 형제는 가까이 피워놓은 불이 밤에는 위안거리가 됨을 깨달았다. 이걸 알고 몇몇 꼬마들은 춤을 추고 손뼉을 치며 좋아라 했다.

땔감은 그들이 산정에서 사용하던 것처럼 마르지가 않았다. 대개는 썩어서 축축하고 기어다니는 벌레들로 가득 차 있었다. 통나무는 조심해서 바닥으로부터 들어올리지 않으면 박살이 나 축축한 가루가 돼버린다. 게다가 숲속으로 깊이 들어가지 않기 위해 소년들은 산 나무가 얽혀 있는 것도 가리지 않고 가까운 데 있는 쓰러진 나무라면 닥치는 대로 손을 썼다. 숲의 변두리와 흉터 자국은 생소하질 않았고 소라와 오두막에서도 가까웠고, 따라서 낮엔 아주 마음이 놓였다. 밤이 되어 캄캄해졌을 때 그것들이 어떻게 될까 하는 것은 아무도 생각하려 들질 않았다. 그래서 그들은 쾌활하게 정력적으로 일했지만 시간이 감에 따라 정력 속에도 공포의 기색이 있고 쾌활함 속에도 히스테리 기분이 엿보였다. 그들은 화강암 고대 곁의 모래 위에 나뭇잎과 잔가지, 큰 가지와 통나무로 피라미드를 세웠다. 이 섬에 와서 처음으로 피기는 제 손으로 외짝 안경을 벗어 무릎을 꿇고 앉아서 불쏘시개에 햇볕의 초점을 모았다. 곧 연기가 한 가닥 오르고 노란 불꽃이 올랐다.

첫번째 파국(破局)을 겪은 후 불구경을 별로 못한 꼬마들은 굉장히 신이 나 했다. 그들은 춤을 추고 노래를 불렀다. 소풍이라도 나온 것 같은 기분이 감돌았다.

마침내 랠프는 하던 일을 멈추고 일어서서 더러운 팔로 얼굴의 땀을 씻었다.

"우리는 불을 줄여야 해. 너무 규모가 커서 유지하기가 어려워."

피기는 조심스레 모래 위에 내려앉더니 안경을 닦기 시작했다.

"시험을 해보는 거지 뭐. 규모는 작지만 불기가 센 불을 피우고 연기를 내기 위해 생가지를 올려놓는 법을 말이야. 그러자면 딴 것보다 이런 나뭇잎이 더 나은 거야."

랠프가 모래 위에 몸을 내던졌다.

"봉화 당번을 새로 정해야 할 거야."

"충분한 인원이 있다면 말이지."

그는 주위를 둘러보았다. 처음으로 그는 숙성한 또래의 소년들이 얼마 안 된다는 것, 또 일이 왜 그처럼 고되었던가 하는 것을 깨달았다.

"모리스는 어디 있어?"

피기는 다시 안경을 닦았다.

"내 생각엔 아마…… 그가 혼자서 숲속으로 가진 않았을

기야. 그렇지?"

랠프는 뛰쳐 일어나 봉화를 재빨리 한 바퀴 돌고는 피기 곁에 와 머리를 움켜쥐고 섰다.

"하지만 당번은 정해야지. 너, 나, 그리고 샘, 에릭, 그리고……."

그는 피기의 얼굴은 보려고도 않고 예사롭게 말했다.

"빌과 로저는 어디 있어?"

피기는 몸을 앞으로 기울이고 나뭇조각을 불 속에 넣었다.

"아마 가버렸을 거야. 아마 그들도 우리와 함께 어울리진 않을 거야."

랠프는 앉아서 모래 속에 조그만 구멍을 파기 시작했다. 한 구멍 속에 피 한 방울이 떨어져 있는 것을 보고 그는 놀랐다. 깨물고 있던 손톱을 자세히 들여다보니 손톱 및 살이 깨물려 피가 동그랗게 맺혀 있었다.

피기는 얘기를 계속했다.

"우리가 땔감을 모으고 있을 때 그들이 슬며시 빠져나가는 걸 나는 보았어. 저쪽, 잭과 같은 방향으로 그들은 가버렸어."

랠프는 손톱을 살펴보길 그치고 공중을 올려다보았다. 소년들 사이에 일어난 커다란 변화에 호응하는 것처럼 오늘따라 하늘도 달라 보이고 몽롱하여 어떤 곳에선 뜨거운 공기가 하얗게 보였다. 둥근 태양도 평소보다 더 가까워진 듯 흐릿한 은빛이었고, 그리 따갑지는 않았으나 공기는 숨막힐 듯 답답했다.

"그 또래들은 언제나 말썽만 피웠어. 안 그래?"

목소리가 랠프의 어깨로 다가왔고, 걱정스러운 어조였다.

"그 또래들이 없어도 별 지장 없어. 더 재미있을 거야. 그렇지?"

랠프는 고쳐 앉았다. 쌍둥이 형제가 의기양양하게 씽긋 웃으면서 커다란 통나무를 끌고 왔다. 그들이 그 통나무를 타다 남은 불 속으로 쿵 하고 던지자 불꽃이 튀었다.

"우리들만으로도 잘 지낼 수 있어. 그렇지 않니?"

통나무가 말라서 불이 잘 붙고 발갛게 타오를 때까지 오랫동안 랠프는 아무 소리도 않고 모래 위에 앉아 있기만 했다. 피기가 쌍둥이 형제에게로 가서 귓속말을 하는 것도, 이어 셋이서 숲속으로 들어가는 것도 랠프는 보지 못했다.

"자, 여기 있어."

그는 충격으로 정신이 들었다. 피기와 쌍둥이 형제가 곁에 와 있었다. 그들은 과일을 잔뜩 들고 있었다.

"잔치 비슷한 것을 열어야 한다고 생각했어." 피기의 말이었다.

세 소년은 앉았다. 그들은 굉장히 많은 과일을 따왔는데, 모두 잘 익은 놈들이었다. 랠프가 얼마를 집어서 먹기를 시작하자 그들은 그를 향해 씽긋 웃어보였다.

"고마워." 하고 그는 말했다. 이어 뜻하지 않은 즐거움이란 투로 다시 한번 말했다. "고마워."

"우리끼리 잘 지낼 수가 있어." 하고 피기는 말했다. "이 섬에서 말썽을 피운 것은 상식이 없는 그 또래였다. 우린 불기가 센 불을 조그맣게 피워……."

자기를 사뭇 괴롭혔던 것이 랠프는 생각났다.

"사이먼은 어디 있어?"

"모르겠는걸."

"설마 산으로 올라가진 않았겠지?"

피기는 야단스럽게 웃어대고 과일을 더 집었다.

"산으로 갔을지도 몰라." 그는 한 입 가득 쳐넣은 과일을 삼켰다. "그 앤 머리가 돌았어."

사이먼은 과일나무가 들어선 지대를 지나갔다. 오늘은 꼬마들이 모래사장에 피우는 봉화 일로 아주 바빴기 때문에 그를 따라 이리로 오질 않았다. 그는 덩굴 사이를 뚫고 가 공터 곁에 얽혀 있는 거적 같은 곳으로 기어 들어갔다. 나뭇잎의 장막 너머로는 햇볕이 억수같이 퍼붓고 있었고 한중간에서는 나비들이 끝날 줄을 모르는 춤을 추고 있었다. 그는 무릎을 꿇고 앉았다. 햇살이 그의 몸을 쏘아댔다. 그 전엔 공기가 열기와 함께 흔들리는 것 같았는데 이번엔 자기를 협박하는 것 같았다. 긴 더벅머리에서 이내 땀이 흘러내렸다. 그는 초조한 듯 몸을 옮겨보았으나 햇살을 피할 길은 없었다. 곧 목이 말라왔다. 못 견디게 목이 말랐다. 그는 그대로 계속 앉아 있었다.

멀리 떨어진 모래사장에서 잭은 몇몇 소년들 앞에 서 있었다. 그는 날 듯이 행복스러운 표정이었다.

"사냥을 할 작정이야." 하고 그는 말했다. 그는 인물 평가를 하듯 소년들을 쳐다보았다. 소년들은 제각기 다 해진 검은 모자를 쓰고 있었다. 오래전에 이들은 점잖게 두 줄로 서서 천사의 노래 같은 목청으로 노래를 부르지 않았던가.

"우린 사냥을 하기로 해. 이제부턴 내가 대장이야."

모두들 고개를 끄덕였다. 위기는 아주 쉽게 지나갔다.

"그리고 그 짐승 얘긴데……."

모두들 움직이며 숲을 바라보았다.

"내 말은 그 짐승에 관해선 신경을 쓰지 말자는 거야."

그는 그들에게 고개를 끄덕여 보였다.

"그 짐승 일일랑 잊어버리기로 해."

"옳은 얘기야."

"그래!"

"짐승은 잊어버려!"

그들의 열띤 태도에 놀랐으면서도 잭은 내색을 하지 않았다.

"그리고 또 한 가지. 여기선 이상한 꿈은 그리 꾸지 않게 될 거야. 여긴 섬의 맨 끝이야."

그들은 심란스러운 자기 세계의 깊숙한 곳에서 우러나온 공명을 열렬히 표명했다.

"자, 들어봐. 나중에 성채 바위께로 가야겠지만 우선 저 소라니 뭐니 하는 데서 숙성한 또래의 큰 아이들을 더 끌어올 작정이야. 돼지를 잡아서 잔치를 벌이자." 그는 일단 얘기를 멈추고 더 천천히 얘기를 계속했다. "그리고 그 짐승 얘긴데, 우리가 돼지를 잡거든 얼마를 그 짐승에게 넘겨주기로 해. 그러면 아마 그건 우리에게 귀찮게 굴지 않을 거야."

그는 갑작스레 몸을 일으켰다.

"이제 숲속으로 가서 사냥을 하자."

그는 돌아서서 종종걸음을 쳐서 갔다. 잠시 후 모두들 다소곳이 그의 뒤를 따랐다.

숲속으로 들어서자 그들은 불안스럽게 대오를 흐트렸다. 이내 잭은 돼지가 지나갔음을 알려주는, 짐승의 똥과 뿔뿔이 헤쳐진 나무뿌리를 찾아내고 발자국이 방금 생긴 것임을 알아내었다. 잭은 딴 사냥 부대원에게 조용히 하라고 손짓을 하고 혼자서 전진했다. 그는 행복했다. 축축한 숲속의 어둠이 그가 그 전에 걸치고 있던 옷처럼 그의 몸을 가려주었다. 비탈을 내려서 바닷가의 바위가 흩어져 있는 나무께로 갔다.

부풀어오른 비곗덩이 같은 돼지들이 나무 밑에서 기분 좋게 그늘을 즐기고 있었다. 바람기도 없어서 돼지들은 마음을 탁 놓고 있었다. 사냥에 익숙해진 잭은 둘레의 나무그늘처럼 소리를 내지 않았다. 그는 다시 살금살금 빠져나와 숨어 있는 사냥 부대에 지시를 내렸다. 잠시 후 그들은 고요와 무더움 속을 땀을 뻘뻘 흘리며 조금씩 전진해 나갔다. 나무 밑에서 한쪽 귀를 한가하게 쫑긋거리는 돼지가 있었다. 딴 놈들과 약간 동떨어진 곳에 가장 큰 암돼지가 어미의 행복감에 잠겨 누워 있었다. 검은색에 분홍색 기운이 있었고 땡땡한 배때기에는 돼지새끼들이 한 줄로 늘어붙어 혹은 잠을 자고, 혹은 파고들고, 혹은 삑삑거리며 있었다.

잭은 15야드 전방에서 멈춰 섰다. 펼친 그의 팔이 암돼지를 가리켰다. 모두가 자기 의도를 알고 있는가를 확인하기 위해서 그는 주위를 둘러보았다. 소년들은 그를 향해 고개를 끄덕여 보였다. 모두들 오른팔을 뒤로 비스듬히 젖혀올렸다.

"자!"

돼지떼는 놀라서 펄쩍 뛰었다. 불과 10야드의 거리에서 끝을 불로 단단하게 달군 나무창이 과녁으로 고른 돼지를 향하여 날아갔다. 새끼 한 마리는 로저가 던진 창을 꽂아달고 미친 듯이 비명을 지르며 바닷속으로 뛰어 들어갔다. 암돼지는 가쁜 비명을 지르며 땡땡한 옆구리에 창 두 개가 꽂힌 채 허위적거리며 일어섰다. 소년들은 고함을 치며 돌격해 가고 돼지새끼들은 뿔뿔이 흩어졌다. 암돼지는 다가오는 대오를 뚫고 요란한 소리를 내며 숲속으로 도망쳤다.

"저놈을 따라가!"

그들은 돼지 통로를 따라 달려갔다. 그러나 숲속은 너무나도 캄캄하고 빽빽하게 얽혀 있었다. 할 수 없이 잭은 욕설을 하며 소년들을 정지시키고 나무 사이로 돼지의 낌새를 살폈다. 그가 한동안 아무 말도 없이 거친 숨만 몰아쉬었기 때문에 소년들은 두려움에 사로잡혀 불안스레 탄식하는 투로 서로의 얼굴을 바라보았다. 이윽고 잭은 땅바닥을 손가락으로 가리켰다.

"거길 좀 봐."

딴 소년들이 핏방울을 살펴보기도 전에 발자국을 찾아냈다 싶어 나뭇가지를 젖히고 방향을 바꾸어 갔다. 이렇게 그는 불가사의하리만큼 정확하게 뒤쫓아갔다. 사냥 부대는 그를 따랐다.

그는 한 덤불 앞에서 멈춰 섰다.

"이 속에 있어."

그들은 덤불을 에워쌌으나 옆구리에 창을 하나 더 선사받은 암퇘지는 뺑소니쳤다. 꽂혀 있는 창 때문에 몹시 거추장스럽고 뾰족하고 가로 베인 끝이 굉장히 아팠다. 암퇘지는 나무에 잘못 부딪혀 창은 더욱 세게 꽂혔다. 그 다음부터는 생생한 핏자국 때문에 누구라도 쉽게 뒤쫓을 수가 있었다. 오후가 기울었다. 축축한 무더위로 몽롱하고 끔찍스러운 날씨였다. 저만큼 앞에서 암퇘지는 피를 흘리면서 미친 듯이 비틀거리며 달아났다. 사냥 부대는 뒤쫓아갔다. 욕정으로 그들은 암퇘지에 결합되어 있었고 오랜 추적과 핏자국으로 해서 흥분되어 있었다. 이제 암퇘지의 모습을 볼 수가 있었고 거의 따라붙을 지경이었다. 그러나 암퇘지는 마지막 안간힘을 쓰며 치달았고 다시 멀찌감치 앞서 갔다. 소년들이 뒤로 바짝 다가갔을 때 암퇘지는 화려한 꽃이 피어 있는 공터로 비틀거리며 들어섰다. 거기에는 나비들이 서로의 주위를 날고 있었으며, 무더운 대기가 조용히 깔려 있었다.

  여기서 더위에 녹초가 된 암퇘지는 쓰러졌다. 소년들은 마구 덤벼들었다. 이 미지의 세계로부터의 무시무시한 습격에 암퇘지는 미친 듯이 날뛰었다. 비명을 지르고 뛰어오르고 했다. 온통 땀과 소음과 피와 공포의 난장판이었다. 로저는 쓰러진 암퇘지 주위를 달리면서 살이 드러나 보이기만 하면 닥치는 대로 창으로 찔러댔다. 잭은 암퇘지를 올라타고 창칼로 내리찔렀다. 로저는 마땅한 곳을 찾아서 제 몸무게를 가누지 못해 자빠질 정도로 창을 밀어넣기 시작했다. 창은 조금씩 속으로 밀려 들어가고 겁에 질린 암퇘지의 비명은 귀가 따가운 절규로 변했다. 이어 잭은 목을 땄다. 뜨거운 피가 두 손에 함빡 튀어올랐다. 밑에 깔린 암퇘지는 축 늘어지고 소년들은 나른해지며 이제 원을 풀었다. 나비들은 여전히 공터 한복판에서 정신없이 춤을 추고 있었다.

마침내 살육의 충격은 가라앉았다. 소년들은 물러섰다. 잭이 일어서서 두 손을 내밀었다.

"봐."

피투성이가 된 손바닥을 보고 소년들이 웃고 있는 동안 그는 킬킬거리며 손바닥을 흔들었다. 이어 잭은 모리스를 붙잡고 얼굴에 피를 발라주었다. 로저가 찔러박았던 창을 뽑기 시작했다. 소년들은 그제서야 비로소 그가 그러는 것을 알았다. 로버트가 암퇘지의 시체를 바로 놓으라는 말을 해서 모두들 떠들썩해졌다.

"엉덩이를 바로 놓아!"

"뭐라고 그랬지?"

"로버트가 한 말을 들었니?"

"엉덩이를 바로 놓아!"

이번엔 로버트와 모리스가 돼지와 돼지 죽이는 시늉을 나누어서 했다. 다가오는 창을 피하려는 돼지의 시늉을 모리스가 하도 우습게 하는 바람에 소년들은 배꼽을 쥐었다.

급기야는 이 놀음도 김이 빠졌다. 잭은 피투성이가 된 손을 바위에 닦았다. 이어 그는 암퇘지에 달려들어 배를 가르고 가지각색의 뜨거운 창자를 도려내어 바위 위에 쌓아 올렸다. 그러는 사이 모두들 그를 지켜보았다. 그는 일을 하면서 지껄였다.

"모래사장을 따라 고기를 가지고 가자. 나는 화강암 고대로 들어가서 그들을 잔치에 초대할 참이야. 참 재미있을 거야."

로저가 입을 열었다.

"대장―."

"응?"

"불을 어떻게 피우지?"

잭은 다시 쪼그리고 앉아서 상을 찡그리고 돼지를 보았다.

"그들을 습격해서 불을 가지고 오자. 네 사람은 같이 가야겠어. 헨리와 너와 빌과 모리스. 얼굴에 색칠을 하고 몰래 들어가자. 내가 무슨 얘기를 할 때 로저가 나뭇가질 하나 빼돌려. 나머지 사람은 이 돼지를 우리가 아까 있었던 곳으로 가지고 가. 그곳에 불을 피우는 거야. 그리고 다음엔……."

그는 얘기를 멈추고 일어서서 나무 밑의 그림자를 보았다. 다시 입을 열었을 때 그의 목소리는 아까보다 나지막했다.

"그러나 암퇘지의 얼마쯤은 남겨놓아서……."

그는 다시 무릎을 꿇고 부지런히 칼질을 했다. 소년들이 그의 주위로 몰렸다. 그는 어깨너머로 로저에게 말했다.

"막대기 하나를 양쪽 다 뾰족하게 만들어."

이내 그는 피가 흐르는 암퇘지의 머리를 두 손으로 받쳐들고 일어섰다.

"막대기 어디 있어?"

"여기 있어."

"한쪽 끝은 땅에 박아. 이봐, 거긴 바위야. 저 틈서리에 박

아. 그래, 거기야."

잭은 암퇘지의 머리를 들고 막대기의 뾰족한 끝에 부드러운 목구멍을 쑤셔박았다. 막대기는 아가리께로 빠져나왔다. 그는 물러섰다. 암퇘지머리는 거기 걸려 있고 피가 막대기로 조금 흘러내렸다.

본능적으로 소년들도 물러섰다. 숲속은 아주 고요했다. 그들은 귀를 기울였다. 가장 크게 들리는 소리래야 도려낸 창자 위에서 나는 파리의 윙윙거리는 소리뿐이었다.

잭이 속삭였다.

"자, 돼지를 들어."

모리스와 로버트가 시체에 막대기를 꽂아서 묵직한 것을 들어 올리고 대기 자세로 서 있었다. 고요한 속에 다 마른 피를 밟고 서 있는 그들은 갑작스레 겸연쩍어하는 것같이 보였다.

잭이 큰 소리로 말했다.

"이 머리는 그 짐승에게 주는 거야. 우리의 선물이야."

정적이 이 선물을 받아들였다. 소년들은 두려워졌다. 몽롱한 눈에 보일 듯 말 듯한 웃음을 띠고 이빨 사이로 피가 시꺼멓게 엉겨붙은 그 머리는 거기에 그냥 걸려 있었다. 갑자기 소년들은 도망치기 시작했다. 숲을 지나서 탁 트인 모래사장으로 있는 힘을 다해서 뛰어갔다.

사이먼은 있던 자리에 그대로 남아 있었다. 나뭇잎에 가려진 조그만 갈색의 이미지, 그것이 사이먼이었다. 눈을 감아도 그 암퇘지 머리는 여전히 잔상(殘像)처럼 지워지지 않았다. 반쯤 감은 그 눈은 어른 세계에 특유한 무한한 냉소로 몽롱했다. 그 눈은 모든 것이 잘못 돌아가고 있다고 사이먼에게 일러 주었다.

"나도 알고 있어."

사이먼은 자기가 큰 소리로 지껄였다는 것을 새삼스레 깨달았다. 그는 재빨리 눈을 떴다. 야릇한 햇볕 속에 그 머리는 재미있다는 듯 씽긋 웃고 있었다. 뀌는 파리도 도려낸 창자도 아랑곳하지 않고, 막대기에 꽂혀 있다는 창피함조차도 아랑곳하지 않는다는 투로―

그는 외면을 하고 바싹 마른 입술을 빨았다.

짐승을 위한 선물. 짐승이 선물을 받으러 오지 않을까? 그 머리도 자기 생각에 동조하는 듯이 그에게는 생각되었다. 도망쳐, 딴 소년들에게로 돌아가, 하고 머리는 조용히 말했다. 그저 농담이었어. 정신을 쓸 게 뭐야? 넌 그저 잘못 생각했던 거야. 그뿐이야. 가벼운 두통이거나 무언가를 잘못 먹은 탓일 거야. 돌아가, 착하지 ― 머리는 소리 내지 않고 말했다.

젖은 머리카락의 무게를 감촉하며 사이먼은 고개를 들어 하늘을 응시했다. 거기엔 오늘 따라 구름이 있었다. 커다란 탑처럼 부풀어올라 섬 전체에 퍼져 있고 회색과 담황색, 그리고 구릿빛을 띠고 있었다. 그 구름은 섬 위에 걸터앉아 짓누르며 시시각각으로 이 갑갑하고 고통스러운 열기를 뿜어내는 것 같았다. 나비들조차 그 외설스러운 것이 씽긋 웃으며 피를 흘리고 있는 공터를 떠나버렸다. 사이먼은 조심스럽게 눈을 감은 채로 고개를 숙이더니 오른손으로 눈을 가렸다. 나무 밑으로도 그림자는 없었으나 도처에 진줏빛 정적이 있었다. 그래서 정말 실재하는 것도 허황해 보이고 뚜렷하지가 못했다. 창자 더미 위에는 파리가 새까맣게 모여들어서 톱질을 하는 소리 같이 윙윙거렸다. 얼마 후에 이 파리떼는 사이먼을 알아챘다. 잔뜩 배를 채웠기 때문에 파리떼는 사이먼이 흘리는 땀을 찾아와 마셨다. 파리떼는 사이먼의 콧구멍 아래를 간질이고 넓적다리 위에서 등넘기 장난을 했다. 파리떼는 새까마니 다채로운 초록빛을 띠고 있었고 헤아릴 수 없을 만큼 많았다. 그리고 사이먼의 전면에는 '파리대왕(大王)'이 막대기에 매달려 씽긋거리고 있었다. 마침내 사이먼은 눈을 뜨고 다시 쳐다보았다. 흰 이빨과 몽롱한 눈과 피가 보였다 — 그리고 태곳적부터 있어 온 피할 길 없는 인식이 그의 응시를 떠받치고 있었다. 사이먼의 오른편 관자놀이가 지끈지끈 아파왔다.

랠프와 피기는 모래 위에 누워서 봉화를 바라보며 연기가 나지 않는 중심부에 잔돌을 한가히 던지곤 했다.

"저 가지도 다 탔군."

"샘과 에릭은 어디 있어?"

"땔감을 더 모아야겠어. 생가지는 바닥이 난걸."

랠프는 한숨을 쉬고 일어섰다. 화강암 고대의 야자수 아래에도 그림자는 없고 도처에서 한꺼번에 새어오는 것 같은 야릇한 빛만이 보일 뿐이었다. 뭉게뭉게 피어 있는 높은 구름 속에서 포성처럼 우렛소리가 났다.

"비가 억수로 쏟아질 것 같군."

"불은 어떡하지?"

랠프는 숲속으로 달려가더니 널찍한 생가지를 가지고 돌아와 불 속에 던졌다. 나뭇가지는 탁탁 소리를 내고 나뭇잎은 오그라들고 누런 연기가 퍼졌다.

피기는 손가락으로 모래 위에 뜻없이 조그만 무늬를 그렸다.

"봉화 당번을 할 넉넉한 인원이 없다는 게 문제야. 샘, 에릭은 한 사람으로 취급해야 돼. 그들은 매사를 같이 하니까."

"그렇고 말고."

"하지만 그건 공평치가 못해. 그들은 두 사람 몫의 일을 해야지."

랠프에겐 그러고 보니 그렇게도 여겨졌다. 자기가 어른답게 궁리를 못 한다는 것을 깨닫고 괴로운 생각이 들어서 그는 한숨을 쉬었다. 섬의 상황은 점점 더 악화되어 갔다.

피기는 불을 바라보았다.

"생가지가 또 있어야겠는걸."

랠프는 누운 채로 몸을 한 바퀴 돌렸다.

"이봐 피기. 우린 어떻게 해야 될까?"

"그저 그 또래들 없이 지내면 되는 거지 뭐."

"그래도…… 봉화를……."

나뭇가지 끄트러기가 타지 않은 채 아무렇게나 굴러 있는 검고 흰 잡동사니를 보고 그는 오만상을 찌푸렸다. 그는 자기 생각을 정리하려고 애를 썼다.

"나는 겁이 나."

그는 피기가 고개를 쳐드는 걸 보고 머뭇거리며 말을 이었다.

"짐승 때문이 아냐. 하긴 짐승도 겁이 나긴 해. 다른 아무도 봉화 건을 제대로 이해하지 못하고 있다는 게 두려워. 물에 빠졌을 때 밧줄을 던져준다든지 - 혹은 의사가 이걸 먹어라, 그렇지 않으면 죽는다고 하면 누구든지 받아먹겠지. 그렇지? 내 말은……."

"물론 나 같으면 받아먹어."

"그런데 그 또래들은 그걸 모른단 말이야. 그 이치를 - 봉화를 올리지 않으면 우리가 이곳에서 죽게 된다는 것을 - 저것 좀 봐!"

한 줄기의 열풍이 잿더미 위에서 흔들리고 있었으나, 연기는 한 가닥도 보이지 않았다.

"우린 한 번 피워놓고서 계속 유지를 못 해. 그리고 그 또래들은 전혀 관심도 없고. 게다가……."

그는 땀이 줄줄 흐르는 피기의 얼굴을 골똘히 들여다보았다.

"게다가 나 자신도 때로는 무관심해져. 만약 나까지도 그들처럼 무관심해진다면 우린 어떻게 되겠어?"

피기는 안경을 벗었다. 몹시 걱정스러운 표정이었다.

"랠프, 나도 모르겠어. 그저 지내보는 수밖에 없어. 그뿐이야. 어른들도 그 밖의 다른 수가 없을 거야."

흉허물 없이 마음속을 터놓기 시작한 랠프는 말을 이었다.

"피기야, 잘못의 장본이 뭘까?"

피기는 놀란 얼굴로 그를 바라보았다.

"그러면 그……."

"그 짐승 얘기가 아니고 그들이 그랬던 것처럼 모든 걸 망가뜨리게 된 장본이 뭐냔 말이야?"

피기는 안경을 천천히 닦으며 생각했다. 랠프가 이처럼 깊이 자기를 신용해 주는 것을 알고 그의 얼굴은 자랑스러움으로 빨갛게 상기되었다.

"랠프, 난 잘 모르겠어. 그 자식 때문이 아닌가 하는 생각도 들어."

"잭?"

"응, 잭 말야."

잭이라는 말 주위에는 터부[禁忌]가 퍼져가고 있었다.

랠프는 엄숙하게 고개를 끄덕여 보였다.

"응, 내 생각에도 꼭 그런 것 같아." 하고 그는 말했다.

바로 가까이에 있는 숲에서 요란한 소리가 났다. 얼굴에 흰색, 홍색, 초록색 칠을 한 도깨비 같은 몰골들이 함성을 지르며 뛰쳐나왔다. 꼬마들이 비명을 지르며 달아났다. 피기도 도망가는 것을 랠프는 곁눈질로 보았다. 두 도깨비가 불가로 돌진해 왔기 때문에 그는 방어 태세를 취했으나 그들은 반쯤 탄 나뭇가지를 들고 모래사장을 따라서 달음박질쳤다. 다른 셋은 랠프를 지켜보며 가만히 서 있었다. 그 가운데서 제일 키가 크고, 얼굴칠과 혁대를 빼고 나면 온통 벌거숭이로 서 있는 게 잭이라는 것을 랠프는 알았다.

랠프는 숨을 몰아쉬고 말했다.

"어쩔 셈이야?"

잭은 랠프에게 아랑곳하지 않고 창을 치켜들고 고함치기 시작했다.

"모두들 들어. 나와 나의 사냥 부대는 평평한 바위가 있는 모래사장에서 지내고 있어. 사냥을 하고 잔치를 벌이며 재미 있게 지내고 있어. 우리와 함께 지내고 싶으면 우리에게로 찾 아와. 우리 패에 넣어줄 테야. 그렇지 않을 수도 있겠지만."

그는 얘기를 멈추고 주위를 둘러보았다. 얼굴에 칠한 것이 가면 구실을 했기 때문에 부끄러움이나 멋쩍음을 타지 않았 던 그는 마음 놓고 소년들의 얼굴을 번갈아가며 쳐다보았다. 랠프는 타고 남은 봉화터에 무릎을 꿇고 출발점에 쪼그린 단 거리 선수 모양을 하고 있었다. 더벅머리와 검정으로 얼굴은 반쯤 가려져 있었다. 숲가에 있는 한 그루 야자수 곁에서 샘, 에릭이 함께 이쪽을 바라보고 있었다. 수영장 웅덩이 옆에선 꼬마 하나가 지친 몸을 빨갛게 헤기지고 울부짖고 있었나. 피 기는 두 손에 흰 소라를 움켜쥐고 화강암 고대에 서 있었다.

"오늘밤 우린 잔치를 벌이려고 하고 있어. 우리는 돼지 한 마리를 잡아서 고기도 있어. 마음 내키면 너희들도 먹으러 와."

머리 위에선 골짜기같이 생긴 구름 속에서 천둥소리가 났 다. 잭과 곁에 서 있는 이름을 알 수 없는 두 오랑캐[16]가 몸을 뒤척이며 하늘을 올려다보더니 곧 냉정을 회복했다. 꼬마는 계속 울부짖었다. 잭은 무엇인가를 기다리고 있는 것 같았다. 그는 다급한 듯 옆의 패거리에게 뭐라 소곤거렸다.

"자, 시작해!"

---

16) 사냥패들이 타락한 후에 '오랑캐'로 기술되는데, 이것은 '야만인'의 토박 이말로 쓴 것이다.

두 오랑캐는 뭐라 중얼거렸다. 잭이 날카롭게 소리쳤다.

"시작해!"

두 오랑캐는 서로의 얼굴을 쳐다보더니 함께 각자 들고 있던 창을 쳐들고 소리를 맞추었다.

"대장님의 말씀이었어."

이어 세 소년은 돌아서서 달음질쳐 갔다.

얼마 안 있어 랠프는 일어서서 오랑캐들이 사라져 간 쪽을 바라보았다. 샘, 에릭이 두려운 듯 소곤거리며 다가왔다.

"난 생각하기를—."

"난—."

"참, 무서웠어."

피기는 여전히 소라를 들고 저만큼 화강암 고대 위에 서 있었다.

"잭과 모리스와 로버트였어." 하고 랠프가 말했다. "참 재미있게들 놀고 있지?"

"난 천식 발작이 날 것 같았어."

"제기랄 처—언식."

"잭을 보았을 때 소라를 가지러온 줄 알았어. 딱히 까닭은 알 수 없지만."

모인 일단의 소년들은 사랑과 존경의 눈길로 흰 소라를 바라보았다. 피기는 그것을 랠프의 두 손에 놓아주었다. 눈에 익은 그 상징을 보고서 꼬마들도 돌아오기 시작했다.

"여기선 안 돼."

그는 의식 같은 것이 필요하다고 느끼며 화강암 고대 쪽으로 향했다. 흰 소라를 안고 랠프가 먼저 갔다. 다음엔 피기가 엄숙한 표정으로 뒤따르고, 이어서 쌍둥이 형제가, 그 다음엔 꼬마들과 나머지가 뒤따랐다.

"모두들 앉아. 그들은 불을 가지고 가려고 우릴 습격한 거야. 그들은 재미있게 놀고 있어. 그러나 ─."

머릿속에 덧문 같은 것이 펄럭이며 갑자기 캄캄해져 랠프는 당황했다. 무엇인가 얘기하고 싶은 것이 있었다. 그런데 갑자기 머릿속에서 흡사 덧문 같은 것이 내려 닫힌 것이다.

"그러나 ─."

그들은 심각한 표정으로 그를 바라보았다. 그의 역량에 대한 신임은 아직도 건재했다. 랠프는 귀찮게 눈을 가리는 머리칼을 쓸어넘기고 피기를 쳐다보았다.

"그러나…… 응…… 불 말이야. 불이 중요해."

그는 웃다가 말고 다시 술술 얘기를 시작했다.

"불이 제일 중요해. 봉화를 올리지 않으면 우린 구조받을 수가 없어. 나도 오랑캐들이 싸움할 때 칠하는 색칠을 하고 오랑캐 행세를 하고 싶어. 그러나 우린 불을 계속 피워야 해. 불은 이 섬에서 가장 중요한 것이야. 왜냐하면……."

그는 다시 얘기를 끊었다. 의혹과 궁금증이 뒤섞인 정적이 흘렀다.

피기가 다급한 듯 소곤거렸다.

"구조 얘기를 해야지."

"그래. 봉화 없이 우린 구조될 수가 없어. 따라서 우리는 불 가에 남아서 연기를 올려야 해."

랠프가 얘기를 멈추었을 때 아무도 입을 열지 않았다. 바로 여기서 멋진 연설이 많이 되풀이되었지만 이제 랠프의 얘기는 꼬마들에게조차 실감 있게 들리질 않았다.

마침내 빌이 두 손을 내밀어 소라를 잡았다.

"이제 저기 산에서 불을 피울 수가 없어. 저기서 불을 피울 수가 없기 때문에 불을 계속해서 피우자면 더 많은 인원이 필요해. 그러니까 저 또래들이 벌이는 잔치에 가서 우리들만으론 불 피우기가 어렵다고 얘기를 해. 그리고 사냥도 하고 또 그 짓 —오랑캐 행세 말이야.—도 하면 퍽 재미있을 거야."

샘, 에릭이 소라를 잡았다.

"빌 말마따나 퍽 재미있을 거야. 게다가 그가 우릴 초대했으니……."

"잔치에—."

"—고기를—."

"바삭바삭하는 가죽도—."

"고기를 먹었으면—."

랠프가 한 손을 내밀었다.

"우리도 우리끼리 고기를 구하면 되잖아?"

쌍둥이 형제는 서로 바라보았다. 빌이 대답했다.

"우린 정글 속으로 들어가고 싶지가 않아."

랠프는 상을 찡그렸다.

"너희들도 알다시피 그는 숲속으로 갔잖아?"

"그는 사냥꾼이야. 그 패거리는 모두가 다 사냥꾼이야. 경우가 달라."

한동안 아무도 입을 열지 않았다. 피기가 모래바닥에 대고 중얼거렸다.

"고기……."

꼬마들은 고기 생각을 진지하게 하고 군침을 흘리며 앉아 있었다. 머리 위에선 다시 천둥소리가 났다. 갑자기 불어닥친 한 줄기의 열풍을 받고 물기 없는 야자잎이 수런거렸다.

"너는 참 바보야." 하고 '파리대왕'은 말했다. "그저 아무것도 모르는 바보 녀석이야."

사이먼은 부어오른 헛바닥을 굴렸으나 아무 소리도 하지 않았다.

"넌 그렇게 생각지 않니?" 하고 '파리대왕'은 밀했나. "넌 정말 바보 같은 애라고 스스로 생각지 않니?" 사이먼은 '파리대왕'과 마찬가지로 소리를 내지 않고 대답했다.

"그렇다 쳐도." 하고 '파리대왕'은 말했다. "넌 여길 벗어나서 딴 아이들과 함께 노는 게 좋아. 그들은 너의 머리가 돌았다고 생각하고 있어. 랠프가 네 머리가 돌았다고 생각하길 바라지는 않겠지? 너는 랠프를 퍽 좋아하지? 그리고 피기와 잭도?"

사이먼은 고개를 약간 뒤로 처들었다. 눈은 아무리 해도 딴 데로 돌릴 수가 없었다. 눈앞에는 '파리대왕'이 매달려 이쪽을 보고 있었다.

"넌 여기서 혼자 무엇을 하고 있는 거냐? 넌 내가 무섭지 않으냐?"

사이먼은 고개를 저었다.

"너를 도와줄 사람은 이곳엔 아무도 없어. 오직 내가 있을 뿐이야. 그런데 나는 '짐승'이야."

사이먼의 입이 한참 애를 쓰더니 똑똑한 말소리가 새어나갔다.

"막대 위에 꽂힌 암퇘지머리야."

"나 같은 짐승을 너희들이 사냥을 해서 죽일 수 있다고 생각하다니 참 가소로운 일이야!" 하고 그 돼지머리는 말했다. 그러자 순간 숲과 흐릿하게 식별할 수 있는 장소들이 웃음소리를 흉내내듯 하면서 메아리쳤다. "넌 그것을 알고 있었지? 내가 너희들의 일부분이란 것을. 아주 가깝고 가까운 일부분이란 말이야. 왜 모든 것이 틀려먹었는가, 왜 모든 것이 지금처럼 돼버렸는가 하면 모두 내 탓인 거야."

웃음소리가 다시 떨리며 메아리쳤다.

"자." 하고 '파리대왕'은 말했다. "딴 아이들에게로 돌아가. 그러면 우린 모든 것을 잊어버리게 돼."

사이먼의 머리가 흔들흔들했다. 막대 위에 꽂혀 있는 더러운 것을 흉내내듯 사이먼의 두 눈은 반쯤 감겨 있었다. 그는 예의 골치 아픈 때가 닥쳐오는 것을 알 수 있었다. '파리대왕'이 풍선처럼 부풀어올랐다.

"이건 정말 어이없는 짓이야. 저 아래쪽에서도 나를 다시 만나게 되리라는 것을 넌 잘 알고 있어. 그러니 도망치려고 할 거 없어!"

사이먼의 몸은 빳빳하게 휘었다. '파리대왕'은 교장 선생님 같은 말씨로 말했다.

"이것은 너무 지나쳤어. 버릇없는 아이야, 너는 나보다 더 똑똑하다고 생각하니?"

잠시 아무 소리도 없었다.

"난 너희들에게 경고해 둔다. 나는 조금 화가 나 있어. 알겠니? 너희들은 이곳에 소용없는 친구들이야. 알겠니? 우리는 이 섬에서 재미있게 지내려고 해! 그러니 버릇없는 아이야, 속이려 덤벼들지 마! 그렇지 않으면……."

사이먼은 자기가 거대한 아가리를 들여다보고 있음을 알았다. 그 속은 새까맸다. 점점 퍼져가는 암흑이었다.

"그렇지 않으면." 하고 '파리대왕'은 말했다. "우리는 너희들을 가만히 내버려두질 않을 거야. 알겠어? 잭도 로저도 모리스도 로버트도 빌도 피기도 랠프도. 너희를 노누. 알겠어?"

사이먼은 그 아가리 속으로 삼켜져 들어갔다. 그는 쓰러져서 의식을 잃었다.

9

어떤 죽음

섬의 상공에서는 계속해서 구름이 뭉게뭉게 잔뜩 끼어들었다. 무더운 기류가 진종일 꾸준하게 산으로부터 상승해서 10,000피트 높이까지 밀려 올라갔다. 빙빙 도는 기체 덩어리가 무리져서 정전기(靜電氣)를 이루고 공기는 금방이라도 폭발할 기세였다. 저녁때가 되기도 전에 태양은 일찌감치 자취를 감추고 선명한 햇볕 대신에 흐릿한 놋쇠빛이 떠돌고 있었다. 바다에서 밀려오는 공기조차 무더웠고 시원한 맛이라고는 없었다. 해면도 수목도 분홍색 바위의 표면도 모두 빛깔이 흐릿해지고 백색과 갈색의 구름이 낮게 드리웠다. 자기들 '대왕(大王)'에게 새까맣게 달라붙고 도려낸 창자를 번쩍이는 석탄더미처럼 만들고 있는 파리떼 이외에는 모든 것이 기력을 잃고 있었다. 코의 혈관이 터져 사이먼은 피를 흘리고 있었지만 파리떼는 돼지의 감칠 맛에 혹해서 사이먼에게는 달려들질 않았다.

피를 흘리자 사이먼은 발작도 멎고 나른한 잠에 빠져 버렸다. 저녁때가 되고 천둥소리가 요란하게 울리는 동안 그는 거적 같은 덩굴 속에 누워 있었다. 마침내 그는 잠이 깨었다. 바로 얼굴 밑으로 검은 흙이 희미하게 보였다. 그러나 꼼짝 않고 그는 여전히 누워 있었다. 얼굴을 비스듬히 땅바닥에 대고 멍하니 앞을 쳐다볼 뿐이었다. 이윽고 돌아누운 뒤에 다리를 굽히고 몸을 일으키려고 덩굴을 붙잡았다. 덩굴이 흔들리자 파리떼는 음침한 윙윙 소리를 내며 창자에서 날아오르더니 다시 그 자리로 육중하게 내려앉았다. 사이먼은 일어섰다. 주위에는 이 세상의 것이 아닌 듯한 별난 빛이 떠돌고 있었다. '파리대왕'은 검은 공처럼 막대기에 꽂혀 있었다.

사이먼은 공터에다 대고 큰 소리로 말했다.

"달리 할 일이 무엇인가?"

아무런 대답도 없었다. 공터 쪽을 향하고 서 있던 사이먼은 방향을 바꾸어 덩굴 사이를 기어서 어둠침침한 숲으로 나섰다. 멍한 표정을 하고서 그는 나무 사이를 타박타박 걸어갔다. 입 언저리와 턱에는 마른 피가 붙어 있었다. 그저 이따금씩 밧줄처럼 꾀어 있는 덩굴을 들어올리거나 땅바닥의 경사로 미루어 방향을 잡아갈 때 뭐라고 입 속으로 중얼거렸으나 그 소리도 똑똑하게 들리진 않았다.

얼마 안 있어 나무를 장식하고 있는 덩굴도 점점 적어지고 나무 사이로 진줏빛 광선이 하늘에서 드문드문 내려오는 곳에 이르렀다. 여기는 이를테면 섬의 등골에 해당하는 곳으로, 산 밑이긴 하지만 지대가 약간 높았고 숲은 정글처럼 울창하 질 않았다. 꽤 넓은 공터가 여기저기 보이고 덤불이나 거목(巨 木)이 그 공터에 흩어져 있었다. 땅바닥의 경사를 따라서 그 가 올라갔더니 숲도 점점 틔어져갔다. 피로 때문에 때로는 비 틀거리기도 했지만, 쉬지 않고 그는 계속 나아갔다. 평소의 광 채가 그의 눈에서 사라져 그는 노인처럼 못마땅한 듯 마음을 고쳐먹으며 걸어갔다.

한 줄기 바람이 불어닥쳐 와 그는 비틀거렸다. 그는 자기가 바위 위의 공터에 서 있음을 알았다. 하늘은 놋쇠빛이었다. 다 리에 힘이 없고 혓바닥이 줄곧 아팠다. 바람이 산정에 다다랐 을 때 어떤 일이 벌어지는 것을 그는 볼 수가 있었다. 갈색의 구름을 등지고 무엇인가 새파란 것이 펄럭이고 있는 것이었다. 그는 더 전진해 갔다. 바람이 더욱 세게 불어닥쳤다. 숲 꼭대 기를 스칠 때 요란한 소리가 났다. 사이먼은 새우등 모양을 한 것이 산정에서 갑자기 똑바로 앉더니 자기를 내려다보는 것을 보았다. 그는 얼굴을 가리고 터벅터벅 걸어 올라갔다.

파리떼도 이미 그 몰골을 찾아낸 것이다. 살아 있는 것 같 은 동작에 놀라 파리떼는 잠시 떠나 그 몰골의 머리 위에 검 은 구름처럼 떠돌았다. 그러다가 낙하산의 푸른 천이 축 늘어 지면 그 뚱뚱한 몰골은 한숨을 쉬면서 꾸뻑 절을 하는 것이 고 파리떼는 다시 내려앉는 것이었다.

사이먼은 무릎을 바위에 부딪쳤음을 알았다. 그는 앞으로 기어나갔다. 이내 모든 것을 알게 되었다. 엉겨 있는 끄나불을 보았을 때 이 패러디의 구조가 그에게 분명해진 것이다. 그는 흰 코뼈와 이빨, 그리고 썩는 바람에 생긴 갖가지 빛깔을 꼼꼼히 살펴보았다. 즈크와 고무가 여러 겹으로 얽혀 있었기 때문에 깨끗이 썩어나갈 시체가 무참하게도 아직까지 그대로 묶여 있었다. 다시 바람이 불어오자 그 시체는 들린 채 절을 꾸뻑 하고 그를 향해서 징그럽게 숨을 내쉬었다. 사이먼은 엉금 엉금 기는 자세로 있었고, 배가 푹 꺼질 때까지 구역질을 했다. 이어 끄나불을 손에 잡고 바위에서 끌러주었다. 그 시체가 바람에 희롱당하는 창피를 덜어준 것이다.

이윽고 그는 몸을 돌려 모래사장을 내려다보았다. 화강암 고대 곁의 불은 꺼져버린 것 같았다. 아니 적어도 연기만은 올리지 않고 있었다 모래사장을 따라서 널리 떨어져 있는 개울 건너 커다란 판자 같은 바위 가까이에는 가느다란 연기가 하늘로 오르고 있었다. 몰려드는 파리떼도 잊어버리고 사이먼은 두 손을 눈 위에다 대고 연기를 응시했다. 그만한 원거리에도 소년들의 대부분이 —아마 전부였을지도 몰랐다.— 그곳에 모여 있음을 볼 수가 있었다. 그러니까 그들은 짐승으로부터 멀리 떨어진 그곳으로 캠프를 옮긴 모양이다. 이런 생각을 하며 사이먼은 자기 곁에서 몹쓸 냄새를 풍기고 앉아 있는 무참한 시체로 눈길을 돌렸다. 그 짐승은 해를 끼치는 것은 아니었으나 무시무시했다. 될수록 빨리 이 소식을 아이들에게 알려야 했다. 그는 산을 내려가기 시작했다. 다리가 말을 듣지 않았다. 아무리 조심을 해도 걸음은 비틀거리기만 했다.

"수영이나 해." 하고 랠프는 말했다. "그것밖에 할 일이 없어." 피기는 흐릿하게 보이는 하늘을 안경 너머로 골똘히 바라보았다.

"난 저런 구름이 싫어. 우리가 여기 내린 직후에 비 온 것 생각나니?"

"또 비가 올 것 같아."

랠프는 웅덩이 속으로 뛰어들었다. 한 쌍의 쇠파리가 물가에서 놀고 있었다. 체온보다도 뜨거운 물을 만지작거리는 것이 퍽 재미있는 모양이었다. 피기는 안경을 벗고 새치름하니 물속으로 발을 들여놓더니 다시 안경을 썼다. 랠프는 수면에 얼굴을 내밀더니 피기에게다 대고 물싸움할 때 하듯이 물을 튀겼다.

"안경 사정을 봐줘." 하고 피기가 말했다. "안경이 젖으면 나가서 안경을 닦아야 돼."

랠프는 다시 물을 튀겼으나 맞지는 않았다. 랠프는 여느 때처럼 피기가 아무 소리도 못 하고 도망가리라 생각하고 피기를 보고 웃었다. 그러나 피기는 두 손으로 물을 쳤다.

"그러지 마!" 하고 피기는 고함을 쳤다. "그러지 말라니까!"

그는 랠프의 얼굴에다 물을 사납게 끼얹었다.

"알았어, 알았어." 랠프의 말이었다. "진정해."

피기는 물치기를 그쳤다.

"난 골치가 아파 죽겠어. 좀 서늘해졌으면 좋겠어."

"난 집에 돌아가고 싶어."

피기는 웅덩이 곁의 비탈진 모래사장에 드러누웠다. 그의

배는 쑥 삐져나와 있었고 그곳엔 물기가 다 말라 있었다. 랠프
는 손바닥으로 하늘을 향해 물을 끼얹었다. 구름 사이로 비끼
는 햇발의 움직임으로 미루어 태양의 운행을 짐작할 수가 있
었다. 그는 물속에 꿇어앉아 주위를 둘러보았다.

"다들 어디 갔지?"

피기는 일어나 앉았다.

"아마 오두막 속에 누워 있을 거야."

"샘, 에릭은 어디 있어?"

"그리고 빌은?"

피기는 화강암 고대 너머를 가리켰다.

"저쪽으로 갔어. 잭의 잔치에 말이야."

"가고 싶다면 가게 내버려둬." 하고 랠프가 불안스레 말했
다. "난 겁날 것 없어."

"고기를 좀 얻어 먹으려고……"

"그리고 사냥을 하고 오랑캐 흉내를 내고 얼굴에 색칠을 하
고 싶어 그런 거지." 랠프는 아는 바가 있다는 듯이 말했다. 피
기는 물 밑의 모래를 휘저으며 랠프 쪽은 돌아보질 않았다.

"아마 우리도 가야 할까 봐."

랠프가 그를 재빨리 쳐다보았기 때문에 피기는 얼굴을 붉
혔다.

"아무 일도 생기지 않도록 하기 위해서 말이야."

랠프는 다시 물을 끼얹었다.

잭의 패거리가 있는 곳에 당도하기 훨씬 전부터 랠프와 피

기는 들려오는 소리로 그들의 잔치 모양을 알 수가 있었다. 숲과 바닷가 사이에는 야자수에 싸여서 잔디가 널따랗게 자라 있었고 그곳엔 한 가닥의 풀밭이 뻗쳐 있었다. 그 풀밭 가장자리에서 한 발짝 내려서면 만조선(滿潮線) 위편으로 바람에 불려서 쌓인 흰 모래톱이 있었다. 그 모래톱은 뜨겁고 물기가 없고 발길이 많이 닿은 터였다. 그 아래론 다시 바위 하나가 환초호 쪽으로 뻗쳐 있었다. 그 너머에는 그리 길지 않은 모래톱이 나 있고 그 다음은 물가였다. 바위 위엔 불이 피워져 있었고 굽고 있는 돼지고기에서 비계기름이 흐릿한 불꽃 속으로 뚝뚝 떨어져내렸다. 피기, 랠프, 사이먼, 그리고 돼지를 굽고 있는 둘을 제외한 다른 모든 소년들은 잔디밭 위에 모여 있었다. 그들은 웃거나 노래하거나 누워 있거나 쪼그리고 있거나 혹은 먹을 것을 손에 든 채 풀 위에서 있거나 했다. 그러나 비계기름이 온통 묻어 있는 얼굴로 미루어 고기잔치도 어지간히 끝난 듯싶었다. 손에 야자열매 껍질을 들고 물을 마시는 축도 있었다. 잔치가 벌어지기 전에 커다란 통나무가 잔디밭 한가운데로 끌려왔다. 색칠을 하고 꽃다발을 두른 잭이 우상처럼 그곳에 앉아 있었다. 잭 곁의 푸른 나뭇잎 위에는 고기가 놓여 있었고, 과일과 물이 담긴 야자열매 껍질도 놓여 있었다.

피기와 랠프는 풀이 무성한 고대 가장자리로 다가갔다. 그들을 보자 소년들은 차례로 입을 다물더니, 나중에는 잭 바로 곁에 있는 소년만이 얘기를 하고 있었다. 그러자 그 소년마저도 입을 봉해 버려 잭은 앉은 자리에서 고개를 돌렸다. 잠시 동안 그는 그들을 쳐다보았다. 탁탁 불 튀는 소리만이 산호초에서 들려오는 나지막한 소리보다 똑똑하게 들릴 뿐이었다. 랠프는 외면을 했다. 그러자 랠프가 자기를 나무라는 투로 노려보았다고 생각한 샘은 씹고 있던 뼈다귀를 불안스레 킬킬거리면서 내려놓았다. 랠프는 비틀거리듯 한 발짝 내디디더니 야자수를 가리키고 피기에게 대고 무엇인가 들리지 않는 소리로 소곤거렸다. 그러더니 두 소년은 샘처럼 킬킬거렸다. 랠프는 발을 모래에서 높이 치켜올리며 어슬렁어슬렁 거닐기 시작했다. 피기는 휘파람을 불려고 했다.

바로 이때 불가에서 요리를 하고 있던 소년들이 갑자기 큰 고깃덩이를 잡아 떼어 그것을 가지고 풀밭으로 달려갔다. 그들은 피기와 부딪쳤다. 살을 덴 피기는 고함을 지르며 이리 뛰고 저리 뛰고 했다. 이것을 본 랠프와 일난의 소년들은 한 덩어리가 되어 배꼽을 뺐고 이에 따라 화목한 분위기가 되었다. 그전에도 그랬듯이 다시 한번 피기는 모든 사람의 조롱감이 되었고 이에 따라 모두들 즐겁고 정상적인 감정이 되었다.

잭이 일어나서 창을 휘둘렀다.

"그들에게도 고기를 줘."

고기 굽는 꼬챙이를 들고 있던 소년은 랠프와 피기에게 각각 비계 많은 고깃덩이를 건네주었다. 그들은 군침을 흘리면서 선물을 받았다. 폭풍을 알리는 천둥이 으르대는 놋쇠빛 하늘 아래서 두 소년은 이렇게 해서 선 채로 고기를 먹었다.

잭이 다시 창을 휘둘렀다.

"모두들 먹을 만큼 먹었냐?"

고기는 아직도 남아 있었다. 나무꼬챙이에 꽂혀 있기도 했고 나뭇잎 위에도 쌓여 있었다. 창자가 시키는 대로 피기는 씹고 있던 뼈다귀를 모래바닥에 팽개치고 조금 더 먹으려고 허리를 굽혔다.

잭이 성마른 투로 다시 말했다.

"모두들 먹을 만큼 먹었냐?"

그의 목소리에는 경고의 가락이 있었다. 고기의 임자는 자기라는 자랑스러움에서 나온 경고였다. 시간이 있을 때 실컷 먹어두자고 소년들은 더욱 빨리들 먹어대었다. 당장 끝장이 날 것 같지 않음을 보고 잭은 자기의 옥좌(玉座)인 셈인 통나무에서 일어나 풀밭 변두리로 어슬렁어슬렁 걸어나갔다. 그는 색칠을 한 가면 같은 얼굴로 랠프와 피기를 내려다보았다. 두 소년은 모래톱으로 비켜 갔다. 랠프는 일변 먹으면서 불을 지켜보았다. 저녁 으스름을 배경으로 하고 이제 불꽃이 선연히 돋보였다. 황혼이 온 것이었다. 그러나 조용한 아름다움은 찾아볼 수 없고 사나움이 들이닥칠 것 같은 황혼이었다.

잭이 입을 열었다.

"물 좀 줘."

헨리가 그에게 야자열매 껍질을 갖다주어 잭은 그 깔쭉깔쭉한 테두리 너머로 랠프와 피기를 지켜보면서 물을 마셨다. 그의 붕긋이 올라간 갈색의 팔 근육에는 권력이 자리잡고 있었고, 어깨 위에는 권위가 걸터앉아 그의 귀에다 대고 원숭이처럼 재재거리고 있었다.

"모두들 앉아."

소년들은 잭 앞의 풀밭에 줄을 지어 자리를 잡았다. 그러나 랠프와 피기는 그보다 1피트쯤 낮은 부드러운 모래바닥에 따로 서 있었다. 잭은 처음엔 그들을 무시하고 앉아 있는 소년들에게 가면 같은 얼굴을 돌리더니 창으로 그들을 가리켰다.

"내 편이 될 사람은 누구야?"

랠프는 갑자기 몸을 움직이다가 비틀비틀했다. 몇몇 소년들이 랠프 쪽을 바라보았다.

"나는 너희들에게 고기를 주었고, 또 나의 사냥 부대는 너희들을 그 짐승으로부터 보호해 줄 거야." 하고 잭은 말했다. "내 편으로 들어올 사람은 누구누구야?"

"너희들이 날 선출해 주었으니 내가 대장이야." 하고 랠프는 말했다. "그리고 우리는 불을 계속 피워두려고 했었어. 그런데 이제 너희들은 먹을 것을 덮쯏이 디니기나 하고……."

"넌 안 그랬니?" 하고 잭은 소리쳤다. "네 손에 들려 있는 뼈다귀를 봐!"

랠프는 홍당무가 되었다.

"너흰 사냥 부대라고 내가 말했잖아? 먹을 것을 구하는 게 너희들 소임이야."

잭은 다시 그를 묵살했다.

"내 편으로 들어와서 재미있게 지낼 사람은 누구누구야?"

"대장은 나야." 하고 떨리는 목소리로 랠프가 말했다. "봉화는 어쩔 셈이야? 게다가 난 소라를 가지고 있어!"

"지금 어디 가지고 있어?" 비웃으며 잭이 말했다. "넌 그걸 두고 왔어. 어때, 참, 똑똑한데. 그리고 이곳 섬 끝에선 그 소라가 통하지 않아."

갑자기 천둥소리가 났다. 우르릉 하는 둔탁한 소리가 아니라 폭발하는 듯한, 날카롭고도 충격적인 소리였다.

"소라는 여기서도 통해." 하고 랠프는 말했다. "이 섬 위에선 어디서나 마찬가지야."

"그래 그걸 가지고 어쩌겠다는 거야?"

랠프는 죽지어 있는 소년들을 살펴보았다. 그러나 그들도 어쩔 수 없었다. 그는 땀을 뻘뻘 흘리며 당황해서 눈길을 돌렸다. 피기가 소곤거렸다.

"봉화와 구조……."

"내 편으로 들어올 사람은?"

"난 들어가겠어."

"나도."

"나도 들어가겠어."

"나는 소라를 불어서 모임을 소집하겠어." 하고 랠프는 숨가쁘게 말했다.

"불어봤자 들리지도 않을걸."

피기가 랠프의 손목을 잡았다.

"가자, 무슨 일이 벌어지겠어. 고기도 먹고 했으니까."

숲 저쪽에서 번갯불이 번쩍 하고 다시 요란한 천둥소리가 나 꼬마 하나가 울음보를 터뜨렸다. 큰 빗방울이 떨어지고, 떨어질 때마다 빗방울은 제각기 후드득 소리를 내었다.

"폭풍우가 되겠어." 하고 랠프는 말했다. "우리가 여기 내렸을 때처럼 억수로 퍼부을 거야. 이번엔 누가 똑똑한 셈이지? 너희들의 오두막은 어디 있냐? 그건 어떻게 할 참이야?"

사냥 부대는 굵은 빗발에 섬뜩하면서 걱정스럽게 하늘을 올려다보았다. 불안감이 전파하여 소년들은 지향 없이 왔다 갔다하며 동요했다. 번갯불은 더욱 기승을 부리고 천둥소리도 견딜 수 없을 지경이었다. 꼬마들은 비명을 지르며 이리 뛰고 저리 뛰고 했다.

잭은 모래톱으로 뛰어내렸다.

"우리의 춤을 춰! 자, 시작! 춤을 춰!"

푸석푸석한 모래톱을 비틀거리며 달려나가 그는 불 건너편의 탁 트인 바위께로 갔다. 번갯불이 멎는 동안은 사방이 캄캄하고 무시무시했다. 소년들은 소란을 피우면서 그를 따라갔다. 로저는 돼지가 되어 꿀꿀거리며 잭에게로 돌진해 갔다. 잭은 슬쩍 옆으로 비켰다. 사냥 부대는 각자의 창을 집어들고 요리 당번은 고기 굽는 꼬챙이를 집어들었다. 나머지 소년들은 땔감 중에서 막대기를 골라 들었다. 모두들 빙글빙글 원을 그리며 노래를 시작했다. 로저가 겁에 질린 돼지 흉내를 내고 있는 사이 꼬마들은 그 원의 바깥으로 달려가 껑충껑충 뛰었다. 무섭게 을러대는 하늘 밑에서 피기와 랠프는 이 광기 어린, 그러나 얼마쯤은 안정된 무리속에 끼여들고 싶은 심사가 되었다. 공포심을 가둬두고 그것을 견딜 수 있도록 만들어주는 갈색 등허리의 울타리에 기쁜 마음으로 몸을 대었다. 그들은 기쁜 심정이 되기조차 했다.

"짐승을 죽여라! 목을 따라! 피를 흘려라!"

노랫소리가 신나 보이는 처음의 가락을 버리고 안정된 맥박처럼 일정한 율동을 치기 시작하자 원을 그리는 동작도 규칙적으로 되었다. 로저가 돼지 시늉을 그치고 사냥 부대 틈으로 끼여들어가 원의 한가운데는 텅 비어버리고 말았다. 몇몇 꼬마들이 자기들끼리 원을 그리기 시작했다. 이렇게 해서 서로 보충하는 원이 생겨 서로 빙글빙글 돌아갔다. 이렇게 되풀이해서 빙글빙글 돌아가면 저절로 안정감이 생긴다는 듯한 투였다. 단 하나의 유기체가 가슴을 두근거리며 발소리를 내는 것 같았다.

새까만 하늘이 청백색의 번갯불로 산산조각이 났다. 다음 순간 거대한 채찍소리처럼 소년들의 머리 위에서 천둥소리가 났다. 노랫소리의 가락이 고통스럽게 올라갔다.

"짐승을 죽여라! 목을 따라! 피를 흘려라!"

이제 공포 속에서 지독하고 절박하고 맹목적인 딴 욕망이 생겼다.

"짐승을 죽여라! 목을 따라! 피를 흘려라!"

다시 청백색의 생채기 같은 번갯불이 머리 위에서 번쩍하면서 유황의 폭발 같은 천둥소리가 났다. 꼬마들은 비명을 지르며 이리 비틀 저리 비틀하며 숲 가장자리에서 도망쳐 왔다. 한 꼬마는 겁에 질린 나머지 큰 소년들이 그리고 있는 원에 부딪혀 그것을 흐트러놓았다.

"그거야, 그것!"

원형은 이제 말굽 모양이 되었다. 무엇인가가 숲속에서 기어나왔다. 그것은 시커멓고 분명치가 않았다. 그 짐승 앞에서 지른 날카로운 비명은 고통의 절규였다. 그 짐승은 말굽 모양으로 둘러선 소년들 속으로 비틀거리며 들어갔다.

"짐승을 죽여라! 목을 따라! 피를 흘려라! 그놈을 죽여라!"

청백색의 생채기는 끊임없이 찢어지고 천둥소리는 견딜 수 없을 지경이었다. 사이먼은 산 위에 있는 사람의 시체에 대해서 뭐라고 소리를 지르고 있었다.

"짐승을 죽여라! 목을 따라! 피를 흘려라! 그놈을 죽여라!"

막대기가 내려 퍼부어지고 새로 원을 그린 소년들은 함성을 질렀다. 그 짐승은 원형의 한가운데서 두 팔로 얼굴을 가리고 무릎을 꿇고 있었다. 그 짐승은 고함소리에 지지 않으려고 산에 있는 시체에 대해서 뭐라고 자꾸만 큰 소리로 떠들어댔다. 짐승은 허위적거리며 앞으로 나가 원형을 꿰뚫고 가파로운 바위 끝에서 물가의 모래바닥으로 굴러떨어졌다. 곧 소년의 무리는 물밀듯이 그 뒤를 밟고 바위를 내려가 짐승에게로 뛰어내렸다. 그들은 고함을 지르고 주먹질을 했다. 물어뜯고 살을 찢었다. 아무런 말도 없이 그저 이빨과 손톱으로 물어뜯고 할퀼 뿐이었다.

그러자 구름이 걷히고 비가 폭포수처럼 억수로 퍼부었다. 빗물은 산정에서 튀어내려 나뭇잎과 가지를 줄기에서 떼어내고 모래 위에서 안간힘을 쓰는 한 떼의 소년들 위로 냉수 샤워처럼 퍼부어댔다. 얼마 안 있어 소년의 무리는 흩어지고 제각기 비틀거리며 도망쳤다. 바다에서 불과 몇 야드 떨어진 곳에 짐승만이 꼼짝 않고 누워 있었다. 억수로 쏟아지는 빗속에서도 그들은 그것이 얼마나 조그만 짐승인가 하는 것을 알 수가 있었다. 이미 피가 모래를 물들이고 있었다.

돌풍이 불어와 이제 빗발은 옆으로 휘몰아치고 폭포 같

은 빗물이 숲속의 나무에서 떨어져내렸다. 산정에선 낙하산이 바람을 안고 꿈틀거렸다. 시체가 질질 끌리더니 발딱 일어서고 빙빙 돌아가 함빡 젖은 널따란 공간에서 이리저리 흔들리더니 마침내는 나무 꼭대기로 비실비실 걸어갔다. 그러다가 아래로 아래로 떨어져내리더니 모래사장 쪽으로 떨어져내렸다. 소년들은 비명을 지르며 어둠 속으로 도망쳐 갔다. 낙하산은 시체를 끌고 환초호를 가로질러서 산호초에 부딪혔다가는 난바다로 날아가 버렸다.

한밤중쯤 되어 비는 멎고 구름이 밀려나갔다. 하늘에는 아까까지만 하더라도 도저히 상상할 수도 없었던 별들이 총총했다. 미풍마저도 멎었다. 들려오는 소리라고는 바위 틈서리에서 떨어지는 물방울 소리뿐이었다. 빗물은 잎에서 잎으로 흘러내려 갈색의 땅바닥 속으로 스며 들어갔다. 대기는 서늘하고 축축하고 맑았다. 얼마 안 있어 낙수소리조차도 조용해졌다. 짐승은 파르스름한 모래사장에 새우등을 하고 누워 있고, 핏자국이 조금씩 번져갔다.

환초호의 물가를 따라 한 줄기의 인광(燐光)이 번뜩였다. 조수의 큰 파도가 밀려옴에 따라서 인광도 조금씩 밀려왔다. 해맑은 해면에는 청명한 하늘과 동그랗게 빛나는 성좌가 비치고 있었다. 해안선을 따라서 반짝이고 있던 인광은 모래알이나 조약돌께서 부풀어올랐다. 모래알이나 조약돌에 부딪히면 일종의 긴장된 잔물결이 생겼다. 그러다가 갑자기 들리지 않게 중얼거리며 그것들을 감싸안고는 더욱 밀려왔다.

야트막한 물가를 따라서 밀려오는 맑은 바닷물 속에는 달빛 같은 빛을 내고 불처럼 이글이글한 눈을 한 이상야릇한 생물이 가득했다. 여기저기 큼지막한 조약돌이 거품을 뿜으며 진주 같은 덮개에 덮여 있었다. 밀물이 부풀어올라 빗방울에 구멍이 난 모래톱을 휩쓸고 모든 것을 덮어버렸다. 밀물은 이제 상처난 시체에서 배어나온 맨 앞의 핏자국을 어루만졌다. 발광(發光) 생물이 물결 가장자리로 몰리더니 한 가닥의 빛이 마구 옮아갔다. 밀물은 더욱 높아져서 사이먼의 덥수룩한 머리를 환하게 감쌌다. 그의 뺨의 선은 은빛으로 반짝이고 어깨의 선은 대리석 조각처럼 보였다. 눈이 이글이글하고 물거품을 내는 야릇한 생물은 그의 곁을 떠나려 하지 않으면서 사이먼의 머리 주위를 부산하게 오갔다. 시체가 모래에서 일 밀리쯤 붕 떠올랐다. 입에서 퍽 소리를 내며 기포(氣泡)가 새어나왔다. 그러더니 시체는 밀물 속에서 돌아누웠다.

　이 세계의 어두워진 곡선부의 어디에선가 해와 달이 끌어당기고 있었다. 지구 표면의 물의 층이 그 때문에 팽팽해지고 그 중심부가 회전함에 따라 한쪽으로 부풀어올랐다. 밀물의 큰 물결은 섬을 따라서 점점 크게 밀어닥치고 물 높이도 점점 높아갔다. 꼬치꼬치 파고드는 발광생물에 둘러싸인 채 꼼짝 않는 성좌의 별빛을 받고 은빛으로 빛나는 사이먼의 시체가 서서히 난바다로 밀려나갔다.

10

소라와 안경

피기는 가까이 다가오는 사람의 모양을 주의 깊게 바라보 았다. 요즈음 그는 간혹 안경을 벗고 하나 남은 렌즈를 다른 쪽 눈에 갖다 대면 훨씬 더 잘 보인다는 것을 알게 되었다. 그 러나 잘 보이는 쪽 눈으로 보더라도, 또 요전의 사건에도 불구 하고 랠프는 틀림없는 랠프였다. 그는 야자수 사이에서 절룩 거리면서 나왔다. 초라한 형색이었는데, 헝클어진 금발의 머리 에는 마른 잎이 몇 개 매달려 있었다. 한쪽 볼이 부어서 그쪽 눈은 가늘게 보였고 오른쪽 무릎에도 큰 딱지가 앉아 있었다. 그는 잠시 걸음을 멈추고 화강암 고대에 있는 사람 모양을 골 똘히 바라보았다.

"피기냐? 너 혼자 남아 있니?"

"꼬마들만 몇 명 있어."

"꼬마들은 문제가 안 되고, 큰애들은 없니?"

"응, 샘, 에릭. 그들은 땔감을 모으고 있어."

"그 밖엔 없어?"

"없는 것 같아."

랠프는 조심스럽게 화강암 고대로 올라갔다. 모임 때 참석자들이 늘 앉아 있던 자리의 잡초들은 아직도 풀이 죽어 있었다. 연약한 흰 소라는 여전히 길든 통나무 옆에서 번뜩이고 있었다. 랠프는 대장 자리와 소라 쪽을 향해서 풀밭에 앉았다. 피기는 그의 왼편에 무릎을 꿇고 앉았다. 오랫동안 두 소년은 잠자코 있었다.

이윽고 랠프가 목청을 가다듬고 무엇인가 소곤거렸다. 피기가 역시 소곤소곤 대답했다.

"뭐라고 했지?"

랠프가 좀 큰 소리로 말했다.

"사이먼 말이야."

피기는 아무 말도 하지 않고 심각하게 고개를 끄덕여 보였다. 그들은 흐려진 눈으로 대장 자리와 반짝이는 환초호를 응시하면서 계속 앉아 있었다. 초록색의 빛과 잎 사이의 태양광선의 반점이 그들의 더러운 몸 위에서 춤추듯 하고 있었다.

마침내 랠프가 몸을 일으켜 소라 쪽으로 갔다. 그는 두 손으로 조심스럽게 소라를 들고 무릎을 꿇고 앉아 나무줄기에 몸을 기대었다.

"피기야."

"응?"

"우린 어떻게 하면 좋지?"

피기는 소라 쪽을 보며 고개를 끄덕였다.

"네가 그것으로……."

"모임을 소집한단 말이야?"

이렇게 말하며 랠프가 날카롭게 웃어댔기 때문에 피기는 상을 찡그렸다.

"넌 아직도 대장이야."

랠프는 다시 웃었다.

"사실 그래. 우리를 지휘하는……."

"하긴 소라를 가지고 있으니까."

"랠프! 그렇게 웃지 마. 그렇게 웃을 게 뭐야? 딴 애들이 어떻게 생각하겠어?"

드디어 랠프가 웃음을 그쳤다. 그는 몸을 떨고 있었다.

"피기야."

"응?"

"그건 사이먼이었어."

"아까도 말했잖아?"

"피기야."

"응?"

"그건 살인이었어."

"그만둬!" 피기의 말소리는 날카로웠다. "그런 투로 얘기해본들 무슨 소용이 있겠니?"

그는 벌떡 일어나 랠프를 굽어보았다.

"그땐 캄캄했어. 게다가 그 지독한 춤이 벌어졌었고, 번개가

치고 천둥이 치고 비가 왔었어. 우리는 겁에 질려 있었어."

"나는 그렇지 않았어." 하고 랠프는 천천히 말했다. "나는 -
난 내가 어땠었는가를 모르겠어."

"우린 겁에 질렸던 거야!" 피기는 흥분해서 말했다. "그럴 땐
무슨 일이 일어난지 알 수 없는 거야. 그것은 - 네 말대로가
아냐."

그는 손짓 몸짓을 하며 적당한 말을 찾으려고 했다.

"야, 피기!"

나지막하고 질린 듯한 랠프의 목소리를 듣고 피기는 손짓
을 멈추었다. 그는 몸을 구부리고 랠프의 말을 기다렸다. 소라
를 부둥켜 안은 랠프는 몸을 이리저리 흔들었다.

"피기야! 넌 모르겠니? 우리가 한 짓은 -."

"어쩌면 그는 아직도 -."

"천만에!"

"어쩌면 그는 그저 죽은 척……."

랠프의 표정을 보고 피기의 목소리는 기어 들어갔다.

"너는 바깥 쪽에 있었어. 원형 밖에. 넌 안으로는 들어오지
않았었지. 넌 보지 못했어. 우리가 -아니 그들이 한 짓을 -."

그의 목소리에는 혐오감과 함께 일종의 열띤 흥분이 담겨
져 있었다.

"피기야, 넌 못 보았니?"

"잘 보지는 못했어. 난 지금 한 눈밖에 안 보여. 그것쯤은
너도 알고 있어야 하잖아, 랠프야."

랠프는 계속 몸을 이리저리 흔들고 있었다.

"그건 우연한 사고였어." 하고 피기가 갑자기 말했다. "그것뿐이야. 사고였던 거야." 그의 목청이 다시 높아졌다. "캄캄한데 오다니…… 그렇게 어두운 데서 기어오는 법이 어디 있어. 그 애는 머리가 돌았었어. 자기가 자초한 거야." 그는 또 커다랗게 손짓을 했다. "그건 우연한 사고였던 기야."

"넌 그들이 한 짓을 보지 못했어ㅡ."

"이봐, 랠프. 우린 이 일을 잊어버려야 해. 생각해 보았자 아무 소용 없어. 알겠어?"

"나는 두려워. 우리 자신이 무서워. 난 집에 가고 싶어. 정말이지 집으로 돌아가고 싶어!"

"그건 우연한 사고였어." 피기는 굽히지 않고 말했다. "그뿐이야."

그는 벌거벗은 랠프의 어깨에다 손을 대었다. 사람의 손이 닿자 랠프는 몸서리를 쳤다.

"이봐, 랠프." 하면서 피기는 잽싸게 주위를 돌아보고 더 가까이 다가섰다. "우리가 그 춤놀이에 끼였다는 얘기는 하지 마. 샘, 에릭에게 말야."

"그러나 우린 끼였어. 우리 모두가!"

피기는 고개를 저었다.

"우린 마지막 판에 가서야 끼여들었어. 그들은 캄캄해서 보질 못했어. 어쨌든 네 말대로 나는 그저 바깥 쪽에만 있었어."

"그건 나도 마찬가지야." 하고 랠프는 중얼거렸다. "나도 바깥 쪽에만 있었어."

피기는 힘주어 고개를 끄덕여 보였다.

"맞았어. 우린 바깥 쪽에 있었어. 우린 아무 짓도 안 했어. 우린 아무것도 보질 못했고."

피기는 잠시 쉬었다가 다시 말을 계속했다.

"우리는 우리끼리 살아가자, 우리 넷이서—."

"우리는 넷이서— 넷이서는 봉화를 계속 피워델 수가 없어."

"한번 해보는 거지 뭐. 이봐, 내가 불을 피워놓았어."

커다란 통나무를 끌면서 샘, 에릭이 숲에서 나왔다. 그들은 통나무를 불가에 내던지고 웅덩이 쪽으로 향했다. 랠프가 벌떡 일어섰다.

"얘들아!"

쌍둥이 형제는 잠깐 멈칫하더니 다시 걸어갔다.

"수영을 하러 가는 거야, 랠프."

"그럼 빨리 끝내는 게 낫지."

쌍둥이 형제는 랠프를 보고 깜짝 놀랐다. 그을은 얼굴을 붉히고 랠프의 얼굴을 피하듯이 해서 허공을 쳐다보았다.

"어, 여기서 만나다니, 랠프!"

"우린 지금껏 숲속에 있었어—."

"땔감을 구하러—."

"간밤엔 우린 길을 잃었었어—."

랠프는 자기 발가락을 살펴보았다.

"너희들은 길을 잃은 거지, 그 뒤에—."

피기는 안경알을 닦았다.

"잔치 뒤에 말이야." 하고 목소리를 죽여서 샘이 말했다. 에릭이 고개를 끄덕였다. "그래, 잔치 뒤에."

"우린 그곳을 일찌감치 떠났댔어." 하고 피기가 빠른 어조로 말했다. "몹시 피곤했기 때문에."

"우리도 그랬어ㅡ."

"아주 일찌감치ㅡ."

"우리도 꽤 피곤했던 거야ㅡ."

샘은 이마에 난 생채기를 만지다가 급히 손을 뗐다. 에릭은 터진 입술에 손가락을 대었다.

"그랬어. 우린 아주 피곤해서 일찌감치 떠났어." 하고 샘이 되풀이했다. "그것은 멋있었니ㅡ?"

알고는 있지만 말을 하지 않아 답답한 분위기가 감돌았다. 샘이 몸을 꼬더니 입에 담을 수 없는 말이 그에게서 부지중에 튀어나왔다. "그 춤놀이는?"

네 사람 중 아무도 끼지 않았던 춤놀이의 기억이 네 소년의 몸을 떨리게 했다.

"우린 일찌감치 떠났었어."

'성채 바위'와 섬의 본토를 연결하고 있는 좁다란 길목에까지 로저가 왔을 때, 누구냐고 소리쳐 묻는 사람이 있었지만 그는 놀라지 않았다. 섬을 휩쓸었던 공포에 대항하려고 안전한 장소에 자기 패거리 중의 누군가가 있으려니 하고 그는 간밤에도 기대하고 있었던 것이다.

점점 작아지는 바위가 잘 포개어져 있는 꼭대기에서 수하(誰何) 소리가 날카롭게 들려왔다.

"정지! 누구야?"

"로저야."

"우리 편이군, 전진."

로저는 나아갔다.

"나를 알아보았을 텐데."

"대장의 명령으로 누구를 막론하고 수하를 하기로 되어 있어."

로저는 올려다보았다.

"내가 올라가려고 하면 나를 막지는 못하겠지?"

"내가 막을 수 없다고? 올라와 봐."

로저는 사닥다리 같은 벼랑을 올라갔다.

"이걸 봐."

제일 꼭대기 바위 밑에는 통나무 하나를 꽂아 넣었고 그 밑에는 다시 지렛대를 놓아두었다. 힘껏 들어올리기만 하면 바위는 천둥 같은 소리를 내며 좁은 길목께로 굴러 내려갈 게 분명했다. 로저는 탄복해 마지않았다.

"정말 대장으로 제격이야. 그렇지?"

로버트는 고개를 끄덕여 보였다.

"그는 우리를 사냥에 데리고 갈 작정이야."

그는 고개를 홱 돌려 한 줄기 흰 연기가 하늘로 오르고 있는 오두막 쪽을 바라보았다. 로저는 벼랑 끝에 걸터앉아 손가락으로 흔들흔들하는 이빨을 매만지면서 섬의 본토를 침울하게 뒤돌아보았다. 멀리 산꼭대기를 그가 골똘히 바라보고 있는데 로버트는 둘이서 말없이 주고받았던 화제를 꺼냈다.

"대장은 윌프리드를 때려준대."

"왜?"

로버트는 의심쩍다는 듯이 고개를 저었다.

"나도 잘 모르겠어. 그가 말을 하지 않으니까. 몹시 화가 나서 윌프리드를 묶어놓으라고 명령했어. 윌프리드는."——이렇게 말하면서 로버트는 자꾸만 킬킬거렸다.——"지금 몇 시간째 묶여 있어. 기다리며……."

"그렇지만 대장이 이유를 밝히지 않았단 말이냐?"

"아무 소리도 난 못 들었어."

타는 듯한 땡볕 아래 거대한 바위 끝에 앉아서 로저는 이 소식을 하나의 계시처럼 받아들였다. 그는 이빨을 만지기를 멈추고 가만히 앉아서 이 무책임한 권위가 얼마만큼 실현될 것인가 하는 것을 곰곰이 생각해 보았다. 그러더니 한마디의 말도 없이 벼랑의 뒤쪽을 내려가서 동굴에 이르러 나머지 패거리와 합류했다.

대장이 그곳에 앉아 있었다. 허리께까지는 알몸이었고 얼굴엔 흰 칠과 빨간 칠을 하고 있었다. 패거리는 대장 앞에 반원형을 그리고 앉아 있었다. 그 뒤쪽에선 두들겨 맞고 묶였던 몸이 방금 풀린 윌프리드가 큰 소리로 훌쩍이고 있었다. 로저도 다른 소년들과 함께 웅크리고 앉았다.

"내일은." 하고 대장이 얘기를 계속했다. "다시 사냥을 해야겠어."

그는 오랑캐 몇 사람에게 창을 들이댔다.

"몇 사람은 여기 남아서 동굴 속을 손질하고 관문을 지켜야 해. 나는 사냥 부대 몇 사람을 데리고 가서 고기를 가지고 돌아오겠어. 관문 보초들은 딴 또래들이 몰래 들어오지 않도록 잘 지켜야 해."

오랑캐 하나가 손을 들었기 때문에 대장은 색칠한 을씨년스러운 얼굴을 그쪽으로 돌렸다.

"대장, 딴 또래들이 무엇하러 몰려 들어오겠어?"

대장의 대답은 막연했으나 진지했다.

"몰래 들어올 거야. 그들은 우리가 하는 일을 망치려고 들거야. 그러니 관문 보초들은 조심해야 해. 그리고……."

대장은 얘기를 멈추었다. 소년들은 깜짝 놀랄 만한 분홍색의 삼각형 비슷한 것이 갑자기 튀어나와 그의 입술을 스쳤다가 사라지는 것을 보았다.

"그리고 짐승이 들어오려고 할지도 몰라. 너희들도 기억하고 있을 거야. 그게 어떻게 기어왔는가를……."

반원형을 그리고 앉아 있던 소년들은 몸서리를 치면서 쑥덕쑥덕 동의를 표명했다.

"짐승은 변장해 가지고 왔었어. 우리가 잡은 돼지의 머리를 주었지만 짐승은 다시 올지도 몰라. 그러니 감시를 게을리 하지 마."

스탠리가 바위에 대고 있던 팔을 쳐들고 물어볼 것이 있다는 듯이 손가락질을 했다.

"뭐?"

"그래도 우린 해치웠잖아?"

그는 몸부림을 치고 눈을 내리깔았다.

"그게 아냐!"

뒤이어 계속된 침묵 속에서 오랑캐들은 각자의 기억으로부터 움찔하면서 도망치려고 했다.

"그렇지 않아! 어떻게 우리가 죽일 수 있었단 말이야? 그것을—."

아직도 더 무서운 일이 벌어질지도 모른다는 생각으로 반은 기가 죽고 반은 안도감을 느낀 오랑캐들은 다시 나직하게 수군거렸다.

"그러니 산꼭대기 건은 가만히 내버려두고 사냥을 하거든 사냥감의 머리나 주기로 해." 대장은 엄숙하게 말했다.

스탠리가 다시 손톱 끝을 튀겼다.

"짐승이 변장을 한 것이었겠지."

"그랬을 거야." 하고 대장은 말했다. 신학적인 상념이 머릿속에 떠올랐다. "그를 노엽게 하지 않도록 하는 게 좋겠어. 무슨 짓을 할지 모르니까 말이야."

오랑캐 패거리는 이 문제를 생각해 보았다. 갑작스러운 돌풍을 만난 것처럼 모두들 몸을 떨었다. 대장은 자기가 한 말이 불러일으킨 충격을 보고 갑자기 일어섰다.

"내일은 사냥을 해서 고기가 생기거든 잔치를 벌이자—."

빌이 손을 들었다.

"대장."

"응?"

"불을 어떻게 피워?"

대장은 얼굴을 붉혔으나 희고 붉은 흙칠에 가려 보이지 않았다. 그가 망설이며 입을 다물고 있는 동안에 오랑캐 패거리는 다시 수군거렸다. 그러자 대장이 손을 번쩍 들었다.

"불은 그 패들한테 가서 가지고 오면 돼. 자, 들어봐. 내일은 사냥을 해서 고기를 구하기로 해. 오늘 밤엔 내가 두 사냥 부대를 데리고 갈 작정이야 — 누가 함께 가겠어?"

모리스와 로저가 손을 들었다.

"모리스 — ."

"응? 대장."

"그 패들은 어디에 불을 피워놓았지?"

"그 전에 불을 피웠던 바위의 봉화터 뒤쪽이야."

대장은 고개를 끄덕여 보였다.

"해가 지는 대로 남은 사람들은 잠을 자도록 해. 그러나 모리스, 로저, 나 이렇게 셋이서는 할 일이 있어. 바로 해가 지기전에 우리는 출발하겠어."

모리스가 손을 들었다.

"그럼 우린 어떡하지? 만약 우리가 마주치게 되면."

대장은 손을 저어 이의를 물리쳤다.

"우리는 모래사장을 따라서 가면 돼. 만약 그게 다가오면 우린 다시 춤을 추는 거야."

"우리들 셋이서만?"

다시 수군거리는 소리가 나더니 사라졌다.

피기는 랠프에게 안경을 건네주고 나서 자기 시력을 돌려받기를 기다렸다. 땔감은 축축했다. 불을 붙인 것이 이제 세번째였다. 랠프는 물러서서 혼잣말을 했다.

"오늘 밤도 불을 못 피우면 곤란한데."

그는 옆에 서 있는 세 소년들을 죄나 지은 듯한 표정으로 둘러보았다. 봉화가 가지고 있는 이중의 기능을 그가 인정한 것은 이번이 처음이었다. 첫째 기능은 말할 것도 없이 신호가 되는 연기를 올리는 일이었다. 그러나 두번째 기능은 모닥불의 구실을 해서 그들이 잠이 들 때까지 푸근하게 해 주는 일이었다. 에릭이 땔감에 입김을 불었다. 반짝 하고 불이 붙더니 조그만 불꽃이 올랐다. 희고 누런 연기가 소용돌이치며 올랐다. 피기는 안경을 돌려받고 즐거운 듯이 연기를 바라보았다.

"라디오를 만들 수 있다면 오죽 좋을까!"

"비행기―."

"배―."

랠프는 점점 흐릿해져 가는 현실 세계에 관한 지식을 긁적거렸다.

"우린 공산군의 포로가 될지도 몰라."

에릭은 머리를 쓸어넘겼다.

"그들이 훨씬 나을 거야. 저―보다는……."

그는 그 패거리의 이름을 대려고 하지 않았다. 샘이 모래사장 저쪽을 보고 고개를 끄덕임으로써 에릭이 하다 만 얘기를 대신 끝내 주었다.

랠프는 낙하산에 매달려 있던 처참한 몰골이 생각이 났다.

"그는 죽은 사람 얘길 했던 거야―." 자기가 춤놀이 현장에 있었다는 것을 부지중에 실토한 셈이었기 때문에 그는 고통스럽게 얼굴을 붉혔다. 그는 자기 몸으로 연기를 응원하는 듯한 동작을 했다.

"꺼지지 마―자꾸 올라가!"

"연기가 점점 가늘어지는걸."

"축축한 것이나마 벌써 땔감이 동이 난걸."

"난 천식―."

이 말에 대한 반응은 정해져 있었다.

"제기랄, 처―언식."

"통나무를 끌고 하면 천식이 도져. 안 그랬으면 좋지만 사실 그래, 랠프."

세 소년은 숲으로 가서 썩은 나무를 한 아름씩 잔뜩 가지고 왔다. 다시 연기가 누렇고 빽빽하게 솟아올랐다.

"먹을 것을 구하러 가보자."

함께 그들은 과일나무가 서 있는 곳으로 갔다. 창을 들고 갔었고, 얘기도 별로 않으면서 입에 닥치는 대로 따먹었다. 다시 숲을 나섰을 때엔 해가 지고 있었고 봉화터엔 타고 남은 불만이 꺼지지 않고 있었다. 연기도 오르지 않았다.

"난 이제 더 땔감을 나르지 못하겠어." 하고 에릭이 말했다. "피곤해."

랠프가 목청을 가다듬었다.

"그 전에 저 위에선 사뭇 불을 피워놓았었지."

"저 위에선 조금만 피워도 되었어. 그러나 여기선 커다랗게 피워놓아야 하잖아?"

랠프는 나뭇조각을 불 속에 넣고 어둠 속으로 사라져가는 연기를 지켜보았다.

"봉화는 계속 올려야 해."

에릭이 몸을 내던지듯 주저앉았다.

"난 고단해 죽겠어. 게다가 봉화가 무슨 소용이 있어?"

"에릭!" 랠프는 놀란 목소리로 외쳤다. "그런 투로 얘기하면 못써!"

샘이 에릭 곁에 무릎을 꿇었다.

"정말—무슨 소용이 있어?"

랠프는 노기를 띠고 기억을 더듬으며 애를 썼다. 봉화를 피우는 데는 그럴 법한 이유가 있을 것이다. 굉장히 그럴 법한 이유가.

"랠프가 벌써 몇 번이나 너희들에게 얘기했잖아?" 피기가 뾰로통해 가지고 말했다. "봉화를 피우지 않으면 구조될 가망이 없어."

"그래. 우리가 연기를 올리지 않으면⋯⋯."

밀려닥치는 어둠 속에서 그는 그 두 소년 앞에 웅크리고 앉았다.

"너희들은 이해가 안 되니? 라디오나 배를 바랐댔자 아무 소용도 없잖아?"

그는 손을 내밀고 손가락을 굽혀서 주먹을 쥐었다.

"이런 곤경에서 빠져나가려면 한 가지 수밖에 없어. 누구라도 사냥질은 할 수 있고, 또 고기를 구할 수는 있어—."

그는 이 얼굴 저 얼굴을 번갈아 바라보았다. 그러자 크나큰 정열과 자신감을 필요로 한 그 순간에 그의 머릿속은 전에 그랬듯이 휘장 같은 것이 펄럭이며 캄캄해졌다. 그는 자기가 하려던 말을 잊어버렸다. 주먹을 잔뜩 쥐고 무릎을 꿇고 앉은 채 상대방의 얼굴을 번갈아 가며 뚫어지게 바라보았다. 그러자 머릿속의 어둠이 걷혔다.

"그래. 그러니 우린 연기를 올려야 해. 더 많은 연기를―."

"하지만 어떻게 계속 피워댄단 말이야? 저것 좀 봐!"

불은 꺼져가고 있었다.

"둘이서 봉화 당번을 하고." 절반은 혼잣말처럼 랠프가 말했다. "하루에 열두 시간을 맡아야 된다."

"랠프, 이제 더 이상 땔감을 못 나르겠어."

"이렇게 어두워서야―."

"밤엔 안 돼―."

"매일, 아침에 불을 피우면 돼." 하고 피기가 말했다. "캄캄할 때는 아무도 연기를 볼 사람이 없을 테니까."

샘이 활기 있게 고개를 끄덕였다.

"그 전과는 달라. 전에는 불이……."

"저 꼭대기에 있었거든."

랠프는 일어섰다. 어둠이 다가오는 속에서 이상하게도 자기가 무력하다는 느낌이 들었다.

"그럼 오늘 밤엔 불을 꺼두도록 해."

그는 앞장 서서 맨 앞에 있는 오두막 쪽으로 걸어갔다. 부서지기는 했으나 오두막은 그런 대로 서 있었다. 잠자리삼아 깔아둔 나뭇잎이 안에 그대로 있었다. 손을 대니 말라빠진 잎은 버석버석 소리를 냈다. 바로 옆의 오두막에선 꼬마 하나가 잠꼬대를 하고 있었다. 네 소년은 오두막 속으로 기어 들어가 나뭇잎을 파고 들어갔다. 쌍둥이 형제는 함께 눕고 랠프와 피기는 건너편에 누웠다. 한동안 자세를 편하게 하느라고 뒤척였기 때문에 나뭇잎 바삭대는 소리가 계속 났다.

"피기야."

"응?"

"괜찮아?"

"응."

간혹 버석대는 소리가 나긴 했지만 마침내 오두막 속은 기척이 없어졌다. 총총히 빛나는 별빛 때문에 한결 캄캄하게 돋보이는 장방형의 어둠의 공간이 그들 앞에 드리워져 있었다. 산호초에 부딪히는 파도소리가 힘없이 들려왔다. 랠프는 밤마다 즐기는 공상 놀이를 시작했다.

만약 그들이 제트기로 본국에 송환된다면 그들은 아침이 되기도 전에 윌트셔 주에 있는 큰 공항에 가 닿으리라. 그 다음엔 자동차를 타게 되리라. 아니, 매사가 순조로우면 기차로 가리라. 데븐까지 내려가서 그 집에 가 다시 살게 되리라. 그러면 정원 변두리로 야생의 망아지가 몰려와서 담장을 넘겨다보리라……

랠프는 나뭇잎 속에서 안절부절못하며 돌아누웠다. 다아트무어[17]는 황량한 곳이었고 망아지도 사나웠다. 그러나 사나움은 이제 매력이 없었다.

그의 마음은 오랑캐가 발도 들이밀지 못한 길들여진 소도

---

17) 데븐셔 주에 있는 고원 지대.

시로 날아갔다. 전등과 차량이 가득한 버스 주차장처럼 안전한 곳이 또 있을까?

느닷없이 랠프는 가로등이 켜져 있는 전주를 뺑뺑 돌며 춤을 추고 있었다. 버스 정거장으로부터 버스 한 대가 느릿느릿 기듯이 오고 있었다. 이상하게 생긴 버스가…….

"랠프! 랠프!"

"뭐야?"

"그렇게 소릴 지르지 마."

"미안해."

오두막 제일 끝의 어둠 속에서 무서운 신음소리가 들려왔다. 랠프와 피기는 겁이 나서 나뭇잎을 문대어 바쉈다. 꼭 껴안은 채 샘과 에릭은 싸움을 하고 있었다.

"샘! 샘!"

"이봐, 에릭!"

얼마 후 모두 잠잠해졌다.

피기가 랠프에게 소곤거렸다.

"우린 여길 벗어나야 해."

"무슨 소리야?"

"구조를 받아야 한단 말이야."

더욱 캄캄해진 어둠 속에서 그날 처음으로 랠프는 킬킬거리며 웃었다.

"농담이 아냐." 하고 피기는 소곤거렸다. "우리가 곧 영국으로 돌아가지 않으면 우린 머리가 돌아버릴 거야."

"응, 미쳐버릴 거야."

"환장을 할 거야."

"미치광이가 될 거야."

랠프는 눈을 가리는 축축한 머리카락을 쓸어넘겼다.

"너의 아주머니에게 편지를 쓰렴."

피기는 진지하게 이 일을 생각해 보았다.

"지금 아주머니가 어디 있는지 몰라. 게다가 봉투도 없고 우표도 없고, 우체통도 없고 우체부도 없어."

사소한 농담이 성공을 거두어 랠프는 웃음을 참지 못했다. 킬킬거리는 웃음을 참지 못해 몸이 저절로 뛰고 또 꼬였다.

피기가 의젓하게 그를 나무랐다.

"그렇게 우스운 소리를 한 건 아닌데―."

가슴이 뻐근할 정도로 랠프는 계속 킬킬거렸다. 너무 몸을 꼬았기 때문에 그는 기진해서 숨도 제대로 못 쉬고 처량한 마음으로 누워 있었다. 그러나 이내 또 발작을 일으켰다. 그러기를 몇 번 하다가 조용히 누워 있는 동안에 자기도 모르게 잠이 들어버렸다.

"랠프! 또 소리를 지르고 있었어. 조용히 해, 랠프―왜냐하면―."

랠프는 나뭇잎 속에서 몸을 일으켰다. 꿈에서 깨워준 것이 고마웠다. 버스가 더욱 가까이 다가왔고 또 똑똑하게 보였기 때문이다.

"왜냐하면―이라니?"

"조용히 해. 들어봐."

나뭇잎이 한숨 같은 소리를 길게 내쉬는데 맞추어서 랠프는 조심스럽게 누웠다. 에릭이 뭐라고 앓는 소리를 하더니 잠 잠해졌다. 장방형의 공간에 별들이 부질없이 깜박이고 있었지 만 그것만 빼면 칠흑 같은 어둠이었다.

"아무 소리도 안 나는걸."

"바깥에서 무엇인가 움직이는 소리가 나."

랠프의 머리가 따끔따끔 쑤셨다. 심장의 고동소리만이 크 게 들리다가 조금 가라앉았다.

"여전히 아무 소리도 안 들리는걸."

"들어봐. 한참 동안 들어봐."

오두막 위쪽 1야드밖에 떨어지지 않은 곳에서 똑똑하고 분 명하게 막대기 소리가 났다. 랠프의 귓전에서 다시 심장의 고 동소리가 요란해졌다. 산란한 영상이 그의 마음속에서 마구 쫓고 쫓기고 했다. 이러한 영상이, 서로 얽힌 하나의 덩어리 같 은 것이 오두막 주위를 배회하고 있었다. 피기가 얼굴을 자기 어깨에 대고, 경련을 일으킨 것 같은 손이 자기를 꽉 쥐고 있 음을 그는 감촉할 수가 있었다.

"랠프! 랠프!"

"조용히 해. 그리고 들어봐."

짐승이 차라리 꼬마들을 겨냥해 주기를 랠프는 기를 쓰고 빌었다. 섬뜩한 목소리가 바깥에서 소곤거렸다.

"피기ー피기."

"왔어!" 하고 피기는 숨가빠했다. "진짜야."

그는 랠프에게 매어 달렸다. 간신히 숨을 쉴 수가 있었다.

"피기. 바깥으로 나와. 만나볼 일이 있어."

랠프는 피기의 귀에 입을 대고 있었다.

"아무 소리 마."

"피기, 어디 있어, 피기?"

무엇인가가 오두막 뒤꼍에 부딪치며 지나가는 소리가 났다. 한동안 피기는 가만히 있었으나 천식의 발작을 일으켰다. 새우둥을 한 채 다리를 내던지듯 하여 나뭇잎 사이에 나자빠졌다. 랠프가 그에게서 몸을 굴려 떨어져나갔다.

다음 순간 오두막 입구에서 독살스러운 호통소리가 나고 몇 사람이 쿵쿵 소리를 내며 달려들었다. 누군가가 랠프의 몸에 걸려 넘어졌다. 피기가 있던 구석은 순식간에 으르대는 소리, 넘어지는 소리, 주먹질과 발길질 소리의 난장판이 되었다. 랠프는 주먹을 쥐고 달려들었다. 이어 랠프와 열 명은 됨 직한 딴 패거리들은 서로 어울려 뒹굴었다. 주먹질이 오고 가고 물어뜯고 할퀴고 했다. 그는 상처투성이가 되어 마구 굴렀다. 누군가의 손가락이 입 안으로 들어오기에 마구 깨물었다. 그 손을 빼돌리더니 그것은 주먹이 되어 피스톤처럼 되돌아왔다. 오두막 전체가 불꽃으로 환해질 정도였다. 랠프는 꿈틀거리는 몸뚱이에 올라타고 있다가 옆으로 몸을 꼬았다. 그의 볼에 뜨거운 입김이 와 닿았다. 그는 자기 밑에 깔린 사람의 입에 주먹질을 퍼부었다. 주먹을 꽉 움켜쥐고 망치질을 하듯 했다. 그 얼굴이 피로 미끈미끈해짐에 따라 그는 더욱 열을 내어 미친 듯이 주먹질을 퍼부었다. 그의 가랑이 사이로 이번엔 무릎이 쏙 들어왔다. 그는 옆으로 고꾸라지고 아파서 정신을 못 차렸다. 그를 올라타고 싸움에 어울린 패도 있었다. 그러자 오두막이 형편없이 폭삭 주저앉았다. 누구인지 알 수 없는 몰골들이 그곳을 빠져나가려고 안간힘을 썼다. 검은 그림자들이 망가진 오두막을 빠져나가 뺑소니쳤다. 이윽고 꼬마들의 비명과 피기의 할딱이는 소리가 다시 들려왔다.

떨리는 목소리로 랠프가 외쳤다.

"꼬마들아, 모두들 잠이나 자. 저쪽 패거리들과 한바탕 싸움을 한 거야. 자, 인제 잠이나 자."

샘, 에릭이 다가와서 랠프를 빤히 쳐다보았다.

"너희들 둘 다 별 탈 없니?"

"응, 별 탈……."

"난 얻어터졌어."

"나도. 피기는 어떻게 됐어?"

그들은 무너진 오두막에서 피기를 끌어내어 나무에 기대어 놓았다. 밤은 선선했고 조금 전에 무시무시한 장면이 벌어졌다는 티도 없었다. 피기의 호흡도 훨씬 편해졌다.

"피기야, 많이 다쳤니?"

"별로."

"잭과 그의 사냥 부대였어." 하고 랠프는 내뱉듯이 말했다.

"어째서 우릴 이렇게 못 살게 구는지 모르겠어."

"무엇인가 고깝게 여길 만한 일을 우리가 했어." 하고 샘이 말했다. 마음이 곧은 그는 가리지 않고 말을 이었다. "적어도 너는 그랬어. 나는 한구석에서 그들과 어울려 싸웠어."

"난 한 놈에게 치도곤을 놔주었어." 하고 랠프가 말했다. "난 그놈을 늘씬하게 패주었어. 아마 다시는 덤벼오지 않을 거야."

"나도 그랬어." 하고 에릭이 받았다. "내가 잠을 깨어보니까 한 놈이 내 얼굴을 발길로 차고 있었어. 아마 내 얼굴은 피투성이일 거야, 랠프. 그러나 종당에는 내가 이겼어."

"어떻게 했길래?"

"무릎을 들어올려서 그놈의 불알을 차주었어. 그 녀석이 소리 지르는 것을 들었을 거야. 그도 다시 덤벼오진 않을 거야. 그러니 우리가 그렇게 밑진 셈은 아니야."

랠프가 갑자기 캄캄한 속에서 꿈지럭거렸다. 바로 그때 에릭이 자기 입을 만지작거리는 소리가 났다.

"왜 그래?"

"이가 하나 흔들흔들해."

피기가 두 다리를 모았다.

"별일 없니, 피기야?"

"소라를 가지러 왔다고 난 생각했어."

랠프는 파르스름한 모래사장을 달려가 화강암 고대로 뛰어올랐다. 소라는 여전히 대장 자리 곁에서 번뜩이고 있었다. 그는 잠시 동안 골똘히 지켜보다가 피기에게로 돌아갔다.

"소라는 가지고 가지 않은걸."

"알았어. 그들은 소라를 가지러 온 게 아니었어. 딴것 때문에 온 거야. 랠프, 난 어떡하면 좋지?"

멀리 모래사장 굽이를 세 그림자가 성채 바위 쪽으로 종종 걸음쳐 가고 있었다. 그들은 될수록 떨어져서 물가를 따라갔다. 이따금씩 그들은 조용하게 노래를 불렀다. 때로는 한 줄기

인광이 움직이고 있는 곁에서 옆으로 재주를 넘기도 했다. 대장이 앞장 서서 착실하게 종종걸음을 쳤다. 자기의 전과(戰果)에 의기양양해하고 있었다. 이제 그는 에누리없이 당당한 대장이었다. 그는 창으로 찌르는 시늉을 연거푸 해보였다. 그의 왼손에는 피기의 깨진 안경이 들려 있었다.

11

성채 바위

새벽녘 한참 쌀쌀할 무렵에 불이 피워져 있었던 시꺼먼 모닥불 터에 네 소년이 둘러앉아 있었다. 랠프는 무릎을 꿇고 입김을 불었다. 입김이 닿자 깃처럼 가벼운 회색의 재티가 이리저리 날았으나 불꽃이 일지는 않았다. 쌍둥이 형제는 걱정스럽게 지켜보고 있었고 피기는 근시안 특유의 아른아른하는 장막 뒤로 무표정한 얼굴을 하고 앉아 있었다. 랠프는 계속 입김을 불어대어 귀가 윙윙 울렸다. 그러자 새벽녘의 첫 바람이 불어와 그의 소임은 스스로 벗어놓게 된 셈이었지만 눈에 잔뜩 재티가 들어와 눈을 못 떴다. 그는 웅크리고 앉아 욕지거릴 하며 눈물을 닦았다.

"안 되는걸."

에릭은 마른 핏자죽이 가면처럼 보이는 얼굴로 그를 내려다보았다. 피기는 그저 멍하니 랠프가 있는 곳이라고 짐작되는 쪽을 보고 있었다.

"안 될 게 뻔해, 랠프. 이제 불도 못 피우겠어."

랠프는 자기의 얼굴을 피기의 얼굴에서 2피트 되는 곳에 바싹 갖다 대었다.

"내 얼굴이 보이니?"

"조금."

랠프의 한쪽 볼이 부어올라서 가만히 두면 저절로 그쪽 눈이 감겼다.

"그 녀석들이 우리 불을 가져갔어."

분노로 그의 목청이 높아졌다.

"훔쳐갔어!"

"그 녀석들 소행이야." 하고 피기가 말했다. "그 녀석들이 날 소경으로 만들었어. 그렇지? 잭 메리듀 짓이야. 랠프, 모임을 소집해. 어떻게 할까를 결정해야지."

"우리들만의 모임을?"

"그 밖에 무슨 방도가 있어야지. 샘, 너를 붙잡고 있을게."

그들은 화강암 고대 쪽으로 갔다.

"소라를 불어." 하고 피기가 말했다. "한껏 크게 불어."

숲속에 메아리가 번졌다. 태곳적 이 세상의 첫날 아침에 그랬듯이 새들이 나무 꼭대기에서 울며 날아올랐다. 모래사장에는 어느 쪽에도 인기척이 없었다. 꼬마들이 몇 오두막에서 나왔다.

랠프는 길들어 매끄러운 나무줄기에 걸터앉고 나머지 세

소년은 그 앞에 서 있었다. 그가 고개를 끄덕여 보이자 샘, 에릭은 오른편으로 앉았다. 랠프가 소라를 피기 손에 밀어넣었다. 피기는 반짝이는 소라를 조심스럽게 붙잡고 랠프에게 눈을 끔벅거렸다.

"자, 시작해."

"소라를 잡고 내가 하고 싶은 얘기는 이거야—난 이제 통보이지가 않아. 그러니 안경을 도로 찾아야겠어. 이 섬에서는 끔찍한 일이 여러 번 벌어졌어. 나는 너를 대장으로 선출하는 데 한몫 거들었어. 대장만이 어떤 행동 사항을 결정할 수가 있어. 그러니 랠프, 이제 얘기를 해봐. 우리가 어떡하면 좋겠는가를 말해 줘. 그렇지 않으면……."

피기는 말을 끊고 목이 메었다. 피기가 앉을 때 랠프가 소라를 돌려받았다.

"그저 흔히 피우는 불이면 족해. 그 정도는 할 수 있다고 생각할 거야. 그렇잖아? 그저 연기를 올리는 봉화면 돼. 그러면 우리는 구조될 수 있는 거야. 우린 오랑캐는 아닌 거야. 그런데 이젠 봉화조차 올릴 수 없는 형편이야. 지금이라도 배가 지나갈지 몰라. 그 녀석이 사냥을 나가 불이 꺼지고 배가 그냥 지나가버린 일을 기억하겠지? 그런데도 그 패거리들은 그가 '대장'으로 제격이라고 생각하고 있어. 그 다음엔 또 그 일이, 그 일이…… 그것도 그 녀석의 잘못이었어. 그 녀석만 없었더라도 그런 일은 벌어지지 않았을 거야. 이제 피기는 아무것도 보질 못해. 그 패거리들이 와서 훔쳐……." 랠프는 목청이 높아졌다.

"캄캄한 밤에 와서 우리의 불을 훔쳐갔어. 그 패거리들이 훔쳐간 거야. 그 패들이 달랬으면 우린 불을 주었을 거야. 그러나 그 패들은 불을 훔쳐갔어. 봉화가 꺼지고 우리는 이제 영영 구조되지 못할 거야. 내 말을 알아듣겠지? 훔치지만 않았으면 우린 불을 주었을 거야. 나는……."

다시 머릿속에 휘장 같은 것이 펄럭이며 캄캄해져서 그는 맥없이 얘기를 멈췄다. 피기가 두 손을 내밀고 소라를 잡았다.

"랠프, 어떡할 작정이야? 얘기만 하고 아무런 결정도 하지 않았잖아? 나는 안경을 도로 찾아야겠어."

"나는 지금 생각중이야. 만약 우리가 그 전에 그랬듯이 단정하게 세수를 하고 머리를 빗고 간다면—어쨌든 우린 오랑캐 쪽이 아니고 또 구조되는 것은 장난이 아니니까—."

그는 부어오른 볼을 억지로 움직여 눈을 뜨고 쌍둥이 형제를 바라보았다.

"우리 좀 말쑥하게 해가지고 가—."

"창을 들고 가야 해." 하고 샘이 말했다. "피기도 창을 들고."

"필요가 있을지도 모르니까—."

"너희들은 소라를 들고 있지 않아!"

피기가 소라를 쳐들었다.

"너희들은 창을 가지고 가려면 가지고 가. 난 안 들고 가겠어. 도대체 무슨 소용이 있어? 이러나저러나 아무것도 안 보이니 난 개처럼 끌려가야 할 거야. 좋아. 웃으려면 웃어! 마음껏 웃어! 그렇잖아도 이 섬에는 아무거나 보고 웃어대는 그 패들이 있어. 결국 무슨 일이 생겼지? 어른들이 어떻게 생각하겠어? 어린 사이먼은 살해되었어. 그리고 얼굴에 점이 있었던 꼬마가 있었어. 우리가 처음 이곳에 온 뒤로 그를 본 사람이 어디 있느냐 말이야?"

"피기! 잠깐 멈춰!"

"소라는 내가 들고 있어. 난 잭 메리듀에게 가서 얘기할 테야. 난—."

"넌 다치기만 할 거야."

"이보다 더 제까짓 게 어떡하겠어? 난 그에게 다 얘기할 테야. 랠프, 내가 소라를 가지고 가게 해줘. 그 녀석이 못 가지고 있는 한 가지를 그에게 보여줄 테야."

피기는 잠시 얘기를 멈추고 흐릿하게 보이는 몰골들을 둘러보았다. 이전의 모임 때에 풀밭에 앉아 있던 참석자들이 자기의 얘기에 귀를 기울이고 있는 듯한 착각이 들었다.

"나는 두 손으로 이 소라를 들고 그 녀석한테 갈 테야. 이것을 내밀 테야. 자, 봐, 하고 난 말할 테야. 너는 나보다 기운도 세고 나처럼 천식을 앓고 있지도 않아. 너는 두 눈이 멀쩡해서 모든 것이 잘 보여. 선심을 써서 안경을 돌려 달라는 게 아냐. 사나이답게 굴라고 하는 것은 네가 기운이 더 세기 때문이 아냐. 옳은 것은 옳기 때문에 그러는 거야. 안경을 돌려줘. 내게 돌려줘야 해—난 이렇게 말해 줄 테야."

상기된 얼굴로 몸을 떨면서 피기는 얘기를 마쳤다. 그는 랠프의 두 손에 급히 소라를 밀어넣었다. 한시바삐 그것을 덜어 버리려는 듯이. 그러고는 눈물을 닦았다. 소년들 둘레의 푸른색 빛은 부드러웠고 연약하고 흰 소라는 랠프의 발밑에 누워 있었다. 피기의 손가락에서 떨어진 눈물이 한 방울 소라의 섬세한 곡선 위에서 별처럼 빛났다.

이윽고 랠프는 꼿꼿한 자세로 앉아서 머리를 쓸어넘겼다.

"알겠어. 정 그러겠다면 한번 그렇게 해봐. 우리도 함께 가겠어."

"그는 얼굴에 칠을 했어." 하고 샘이 겁난다는 듯이 말했다. "너도 알 거야. 그가 ㅡ."

"그는 우릴 대수롭게 생각하지 않을 거야 ㅡ."

"만약 그가 성이 나면 우린 단단히 혼날 거야 ㅡ."

랠프는 샘에게 성난 얼굴을 지어 보였다. 언젠가 바위께서 사이먼이 자기에게 한 소리가 막연히 떠올랐다.

"바보 같은 소리 마." 하고 랠프는 말했나. 이어 급히 그는 덧붙였다. "가자."

그는 소라를 피기에게 내밀었다. 피기는 이번엔 자랑스러워서 얼굴을 붉혔다.

"네가 가지고 가야 해."

"막판에 가선 내가 들겠어."

어떠한 궁지에 몰리더라도 자기가 기꺼이 소라를 들고 있겠다는 열의를 표시할 말을 피기는 마음속에서 궁리했다.

"지금은 괜찮아, 랠프. 지금은 그저 손을 잡고 데려다 주기만 하면."

랠프는 소라를 들어 반짝반짝 하는 통나무에 도로 놓았다.

"무얼 좀 먹고 채비를 차려야지."

그들은 마구 약탈된 과일나무 쪽으로 갔다. 피기는 도움을

280

받아 과일을 딸 수가 있었고 또 손으로 만져보아서 따기도 했다. 과일을 먹는 동안 랠프는 오후의 일을 생각했다.

"옛날처럼 좀 말쑥하게 차리자. 몸을 씻고—."

샘이 입 안 가득히 처넣었던 과일을 꿀꺽 삼키고 항변했다.

"하지만 우린 내일 수영을 하는걸."

랠프는 자기 눈앞의 더럽기 짝이 없는 모습들을 보고 한숨을 쉬었다.

"우린 머리 손질을 해야 해. 너무 길어."

"난 오두막에 양말 한 켤레를 두워 뒀어." 하고 에릭이 말했다. "그러니 그것을 모자처럼 머리에 뒤집어쓰면 어떨까?"

"무슨 끈 같은 것을 찾아서 너희 머리를 뒤로 매어두는 게 좋겠어." 하고 피기가 말했다.

"계집애처럼 되게?"

"싫어. 그만둬."

"그럼 그냥들 가는 거지 뭐." 하고 랠프가 말했다.

"그 패거리들도 뭐 더 나을 게 있어?"

에릭이 말리는 몸짓을 했다.

"그러나 그 패들은 얼굴에 칠을 했어. 다들 알잖아. 얼마나 그것이……."

다른 소년들은 고개를 끄덕였다. 얼굴을 가리는 색칠이 얼마나 사람의 야만성을 풀어놓아 주는 것인가 하는 것을 그들은 속속들이 알고 있었던 것이다.

"어쨌든 우린 얼굴에 색칠을 말아야 해." 하고 랠프는 말했다. "우린 오랑캐족이 아니니까 말이야."

샘과 에릭은 서로 쳐다보았다.

"그래도……."

랠프가 소리쳤다.

"색칠은 안 돼!"

그는 생각해 내려고 애를 썼다.

"연기." 하고 그는 말했다. "우리에겐 연기가 필요해."

그는 사납게 쌍둥이 형제 쪽으로 몸을 돌렸다.

"'연기'가 필요하단 말이야. 우린 연기를 올려야 해."

벌들이 잉잉거리는 소리밖에는 아무 소리도 나지 않았다. 모두들 잠자코 있었다. 이윽고 피기가 상냥하게 말했다.

"물론, 그래. 연기는 신호가 되고, 우린 연기를 올리지 않으면 구조될 수기 없어."

"누가 그걸 모른대?" 랠프가 소리쳤다. 그는 피기에게서 자기 팔을 떼었다. "그럼 너는 내가……."

"아냐, 네가 늘 말하는 소리를 그저 나도 해본 거야." 하고 피기가 다급하게 말했다. "난 그저 생각하길……."

"난 그걸 잊은 적이 없어." 랠프가 큰 소리로 말했다. "그건 사뭇 염두에 두고 있어. 잊어본 적이 없어."

피기는 고개를 끄덕이며 비위를 맞추었다.

"랠프, 넌 대장이야. 너는 다 기억하고 있어."

"난 잊어본 적이 없어."

"물론이야."

쌍둥이 형제는 마치 처음으로 랠프를 보는 것처럼 신기하다는 듯이 그를 바라보았다.

그들은 대형을 지어서 모래사장을 따라 길을 떠났다. 랠프가 다리를 절며 앞장을 섰다. 창을 어깨에 메고 있었다. 번쩍이는 모래톱과 긴 머리카락 그리고 퉁퉁 부은 얼굴 위로 아른거리는 아지랑이를 통해서 그는 드문드문 주위의 광경을 보았다. 그의 뒤로는 쌍둥이 형제가 따라갔다. 한동안 걱정스러운 눈치더니 이내 타고난 생기를 감추지 않았다. 그들은 별말이 없이 창을 질질 끌고 갔다. 피곤한 눈으로 해를 보지 않으려고 아래만 내려다보고 있었기 때문에 피기의 눈에 모래 위에 질질 끌리는 창끝이 보였다. 그는 질질 끌리는 두 개의 창 가운데로 걸었고 소라는 소중하게 두 손으로 들고 있었다. 소년들은 조그맣게 뭉쳐서 모래사장을 걸어갔다. 네 개의 접시와 같은 그림자가 그 아래서 춤을 추고 겹치고 했다. 폭풍우가 지나갔다는 징조는 전혀 없었고 모래사장은 잘 갈아놓은 칼날처럼 말끔했다. 산과 하늘은 아득하게 멀리 보였고 열기 속에서 아른거렸다. 산호초는 신기루 때문에 들려 있었고 하늘 한가운데 생긴 일종의 은빛 호수 위에 떠돌고 있었다.

그들은 그 오랑캐패들이 춤놀이를 했던 곳을 지나갔다. 바위에는 숯덩이가 다 된 막대기가 아직도 흩어져 있었다. 비를 맞아 중간에 꺼져버린 것이었다. 물가의 모래톱은 그 전처럼 고르게 평평했다. 그들은 말없이 이곳을 지났다. 성채 바위께에 그 오랑캐패들이 있다는 것은 아무도 의심치 않았다. 성채 바위가 보이자 그들은 일제히 걸음을 멈췄다. 섬에서 숲이 가장 울창하게 얽혀 있는 곳, 즉 꺼멓고 시퍼렇고 도저히 뚫고 들어갈 수가 없는 용트림하는 나무줄기의 큰 덩어리가 왼편으로 보였다. 앞으로 키가 큰 풀이 바람에 흔들리고 있었다. 랠프가 앞으로 나아갔다.

전에 그가 지형을 살피러 갔을 때 모두들 누워 있었던 곳이 나왔다. 풀이 온통 쓰러져 있었다. 육지의 좁은 길목이 나오고 바위를 휘감은 선반 같은 바위가 나오고 그 위로 붉은 바위가 탑처럼 뾰족하게 솟아 있었다.

샘이 자기 팔을 만졌다.

"연기가 보인다."

바위 건너편에서 한 줄기 연기가 가느다랗게 오르고 있었다.

"불을 피우고 있군 ─ 설마 ─ ."

랠프가 뒤를 돌아보았다.

"우리가 숨을 필요가 어디 있어?"

그는 풀의 장막을 헤치고 좁은 길목으로 가는 공터로 다가갔다.

"너희들 둘은 맨 뒤로 따라와. 내가 앞장을 설게. 피기는 바로 내 뒤를 따라와. 창은 태세를 갖추고 있어."

피기는 자기와 주위의 세계 사이에 드리워져 있는 아른아른하는 베일을 걱정스럽게 바라보았다.

"괜찮을까? 벼랑이 있잖아? 파도소리는 들리지만."

"내게 바싹 붙어."

랠프는 좁은 길목 쪽으로 갔다. 돌을 하나 찼더니 물속으로 굴러 떨어졌다. 바다가 돌을 빨아들이며, 해초가 자란 40피트는 되는 붉은 벼랑을 랠프의 왼편으로 드러내 보였다.

"나 괜찮겠어?" 떨리는 목소리로 피기가 말했다. "난 무서위―."

머리 위 첨답 같은 바위에서 느닷없이 호령소리가 났다. 이어서 싸움터에서의 그것을 흉내낸 함성이 나고 이에 호응해서 열두어 사람의 함성이 바위 뒤쪽에서 났다.

"소라를 내게 주고 가만히 있어."

"성시! ᅥ ᄀ야?"

랠프는 고개를 젖혀 들었다. 바위 꼭대기에 로저의 검은 얼굴이 보였다.

"내가 누군 줄 알지?" 그는 소리쳤다. "바보 같은 짓 말아!"

그는 소라를 입에 대고 불기 시작했다. 얼굴에 색칠을 해서 누군지 알아볼 수가 없는 오랑캐들이 나타나서 선반 같은 바위를 돌아 좁은 길목으로 조금씩 다가왔다. 그들은 창을 들고 있었고 관문을 지킬 심산이었다. 랠프는 계속 소라를 불어댔고 피기가 무서워 떠는 것도 아랑곳하지 않았다.

로저가 고함치고 있었다.

"정신 차려―알겠니?"

이윽고 랠프는 소라에서 입을 떼고 숨을 몰아쉬었다. 그의 입에서 나온 첫마디는 차라리 할딱이는 숨소리에 가까웠지만 들리기는 들렸다.

"―모임을 소집하고 있는 거야."

길목을 지키던 오랑캐들은 저희끼리 수군거릴 뿐 아무런 대꾸도 하지 않았다. 랠프는 앞으로 두 발짝을 떼었다. 등 뒤에서 다급한 속삭임 소리가 났다.

"랠프, 날 두고 가지 마."

"무릎을 꿇고 있어." 하고 랠프가 옆을 보며 말했다. "내가 돌아올 때까지 기다려."

그는 좁은 길목 한가운데 서서 오랑캐들을 골똘히 지켜보았다. 얼굴에 색칠을 해서 거리낄 게 없어진 그들은 머리를 뒤로 땋았다. 랠프보다 훨씬 편해 보였다. 랠프도 나중에 머리를 뒤로 땋으리라 마음먹었다. 사실은 그들에게 기다리라고 한 뒤에 당장 그러고 싶었다. 그러나 그것은 불가능한 일이었다. 오랑캐들은 조금 낄낄거리더니 그중의 하나가 창으로 랠프를 찌르는 시늉을 했다. 머리 위에선 로저가 지렛대에서 손을 떼고 무슨 일이 벌어지고 있나 보려고 몸을 굽혔다. 좁은 길목에 서 있던 소년들은 이를테면 자기들 그림자 위에서 헤엄치는 셈이어서 더벅머리밀이 보일 뿐이었다. 피기는 쪼그리고 앉아 있었다. 그의 등은 흡사 자루처럼 볼품없어 보였다.

"나는 모임을 소집하고 있는 거야."

침묵.

로저는 조그만 돌을 집어서 일부러 빗나가도록 쌍둥이 형제가 서 있는 사이로 던졌다. 그들은 놀라서 펄쩍 뛰었다. 샘은 자칫하면 넘어질 뻔했다. 어떤 기운의 샘이 로저의 몸뚱이 속에서 맥박치기 시작했다.

랠프가 다시 큰 소리로 말했다.

"나는 모임을 소집하고 있는 거야."

그는 상대방을 번갈아 바라보았다.

"잭은 어디 있냐?"

상대방 소년들은 동요하며 수군수군했다. 얼굴에 색칠을

286

한 녀석이 입을 열었다. 목소리로 미루어 보아 로버트였다.

"그는 사냥을 갔어. 그리고 너희들을 들여보내지 말라고 명령했어."

"난 불에 대해서 알아보려고 왔어." 하고 랠프가 말했다. "그리고 피기의 안경도."

그의 앞에 서 있던 패들이 조금 자리를 옮기더니 그들 사이에서 웃음소리가 떨려나왔다. 시원스럽고 신나는 듯한 웃음소리가 높은 바위에 부딪혀 메아리쳤다.

랠프의 등 뒤에서 목소리가 들려왔다.

"무슨 용무야?"

쌍둥이 형제는 깜짝 놀라 도망쳐서 랠프와 입구 사이로 가섰다. 그는 뒤를 돌아보았다. 몸집과 붉은 머리카락 때문에 단박에 알아볼 수 있는 잭이 숲으로부터 다가오고 있었다. 양쪽에는 사냥 부대원이 하나씩 웅크리고 있었다. 셋은 모두 검은 칠과 파랑칠을 얼굴에 하고 있었다. 그들 뒤쪽 풀밭 위에는 배때끼가 불룩한 머리 없는 암퇘지가 나동그라져 있었다.

피기가 비명을 질렀다.

"랠프, 내 곁을 떠나지 마!"

보기에 우스꽝스럽도록 조심스럽게 그는 바위를 안고 있었다. 착 달라붙어 있는 바위 아래론 바닷물이 날름거리고 있었다. 오랑캐들은 처음엔 킬킬거리다가 나중엔 큰 소리로 비웃었다.

웃음소리를 위압하듯 큰 소리로 잭은 외쳤다.

"랠프, 돌아가. 넌 네 터에 붙어 있어. 여긴 내 터야. 그리고 내 부하들이 있어. 내 상관은 마."

비웃음소리가 스러졌다.

"넌 피기의 안경을 훔쳤어." 하고 가쁜 숨결로 랠프가 말했다. "넌 안경을 돌려주어야 해."

"돌려주어야 한다고? 누가 그래?"

랠프는 울화통이 터졌다.

"내가! 너는 나를 대장으로 선출했어. 소라 소리를 못 들었어? 넌 치사하게 굴었어─네가 불을 달라고 했으면 우린 주었을 거야─."

얼굴이 마구 상기되고 퉁퉁 부은 눈이 떨렸다.

"네가 불을 달랬으면 언제든지 주었을 거야. 그런데 넌 달라지를 않았어. 도둑놈처럼 몰래 들어와서 피기의 안경을 훔쳐 갔어!"

"또 한번 말해 봐!"

"도둑놈! 도둑놈!"

피기가 비명을 질렀다.

"랠프! 내 생각도 해줘!"

잭이 달려와서 랠프의 가슴께를 창으로 찌르며 대들었다. 랠프는 잭의 팔이 움직이는 것을 흘끗 보고 창의 위치를 알아차렸기 때문에 자기 창의 손잡이 끝으로 그것을 밀어붙였다. 다음 순간 그는 창 끝을 돌려 잭의 귀를 한 대 먹여주었다. 그들은 가슴을 맞대고 씩씩 숨을 거칠게 내쉬며 서로 밀고 또 노려보았다.

"누가 도둑놈이란 말이냐?"

"너지 누구야."

잭은 몸을 홱 빼돌리고 창을 든 채 몸을 좌우로 흔들며 랠프에게 달려들었다. 약속이나 한 듯이 그들은 창을 칼 쓰듯이 휘두르며 치명상을 끼칠 창 끝은 감히 들이대려 하지 않았다. 잭의 일격이 랠프의 창을 치고 덩달아 랠프의 손가락에 아프게 와 닿았다. 다음 순간 그들은 다시 떨어져나갔는데, 이번엔 자리가 뒤바뀌어서 잭이 성채 바위 쪽으로 가 있었고 랠프는 섬의 본토 쪽에 가 있었다.

두 소년은 모두 씨근덕거렸다.

"자, 덤벼 와."

"덤벼 와."

잔인한 표정을 짓고 그들은 서로 자세를 취했으나 치고받을 거리로까지 접근은 하지 않았다.

"자, 덤벼 와. 맛을 보여줄 테니!"

"자, 덤벼 와 —."

피기는 땅바닥을 붙들고 늘어지며 랠프의 주의를 끌려고 애를 썼다. 랠프는 몸을 이리저리 움직이고 굽히며 잭에게서 경계의 눈초리를 떼지 않았다.

"랠프, 우리가 무엇 때문에 왔는가를 잊어선 안 돼. 불 때문이야. 또 내 안경 때문이고."

랠프는 고개를 끄덕였다. 그는 격투 태세의 근육의 긴장을 풀고 편한 자세로 서서 창의 손잡이 끝을 바닥에 대었다. 잭은 색칠한 얼굴로 랠프를 지켜보았다. 잭의 표정은 알 길이 없었다. 랠프는 첨탑 같은 바위 위를 흘끗 쳐다보고 나서 오랑캐 패거리로 눈을 주었다.

"내 말을 들어봐. 우리는 이런 말을 하러 왔어. 우선 피기의 안경을 돌려주어야 한다는 거야. 안경을 안 쓰면 그는 전혀 보이질 않아. 너희들은 치사하게 굴고 있어."

얼굴에 색칠을 한 오랑캐패는 킬킬거리고 웃었다. 랠프는 가슴이 덜컥 내려앉았다. 그는 머리카락을 쓸어올리고 자기 앞에 있는 파랑과 검정의 가면을 응시하면서 잭의 얼굴이 어떻게 생겼던가를 기억해 내려고 애썼다.

피기가 소곤거렸다.

"그리고 봉화 얘기도 해."

"응, 그 다음엔 봉화 건이야. 다시 한번 얘기하겠어. 우리가 여기 온 후 나는 그것을 수없이 되풀이했어."

그는 창을 내밀어 오랑캐패를 가리켰다.

"너희들의 단 하나의 희망은 볕이 있는 동안은 봉화를 올리는 것이야. 그러면 배가 그것을 보고 이리 와서 우리를 구조해 주고 집에 데려다줄지도 몰라. 그러나 연기를 올리지 않으면 어떤 배가 우연히 찾아올 때까지 기다려야 해. 우리는 몇 해를 기다리게 될지 몰라. 우리가 늙어서—."

떨리는 듯한, 그리고 이 세상의 것이 아닌 것 같은 오랑캐패의 낭랑한 웃음소리가 퍼졌다가 메아리치며 스러졌다. 노여움으로 랠프는 몸이 떨렸다. 그의 목소리는 쉬어 있었다.

"너희들은 이걸 터득하지 못한단 말이냐, 얼굴에 색칠을 한 얼간이들아? 샘, 에릭, 피기 그리고 나만 가지고는 부족해. 우리는 계속 봉화를 피워두려 했으나 도저히 안 돼. 그런데 너흰 사냥 놀이나 하고······."

그는 그들 뒤로 한 가닥 가는 연기가 진줏빛 하늘로 퍼져 가는 곳을 가리켰다.

"저걸 좀 봐! 저걸 봉화라 할 수 있어? 저건 요리용의 불이 야. 이제 먹을 것을 해먹고 나면 불은 소용없단 말이겠지. 그 걸 모르겠어? 저기엔 지금 배가 지나가고 있을지도 몰라ㅡ."

아무런 대답도 없고 입구를 지키는 패거리의 얼굴이 색칠 로 누구인지 알아볼 수가 없어 기가 꺾인 그는 얘기를 멈췄다. 오랑캐 대장이 분홍색 입을 열고 자기와 자기 부하들 사이에 서 있는 샘과 에릭에게 말했다.

"너희 둘은 물러가."

아무도 대답을 하지 않았다. 어찌할 바를 모르고 쌍둥이 형제는 서로 얼굴만 바라볼 뿐이었다. 한편 힘의 대결이 그치 는 바람에 마음을 놓은 피기가 조심스럽게 일어섰다. 잭은 랠 프 쪽을 흘낏 돌아보고 나서 쌍둥이 형제에게로 눈길을 돌 렸다.

"이놈들을 잡아!"

아무도 꼼짝을 않았다. 잭은 노기를 띠고 소리쳤다.

"이놈들을 잡으라고 했잖아!"

색칠을 한 패거리가 샘과 에릭을 비실비실 서투르게 에워 쌌다. 다시 낭랑한 웃음소리가 퍼졌다.

샘과 에릭은 이를테면 문명인이었기 때문에 항의했다.

"이러지 마!"

"ㅡ이거 정말!"

그들은 가지고 있던 창을 빼앗겼다.

"이놈들을 묶어!"

랠프는 검고 푸른 가면을 향해서 절망적으로 외쳤다.

"잭!"

"자, 빨리. 묶어버려."

얼굴에 색칠을 한 패거리들은 이제 쌍둥이 형제가 자기들과는 딴 패라는 것을 실감하고 자기들 손아귀에 권력이 있다는 것을 감지했다. 그들은 흥분해서 쌍둥이를 서투르게 넘어뜨렸다. 잭은 퍼뜩 생각나는 것이 있었다. 랠프가 구출을 꾀하리라고 그는 생각했다. 그는 뒤를 향해 창을 휘둘렀다. 랠프는 가까스로 그것을 피했다. 저쪽에선 오랑캐패와 쌍둥이 형제가 소리를 지르며 서로 까뭉개고 있었디. 피기는 다시 쏘_ㅣ리고 앉았다. 다음 순간 쌍둥이 형제는 어처구니없는 표정으로 바닥에 누워 있었고 오랑캐들이 그들을 에워싸고 서 있었다. 잭은 랠프 쪽을 향해 목소리를 죽여서 말했다.

"알겠지? 그들은 내 명령대로 한단 말이야."

다시 침묵이 흘렀다. 쌍둥이 형제는 서투른 솜씨로 묶인 채 바닥에 누워 있었다. 오랑캐패는 랠프가 어떻게 나올까 하고 그를 지켜보았다. 그는 앞을 가린 더벅머리 사이로 그들의 수효를 세어보고 가느다란 연기를 흘끗 쳐다보았다.

"넌 짐승이야. 개, 돼지야. 형편없는 도둑놈이야!"

그는 달려들었다.

위기임을 알고 잭도 달려들었다. 그들은 쾅 하고 부딪쳤다가 그 반동으로 떨어졌다. 잭은 주먹을 쥐고 랠프에게 덤벼들어 귀쌈을 질러박았다. 랠프는 잭이 배때기를 한 대 질러 신음 소리를 내게 했다. 그들은 씨근덕거리며 사나운 기세로 다시 대거리를 했다. 서로 상대방의 독기에 끄떡도 안 했다. 그들은 이 싸움의 배경이 되어 있는 함성에 정신이 쏠렸다. 뒤편의 오랑캐패가 줄기차게 높은 목청으로 응원을 하고 있었다.

피기의 목소리가 그 소란한 와중에서도 랠프의 귀에 들려왔다.

"내가 얘기 좀 할게."

그는 격투로 생긴 먼지 한가운데에 서 있었다. 오랑캐패는 그의 의도를 눈치챘기 때문에 날카로운 함성을 지르다가 이제 피이피이 하면서 야유를 했다.

피기가 소라를 쳐들자 피이 하는 야유소리는 조금 작아졌다가 다시 커졌다.

"난 소라를 들고 있어!"

그는 고함쳤다.

"이봐, 난 소라를 들고 있어!"

이상하게도 모두 잠자코 있었다. 오랑캐패는 그가 무슨 재미있는 얘기를 할 것인가 하는 것이 궁금했던 것이다.

정적이 흐르고 피기도 아무 소리를 안 했다. 그러자 정적 속에서 랠프의 머리 바로 가까이로 공중에서 이상한 소리가 났다. 그는 별로 주의를 하지 않았다. 그러자 다시 획 하는 소리가 났다. 누군가가 돌을 던지고 있는 것이었다. 한 손은 여전히 지렛대에 대고 있는 로저의 소행이었다. 위에서 보니 랠프는 더벅머리만이 보일 뿐이요, 피기는 그저 비곗덩이 같았다.

"난 이 말을 해야겠어. 너희들은 마치 한 패의 어린아이들처럼 처신하고 있다는 것을."

야유소리가 높아졌다가 피기가 마술적인 힘을 가진 흰 소라를 쳐들자 다시 조용해졌다.

"어느 편이 좋겠어? 너희들같이 얼굴에 색칠한 검둥이처럼 구는 것과 랠프같이 지각 있게 구는 것과."

오랑캐들 사이에서 큰 함성이 터졌다. 피기는 다시 소리쳤다.

"규칙을 지키고 합심을 하는 것과 사냥이나 하고 살생을 하는 것─어느 편이 더 좋겠어?"

다시 함성과 획 하고 날아오는 소리.

소음에 지지 않고 랠프가 다시 외쳤다.

"법을 지키고 구조되는 것과 사냥을 하고 모든 것을 파괴하는 것 중 어느 편이 좋으냐 말이야?"

이제는 잭도 고함을 지르고 있었다. 랠프가 아무리 외쳐보아도 그의 얘기는 들리지가 않았다. 잭은 오랑캐패를 등지고 서 있었다. 그들은 이제 창을 들고 서 있는 견고한 위협적인 집단이었다. 그들은 돌격하려는 의사를 굳히고 있었다. 이내 그런 기세를 보였다. 좁은 길목에서 적을 물리치리라. 랠프는 한쪽으로 조금 비켜 서서 창을 꼬나든 채 그들과 맞서 있었다. 그의 곁에는 아름답게 반짝이고 있는 나약한 소라를 부적처럼 들고 피기가 서 있었다. 증오의 주문(呪文) 같은 함성이 두 소년에게 들려왔다. 머리 위에선 로저가 일종의 달콤한 자포자기 같은 기분을 맛보며 지렛대에 온몸을 기대었다.

랠프는 커다란 바위 구르는 소리를 들었다. 그가 그것을 본

것은 한참 뒤의 일이었다. 발바닥에 전해 오는 진동소리를 그는 감촉했다. 벼랑 꼭대기에서 돌이 깨지는 소리가 났다. 다음 순간 엄청난 붉은 바위가 길목을 질러서 튀었다. 그는 납작 엎드렸다. 오랑캐떼는 날카롭게 함성을 질렀다.

바위는 턱에서 무릎으로 스치면서 피기를 쳤다. 소라는 산산조각 박살이 나서 이제 없어져 버렸다. 무슨 말을 하기는커녕 신음소리를 낼 틈도 없이 피기는 바위에서 조금 떨어진 채 공중으로 치솟았다. 떨어지면서 재주를 넘었다. 바위는 두 번 튀어오르더니 숲속으로 처박혀 보이지 않게 되었다. 피기는 40피트 아래로 내려가 바다 위로 삐져나온 네모진 붉은 바위에 등을 부딪히고 떨어졌다. 머리가 터져서 골통이 삐져나와 빨갛게 됐다. 피기의 팔다리가 도축된 직후의 돼지처럼 경련했다. 그러자 다시 바다는 길고 느린 한숨을 쉬고, 물결은 희고 붉은 거품을 일으키며 바위 위에서 끓어올랐다. 물결이 내려앉았을 때 피기의 시체는 사라지고 없었다.

이번엔 완전한 침묵이 흘렀다. 랠프의 입술이 움직였으나 말소리는 나오지 않았다.

갑자기 잭이 오랑캐 속에서 튀어나와 미친 듯이 소리를 질렀다.

"어때? 어때? 네게도 저렇게 본때를 보여줄 테다! 장난이 아니었어! 너에겐 이제 부하도 없어! 소라도 없어지고ㅡ."

그는 허리를 구부리고 달려나갔다.

"내가 대장이야!"

살의를 품고 그는 랠프에게 창을 던졌다. 창 끝이 랠프의 갈비뼈 위의 살갗과 살을 째고 바닷속으로 떨어졌다. 랠프는 비틀거렸다. 아픔보다도 공포에 질렸다. 오랑캐들은 이제 대장처럼 함성을 지르며 전진했다. 구부러져서 똑바로 날질 못하는 창 하나가 랠프의 얼굴을 스치듯이 지나가고 로저가 있는 꼭대기에서도 하나가 날아 왔다. 쌍둥이 형제는 오랑캐패 후방에서 숨어 있었다. 누구인지 알 수 없는 악마의 얼굴들이 좁은 길목을 질러서 떼지어 갔다. 랠프는 몸을 돌려 달음박질 쳤다. 갈매기의 울음소리 같은 굉장한 소음이 등뒤에서 났다. 자기도 모르는 본능을 좇아서 공터에 이르렀을 때 이리저리 방향을 바꾸어가면서 뛰었다. 창은 모두 빗나갔다. 머리 없는 암퇘지가 눈에 띄자 단숨에 건너뛰었다. 이어 나뭇잎과 가지를 헤치며 달려가서 숲속으로 뺑소니쳤다.

대장은 돼지가 있는 데서 멈춰 서서 몸을 돌리고 두 손을 번쩍 쳐들었다.

"돌아가! 요새로 돌아가!"

얼마 안 있어 오랑캐패는 떠들썩하니 좁은 길목까지 돌아갔다. 거기에서 로저가 어울렸다.

대장은 성이 나서 그를 보고 말했다.

"넌 어째서 망을 보지 않니?"

로저는 엄숙한 표정으로 그를 바라보았다.

"난 방금 내려왔어ㅡ."

교수형 집행인 특유의 섬뜩함이 그에게 매달려 있었다. 대장은 그에게는 아무 소리 않고 샘과 에릭을 내려다보았다.

"너흰 우리 패에 끼여야 해."

"나를 놓아주어—."

"나도—."

대장은 남아 있던 창 가운데서 하나를 빼들고 샘의 옆구리를 찔렀다.

"어쩔 셈이야, 응?" 하고 대장은 사납게 말했다. "창을 가지고 와서 어쩔 셈이야? 우리 패에 끼지 않고 어쩔 셈이야?"

창을 계속 리듬감 있게 찔러댔다. 샘은 비명을 질렀다.

"그런 게 아니었어."

로저가 대장 곁을 비스듬히 지나갔다. 자칫하면 어깨로 밀칠 뻔했다. 비명이 그쳤다. 샘과 에릭은 소리도 못 내고 겁에 질린 채 위를 쳐다보며 나동그라져 있었다. 로저는 형언할 수 없는 권위를 행사하는 사람처럼 그들에게 달려들었다.

12

몰이꾼의 함성

랠프는 상처를 궁금히 여기며 잠복 장소에 누워 있었다. 오른쪽 갈비뼈 위로 직경이 몇 인치나 되는 타박상이 나 있었고 창을 맞았던 곳에는 피가 묻은 채로 부어오른 생채기가 나 있었다. 머리는 흙투성이로, 그 끝은 덩굴의 수염처럼 꼬부라져 있었다. 숲을 헤치면서 달려왔기 때문에 온몸이 상처투성이였다. 씨근대던 숨결이 다시 고르게 됐을 때엔 이런 상처를 깨끗이 물로 닦아내는 것은 좀더 기다려 볼 수밖에 없다는 결론을 내렸다. 물속에 들어가서 첨벙거린다면 맨발로 다가오는 발걸음 소리를 어떻게 알아들을 수 있단 말인가? 개울가나 탁 트인 모래사장에서 어떻게 안전을 도모할 수 있단 말인가?

랠프는 귀를 기울였다. 실상 그는 성채 바위께서 멀리 도망쳐 온 것이 아니었다. 처음 공포에 질려 있을 때엔 뒤쫓아오는 소리가 들려오는 것 같았다. 그러나 사냥 부대는, 아마도 창을 거둬가려고, 울창한 숲 변두리까지 살금살금 왔다간 숲속의 어둠이 겁났던지 햇볕이 쨍쨍 쬐는 바위께로 급히 돌아갔던 것이다. 그중에서 갈색과 검정과 붉은색을 줄무늬처럼 얼굴에 칠한 녀석이 랠프의 눈에 띄었고, 그는 그게 빌이라고 생각했다. 그러나 사실은 빌이 아니라고 랠프는 고쳐 생각했다. 그것은 한 오랑캐였고 그 모습은 셔츠와 반바지를 입고 있었던 한 소년의 옛 모습과는 전혀 딴판이었기 때문이다.

오후가 기울어져 갔다. 태양광선의 둥근 반점이 푸른 야자수 잎과 갈색 섬유 위로 끈덕지게 움직이고 있었지만 성채 바위 뒤쪽에선 아무 소리도 들려오지 않았다. 이윽고 랠프는 고사리류 풀속에서 기어나와 예의 좁은 길목을 맞보고 있는, 도저히 뚫고 갈 수가 없을 것 같은 숲 변두리로 살금살금 나아갔다. 변두리에 있는 나뭇가지를 헤치고 굉장히 조심을 하면서 살폈다. 벼랑 꼭대기에 로버트가 앉아서 망을 보고 있는 것이 보였다. 그는 창을 왼손에 든 채 오른손으로는 조약돌을 위로 던졌다가 다시 받곤 하고 있었다. 그의 등 뒤로는 시꺼먼 연기가 한 가닥 오르고 있었다. 이를 본 랠프는 코를 벌름거렸다. 입엔 군침이 돌았다. 그는 손등으로 코와 입을 닦았다. 그러고 보니 그날 처음으로 시장기가 느껴졌다. 그 패거리는 창자를 도려낸 돼지를 둘러싸고 앉아서 비계가 줄줄 녹아내려 재 속에서 타는 광경을 지켜보고 있을 것이 분명했다. 그들은 골똘한 표정으로 지켜보고 있을 것이었다.

누군지 알아볼 수 없는 패거리 중의 하나가 로버트 옆에 나타나서 무엇인가를 그에게 건네주더니 돌아서서 바위 뒤로 사라졌다. 로버트는 옆에 있는 바위에 창을 내려놓고, 두 손에 든 것을 씹기 시작했다. 그러니까 잔치가 벌어졌고 망보는 보초도 자기 몫을 받아 먹는 모양이었다.

랠프는 당분간은 자기가 안전하다는 것을 알았다. 보잘것은 없는 것이지만 먹을 것에 끌려서 그는 과일나무 사이를 다리를 절면서 헤쳐 갔다. 그러나 저쪽에서 벌어지고 있는 잔치 생각을 하니 심사가 뒤틀렸다. 오늘도 잔치요, 또 내일도 잔치이리라.

그들이 자기를 가만히 내버려둘지도 모른다고 랠프는 생각해 보았다. 자기를 추방자 취급을 할지도 모른다고도 생각해 보았다. 그러나 자신은 없었다. 이어 불길한 예감 같은 것이 엄습해 왔다. 박살이 난 소라와, 피기와 사이먼의 죽음이 습기처럼 섬을 내려덮고 있었다. 얼굴에 색칠을 한 이들 오랑캐족은 더욱더 고약해지리라. 게다가 자기와 잭 사이에는 딱 꼬집어서 얘기할 수 없는 묘한 관계가 있지 않은가. 그러므로 잭은 자기를 그냥 내버려두지는 않을 것이었다. 결단코—

그는 태양광선의 얼룩을 받으며 서 있었다. 손으로는 나뭇가지를 쳐들고 여차하면 그 아래로 숨을 태세를 갖추었다. 발작적인 공포감이 닥쳐와 그는 몸을 떨었다. 그는 큰 소리로 외쳤다.

"아냐. 그들이 그렇게 고약하진 않아. 그건 우연한 사고였어."

그는 나뭇가지 아래로 몸을 숨기고 볼품없이 달음박질치다가 멈춰 서서는 귀를 기울였다.

그는 엉망이 된 과일나무 숲께로 가서 걸귀처럼 따먹었다. 두 꼬마가 보였다. 자기 몰골은 전혀 생각지를 않았기 때문에 그들이 고함을 치며 달아나는 까닭을 몰라 의아해했다.

먹을 만큼 먹고 나서 그는 모래사장 쪽으로 갔다. 다 망가진 오두막께의 야자수에 햇살이 비스듬히 비치고 있었다. 화강암 고대와 수영장 웅덩이가 그대로 있었다. 제일 좋은 수는 자기 가슴속을 오락가락하는 납덩이 같은 감정을 도외시하고 그들의 양식(良識)과 한낮의 말짱한 정신을 믿어보는 것이었다. 그 패거리는 이제 식사를 끝냈으니 다시 한번 시도를 해보는 것이 어떨까. 게다가 아무도 없는 화강암 고대 곁의 빈 오두막 속에서 밤새 머물러 있을 수도 없는 일이었다. 온몸에 소름이 끼쳤다. 저녁 햇빛 속에서 그는 몸을 떨었다. 불도 없었다. 연기도 나지 않았다. 구조될 가망도 없었다. 그는 몸을 돌려 숲을 지나서 잭이 차지한 섬 끝 쪽으로 다리를 절며 갔다.

비스듬히 비치는 석양은 나뭇가지 사이로 빨려 들어갔다. 마침내 그는 바위 때문에 초목이 자라질 못하는 숲속의 공터에 이르렀다. 그곳은 온통 그늘져 있었다. 랠프가 한 나무 뒤로 몸을 내던지듯 했을 때 무엇인가가 공터 한복판에 서 있는 것이 눈에 띄었다. 자세히 보니 흰 얼굴은 백골(白骨)이었다. 돼지의 해골이 막대 위에서 자기를 보고 씽끗 웃는 것이었다. 그는 공터 한복판으로 천천히 걸어가서 해골을 골똘히 바라보았다. 해골은 그전의 소라처럼 하얗게 번뜩거리면서 그를 보고 비웃는 것 같았다. 호기심이 강한 개미 한 마리가 눈구멍 속에서 부산을 떨고 있었으나 그건 생명 없는 물건에 지나지 않았다.

아니 과연 그럴까?

쑤시는 듯한 아픔이 그의 등을 위아래로 스쳐갔다. 그는 해골과 같은 높이에 얼굴을 들고 서서 두 손으로 머리를 움켜잡았다. 해골의 이빨은 씽끗 웃고 있었고 텅 빈 눈 구멍은 힘 안들이고 의젓하게 그의 시선을 받아들이고 있었다.

이건 무엇이란 말인가?

해골은 모든 해답을 알고 있으나 아무 소리도 하지 않으려는 것처럼 랠프를 바라보았다. 메스꺼운 공포와 분노가 그를 엄습했다. 그는 눈앞에 있는 추악한 것을 힘껏 쳤다. 그것은 장난감처럼 흔들흔들하다가 다시 제자리로 돌아와선 그의 얼굴에다 대고 여전히 씽끗하고 웃으며 있었다. 속이 메스꺼워진 그는 다시 치고 소리를 질렀다. 다음 순간 그는 멍든 주먹 마디뼈를 빨면서 아무것도 없는 막대기를 쳐다보고 있었다. 해골은 두 조각이 되어 뒹굴고 있었고 6피트쯤 따로따로 떨어진 채 여전히 씽끗거리고 있었다. 흔들리고 있는 막대를 바위 틈에서 잡아빼어 그것을 창처럼 들고 흰 해골 조각을 겨누었다. 그는 하늘을 향해서 씽끗거리고 있는 해골에 눈길을 돌린 채 뒤로 물러섰다.

수평선의 푸른 빛이 사라지고 완전히 밤이 되었을 때 랠프는 성채 바위 앞에 있는 덤불로 되돌아왔다. 살펴보니 바위 꼭대기엔 여전히 누군가가 지키고 있었다. 누군지는 알 수 없었으나 창을 금방이라도 들이댈 태세를 갖추고 있었다.

그는 캄캄한 나무 밑에 무릎을 꿇고 앉았다. 자기의 고립감이 쓰리게 느껴졌다. 패거리들이 오랑캐족이란 건 사실이었다. 그러나 그들도 인간은 인간이었다. 매복하고 있는 깊은 밤의 공포가 다가오고 있었다.

랠프는 들릴락말락 신음소리를 내었다. 몹시 고단했지만 오랑캐족이 무서워서 마음을 놓고 잠 속으로 빠져들어 갈 수가 없었다. 뱃심 좋게 요새로 걸어 들어가서 "이제 싸움은 그만두자." 어쩌고 하며 소탈하게 웃고 거기 끼여서 잠을 잘 수는 없을까? 그들은 아직도 소년들이며 얼마 전까지만 하더라도 "선생님, 네, 선생님." 했고 모자를 썼던 학교 학생이라고 생각하면 안 될까? 지금이 한낮이라면 그렇다고 할 수 있을지도 모른다. 그러나 어둠과 죽음의 공포는 "안 된다."고 말했다. 어둠 속에 누워서 그는 자기가 추방된 몸임을 뼈저리게 느꼈다.

"그것도 내가 도리를 알았기 때문이었어."

그는 팔에 볼을 문질렀다. 소금내와 땀내가 알싸하게 났고 퀴퀴한 흙냄새가 났다. 왼편 쪽으로는 난바다의 물결이 숨을 쉬며 물러갔다가는 다시 바위 위로 몰려오고 있었다.

성채 바위 뒤쪽에서 소음이 들려왔다. 파도소리에서 정신을 떼고 주의깊게 귀를 기울이니 귀에 익은 가락을 들을 수가 있었다.

"짐승을 죽여라! 목을 따라! 피를 흘려라!"

오랑캐족은 춤을 추고 있었다. 이 암벽 저쪽의 어디에선가 동그랗게 사람들이 둘러앉아 있고 불이 벌겋게 타오르고 있고 고기가 있을 것이었다. 그들은 고기 맛과 안전의 편의를 마음껏 즐기고 있을 것이었다.

훨씬 가까이에서 무슨 소리가 났기 때문에 그는 몸을 떨었다. 오랑캐들이 성채 꼭대기로 올라가고 있었다. 그들의 목소리도 들렸다. 그는 몇 야드 전방으로 살금살금 나아갔다. 바위 꼭대기에 있는 그림자가 바뀌어 더 커졌다. 저런 투로 활동하고 얘기하는 사람은 이 섬 위에선 두 사람밖에 없었다.

랠프는 그의 머리를 두 팔에 대고 이 새로운 사실을 상처처럼 받아들였다. 샘과 에릭이 이젠 오랑캐패에 끼여 있는 것이었다. 그들은 자기를 따돌리기 위해 성채 바위를 지키고 있는 것이었다. 그들을 구해 내서 섬의 반대쪽에 추방자의 일단을 형성할 수 있는 가망은 없었다. 샘과 에릭도 딴 축들과 마찬가지로 오랑캐족이 되어 있었다. 피기는 죽었고 소라는 박살이 나서 가루가 되었다.

이윽고 보초는 바위를 내려갔다. 남아 있는 두 사람은 바위의 일부분처럼 시꺼멓게 드러나 보였다. 그들 뒤로 별이 하나 나타났다가 무엇인가가 움직이는 바람에 잠시 가려졌다.

랠프는 마치 장님처럼 울퉁불퉁한 바닥을 더듬으며 조금씩 앞으로 나아갔다. 오른편으로는 망망한 대양이 펼쳐져 있고 왼편 아래쪽으로는 쉴새없이 설레는 바다가 수직갱(垂直坑)과 같이 무시무시하게 놓여 있었다. 일 분마다 물결이 죽음의 바위로 몰려와서는 하얀 물보라를 튀겼다. 랠프는 계속 기어갔다. 손에 집히는 것으로 보아 바위울의 출입구임을 그는 알 수 있었다. 망보는 파수꾼들이 바로 머리 위에 있었다. 한 자루의 창 끝이 바위 위로 삐져나와 있는 것이 보였다.

그는 조용히 불렀다.

"샘, 에릭—."

대답은 없었다. 더 크게 불러야만 들릴 것 같았다. 그러나 그러다 보면 불가에서 성찬을 먹고 있는 줄무늬 색칠을 한 고약한 무리들을 불러내게 될 것이다. 그는 이를 악물고 몸붙일 곳을 찾으며 더듬더듬 올라가기 시작했다. 해골이 매달려 있던 막대기가 거추장스러웠으나 그는 그의 유일한 무기를 버릴 수가 없었다. 쌍둥이 형제와 같은 높이에까지 이르렀을 때 그는 다시 입을 열었다.

"샘, 에릭—."

그는 외마디 소리를 들었다. 바위에서 허둥지둥하는 소리도 들렸다. 쌍둥이는 서로 끌어안고 뭐라 알 수 없는 소리를 지껄이고 있었다.

"나야. 랠프야."

그들이 도망쳐서 비상을 알리는 것이 겁나 그는 몸을 벌떡 일으켜 세워 머리와 어깨를 바위 꼭대기로 드러냈다. 겨드랑이 밑으로는 하얀 물보라가 바위께서 부서지는 것이 보였다.

"나야. 랠프야."

이윽고 쌍둥이 형제는 몸을 굽히고 그의 얼굴을 들여다보았다.

"우린 생각하길……."

"우린 전혀 몰랐었어……."

"우린 생각하길……."

딴 사람에게 수치스러운 충성을 바치고 있다는 생각이 그들의 머릿속에 떠올랐다. 에릭은 잠자코 있었으나 샘은 자기의 의무를 다하려고 했다.

"랠프, 이곳을 떠나야 해. 자, 어서 이곳을 떠나 —."

그는 창을 휘두르며 사나운 기세를 돋우어 보였다.

"냉큼 떠나. 알겠어?"

에릭도 고개를 끄덕여 동조하면서 공중에다 대고 창을 찌르는 시늉을 했다. 랠프는 바위 위에 얹어놓은 팔에다 몸을 기대고 떠나려 하지 않았다.

"난 너희들 둘을 보러 왔어."

그의 목소리는 쉬어 있었다. 상처를 입은 것도 아닌데 목이 쓰렸다.

"난 너희들 둘을 보러 온 거야 —."

가지가지 쓰라린 일들을 이루 말로 표현힐 수가 없었다. 그는 잠자코 있었다. 총총한 별들이 뿔뿔이 흩어져 사방에서 춤을 추고 있었다.

샘은 불안스럽게 몸을 뒤척였다.

"정말이야, 랠프, 이곳을 떠나는 게 좋을 거야."

랠프는 다시 그들을 쳐다보았다.

"너희들은 얼굴에 색칠을 안 했어. 대체 어떻게 너희들이 — 지금이 낮이라면 —."

그때가 한낮이었다면 이런 일을 떠맡고 있다는 수치감으로 그들은 몸둘 바를 몰랐을 것이다. 그러나 캄캄한 밤이었다. 에릭이 끊어졌던 얘기를 이었다. 그러자 쌍둥이 형제는 늘 하는 대로 응답송가(應答頌歌)를 부르듯이 얘기를 시작했다.

"여긴 안전하지가 못해. 그러니 이곳을 떠나는 게 좋아."

"그들은 우리에게 강요했어. 우리를 해치고ㅡ."

"누가? 잭이?"

"아냐ㅡ."

그들은 랠프 쪽으로 몸을 굽히고 목소리를 낮추었다.

"돌아가, 랠프ㅡ."

"오랑캐족이 그런 거야ㅡ."

"우리에게 강요했어ㅡ."

"우린 어쩔 수가 없었어ㅡ."

다시 랠프가 입을 열었을 때 그의 목소리는 나지막했고 숨을 죽인 것 같았다.

"그래 내가 무슨 짓을 했단 말이야? 나는 그 녀석을 좋아했었어ㅡ그리고 난 그저 우리가 구조되길 바랐던 거야ㅡ."

다시금 별들이 하늘에서 떨어져내렸다. 에릭은 정중하게 고개를 저었다.

"랠프, 내 말을 들어봐. 도리 같은 것은 잊어버려. 그런 건 벌써 사라졌어ㅡ."

"대장 같은 것은 생각지도 말아ㅡ."

"자기 자신을 위해서 여길 떠나야 해ㅡ."

"대장과 로저는ㅡ."

"그래, 로저는ㅡ."

"랠프, 그들은 너를 미워하고 있어. 너를 해치려 하고 있어."

"내일 너를 잡으려고 하고 있어."

"하지만 왜들 그러는 거야?"

"나도 모르겠어. 그리고 랠프, 잭, 아니 대장은 말하고 있어.

내일 일은 위험하다고―."

"―우린 조심을 해서 돼지를 겨누듯 창을 던지기로 되어 있어."

"우린 한 줄로 서서 섬을 뒤질 거야―."

"이쪽 끝에서부터 뒤져갈 거야."

"너를 찾아낼 때까지―."

"이렇게 신호를 하기로 되어 있어."

에릭은 고개를 쳐들고 크게 벌린 입을 손바닥으로 쳐서 멀리서 개 짖는 것 같은 소리를 내었다. 그러고 나서는 불안스럽게 뒤쪽을 흘끗 쳐다보았다.

"지금 한 것처럼 말이야―."

"물론 소리를 더 크게 내서―."

"그러나 난 아무 죄도 지은 게 없어." 하고 다급하게 랠프는 소곤거렸다. "난 그저 봉화를 계속 올리고 싶어했을 뿐이야!"

그는 잠시 얘기를 멈췄다. 내일 일을 생각하니 참담한 느낌이었다. 굉장히 중요한 문제가 머릿속에 떠올랐다.

"너희들은 대체 어떻게―."

처음엔 딱 꼬집어서 얘기하질 못했다. 그러나 다음 순간 두려움과 외로움이 그의 마음을 부채질했다.

"그들이 나를 찾아내면 어떻게 할 작정으로 있는 거야?"

쌍둥이 형제는 잠자코 있었다. 저 아래로는 죽음의 바위가 다시 물보라의 꽃을 피웠다.

"대체 그들은 어떻게―아이구 배고파―."

우뚝 솟아 있는 바위가 발 밑에서 흔들리고 있는 것 같았다.

"그래, 어떻게 하겠다는 거야?"

쌍둥이 형제는 이 물음에 간접적으로 대답을 했다.

"랠프, 이제 이곳을 떠나야 해."

"네 자신을 위해서."

"이곳 가까이에 있지 마. 갈 수 있는 데까지 멀리……."

"너희들, 나와 함께 가지 않겠니? 우리들 셋이서라면 무슨 수가 있겠는데—."

잠시 잠자코 있다가 샘이 숨죽인 소리를 내었다.

"너는 로저를 잘 몰라서 그래. 정말 무시무시한 애야."

"그리고 대장도…… 그 둘은 모두……."

"—여간 무시무시한 내기가 아냐—."

"로저는 그저……."

두 소년은 갑자기 굳어졌다. 오랑캐 쪽에서 누군가가 그들을 향해서 올라오고 있었다.

"우리가 망을 보고 있나 보러 그가 오는 거야. 랠프, 어서!"

벼랑을 내려가려다가 랠프는 이 만남에서 뽑아낼 수 있는 마지막 이득을 붙잡아 보려고 했다.

"난 가까이에 숨어 있겠어. 저 밑 덤불 속에." 하고 그는 소곤거렸다. "그러니 그들이 그쪽으로 오지 않도록 해줘. 그렇게 가까운 곳을 뒤지려고는 하지 않을 테니까—."

발소리는 아직도 멀찌감치에서 났다.

"샘, 지금 말한 것은 안심해도 괜찮겠지, 응?"

쌍둥이 형제는 다시 잠자코 있었다.

"자!" 하고 샘이 갑자기 말했다. "이걸 가져—."

랠프는 큰 고깃덩어리가 내밀어진 것을 감촉하고 그걸 받아 쥐었다.

"그러나 나를 붙잡아서 어떻게 할 셈인 거야?"

머리 위에선 아무런 대답도 없었다. 자기가 한 소리를 자기가 생각해도 바보처럼 여겨졌다. 그는 바위를 내려갔다.

"대체 어떻게 할 셈인 거야 ─?"

우뚝 솟아 있는 바위 꼭대기에서 이해가 되지 않는 대답소리가 들려왔다.

"로저는 막대기 양쪽 끝을 뾰족하게 깎아놓았어."

로저가 막대기 양쪽을 뾰족하게 깎아놓았다. ─ 랠프는 그 의미를 새겨보려고 했으나 알 수가 없었다. 그는 울화가 치밀어서 생각해 낼 수 있는 온갖 욕설을 뱉어보았으나 그러는 중에 하품이 나왔다. 잠을 자지 않고 얼마 동안이나 버틸 수가 있는 것일까? 그는 하얀 시트가 덮여 있는 침대가 무척 그리웠다. 그러나 여기서 하얗게 보이는 것이라고는 40피트 아래쪽, 피기가 떨어져 갔던 바위께로 서서히 훤하게 부딪히는 물보라뿐이었다. 피기는 이제 도처에 있었다. 이 좁은 길목에도 있었다. 어둠과 죽음의 무시무시한 몰골을 하고 있었다. 만약 피기가 지금 바다에서 돌아온다면, 골이 터져나간 머리를 들고 돌아온다면 ─ 랠프는 꼬마처럼 훌쩍이면서 하품을 했다. 손에 들고 있던 막대기를 지팡이 삼아 그는 휘청거리는 몸을 가누었다.

그러다가 다시 긴장이 되었다. 성채 바위 꼭대기에서 큰 목소리가 들렸다. 샘, 에릭이 누군가와 승강이를 벌이고 있었다. 그러나 고사리류와 풀섶은 가까이에 있었다. 그것은 들어가 숨기에 안성맞춤이었고 내일 숨어 있을 작정인 덤불도 바로 그 곁에 있었다. 여기에 ─ 그는 손으로 풀을 만져보았다. ─ 오늘 밤을 숨어 지낼 장소가 있다. 오랑캐족에게서도 그다지 멀지 않고 혹시 초자연적인 무서운 일이 일어나면 당분간 적어도 다른 인간들과 섞여 있을 수가 있으리라. 설혹 그랬다가 ─

대체 어떻게 할 작정이란 말인가? 막대기 양쪽 끝을 뾰족하게 깎아놓았다니 말이다. 그건 어쩌자는 것일까? 그들은 그전에도 창을 던져왔지만 맞지 않았었다. 하나밖에 맞지 않았었다. 아마 다음에도 또 맞히지 못하리라.

그는 크게 자란 풀섶에 쪼그렸다. 샘에게서 얻었던 고깃조각 생각이 났다. 걸귀처럼 고기를 떼어 먹기 시작했다. 먹고 있는 동안에 전과는 다른 소리가 들려왔다. 샘, 에릭이 지르는 고통과 공포의 소리에 성난 음성이 섞여 있었다. 도대체 어떻게 된 셈인가? 자기 말고도 또 누군가가 고초를 겪고 있었던 것이다. 적어도 쌍둥이 중의 하나가 야단을 맞고 있으니 말이다. 그러자 그 소리도 바위 아래로 사라져가 그는 그들 생각을 더 하지 않았다. 그는 손으로 더듬어서 덤불에 기대고 있는 서늘하고 정교한 잎과 줄기의 둥우리를 찾아내었다. 그날 밤의 잠자리를 찾아낸 셈이었다. 날이 새자마자 덤불 속으로 기어 들어가서 용트림하는 나무줄기 사이로 비비고 들어가 꼭꼭 숨어 있으리라. 그러면 자기처럼 기어와야만 딴 사람이 들어올 수가 있으리라. 그렇게 오는 놈은 창으로 찔러버리리라.

그곳에 가만히 앉아 있으면 수색대는 자기를 그냥 지나쳐버릴 테고, 섬을 따라 개 짖는 것 같은 신호소리를 내며 비상선은 무너지고 자기는 까딱없을 것이었다.

그는 고사리류 사이로 파고 들어갔다. 그는 막대기를 곁에 놓고 캄캄한 속에 웅크렸다. 오랑캐족을 감쪽같이 속이기 위해서는 날이 새자마자 잠에서 깨어나야 했다.——이렇게 생각하며 그는 모르는 새에 잠이 들어 캄캄한 안쪽의 경사로 나뒹굴었다.

그는 눈을 뜨기 전에 실상 잠이 깨어 있었고 가까이에서 들려오는 소리를 듣고 있었다. 눈을 떠보니 흙이 얼굴 바로 1인치 앞에 다가와 있었고 자기 손가락이 그것을 쥐고 있었던 것이다. 고사리류 잎 사이로 볕이 스며들고 있었다. 떨어져 죽는 길고 긴 악몽이 끝나고 마침내 아침이 왔다는 것을 깨닫자마자 그 소리가 다시 들려온 것이었다. 그것은 해안에서 들려오는 먼 개 짖는 소리 같은 신호로, 바로 다음 오랑캐가 응답하면 또 다음 오랑캐가 응답하곤 했다. 그 외침소리는 그의 곁을 스쳐 섬의 좁은 끝인 거기서부터 환초호까지 울려퍼졌다. 날아가는 새의 울음소리와도 비슷했다. 그는 생각할 겨를도 없이 뾰족한 막대를 들고 고사리류 사이를 꿈틀거리며 빠져나왔다. 몇 초가 지났을까 말까 한 사이에 그는 빽빽한 덤불 속으로 기어 들어갔다. 그러자 이내 자기 쪽으로 오는 한 오랑캐의 다리가 흘끗 보였다. 고사리류가 짓밟히는 소리가 나고 크게 자란 풀섶 사이로 발소리가 들렸다. 누군지 모르지만 그 오랑캐는 멀리서 개 짖는 소리 같은 신호소리를 두 번 질렀다. 거기 호응하는 소리가 양쪽에서 나더니 사라졌다. 랠프는 쪼그린 채 덤불 한복판에 꼼짝 않고 있었다. 한동안 아무 소리도 들려오지 않았다.

한참 만에 그는 그 덤불을 살펴보았다. 거기 같으면 아무도 그를 공격할 수가 없는 게 분명했다. 게다가 요행수조차 아울러 가진 셈이었다. 그 전에 피기를 쳐죽였던 바위가 이 덤불 속으로 굴러와 바로 그 한복판에서 튀었기 때문에 넓이가 서너 피트는 되게 구렁이 파헤쳐져 있었다. 랠프가 그 속으로 몸을 비비고 들어갔을 때 그는 안도감과 함께 스스로 꾀보라는 느낌마저 들었다. 그는 망가진 나무줄기 사이에 조심스레 앉아서 수색대가 지나가기를 기다렸다. 나뭇잎 사이로 왼편을 올려다보니 무엇인가 붉은 것이 눈에 띄었다. 성채 바위 꼭대기임에 틀림이 없었다. 퍽 동떨어지고 조금도 무섭지 않게 느껴졌다. 그는 의기양양한 기분으로 진정을 하고 수색의 신호소리가 멀어져가기를 기다렸다.

그러나 아무 소리도 들리지 않았다. 조금씩 시각이 지나감에 따라 녹음 속에서 느꼈던 의기양양한 기분이 시들어져 갔다.

마침내 한 목소리가 들렸다. 숨을 죽인 잭의 목소리였다.

"너 틀림없지?"

질문을 받은 오랑캐는 아무 말도 하지 않았다. 아마 손짓으로 대답한 것이리라.

로저의 목소리가 났다.

"너 만약 우리를 속이면······."

바로 이 말이 끝나자 숨찬 말소리와 아픈 비명소리가 났다. 쌍둥이 중의 하나가 잭과 로저와 함께 바로 덤불 바깥에 와 있는 것이었다.

"그 자식이 여기 숨어 있겠다고 한 게 틀림없니?"

쌍둥이는 약한 신음소리를 내더니 이어 비명을 질렀다.

"그 자식이 여기 숨어 있겠다고 한 거지?"

"응, 그래─아얏!"

투명한 웃음소리가 나무 사이로 퍼져나갔다.

그러니 놈들은 알아낸 것이었다.

랠프는 막대기를 집어 들고 싸울 준비를 했다. 하지만 그들에게 무슨 수가 있단 말인가? 그들이 이 덤불 사이로 길을 터 오자면 일주일은 걸리리라. 누구든지 기어 들어오는 녀석은 제 몸뚱이 하나 주체 못 하게 되고 말리라. 그는 창 끝을 엄지손가락으로 만지작거리고는 흥미도 없이 씽끗이 웃었다. 누구든지 기어오는 녀석은 꽉 찔러서 돼지처럼 비명을 지르게 만들어주리라.

패거리는 우뚝 솟은 바위께로 돌아가는지 그곳을 떠나갔다. 발소리가 나더니 이어 누군가가 킬킬거리는 소리가 났다. 다시 새 울음소리 같은 그 신호소리가 나더니 포위선을 따라 연달아 호응하는 게 들려왔다. 그러니 아직도 몇몇은 자기를 감시하고 있는 모양이었다. 그러나 누구일까─

숨막히는 정적이 오랫동안 계속되었다. 정신을 차려보니 랠프는 창의 나무껍질을 씹고 있었다. 그는 일어서서 성채 바위

쪽을 올려다보았다.

그러고 있는데 바위 꼭대기에서 잭의 목소리가 들려왔다.

"영차! 영차! 영차!"

벼랑 꼭대기에 보이던 붉은 바위가 마치 커튼이라도 벗기듯이 사라져버렸다. 그 대신 그 자리에는 사람의 모습과 푸른 하늘만이 보였다. 다음 순간 대지가 요동치고 공중에서 돌진하는 소리가 나더니 덤불 꼭대기는 거대한 손길에 얻어맞은 것 같았다. 바위는 쿵쿵 소리를 내며 온통 망가뜨리면서 해안 쪽으로 굴러갔다. 부러진 잔가지와 나뭇잎이 그에게로 소나기처럼 떨어져내렸다. 덤불에서 멀리 떨어져 있던 오랑캐족은 환호성을 울렸다.

다시 정적.

랠프는 손가락을 입에 넣고 깨물었다. 그들이 굴려내릴 수 있는 바위라면 한 개밖에 또 없을 것이었다. 그러나 그것은 오두막집 반 채만 한, 자동차나 탱크 크기만 한 것이었다. 그는 그것이 굴러 내려오는 광경을 소름끼칠 만큼 선명하게 눈앞에 그려볼 수가 있었다. 그 바위는 천천히 구르기 시작하여 바위 울에서 바위울로 부딪치며 떨어지다가 특대형 증기 롤러처럼 좁은 길목을 질러 구를 것이었다.

"영차! 영차! 영차!"

랠프는 창을 놓았다가 다시 집어 들었다. 그는 성가신 듯이 머리를 쓸어넘기고 좁은 공간에서 두 발짝을 급히 떼었다가 다시 제자리로 돌아왔다. 그는 부러진 가지 끝을 바라보며 서 있었다.

여전히 정적뿐.

자기의 가로막이 불러졌다 꺼졌다 하는 것이 눈에 띄었다. 그는 자기가 몹시 가쁜 숨결을 내쉬고 있다는 것을 알고 놀랐다. 몸 가운데서 왼쪽으로 심장의 고동이 역력히 보였다. 그는 다시 창을 내려놓았다.

"영차! 영차! 영차!"

날카롭고 긴 환성.

붉은 바위 위에서 무엇인가가 쾅 소리를 내더니 대지가 뛰쳐오르고 끊임없이 진동하기 시작했다. 소음은 줄기차게 커져 왔다. 랠프는 공중으로 튀어 올라갔다가 떨어지며 나뭇가지에 부딪쳤다. 오른쪽으로 불과 서너 피트 떨어진 곳에 있는 덤불은 온통 때려눕혀졌고 나무뿌리들이 소리를 내며 송두리째 뽑혔다. 뭔가 붉은 것이 물레방아처럼 서서히 굴러가는 것이 보였다. 그 붉은 것은 지나가 버리고 그 코끼리 같은 거대한 동작도 바다 쪽으로 스러져 가버렸다.

랠프는 파헤쳐진 흙 위에 무릎을 꿇고 대지가 원상으로 회복되기를 기다렸다. 얼마 안 있어 망가진 하얀 그루터기와 쪼개진 가지와 함부로 엉클어진 덤불이 다시 한군데로 모여들었다.

아까 자신의 고동을 지켜보았던 가슴께가 뻐근했다.

다시 정적.

그러나 완전한 정적은 아니었다. 패거리들이 바깥쪽에서 쑥덕거리고 있었다.

그러더니 홀연 랠프의 오른쪽 두 군데서 나뭇가지가 흔들렸다. 막대기의 뾰족한 끝이 불쑥 나타났다. 공포에 질린 랠프는 틈서리로 자기 막대기를 들이대고 힘껏 찔러댔다.

"아얏!"

그의 창이 손아귀에서 삐끗했다. 그는 창을 거두었다.

"아이구, 아이구……."

누군가가 바깥에서 신음하고 있었다. 여럿이서 쑥덕거리는 소리가 났다. 심히들 옥신각신하고 있었고 상처를 입은 오랑캐는 계속 신음소리를 내었다. 조용해지자 한 사람의 목소리가 났다. 랠프는 그것이 잭의 목소리가 아니라고 단정했다.

"알았어? 그 전에도 얘기했지만 저놈은 위험한 놈이란 말이야."

상처 입은 오랑캐가 다시 신음소리를 내었다.

또 무슨 일이 벌어질까? 다음엔 무슨 일이 벌어질까?

랠프는 부지중에 입으로 깨물던 창을 두 손으로 꽉 쥐었다. 머리카락이 흘러내렸다. 불과 서너 야드 떨어진 곳에서 누군가가 성채 바위를 향해 뭐라 중얼거렸다. 한 오랑캐가 "싫어!" 하고 놀란 음성으로 말하는 소리가 들렸다. 그러자 숨죽인 웃음소리가 났다. 랠프는 몸을 젖히듯이 해서 쪼그리고 앉아 앞을 벽처럼 가리고 있는 나뭇가지에다 대고 이빨을 드러내 보였다. 그는 창을 들고 으르대는 소리를 조금 내고는 대기했다.

보이지 않는 패거리들이 다시 킬킬거렸다. 무엇인가 똑똑 떨어지는 것 같은 묘한 소리가 나더니 다음엔 누가 셀로판 포장지라도 벗기는 것 같은 소리가 크게 났다. 이어서 또 막대기 소리가 툭 하고 났다. 그는 가까스로 기침을 참았다. 희고 노란 연기가 가느다랗게 나뭇가지 사이로 스며 들어왔다. 머리 위로 보이던 한 조각의 푸른 하늘이 폭풍우를 몰고 오는 먹구름 빛으로 변했다.

다음 순간 연기가 그의 주위로 밀려 들어왔다.

누군가가 신나게 웃어댔다. 하나가 외쳤다.

"연기가 난다!"

그는 덤불을 비집고 숲 쪽으로 빠져나갔다. 될수록 연기 밑으로 몸을 낮추고 갔다. 얼마 안 있어 탁 트인 공터가 나서고 덤불 가장자리의 푸른 잎이 보였다. 조그만 오랑캐가 하나 랠프의 저쪽 숲 사이에 서 있었다. 붉고 흰 줄무늬 색칠을 했고 손에는 창을 들고 있었다. 그 오랑캐는 일변 기침을 하며 손등으로 누가의 색칠을 문지르면서 점점 심해지는 연기 속을 들여다보았다. 랠프는 고양이처럼 덤벼가서 으르렁거리며 창으로 찔렀다. 오랑캐는 몸을 굽혔다. 덤불 저쪽에서 고함소리가 났다. 랠프는 공포감에 쫓기는 사람 특유의 민첩한 동작으로 덩굴을 헤치며 뛰어갔다. 그는 돼지 통로에 이르렀다. 그 길을 백 야드쯤 뛰어가다가 급히 방향을 바꾸었다. 등 뒤에선 다시 신호소리가 섬을 가로질러 퍼져나갔다. 한 목소리가 세 번 연거푸 고함을 질렀다. 그는 그것이 전진하라는 신호라고 짐작하고 다시 달음박질쳤다. 가슴이 화끈거리고 답답했다. 그래서 한 덤불숲 밑에 몸을 내던지고 호흡이 진정되기를 기다렸다. 그는 시험삼아서 혓바닥을 이빨과 입술에 대어보았다. 멀리에서 몰이꾼들의 신호가 들려왔다.

그가 할 수 있는 일은 여러 가지가 있었다. 나무로 올라갈 수도 있었다.――그러나 그것은 지나친 모험이었다. 만약 들키게 되면 그들은 나무 밑에서 기다리기만 하면 될 것이다.

생각할 시간만 많이 있다면 오죽이나 좋을 것인가!

비슷하게 떨어져 있는 곳에서 다시 고함소리가 두 번 나서 그는 그들의 계획을 짐작할 수가 있었다. 숲속에서 그를 놓쳐 어디 있는지 모르게 되면 고함을 두 번 질러서 포위선을 유지하다가 다시 전진하도록 되어 있는 모양이었다. 그렇게 해서 그들은 포위선을 무너뜨리지 않고 온통 섬을 뒤질 수 있다고 생각하는 듯했다. 랠프는 그 전에 거뜬하게 포위선을 뚫고 달아났던 돼지 생각이 났다. 몰이꾼이 아주 바싹 다가올 경우엔 필요하다면 아직 포위선이 드문드문 짜여 있는 사이에 포위선을 돌파하고 오던 쪽으로 도망치리라. 그러나 도대체 어디로 도망친단 말인가. 포위선을 친 몰이꾼은 방향을 바꾸어서 다시 휩쓸어 오리라. 조만간 그는 잠을 자거나 무얼 먹어야 되리라 ― 그리하여 눈을 떴을 땐 그들의 손이 가까이에 절박해 있으리라. 그러면 몰이는 끝나고 잡아내는 일만 남게 될 것이었다.

그렇다면 도대체 어찌해야 좋단 말인가? 나무로 올라갈까? 돼지처럼 포위선을 돌파할까? 어느 쪽을 택하든 그것은 위험한 일이었다.

고함소리가 한 번 났다. 가슴이 몹시 두근거렸다. 그는 펄쩍 뛰어오르며 난바다 쪽으로 나 있는 울창한 정글 속으로 뛰어갔다. 덩굴에 걸려 그는 장딴지를 떨면서 잠시 서성댔다. 친구가 있다면, 오래 쉬어서 생각할 시간이 있다면 오죽이나 좋으랴!

그러나 다시 날카롭고 피할 수 없는 그 신호소리가 섬을 휩쓸었다. 그 소리가 나자 그는 깜짝 놀란 말처럼 덩굴 속으로 뛰어들어 다시 도망쳤다. 숨이 가빴다. 그는 고사리류 숲에 몸을 동댕이쳤다. 나무로 올라갈까? 그렇지 않으면 포위선을 돌파할까? 그는 잠시 호흡을 정돈하고 입을 문질렀다. 침착하라고 스스로 타일렀다. 샘, 에릭은 싫어하면서도 저 포위선 어딘가에 끼여 있을 것이다. 아니 혹시 그들은……? 쌍둥이 형제가 아니라 대장이나, 수중에 죽음을 지니고 다니는 로저와 맞부딪치게 된다면 어떻게 되지?

랠프는 더벅머리를 쓸어넘기고 잘 보이는 쪽 눈의 땀을 닦아내었다. 그는 큰 소리로 말했다.

"잘 생각해 보자."

어떻게 하는 것이 지각 있는 행동일까?

지각 있는 소리를 하던 피기도 이젠 없었다. 엄숙한 토론의 모임도 소라의 위엄도 사라졌다.

"잘 생각해 보자."

무엇보다도 그는 머릿속에서 휘장 같은 것이 펄럭거려서 위기감을 몽롱하게 하고 또 자기가 숙맥이 되지 않을까 걱정이되었다.

세번째 방안은 머리카락도 보이지 않게 꼭꼭 숨어서 다가오는 몰이꾼의 포위선이 그냥 지나쳐버리게 하는 것이었다.

그는 땅바닥에서 머리를 홱 들어올리고 귀를 기울였다. 이번에 또다른 소리가 들려왔다—숲이 그에게 노염을 탄 듯이 묵직하게 우르르 하는 소리였다. 그 음산한 소리에 섞여 슬레이트 위에 아무렇게나 휘갈겨서 낙서할 때 나는 것 같은 몰이꾼의 신호소리가 났다. 그 전에 분명 어디선가 들어본 소리인데 더 이상 생각해 낼 시간이 없었다.

포위선을 돌파한다.

나무에 오른다.

꼭꼭 숨어서 모르고 지나가게 한다.

훨씬 가까이에서 고함소리가 나서 그는 벌떡 일어서서 가시덤불 사이로 달음박질쳐 도망갔다. 갑작스레 공터로 나섰다 - 뜻밖에도 그 환히 트인 공지로 나선 것이었다. 거기엔 측량할 길 없는 웃음을 띤 해골이 놓여 있었다. 그것은 짙푸른 한 조각의 하늘을 비웃기를 그치고 뭉게뭉게 피어오르는 연기를 조롱하고 있었다. 숲의 우르르 소리가 무엇인가를 깨달은 랠프는 나무 밑을 뛰어갔다. 연기를 내어 그를 튀긴 그들은 섬을 온통 불바다로 만든 것이었다.

나무에 오르는 것보다는 숨는 편이 나았다. 들키는 경우에도 포위선을 돌파할 가망이 있었기 때문이다.

그렇다면 숨자.

돼지 같으면 이럴 경우 어떻게 할까 생각하며 그는 무턱대고 상을 찡그렸다. 이 섬에서 가장 빽빽한 덤불과 가장 으슥한 굴을 찾아내어 그 속으로 기어 들어가자. 달리면서 그는 주위를 살펴보았다. 서너 줄기의 햇살이 그의 머리 위로 휙휙 날아가고 형편없이 더러운 몸뚱이에 땀이 배어 번쩍번쩍 윤이 났다. 고함소리는 이제 멀어져서 은은하게 들릴 뿐이었다.

마침내 그는 적당한 은신처라고 생각되는 장소를 찾아내었다. 하기는 그것은 앞뒤를 가리지 않은 결정이었다. 그곳은 나무숲과 함부로 뒤얽힌 덩굴이 거적처럼 되어 있어서 전혀 햇볕이 들지를 않았다. 그 아래로는 1피트 높이의 공간이 있었고 평행으로 삐져나온 나무줄기가 도처에 얽혀 있었다. 그 속으로 비비고 들어가면 변두리에서 5야드쯤 들어가 숨어 있을 수가 있었다. 오랑캐들이 엎드려서 들여다보지 않는 한 들킬 염려는 없었다. 설혹 엎드려서 들여다본다 하더라도 그 속은 캄캄해서 보이지가 않을 것이다. 그리고 최악의 사태가 벌어져 들킨다고 하더라도 와락 뛰쳐나가서 포위선을 온통 교란시켜 놓고 뺑소니칠 수가 있을 것이었다.

막대기를 질질 끌면서 조심스럽게 랠프는 삐져나온 나무줄기 사이로 기어 들어갔다. 한복판에 이르러 그는 몸을 뉘고 귀를 기울였다.

불은 크게 번졌다. 멀찌감치 뒤에 두고 왔다고 생각했던 불길의 우르르 하는 소리가 훨씬 가까이에서 났다. 불길이란 달리는 말보다도 빠른 것이 아닌가? 그는 자기가 있는 곳에서 5야드쯤 떨어진 지점을 보았다. 햇살이 물보라처럼 점점이 비치고 있었다. 가만히 지켜보고 있노라니까 점점이 비치는 햇살이 자기를 보고 껌벅이고 있었다. 그것은 머릿속이 캄캄해질 때 펄럭이는 휘장과 꼭 같아서 순간 그는 그 햇살의 껌벅임이 자기 내부에서 이루어지고 있다는 생각이 들었다. 그러자 햇살은 더욱 빠르게 껌벅였다간 희미하게 사라져버렸다. 뭉게뭉게 잇닿은 연기가 태양을 가리고 섬을 덮고 있음을 그는 알았다.

만약 누군가가 나무 숲속을 들여다보고 숨어 있는 그의 몸뚱이를 우연히 발견하게 된다면 그것은 샘, 에릭일지도 모르리라. 그리고 그들은 못 본 체하고 아무 소리도 않을지도 모른다. 그는 볼을 초콜릿빛 흙에 대고서 바싹 탄 입술을 떨고 눈을 감았다. 덤불 밑의 흙이 은은하게 진동을 계속했다. 혹은 분명하게 들리는 불길 소리와 슬레이트 소리 같은 신호소리 이외에도 너무 작아서 들리지 않는 어떤 소리가 나는 것인지도 몰랐다.

누군가가 함성을 질렀다. 랠프는 땅바닥에서 불을 홱 떼어 흐릿한 햇볕 속을 바라보았다. 그들이 가까이 와 있음에 틀림없다고 그는 생각했다. 가슴이 방망이질을 시작했다. 은신을 할까, 포위선을 돌파할까, 나무에 오를까. 어느 쪽이 결국 제일 좋은 수일까? 어느 쪽을 택하든 수는 한 번밖에 남아 있지 않은 게 탈이었다.

이제 불길은 훨씬 가까워졌다. 연속적으로 들려오는 소리는 큰 나뭇가지나 줄기가 튀는 소리였다. 바보들 같으니라고! 바보들 같으니라고! 불길은 필경 과일나무 숲도 침범했을 것이다. 내일은 무얼 먹을 작정이란 말인가?

랠프는 비좁은 침상 속에서 안달하듯 몸을 뒤척였다. 이짓 저짓 해보았자 결과는 빈털터리가 아닌가! 그들은 어쩌겠단 말인가? 자기를 친다? 그래서 어쩌겠단 말인가? 자기를 죽인다? 양쪽 끝을 뾰족하게 깎아놓은 막대기…….

느닷없이 가까이에서 나는 함성 때문에 그는 벌떡 일어났다. 줄무늬 색칠을 한 오랑캐가 초록색 덩굴에서 다급히 나오

는 것이 보였다. 그 오랑캐는 창을 들고 있었고 그가 숨어 있
는 곳 쪽으로 다가왔다. 랠프는 흙 속으로 파고들 만큼 손가락
을 꽉 쥐었다. 여차직하는 경우에 대비해서 태세를 갖춰야지.

랠프는 뾰족한 끝을 앞으로 하려고 손으로 더듬다가 양쪽
끝이 모두 뾰족하게 되어 있음을 알았다.

15야드쯤 떨어진 곳에서 오랑캐는 걸음을 멈추고 함성을
질렀다.

아마도 저 녀석은 불길 타는 소리보다도 내 심장의 고동소
리를 더 잘 들을지도 모른다. 소리를 지르면 안 돼. 태세를 갖
추어야지.

그 오랑캐는 다가왔다. 이제 허리 아래쪽밖에 보이지가 않
았다. 저건 녀석 창의 손잡이 끝이야. 이젠 무릎 아래쪽밖에
보이지 않는다. 소리를 지르면 안 돼.

돼지 한 떼가 오랑캐 뒤쪽의 나무 그늘에서 비명을 지르며
뛰쳐나와 숲 쪽으로 날쌔게 도망쳐 갔다. 새들이 울어대고 새
앙쥐 떼가 비명을 지르고 있었다. 무엇인가 조그마한 것이 깡
총깡총 뛰어와 거적 같은 덤불 아래 쪼그리고 앉았다.

5야드쯤 떨어진 바로 덤불 곁에서 오랑캐는 멈춰 섰다. 그
리고 고함을 질렀다. 랠프는 발을 끌어당기고 몸을 웅크렸다.
막대는 두 손에 들려 있었다. 양쪽 끝을 모두 뾰족하게 한 막
대기였다. 막대기는 마구 떨리면서 길어졌다 짧아졌다 했다.
가벼워졌다 무거워졌다 하다가 다시 가벼워졌다.

신호소리는 해안에서 해안으로 퍼져갔다. 오랑캐는 덤불가
에서 무릎을 꿇었다. 위쪽 숲속에선 햇살이 번뜩이고 있었다.

한쪽 무릎이 땅에 닿는 것이 보였다. 그 다음엔 다른쪽 무릎이. 그리고 두 손이. 창이. 얼굴이.

오랑캐는 덤불 밑의 캄캄한 속을 들여다보았다. 이쪽저쪽 가장자리는 보였을 것이다. 그러나 여기 한복판은 캄캄했을 것이다. 한복판에는 시꺼먼 덩어리가 있었다. 그 시꺼먼 것을 알아내려고 오랑캐는 상을 찡그렸다.

일각이 삼추 같았다. 랠프는 오랑캐의 두 손을 똑바로 져나보고 있었다.

소리를 지르면 안 돼.

넌 돌아가.

이젠 들켰다. 오랑캐는 확인을 하려 하고 있었다. 뾰족한 막대.

랠프는 소리를 질렀다. 공포와 분노와 절망의 외마디였다. 두 다리를 뻗치고 그의 절규는 계속되었다. 입엔 거품을 물고 있었다. 그는 앞으로 뛰쳐나가 덤불을 짓밟고 탁 트인 공터로 나가 절규하고 처참한 몰골로 으르대었다. 그는 막대를 휘둘렀다. 오랑캐는 나뒹굴었다. 그러나 함성을 지르며 다른 오랑캐들이 몰려오고 있었다. 그 날아오는 창을 피하면서 그저 잠자코 달리기만 했다. 갑자기 전방에서 번뜩이던 햇살이 한데 어울려 번뜩이고 숲에서 나는 소리가 벽력같이 커졌다. 그가 달려가는 쪽에 있던 높다란 나무숲이 부채꼴 모양의 불길이 되어 타들어갔다. 그는 오른쪽으로 방향을 틀어서 죽어라 하고 달렸다. 몸 왼쪽이 불기운으로 화끈거리고 불길은 조수물처럼 앞으로 밀려갔다. 등 뒤에서 신호소리가 나며 퍼져가

다가 짤막하고 날카로운 외침소리가 연이어 났다. 그를 발견했다는 암호인 모양이었다. 갈색의 몸뚱이가 하나 오른편으로 나타나더니 사라졌다. 패거리는 모두 미친 듯이 고함을 지르며 달리고 있었다. 랠프는 덤불 속에서 그들이 부딪치는 소리를 들었다. 왼편에선 뜨거운 불길이 벽력소리를 내고 있었다. 그는 상처도 시장기도 갈증도 모두 잊어버리고 공포에 사로잡혀 있을 뿐이었다. 절망적인 공포에 몰려 나는 듯이 뛰면서 숲을 벗어나서 탁 트인 모래사장 쪽으로 달리고 있었다. 검은 점이 여러 개 눈앞에서 어른거렸다. 그것은 붉은 동그라미가 되어 잽싸게 커지더니 눈앞에서 사라졌다. 너무나 기진하여 자기 다리인지 남의 다리인지 분간이 가지 않았다. 필사적인 신호소리가 위협의 톱날을 번뜩이며 나가왔다. 금방 머리를 내리치는 것 같았다.

그는 나무뿌리에 걸려 넘어졌다. 그를 쫓던 고함소리가 더 날카로워졌다. 오두막이 불길에 휩싸이는 게 보였다. 오른쪽 어깨로 불길이 날름대었다. 반짝이는 바닷물이 보였다. 다음 순간 그는 쓰러진 채 따가운 모래 속에서 마구 뒹굴었다. 무엇인가를 피하려는 듯 몸을 웅크린 채 팔을 들어 저으며 살려 달라고 소리치려 했다.

그는 더욱 무서운 일을 예감하고 긴장을 하면서 비틀거리며 일어섰다. 그리고 큼지막한 챙모자를 올려다보았다. 꼭대기가 흰 챙모자로, 챙의 푸른 그늘 위에는 왕관과 닻과 금빛 나뭇잎의 모표가 있었다. 하얀 제복과 견장과 연발권총과 제복 앞에 나란히 달린 금단추도 보았다.

한 해군 장교가 모래 위에 서서 랠프를 내려다보고 있었다. 놀랍고 마음이 안 놓인다는 표정이었다. 장교 뒤쪽의 해안엔 커터[18] 한 척이 보였다. 뱃머리를 육지 쪽으로 돌리고 해군 두 사람이 누르고 있었다. 고물 쪽에는 또 한 사람의 해군이 경기 관총을 들고 있었다.

신호소리는 우물쭈물하더니 스러졌다.

장교는 의심쩍다는 듯이 잠시 랠프를 바라보다가 권총 꽁무니에서 손을 떼었다.

"안녕."

자기의 몰골이 형편없이 더럽다는 것을 생각하고 우물쭈물하다가 랠프는 수줍은 듯이 대답했다.

"안녕하세요."

자기 질문에 대답을 받은 양 장교는 고개를 끄덕여 보였다.

"성인들―어른들도 함께 있니?"

말없이 랠프는 고개를 저었다. 그는 모래 위에서 반쯤 몸을 돌렸다. 유색 찰흙으로 온통 몸뚱이에 줄무늬 색칠을 한 소년들이 손에 손에 뾰족한 창을 들고 모래사장에 반원을 그린 채 잠자코 서 있었다.

"재미있는 놀이를 했군." 하고 장교는 말했다.

불길은 모래사장의 야자수에 달라붙어 요란스럽게 그것을 삼켰다. 언뜻 보아 따로 타고 있던 불꽃이 곡예사처럼 맵시 있게 뛰어가서 화강암 고대 위에 서 있는 야자수 꼭대기를 단숨

---

18) 군함에 부속된, 노가 있는 작은 배.

에 집어삼켰다. 하늘은 새까맸다.

장교는 랠프를 보고 상냥하게 씽끗 웃었다.

"너희들이 피운 연기를 보았다. 줄곧 무엇을 하고 있었니? 전쟁을 했니? 그렇지 않으면 딴 일이었니?"

랠프는 고개를 끄덕였다.

장교는 자기 앞에 있는 초라한 소년을 살펴보았다. 목욕도 해야 했고 머리도 깎아야겠고 코도 닦아야겠고 연고도 듬뿍 발라야 했다.

"전사한 아인 없겠지? 시체는?"

"죽은 건 둘뿐이에요. 시체는 없어지고요."

장교는 몸을 굽히고 랠프를 빤히 바라보았다.

"둘이나? 전사했다고?"

랠프는 다시 고개를 끄덕였다. 그의 뒤에선 섬 전체가 불길에 싸여 몸부림치고 있었다. 그 장교는 대체로 사람들이 참말을 얘기하면 그것을 알아차릴 수가 있었다. 그는 나지막하게 휘파람소리를 내었다.

다른 소년들이 이제 모여들었다. 개중에는 꼬마들도 있었다. 다들 구릿빛이요, 야만족 어린이들이 흔히 그렇듯이 배때기가 불룩했다. 그중 하나가 장교 곁으로 나와서 올려다보았다.

"저는, 저는ㅡ."

그러나 그 이상 말이 나오지 않았다. 퍼시벌 윔즈 매디슨은 머릿속에서 주문(呪文)을 찾아보았으나 그것은 깨끗이 사라져 버렸다.

장교는 다시 랠프를 돌아보았다.

"너희들을 데리고 가겠다. 모두 몇 명이지?"

랠프는 고개를 저었다. 장교는 그를 제치고 곁에 서 있는 색칠한 일단의 소년들에게로 눈길을 돌렸다.

"누가 대장이냐?"

"접니다." 하고 랠프는 큰 소리로 말했다.

붉은 머리 위에 다 해진 이상한 검은 모자를 쓰고 허리께에 망가진 안경 조각을 차고 있던 소년이 앞으로 나가다가 마음을 고쳐먹고 가만히 서 있었다.

"너희들의 연기를 보고 왔단다. 그런데 너희들은 몇 명이나 되는지도 모른단 말이냐?"

"네, 모릅니다."

자기가 목격했던 추적의 광경을 눈앞에 생생히 떠올리면서 장교는 말했다.

"영국의 소년들이라면…… 너희들은 모두 영국 사람이지? ……그보다는 더 좋은 광경을 보여줄 수가 있었을 텐데. 내 말은……."

"처음엔 그랬어요." 하고 랠프가 말했다. "잘 돌아가다가……." 그는 얘기를 멈췄다. "처음엔 합심이 되었어요. 그러다가……."

장교는 고개를 끄덕이며 뒷받침해 주었다.

"알겠다. 처음엔 '산호섬'에서처럼 잘 지냈다, 이 말이지?"

랠프는 말없이 그를 쳐다보았다. 순간 그 전에 모래사장을 뒤덮고 있던 신비로운 마력의 모습이 잽싸게 눈을 스쳐갔다. 그러나 이제 섬은 죽은 나무처럼 시들어져 버렸다.──사이먼은 죽고——잭은…… 눈물이 흐르기 시작했다. 그는 몸부림치며 목메어 울었다. 이 섬에 와서 처음으로 그는 울음을 터뜨린 것이었다. 온몸을 비트는 듯한 크나큰 슬픔의 발작에 몸을 맡기고 그는 울었다. 섬은 불길에 싸여 엉망이 되고 검은 연기 아래서 그의 울음소리는 높아져 갔다. 슬픔에 감염되어 다른 소년들도 몸을 떨며 흐느꼈다. 그 소년들의 한복판에서 추저분한 몸뚱이와 헝클어진 머리에 코를 흘리며 랠프는 잃어버린 천진성과 인간 심성의 어둠과 피기라고 하는 진실하고 지혜로운 친구의 추락사가 슬퍼서 마구 울었다.

소년들의 울음소리에 둘러싸인 장교는 감동되어 약간 난처해했다. 그는 그들이 기운을 회복할 시간적 여유를 주기 위해 외면을 했다. 멀리 보이는 산뜻한 한 척의 순양함(巡洋艦)에 눈길을 보내며 그는 기다렸다.

윌리엄 골딩의 생애와 문학

생애와 배경

'사실적인 설화 예술의 명쾌함과 현대의 인간 조건을 신비스럽게 조명하여 다양성과 보편성을 보여주었다'는 수상 이유와 함께 1983년 노벨 문학상 수상자로 결정된 윌리엄 제럴드 골딩은 1911년에 태어났다. 그의 부친은 중학교 교사로 표준적인 지리 교과서의 필자이기도 했다. 영국 서남단의 콘월주가 그의 고향이다. 그의 부친이 교사로 있던 말보로 학교를 거쳐 1930년 옥스포드 대학의 '브래스노스 칼리지(Brasenose College)'에 진학했다. 부친의 의사에 따라 처음엔 과학을 공부했으나 2년 후 어릴 적부터 좋아했던 문학으로 돌아와 영문학 특히 고대 영문학에 역점을 두어 공부했다. 재학중에 나온 『시집』이 그의 첫번째 책이 된다. 29편의 짤막한 서정시를 묶은 것인데 뒷날 그는 한 권도 보관하고 있지 않다고 술회한 바

있다. 친구가 출판사에 원고를 보내어 엉겁결에 출판이 되긴 했으나 완전히 묵살당했고 기대했던 독자의 편지 한 통 못 받았다는 것이다.

1939년에 결혼하여 솔즈베리에 있는 '비숍 워즈워스 스쿨'에서 교사 생활을 했다. 이 학교는 군 복무를 끝내고 그가 1945년부터 1961년까지 근무했던 학교로 이른바 '퍼블릭 스쿨'에 속한다. 얼마 전까지 대개의 '퍼블릭 스쿨'이 그랬듯이 이 학교도 수업료를 내면서 비교적 유복한 집안의 소년들이 다니는 학교로, 신사 양성을 표방하며 영국 국교 교회와 관련을 맺고 있다. 2차 대전이 터지자 그는 해군에 입대하여 거의 해상 생활을 하다시피했다. 많은 해상 전투에 참가했고 노르망디 상륙 작전에도 참가했다. 그의 취미인 그리스 고전 읽기는 해군 복무 당시 망 보는 시간의 무료를 달래기 위해서 시작했다 한다. 이때의 전쟁 경험은 그로 하여금 그가 지니고 있던 소박한 이상주의를 버리게 했다는 점에서 한 전환점이 되어준다. 종전과 함께 중위로 제대한 그는 근무하던 학교로 복직하여 영어와 철학을 가르쳤다. 1961년에 그는 미국 버지니아 주에 있는 홀린즈 여자대학에 주재 작가로 초청받아 갔다. 틈틈이 강연 여행도 다녔는데 대체로 미국 대학생들이 열심이긴 하나 문학 연구에 있어선 '다이제스트'식 태도로 만족해 있는 듯이 보인다는 소감을 남겨놓고 있다.

그의 첫 장편이자 출세작인 『파리대왕』이 나온 것은 1954년, 그의 나이 43세 때의 일이었다. 그때까지 장편 세 편을 따로 써둔 게 있었지만 발표는 하지 않았다. 이미 남들이 써놓은 것과 비슷한 것이라고 느꼈기 때문이라 한다. 핵분열의 엄청난 파괴력을 알게 된 인류가 과연 영속적인 평화를 누릴 수 있을까 하는 냉전시대의 회의적 분위기가 팽배해 있던 당시에 『파리대왕』은 큰 충격을 안겨 주었다. 일반적인 불안의 풍토 속에서 구상된 모험담과 우화와 알레고리의 차원을 지닌 이 작품이 발휘한 호소력은 가히 폭발적이었다. 뒷날 영화화되어 작품의 성가(聲價)에 기여했고 특히 영미의 학생들 사이에서 많이 읽혀 작가는 '캠퍼스대왕'이라는 별명을 얻기까지 했다.

첫 장편으로 작가로서의 위치를 굳힌 골딩은 『상속자들』 (1955), 『핀처 마틴』(미국판은 『크스토퍼 마틴의 두 죽음』)(1956), 『자유 낙하』(1959), 『첨탑』(1964), 『피라미드』(1967), 중편집 『전갈신(神)』(1971) 등의 작품을 연달아 발표하여 독자적인 개성의 작자라는 정평을 얻었다. 또 『눈에 보이는 어둠』(1979), 『통과 제의』(1980)를 내어 호평을 받은 바 있다. 『전갈신』 속에 수록된 「특명대사」를 극화한 3막짜리 희곡 「놋쇠나비」가 있고 방송극에 손댄 일도 있다. 자기 자신에 대해서 비교적 과묵한 편인 그의 모습을 보여주는 에세이집으로 『핫 게이츠』(1965)가 있다.

글쓰기에 전념하기 위해서 1962년 교직을 떠난 그는 솔즈베리 근처의 4백 년 묵은 오두막 초가에 정주하여 살았으며 부인과의 사이에 1남 1녀를 두었다. 고고학, 이집트학, 그리스 고전을 취미로 들고 있는 그는 피아노, 바이올린, 비올라, 첼로, 오보에 연주도 수준급에 달했다고 한다. 좋아하는 작가로 그리스 비극작가 에우리피데스와 고대 영시인 『몰든 전투』의 작가를 들고 있다. 전후 약 15년 동안은 그리스 고전밖에는 거의 읽지 않았다고 말하고 있다.

그는 생애의 대부분을 『피라미드』에 나오는 것 같은 유서 깊은 지방 소도시에서 보냈다. 하층 중산계급 집안에서 태어난 그는 자신의 배경이 '가난하나 훌륭한' 것이었다고 자서전적인 에세이인 『사다리와 나무』에서 토로하고 있다. 집필에 관해서는 몇 해씩 걸려 구상을 하나 실제 집필 기간은 짧다고 말하고 있다. 『상속자들』은 교직 생활을 하면서 28일 만에 완성했고 『핀처 마틴』은 초고를 완성하는 데 16일이 걸렸을 뿐이라는 것이다.

어릴 적부터 머리를 길게 길렀던 그는 콧수염과 턱수염 모두 길렀다. 그의 모습은 '턱수염을 잔뜩 기른 빈틈없고 신낭 먹은 바이킹'이라든가 '바다의 모세'라고 흔히 묘사되었다.

어둠의 힘

첫 장편인 『파리대왕』을 많은 사람들은 골딩의 대표작으로 치고 있다. 현대의 고전이란 정의도 주로 이 작품을 중심으로 회전하고 있다. 사실 그 후에 쓴 어떤 작품도 이 데뷔작과 같은 독자들의 폭발적인 호응을 받지는 못했다. 무엇보다도 먼저 『파리대왕』은 모험 소설이다. 영어 사용권의 아이들이 한번쯤은 읽게 마련인 『보물섬』이나 『산호섬』과 마찬가지로 한 섬 위에서 전개되는 모험담이다. 도덕적인 알레고리나 형이상학적인 우화라는 차원도 모험 이야기라는 기초 위에 서 있는 것이다.

핵전쟁이 벌어져 어디에선가 원자탄이 터지고 하는 위기적 상황 속에서 한 떼의 영국 소년들을 비행기로 안전 장소로 후송하는 공수 작전이 전개된다. 지브롤터와 에티오피아의 수두를 거쳐 온 이 비행기는 명시되지 않은 적군의 요격을 받아 격추되고 소년들은 비상 탈출하여 태평양상의 무인도에 불시착한다. 만 다섯 살에서 열두 살에 이르는 소년들로 구성된 이 꼬마 집단은, 처음에는 열두 살 난 랠프를 지도자로 해서 제법 생명부지를 위한 조처를 요령 있게 진행한다. 산정에 봉화를 올려 구조 신호로 삼는 신중성도 발휘한다. 성가대의 연장자인 잭이 불 관리를 자청하고 나선다. 한편 랠프는 바닷가에 오두막을 세우자고 제의하고 이 때문에 사냥을 강조하는 잭과 대립하게 된다. 잭과 그의 사냥패들은 돼지를 잡아서 크게 위세를 떨친다. 랠프의 지도력이 약화되자 그를 옹호하던 돼지라는 별명의 근시 소년이 잭에게 뺨을 맞고 그 바람에 안경 한 알이 깨어지고 만다. 랠프는 다시 회의를 소집하여 봉화의 관리 철저와 오두막의 필요성을 강조하나 잭을 우두머리로 한 사냥패들은 이에 반대한다. 그때까지 소라를 쥔 사람이 발언권을 가졌는데 그러한 습관이 잭에 의해서 무시된다.

죽은 낙하산병을 목도한 꼬마들이 짐승을 보았다고 얘기를 퍼뜨리는 바람에 안심을 시키기 위해 랠프는 수색대를 조직한다. 그들은 산의 정상에서 낙하산병의 시체를 보고 질겁해서 도망친다.

다음 회의에서는 랠프와 잭의 결별이 분명해진다. 대부분의 소년들이 고기맛에 끌리어 잭의 사냥패에 가담하는 것이다. 잭은 사냥패를 끌고 돼지를 잡아 그 머리를 막대에 꽂아서 두려워하는 짐승에 대한 제물로 숲속에 남겨놓는다. 그 동안 잭은 잔치를 열고 랠프와 그의 또래를 초대한다. 잭 둘레의 사냥패들은 사냥꾼으로서의 자기들의 승리를 자축하기 위해 춤을 추기 시작하고 주문을 왼다. 이때 짐승의 정체가 실은 시체임을 알려주기 위해 나타난 사이먼을 흥분김에 살해해 버리고 만다. 그의 시체는 바닷속으로 밀려 나간다.

랠프에게는 이제 근시 소년 피기와 꼬마 몇 명밖에 남아 있지 않다. 잭의 사냥패들은 그들의 진지를 구축하고 또 근시 소년의 안경을 훔쳐가 버린다. 안경이 없어 불을 피울 수 없게 된 랠프와 근시 소년은 잭이 진을 친 성채 바위를 찾아가 안경을 돌려 달라고 호소하나 거부를 당한다. 랠프와 잭이 다투는 사이 로저는 바위를 굴려 근시 소년을 죽게 한다. 랠프는 도망쳐서 숨어버린다. 그러나 이제 오랑캐로 변한 사냥패들이 수색에 나서 그는 위험한 고비를 맞는다. 몇 번의 위기를 넘겨 가까스로 바닷가로 나왔을 때 연기를 보고 섬에 들른 영국 해군 장교의 구조를 받는 것으로 작품은 끝이 난다.

거친 요약이 보여주듯 이 작품은 소년들의 모험담이라는 영국 소설 전통의 일부를 이루고 있다. 작품 속에는 『산호섬』에 관한 언급이 두 번 나온다. 1857년에 출판된 R. M. 밸런타인의 이 작품은 랠프, 잭, 피터킨이라는 세 소년이 신을 공경하며 서로 도와 태평양의 한 섬에 낙원을 건설한다는 얘기다.

랠프와 잭이란 소년은 『파리대왕』에서도 적대적인 주인공으로 등장한다. 따라서 『파리대왕』은 『산호섬』과 거기에 나타나 있는 낙천적 인간관에 대한 패러디라 할 수 있다. 그러므로 단순한 모험담 뒤에는 깊은 철학적 도덕적 함축이 내장되어 있다.

작가가 한 떼의 소년들을 무인도에 올려놓고 제기하는 의무은 내면화된 문명의 가치가 어느 정도의 견고성과 효용성을 가지고 있느냐 하는 것이다. 그들에게 있어서는 심승 얘기에 암시되어 있는 공포를 극복하고 하루빨리 구조를 받는 것이 초급한 당면과제이다. 처음 얼마동안 그들은 소라에 상징되어 있는 동의(同意)의 관습을 존중하며 섬생활에 적응해 간다. 그러나 곧 그들은 사냥에 매료되고 스스로 오랑캐, 즉 야만인으로 타락해 간다. 그들은 몸에 색칠을 하고 돼지머리를 막대에 꽂아놓고 그들이 두려워하는 짐승을 위해 제물로 바친다. 그리고 사냥을 자축하는 피의 제전을 벌이고 짐승이라고 착각하여 사이먼을 죽이고 또 어렴풋이 그 사실을 알았음에도 더 캐보려고 하지 않는다. 그들은 외부로부터의 압력에 의해서가 아니라 자진해서 문명의 겉치레를 모두 던져버리는 것이다. 구제의 가망이 멀어지고 두려움이 커짐에 따라 그들의 타락도 깊어져 간다. 랠프를 살해하려 들고 '피기'라는 별명의 동료를 죽이고 꼬마 쌍둥이들을 고문한다. 인간 본성은 어둠으로 파악되는 것이다. 파괴적인 성향과 잔학에의 충동은 새끼들과 함께 있는 암돼지 사냥의 장면에서 고도의 상징적 표현을 얻고 있다. 자기 아들임을 알아보지 못하고 어머니가 아들을 산 채로 죽이는 에우리피데스의 『바커스의 여인들』을 골딩이 칭송해 마지않는 것을 수긍할 수 있다. 무인도의 소년들은 고귀한 야만인은커녕 홉스의 『이리』로 되어가는 것이다.

『파리대왕』의 우의적(寓意的) 차원은 주요 등장 인물을 검토해 보면 선명히 드러난다. 첫장에서부터 등장하는 랠프는 잘생긴 얼굴에 단단한 체격의 소년이다. 그는 타고난 지도자의 자질을 가지고 있으나 잭의 저항에 성공적으로 대처할 만한 냉혹함이나 자기 고집을 가지고 있지는 못하다. 그러나 그는 꼬마들의 복지를 근심하는 따뜻함과 사이먼의 죽음에 책임을 느끼는 양심을 가지고 있다. 구조의 필요성을 통감하고 있다는 점에서 양식을 대표하며 잭과는 대조적으로 문명의 가치를 대표하는 인물이라 할 수 있다. 이와 대조되는 잭은 검은 제복을 입고 있으며 늘 그림자나 어둠과 연결되어 있다. 신체적인 다부짐, 도덕적 파렴치, 권력지향이라는 특징을 가지고 있는 그는 꼬마들에 대한 동정심도 느끼지 못한다. 학교에서 성가대 반장이었고 샤프조로 노래할 수 있다는 얼토당토않은 이유를 들어 지도권을 요구한다.

요컨대 그는 야만으로의 복귀를 대표하는 어둠의 인물이다. 유독 '피기'라는 별명으로 등장하는 근시 소년은 말투로보아 받은 교육도 빈약한 편이고 집안도 어려운 것 같다. 그는 천식이 있고 눈이 나쁘다. 몸이 민첩하지 못하고 안경을 쓴 그는 지혜와 점잖음을 갖춘 꼬마지식인이다. 그는 랠프의 브레인이며 또 창의성이 있는 두뇌의 소유자이다. 잭과 랠프의 대결에서 그가 먼저 희생되고 만다는 것은 지식인의 운명이라고하는 관점에서도 시사하는 바 많다. 두려워하는 짐승이 사실은 시체에 지나지 않는다는 것을 알려주려 내려왔다가 죽음을 당하는 사이먼은 성자이며 예언자이다. 그는 섬에서의 공포가 실은 소년들의 내부에 있다는 것을 알고 있는 깨어 있는 각성자이다. 잭의 충직한 하수인으로 나오는 로저는 소설 속에서 얘기를 하는 법이 거의 없다. 그는 두뇌보다는 체력을 바탕으로 언제나 말없이 잔혹하게 행동하는 사디스트이며 고문 담당자이다.

이러한 주요 작중 인물의 검토에 덧붙여서 랠프가 공동체의 지도자의 자질을 구현하고 있으며 잭이 찬탈자이고 피기가 브레인이라는 사실을 상기하면 『파리대왕』을 정치적 우의소설로 읽는 것이 극히 자연스러운 일이 된다. 로저는 사형 집행인이며 사이먼은 동시대인보다 한 발 앞선 순교자이고 다른 이들이 보지 못하는 것을 보는 예언자이기도 하다. 혼자 쉬는 자리를 마련하고 혼자 명상을 즐기는 그는 내면 세계의 골똘한 응시자이기도 하다. 우리는 또 이 작품 속에서 소라, 연기, 안경과 같은 비근한 사물이 기능적인 상징의 소도구로 활용되어 있음을 주목하게 된다. 가령 소라가 회의 진행에 있어 중요한 의미를 띠고 그 소유가 랠프에게 자연스레 어떤 권위를 부여하고 있다는 것은 어떤 조직에서도 인간이 상징적 구속력에 의존하고 있음을 보여주고 있다. 소라의 무시와 파괴는 양식과 합법성의 파기를 상징한다. 피기라는 별명의 소년이 쓰고 있는 안경은 지식과 문명을 상징한다. 그레이엄 하프 같은 비평가는 근시안경의 렌즈가 불을 만들어낼 수 없다고 지적하면서 세목상의 잘못을 발견하고 있기는 하지만 그의 안경은 불의 근원이 된다는 점에서 문명의 상징이다. 그것이 부분적으로 망가지고 깨어지는 과정은 소년들에게 있어서의 문명의 점진적인 붕괴를 시사한다.

악마를 뜻하는 '파리대왕'을 통해서 인간 본성의 어둠을 암시하는 이 작품은 도덕적 우화나 정치적 우의소설이란 차원을 넘어서도 가령 종교의 기원이라든가 성(性) 충동과 폭력의 충동에 있어서의 연관성에 대해 시사하는 바가 많다. 인류학이나 심층심리학이 거둔 통찰에 힘입은 바 많아 외관으로 알아내기 어려운 깊이를 가지고 있다. 뿐만 아니라 섬 전체는 기독교의 에덴동산을 시사하고 있어 그 함축하는 바는 더욱 커지는 것이다. 구제된 순간의 묘사는 천진성의 상실을 시사하면서 이 작품이 순수에서 경험에 이르는 일종의 통과제의(通過祭儀)의 작품임을 보여 주고 있다.

그는 몸부림치면서 목메어 울었다. 이 섬에 와서 처음으로 그는 울음을 터뜨린 것이었다. 온몸을 비트는 듯한 크나큰 슬픔의 발작에 몸을 맡기고 그는 울었다. 섬은 불길에 싸여 엉망이 되고 검은 연기 아래서 그의 울음소리는 높아져 갔다. 슬픔에 감염되어 다른 소년들도 몸을 떨며 흐느꼈다. 그 소년들의 한복판에서 추저분한 몸뚱이와 헝클어진 머리에 코를 흘리며 랠프는 잃어버린 천진성과 인간 심성의 어둠과 피기라고 하는 진실하고 지혜로운 친구의 추락사가 슬퍼서 마구 울었다.

물론 이 작품에 대한 비판의 소리도 없지는 않다. 너무 교

묘하게 짜여져 있어 속임수라는 느낌을 준다든가 과도하게 단순화되어 있어 오도적(誤導的)이라는 것이다. 사실 만 5세에 12세까지의 사내아이들로만 구성된 이 작품에는 여성이 등장하지 않고 있으며 성(性)의 동력학을 배제함으로써 인간의 총체성에 대한 중대한 왜곡을 안고 있다고 말할 수 있다. 알레고리라는 점이 이 사실을 변경시키는 것도 아니다. 그러나 모험소설의 외관에 인간과 사회의 본질에 대한 깊은 통찰을 담고 그것을 간결하고도 밀도 있는 문체 속에 함축시킨 이 현대의 고전은 광범한 독자들에게 호소하기를 계속할 것이다. 그것은 이 작품이 원형적(原型的)인 모티프를 다채롭게 채용하고 있다는 것과도 관계된다.

고전적인 단아함의 성취

소설로서 두번째인『상속자들』역시 우의성이 짙은 작품이다. 1965년에 가졌던 인터뷰에서 골딩은 자기가 가장 좋아하는 자신의 최고의 작품이라고 말하고 있으나 세평은 대체로 비판적이었다. 시적 암시성이 풍부한 것은 사실이나 전반이 다할 때까지 사건다운 사건이 없어 상당한 인내심을 요하는 난해한 작품이다. 고고학을 취미로 들고 있는 작가답게 네안데르탈인과 호모사피엔스를 등장시켜 양자를 대비하고 있다. 전자를 '사람들', 후자를 '새 사람들'이라고 부르고 있는데 골딩 자신이 시사하고 있듯이 H. G. 웰스의 합리주의적 해석을 내적으로 역전시킨 것이다. 네안데르탈인은 사고나 기술 면에서는 부족한 점이 많으나 자연에 대한 적응력이나 감각 기관의 감응에 있어서는 탁월하다. 음식과 성과 책임을 공유하는 그들에게는 사회적 긴장도 없으며 사랑도 순수하고 평화롭다. 이에 반해서 호모사피엔스는 사고, 도구 사용, 싸움의 기술 면에서는 앞서 있으나 긴장과 증오에 매여 있어 뛰어난 능력에도 불구하고 불안과 공포에서 헤어나지 못한다. 그렇다고 호모사피엔스에 대해서 일방적으로 부정적인 판정을 내리고 있는 것은 아니다. 인간의 결함이 모두 생명부지와 생존에 연결되는 회피하기 어려운 반응으로 나타나는 것이다. 네안데르탈인의 언어 이전의 의식을 그려내는 데 있어 작가는 비범한 노력과 성과를 보여주고 있으나 '과도히 된純化된 판타시'라는 비평은 면할 길이 없을 것이다. 요컨대 네안데르탈인이 천진성의 극치에 이르렀던 것을 호모사피엔스가 나타나 파괴해 버린다고 작가는 시사한다. 악이 인간 본성이라는 악의 우월성이 다시 강조되어 있다.

『핀처 마틴』은 세계 대전 중 난파한 수병의 생명부지를 위한 투쟁을 다루면서 대서양에 있는 바위에서의 마지막 며칠을 외관상으로는 현재형으로 취급하고 있다. 그러나 마지막 장에서는 시점이 바뀌면서 사실은 주인공이 소설의 첫머리에 죽었거나 죽기 이전의 의식의 마지막 순간을 다루었거나 둘 중의 하나라는 사실을 드러낸다. 여기서 작가는 왜소하면서도 당당하고 평범하면서도 신화의 크기를 가진 인간을 매개로 해서 다시 인간 본질과 악과 죄와 회개의 문제를 다루고 있는 것이다. 인간의 몹쓸 천성 때문에 신의 모습을 거부하고 지옥을 선택한다는 것을 시사하는 이 작품은 지옥이 외부로부터 주어진 것이 아니고 스스로 만든 것이라는 것을 강조한다.

『자유 낙하』는 카뮈의 『전락』과 마찬가지로 일인칭 이야기꾼의 고백 형식을 취하고 있다. 은총과 자유의지의 상실을 신학적(神學的)인 비유를 통해 다루고 있으며 내적 독백의 수법도 사용되고 있다. 카뮈의 작품이 철학적이고 논리적임에 반해서 골딩의 전개는 비정통파의 신학이라는 맥락을 가지고 있다. 묘사에 있어서만은 자연주의적 수법을 채용하고 있는 것이 이채롭다. 자유의 상실이나 전락이 결국 타율에 의한 것이 아니고 자유로운 선택에 의한 것임을 비춰 문제가 인간의 내부에 있다는 것을 다시 시사한다.

골딩이 살았던 솔즈베리에는 14세기에 건립된 교회가 있고 그 안에 첨탑이 있다. 『첨탑』은 이 탑의 건립을 다룬 소설이라고 하는데 독자로 하여금 주인공의 자기 탐구를 재경험케 한다는 점에서 골딩다운 작품이다. 어떤 인간의 결함을 강렬하게 구체화하고 그것을 시적으로 표현하고 있다는 점에서 그의 방법의 극치를 보여주고 있다고도 할 수 있다. 성당에 400피트짜리 첨탑을 세우려는 조슬린 신부의 계획은 일단 성스러워 보이지만 그는 이 때문에 탐욕의 죄를 범하게 된다. 또 첨탑 건립 기금은 부패한 곳으로부터 나온다. 탑은 완성되나 죽음에 임하여 조슬린은 이렇게 말한다. '깨끗한 일은 하나도 없습니다.'

위의 거의 모든 작품들이 사회 속의 인간 관계 탐구라는 소설 본연의 모습과 동떨어져 있다는 것을 우리는 쉽게 간파할 수 있다. 그리고 구체에서 출발하여 어떤 이념에 도달했다기보다는 관념에서 출발하여 알레고리나 도식에 도달했다는 혐의도 씻을 수 없다. 어떤 개인을 매개로 해서 인간 본질, 인간 본성의 어둠, 파괴적 충동과 악의 누를 길 없는 유혹, 전락과 은총의 상실, 초월의 어려움 등 실존적 형이상학적 문제를 외곬으로 추구하고 있는 것이다. 이에 비하면 『피라미드』는 상당한 인간 관계의 상호 작용을 도입했다는 점에서 이례적이고 또 그만큼 일반 독자에게는 흥미 있게 비치는 작품이다. 골딩의 고향을 연상케 하는 지방 소읍에서의 1920년대의 삶에서 시작하여 1960년대를 포함하고 있어 시간의 폭도 넓은 셈이다. 올리버란 주인공은 끝에 가서 어떤 성숙을 보여주지만 이러한 감정의 발전은 타인들을 딛고 올라선 것이 아니냐는 깨달음에 이르게 된다. 그는 가령 에비 같은 여성을 단순히 대상화해서 이용한 것이다. 에비라는 방종한 여인과 바운스라는 독신녀의 대조를 통해서 적절한 삶의 교훈은 조심스러운 타협이라는 것이 시사되어 있기도 하다.

위에서 그의 대표작을 중심으로 골딩의 작품 세계를 살펴보았지만 중요한 것은 그가 문체와 구성에 남달리 세심한 미적 염결성의 작가라는 점이다. 그가 낭비 없는 시적 절제를 제작의 원리로 삼고 있다는 점에서 고전주의의 작가라는 정의도 타당할 것이다. 1983년에 함께 노벨상 수상 후보에 올랐던 도리스 레싱이 인종주의, 불평등, 여성의 억압 등 현대 사회의 제문제에 대하여 광범위하고도 열의 있는 관심을 표명하고 있음에 반해서 윌리엄 골딩은 몇몇 실존적인 문제를 외곬으로 추구하는 비교적 협소한 작가이다. 과묵하고 진지하게 고전적인 단아함을 성취한 소작가(小作家)라 할 수 있다. 현대의 한 고전을 접하면서 우리는 그의 회의적이고 비관적인 인간관이나 사회관에 대해서 주체적인 비판적 거리를 유지해야 할 것이다.

1999년 1월
유종호

파리대왕 론(論)[1]

『파리대왕』의 미국판을 낸 미국 출판사의 공개 질문에 답하여 골딩은 자기가 과학자가 되도록 훈련을 받았으나 반역했다고 말하고 있다. 옥스포드 대학에서 2년 간 과학을 전공하다가 영문학으로 옮겨 고대 영어를 공부했다. 한 권의 시집을 낸 후 그는 '다음 4년 동안 허송'하다가 2차 세계 대전 때 해군에 입대했다. 뉴욕에서 몇 달을 보낸 것과 '연구 기관'에서 6개월 동안 처웰 경과 함께 지낸 것을 빼놓고서는 다음 5년 간은 주로 해군 생활을 했다. 군 복무를 마쳤을 때 그는 해군

---

[1] 여기 옮긴 『파리대왕』은 미국판 캐프리콘(Capricorn) 문고의 1959년도 제11판을 텍스트로 사용했다. 마침 텍스트에 작가와 작품에 대한 간결하고도 요령 있는 노트가 붙어 있어 그것을 번역하여 독자에게 도움이 되도록 했다. 해설로서는 압권이다.

중위로 로키트선의 선장이었고, 그 동안에 대전함(對戰艦), 대잠수함(對潛水艦), 대항공기(對航空機) 공격을 경험했으며 발허렌(Walcheren) 작전과 노르망디 상륙 작전에도 참가했다. 그의 소설로는 『파리대왕』, 『상속자들』(이 작품은 미국에선 간행되지 않았으며 대충 선사시대의 이야기라고 할 수 있으나 골딩의 모든 작품이 그렇듯이 그 이상의 것이다.), 『핀처 마틴』(미국에선 『크리스토퍼 마틴의 두 죽음』이라는 표제로 출판) 등이 있다. 그는 '취미'로 사색, 희랍 고전 문학, 항해술, 고고학을 들고 있고, 영향받은 작가로 에우리피데스와 고대 영어로 쓰인 『몰든 전투』의 작가를 들고 있다.

같은 앙케이트 속에서 골딩은 『파리대왕』의 주제를 다음과 같이 적고 있다. '인간 본성의 결함에서 사회의 결함의 근원을 찾아내려는 것이 이 작품의 주제다. 사회의 형태는 개인의 윤리적 성격에 따라 좌우되는 것이지 외관상 아무리 논리적이고 훌륭하다 하더라도 정치체제에 따라 결정되지는 않는다는 것이 이 작품의 모럴이다. 마지막의 구조되는 장면을 제외하고선 전편이 상징적 성격을 가지고 있다. 마지막 장면에서 어른의 세계가 의젓하고 능력 있는 것으로 나타나지만, 실제로는 그것은 섬에서의 어린이들의 상징적 생활과 똑같은 악(惡)으로 얽혀 있다. 장교는 사람 사냥을 멈추게 한 후 어린이들을 순양함(巡洋艦)에 태워 섬에서 데려갈 준비를 한다. 그러나 그 순양함은 이내 똑같이 무자비한 방법으로 그 적을 사냥질할 것이다. 어른과 어른의 순양함은 누가 구조해 줄 것인가?'

물론 이 말은 독자들이 읽어나감에 따라 분명해지는 극히 복잡하고 또 아름답게 짜여진 상징의 그물을 작자 편에서 되는 대로 요약해 본 것에 지나지 않는다. 그러나 이 말은 적어도 『파리대왕』이 무인도로 떨어진 소년들의 단순한 모험담이 아니라는 것을 시사해 주고 있다. 실상 이 작품은 몇몇 어린이가 타락을 보여주는 것 이상의 깊은 뜻을 내포하고 있다. 골딩 작품의 유니크한 점은 작가가 인간과 인간 사회를 분석하는 20세기 특유의 모든 방법을 결합하고 종합하여, 이 종합적 지식을 구사하여 '시험적 상황'에 논평을 가하는 방식에 있다. 이 작품에서는 다른 극소수의 현대 작품에서와 마찬가지로 모든 유파의 정신분석학자, 인류학자, 사회심리학자, 역사철학자 들의 연구 결과를 동원하여 인간의 본성과 그 사회에의 반영이라고 하는 현대 사상의 핵심적 문제를 다루고 있다.

골딩 작품의 또 하나의 특징은 상징, 즉 '기능적'인 상징을 능란하게 사용하고 있다는 점이다. '파리대왕'이라는 핵심적인 상징은 모든 참다운 상징이 그렇듯이 부분(部分)의 총화(總和) 이상의 것인데 몇몇 요소는 그러나 분리해서 생각할 수가 있다. '파리대왕'은 물론 헤브루어의 베엘제버브(Ba'alzevuv: 희랍어의 Beelzebub)를 번역한 것으로서, 베엘제버브란 직역하면 '곤충의 왕'이란 뜻이다. '악마'를 가리키는 이 신랄하고 암시적인 말은 잘못 의역된 말을 오역한 데서 나온 것이라고 지적된 바 있지만, 어쨌든 그 이름으로 미루어 보아 부패와 파괴와 타락과 히스테리와 공포에 몰두하며 따라서 골딩의 주제에 딱 들어맞는 그러한 악마를 가리키고 있다. 골딩은 물론 재래의 종교적인 의미에서의 '악마'가 존재하고 있다고 말하고 있는 것은 아니다. 골딩의 베엘제버브는 무질서하고 도덕과 아무런 관련이 없으며 사납게 휘몰아치는 '이드(id)'에 해당하는 시쳇말이다. 이 이드의 유일한 기능은 기숙(寄宿)하고 있는 주인의 생명을 보증해 주는 것인데, 이 기능을 '이드'는 무서울 만큼 일편단심으로 집요하게 수행한다. 이 힘을 우리는 여러 가지로 부를 수가 있겠지만 신학자가 그렸건 정신분석학자가 그렸건 현대인이 그려낸 인간의 초상화는 이 힘이랄까 심령구조(心靈構造)를 영락없이 '자연인'의 근본 원리로 포함시켜 놓고 있다. 문명의 교리, 도덕률, 사회적 관습, 자아(Ego), 그리고 지성 자체도 이 작렬하고 제어할 수 없는 힘, 즉 '인간성의 사나움과 수렁'을 가리고 있는 겉치레에 지나지 않는다. 도스토옙스키는 이 자유분방한 힘 속에서 구제를 발견했다. 그가 거기서 또한 파멸을 발견한 것도 사실이지만. 예이츠는 거기서 창조적 재능의 유일한 원천을 보았다(밤에 피는 어떠한 불꽃도 인간의 송진 같은 가슴이 태운다). 콘래드는 이 '어둠의 속' 때문에 간담이 서늘해졌으며, 실존주의자들은 이 자유의 부정 속에서 모든 인간 가치의 타락의 근원을 보았다. 우리는 원하기만 한다면 현대의 문학, 철학, 심리학의 진수 전체를 샅샅이 뒤져보고 이 크나큰 기본 충동이 현대 사상의 가장 기본적인 결론의 기반이 되어 있음을 발견하게 될 것이다.

이 근원적인 숨은 사나움이 나타나는 것이 이 작품의 주제이다. 랠프는 문명을 대표하며 그 자신의 의회와 브레인 트러스트(피기가 바로 그것인데, 그의 망그러진 안경은 이야기가 진행됨에 따라서 이성의 영향력이 점차로 쇠퇴해 가고 있음을 뚜렷이 하고 있다.)를 가지고 있다. 잭에게서는 사나움의 불꽃이 랠프에게서보다 훨씬 뜨겁고 또 표면 가까이에서 타고 있는데, 잭은 이 섬의 무질서한 세력의 지도자이다. 그런데 이 랠프와 잭 사이의 투쟁은 두말할 것도 없이 또한 현대 사회에서 벌어지고 있는 범세계적 규모의 똑같은 세력 사이의 투쟁이기도 하다. 이 작품의 중심식인 사건이자 랠프와 잭 사이의 투쟁의 전환점은 8장에서의 암퇘지를 죽이는 장면이다. 암퇘지는 이미 폐기였다. '가장 큰 암퇘지가 어미의 행복감에 잠겨 누워 있었다. (……) 땡땡한 배때기에는 돼지새끼들이 한 줄로 늘어붙어 혹은 잠을 자고, 혹은 파고들고, 혹은 빽빽거리며 있었다.' 암퇘지의 도살은 성교(性交)와 같은 투로 이루어진다.

소년들이 뒤로 바싹 다가갔을 때 암퇘지는 화려한 꽃이 피어 있고 나비들이 서로의 주위를 빙빙 나는, 무더운 대기가 조용한 공터 안으로 비틀거리며 들어섰다.

여기서 더위에 녹초가 된 암퇘지는 쓰러졌다. 소년들은 마구 덤벼들었다. 이 미지의 세계로부터의 무시무시한 습격에 암퇘지는 미친 듯이 날뛰었다. 비명을 지르고 뛰어오르고 했다. 온통 땀과 소음과 피와 공포의 난장판이었다. 로저는 쓰러진 돼지 주위를 달리며 돼지살이 드러나 보이기만 하면 닥치는 대로 창으로 찔렀다. 잭은 암퇘지를 올라타고 창칼로 내리찔렀다. 로저(타고난 사디스트이고 오랑캐족의 고문 담당 관리이며 형 집행인이다.)는 마땅한 곳을 찾아서 제 몸무게를 가누지 못해 자빠질 정도로 창을 밀어넣기 시작했다. 창은 조금씩 속으

로 밀려 들어가고 겁에 질린 돼지의 비명은 귀따가운 절규로
변했다. 이어 잭은 목을 땄다. 뜨거운 피가 두 손에 함빡 튀어
올랐다. 밑에 깔린 돼지는 축 늘어지고 소년들은 나른해지며
이제 원을 풀었다. 나비들은 여전히 공터 한복판에서 정신없
이 춤을 추고 있었다.

이 장면은 오이디푸스의 혼야(婚夜)의 끔찍한 패러디이며,
도살과 죽음에 의해 환기된 이 감정과 기분, 그리고 반쯤 성숙
한 소년들이 경험한 성애(性愛)의 굉장하고 신기한 감정이 섬
에다가 죽음과 악마의 힘을 풀어놓는다.

돼지의 머리를 자르고 막대의 양쪽 끝을 뾰족하게 해서 땅
바닥의 '틈서리에 박는다'(이 작품의 마지막 장에 보이는 랠프의
살해 계획에도 양쪽 끝이 뾰족한 막대 얘기가 나온다.). 돼지의 머
리는 그 막대 위에 꽂힌다. '……암돼지머리는 거기 걸려 있고
피가 막대기로 조금 흘러내렸다. 본능적으로 소년들도 물러섰
다. 숲속은 아주 고요했다. 그들은 귀를 기울였다. 가장 크게
들리는 소리래야 도려낸 창자 위에서 나는 파리의 윙윙거리는
소리뿐이었다.' 잭은 이 괴상한 전리품을 꼬마들이 꿈에 보았
던 무시무시한 동물이며, 소년들이 미처 가보지 못한 섬의 어
느 곳엔가 잠복해 있는 짐승에게 제공한다. 그 다음에 풋내기
신비가(神秘家)인 사이먼이 이 돼지머리와 '인터뷰'를 갖게 되
는데, 그것은 이 작품에서 가장 뜻깊은 상징적 조건을 이루고
있다. 사이먼의 고조된 지각 작용은 돼지머리가 이렇게 말하
는 것처럼 생각한다. '모든 것은 잘못 돌아가고 있어 (……) 반

쯤 감은 눈은 어른 세계에 특유한 무한한 냉소로 몽롱했다.'
쇠약해진 사이먼은 있는 힘을 다해서 돼지머리의 전갈, '태곳
적부터 있어 온 피할 수 없는 인식'에 대항해서 싸운다. 그가
안간힘을 쓰며 대항하고 있는 인식은 인간이 악을 행할 수 있
는 능력을 지니고 있으며 인간의 도덕 체계가 근본적으로 천
박하다는 사실의 새로운 발견이다. 그것은 또한 순결을 잃어
버렸다는 인식인데, 이 작품의 마지막 장면에서 랠프는 잃어
버린 순결 때문에 울게 되는 것이다. 돼지머리는 사이먼을 죽
이겠다고 위협하며 그것이 '짐승'이라고 실토한다. '나 같은 짐
승을 너희들이 사냥해서 죽일 수 있다고 생각하다니!' 하고
돼지머리는 말한다. 그러자 순간 숲과 흐릿하게 식별할 수 있
는 다른 장소들이 웃음소리를 흉내내듯 하며 메아리쳤다. '넌
그것을 알고 있었지? 내가 너희들의 일부분이란 것을. 아주
가깝고 가까운 일부분이란 말이야. 왜 모든 것이 다 틀려먹었
는가, 왜 모든 것이 지금처럼 돼버렸는가 하면 모두 내 탓인
거야.'

　이 괴이한 장면 끝에서 사이먼은 자기가 어마어마하게 큰
아가리 속을 들여다보고 있다고 상상한다. '그 속은 새까맸다.
점점 퍼져가는 암흑이었다. (……) 사이먼은 그 아가리 속으로
삼켜져 들어갔다. 그는 쓰러져서 의식을 잃었다.' 탐욕스럽고
도리를 모르며 영원히 만족할 줄을 모르는 자연의 상징인 이
아가리는 『핀처 마틴』 속에 다시 나타난다. 이 작품에선 인간
의 의식적 자아에 적대하는 '자연'이란 주제가 정말 놀라운 방
식으로 전개되어 있다. 그러나 『파리대왕』에서는 한 철학의 윤

곽만이 간략히 기술되어 있을 뿐이다. 섬의 소년들은 비유담이나 우화 속의 인물이다. 그리고 모든 비유담이나 우화가 그렇듯이 이 우화는 소박하고 재미있는 얘기라는 표현상의 국면과 그 안쪽의 '흐릿하게 식별할 수 있는' 크나큰 심연 사이에 내재하는 한 긴장을 담고 있는 것이다.

E. L. 엡스타인

중요연구문헌

Baker, J.R.: *William Golding*, New York(St. Martin's Press), 1965

Hodson, Leishton: *William Golding*, New York(Capricorn Books), 1969

Hynes, Samuel: *William Golding*, New York and London (Columbia University Press), 1964, in Columbia Essays on Modern Writers.

Kinkead-Weekes, Mark and Gregor, Ian: *William Golding. A Critical Study*, London(Faber), 1967

Moody, Philippa: *A Critical Commentary on William Golding's "Lord of the Flies"*, London(Macmillan), 1966

Oldsey, Bernard S. and Weintraub, Stanley: *The Art of William Golding*, New York(Harcourt, Brace & World), 1965

Allen, Walter: *Tradition and Dream*(Pelican), Harmondsworth

355

(Penguin), 1965

Amis, Kingsley: *New Maps of Hell*, London(Gollancz), 1961

Broes, Arthur T.: *Lectures on Modern Novelists*, Pittsburgh, Pa. (Carnegie Series in English, No. 7), 1963

Burgess, Anthony: *The Novel Today*, London(Longmans), 1963

——. *The Novel Now*, London(Faber), 1967

Cox, C.B.: *The Free Spirit*, London(Oxford University Press), 1963

Gindin, James: *Post-War British Fiction*, London(Cambridge University Press), 1962

Karl, Frederick: *A Reader's Guide to the Contemporary English Novel*, London(Thames & Hudson), 1963

Kermode, Frank: *Puzzles and Epiphanies*, London(Routledge), 1962

Nelson, William (ed.): *William Golding's "Lord of the Flies"*. A Source Book, New York(Odyssey Press), 1963

West, Paul: *The Modrn Novel*, London (Hutcinsosn),1963.

작가 연보

1911년   9월 19일, 영국 콘월의 작은 항구 도시 뉴키에서 태어
나 윌트셔 지방의 말보로에서 어린 시절을 보냈다. 아
버지 앨릭 골딩은 중등학교 교사였고, 어머니 밀드러드
는 가정주부이자 여성 참정권 운동 지지자였다.

1930년   옥스퍼드 대학교에 입학해 이 년 동안 자연 과학을 공
부하다 영문학으로 전공을 바꿨다.

1934년   학사를 졸업하고 친구의 도움으로 맥밀런 출판사에서
첫 시집 『시집(Poems)』을 출간했다.

1939년   화학자 앤 브룩필드와 결혼, 슬하에 두 자녀를 두었다.

1940년   영국 해군에 입대, 2차 세계 대전 중 독일 전함 비스마
르크호 격침 및 노르망디 상륙 작전에 참여했다. 종전
후에는 솔즈베리의 비숍 워즈워스 스쿨에서 영문학과

철학을 가르치기 시작했다.

1954년   스물한 번의 거절 끝에 받아들여진 원고가 『파리대
         왕(Lord of the Flies)』으로 출간되었다. 『상속자들(The
         Inheritors)』(1955), 『핀처 마틴(Pincher Martin)』(1956),
         『자유 낙하(Free Fall)』(1959)를 잇달아 출판, 비평가들
         의 호평과 대중적 인기를 누렸다.

1961년   소설가로서 성공하자 교편을 잡고 있던 학교를 그만두
         고 미국 버지니아주의 홀린스 칼리지에서 방문 작가로
         일 년을 보냈다.

1964년   『첨탑(The Spire)』을 출판했으나, 비평가들로부터 혹평
         을 받자 '꿈 일지'를 기록하기 시작했다. 그 후 이십 년
         간 괴로움을 '꿈 일지'에 기록했다.

1967년   『피라미드(The Pyramid)』 출간.

1970년   캔터베리의 켄트 대학교 총장 후보로 올랐으나 자유당
         정치인 조 그리먼드가 총장으로 선출되었다.

1979년   제임스 테이트 블랙 기념상을 수상했다.

1980년   삼부작 『땅끝까지(To the Ends of the Earth)』의 첫 번
         째 작품 『통과 제의(Rites of Passage)』를 출간, 이 작품
         으로 부커 상을 수상했다. 이 삼부작은 2005년 BBC에
         서 드라마로 제작되었다.

1983년   노벨 문학상을 수상했다.

1985년   부인과 함께 콘월주 트루로 근처에 있는 틸리마 저택으
         로 이사했다. 여생을 이곳에서 보냈다.

1987년   『땅끝까지』의 두 번째 작품, 『밀집 지대(Close Quarters)』

출간.

1988년 영국 왕실에서 최하위 훈작사(Knight Bachelor)를 받았다.

1989년 『땅끝까지』의 완결작 『심층의 불(Fire Down Below)』 출간.

1993년 6월 19일 심부전증으로 사망했다. 윌트셔의 작은 마을 보워초크에 묻혔다. 원고로 남겨 놓은 『갈리긴 처(Double Tongue)』는 사후에 출간되었다.

세계문학전집 **19**

파리대왕

1판 1쇄 펴냄 1999년 2월 15일
1판 90쇄 펴냄 2024년 9월 25일

지은이 윌리엄 골딩
옮긴이 유종호
발행인 박근섭, 박상준
펴낸곳 (주)민음사

출판등록 1966. 5. 19. (제 16-490호)
서울특별시 강남구 도산대로1길 62(신사동) 강남출판문화센터 5층 (우편번호 06027)
대표전화 02-515-2000 팩시밀리 02-515-2007
www.minumsa.com

한국어 판 © (주)민음사, 1999, 2023. Printed in Seoul, Korea

ISBN 978-89-374-6019-7 04800
ISBN 978-89-374-6000-5 (세트)

세계문학전집 목록

세계문학전집은 계속 간행됩니다.